MAISEY YATES

Glück zum Frühstück

Zu diesem Buch:

Sadie Miller kann ihr Pech kaum fassen: Kurz vor ihrer Heimatstadt gibt ihr Auto den Geist auf und bleibt am Straßenrand liegen. Copper Ridge scheint sie einfach nicht zurückhaben zu wollen! Als dann auch noch der attraktive Polizist Eli Garret anhält, um ihr zu helfen, möchte sie am liebsten sofort wieder umkehren. Denn Eli hatte Sadie in ihrer wilden Jugend einmal wegen Brandstiftung festgenommen. Obwohl sich der Brand als Unfall entpuppte, hat Eli sie deshalb ganz sicher nicht in guter Erinnerung. Eli ist von Sadies Rückkehr tatsächlich alles andere als begeistert und noch weniger davon, dass sie ein Bed & Breakfast auf seinem Familiengrundstück eröffnen möchte. Eigentlich hat er mit dem Wahlkampf für den Posten des Sheriffs jede Menge zu tun, doch er kennt Sadie gut genug, um zu wissen, dass er sie keine Sekunde aus den Augen lassen darf, wenn er Copper Ridge vor verheerenden Katastrophen bewahren will. Widerwillig stimmt er zu, Sadie bei den Renovierungsarbeiten am Bed & Breakfast zu helfen. Schließlich will er nur zu gern glauben, dass sich der chaotische Wirbelwind zu einer verantwortungsbewussten jungen Frau entwickelt hat. Und je mehr Zeit sie miteinander verbringen, desto stärker merken beide, dass die alten Wunden über die Jahre geheilt sind und es für die Liebe vielleicht doch noch nicht zu spät ist …

Über die Autorin:

Mit dreiundzwanzig Jahren veröffentlichte Maisey Yates ihr erstes Buch. Seither schreibt sie mit großem Erfolg Liebesromane. Sie lebt mit ihrem Mann und drei Kindern in Oregon. Weitere Informationen unter: www.maiseyyates.com

Die Romane von Maisey Yates bei LYX

1. Glück zum Frühstück
2. Bleib für eine Nacht und immer (*erscheint September 2016*)

Weitere Romane der Autorin sind bei LYX in Bearbeitung.

MAISEY YATES

Glück zum Frühstück

Roman

Ins Deutsche übertragen
von Antje Althans

LYX
EGMONT

Die Originalausgabe erschien 2015 unter dem Titel
Part Time Cowboy bei Harlequin Books, Don Mills, Ontario, Kanada.

Deutschsprachige Erstausgabe November 2015 bei LYX
verlegt durch EGMONT Verlagsgesellschaften mbH,
Gertrudenstraße 30–36, 50667 Köln

1. Auflage
Redaktion: Barbara Slawig
Satz: Greiner & Reichel, Köln
Printed in Germany (670421)
ISBN 978-3-8025-9901-9

www.egmont-lyx.de

MIX
Papier
FSC® C083411

*Für Haven. Ich habe dir schon viele Bücher gewidmet,
doch du hast es auch wirklich verdient. Du bist der Grund,
dass ich überhaupt etwas zuwege bringe, und auch der Grund
dafür, dass ich an die Liebe und an ein Happy End glaube.
Ich bin unendlich dankbar, dass ich dich habe.*

1

Wer auch immer einmal gesagt hat, man könne nie nach Hause zurückkehren, war noch nie in Copper Ridge. Das Städtchen hatte sich nicht verändert. Weder in den zehn Jahren, bevor Sadie Miller die Stadt verlassen hatte, noch in den zehn Jahren seither. Wahrscheinlich hätte es sich auch in den nächsten zehn Jahren nicht viel verändert.

Doch jetzt würde es sich ein wenig verändern. Die Einwohnerzahl auf dem Ortsschild würde sich um eine Person erhöhen. Man musste die Einwohnerin wieder hinzuaddieren, die subtrahiert worden war, als sie mit achtzehn weggegangen war. Und in der Stadt würde es mindestens ein *Bed & Breakfast* mehr geben.

Damit hatte Sadie Miller in sehr kurzer Zeit gleich zwei Veränderungen in einer unwandelbaren Landschaft zu verantworten.

Dafür verdiente sie einen Orden. Auch wenn sie bezweifelte, dass man ihr in dieser Stadt je einen Orden verleihen würde. Sie war nur die Göre aus dem Armeleuteviertel. Nicht viele Menschen würden sie mit offenen Armen empfangen.

Aber das war okay für sie. Wegen der Leute war sie nicht wieder hier. Sondern um ihrer selbst willen.

Sie hob den Blick von der Straße und schaute zum Meer, das durch die Bäume zu ihrer Linken kaum zu sehen war. Sie erinnerte sich noch gut, wie sie als Kind dorthin gelaufen war. Ein langer Marsch durch den Sand, durch Ginster und andere Stachelpflanzen, um den See herum und über die Straße.

Ein Marsch, den sie und ihre Freunde stets ohne ihre Eltern unternommen hatten. Denn das Beste daran, sich für einen Nachmittag zu verdrücken, war es gewesen, von den Eltern fortzukommen. Jedenfalls für Sadie.

Es war seltsam, etwas Vertrautes vor sich zu sehen. Sie war so viele Jahre lang immer zum nächsten Ort weitergezogen und nie irgendwohin zurückgekehrt. Niemals. Sie brach immer zu neuen Ufern auf.

Dies war das erste Mal überhaupt, dass sie an einen bekannten Ort zurückkehrte. Und sie wusste nicht so recht, wie sie das finden sollte.

Seufzend sah sie auf die Tankanzeige. Das kleine gelbe Licht erinnerte sie daran, dass sie keinen Boxenstopp mehr gemacht hatte, seit sie vor fast fünfhundert Kilometern durch Medford gefahren war. Sie würde irgendwo in der Stadt anhalten müssen, bevor sie zur Ranch hinausfuhr. Wo sich die Garrett-Ranch genau befand, wusste sie nicht, nur, dass sie am Stadtrand von Copper Ridge lag.

Sie war noch nie zuvor auf das Anwesen eingeladen worden.

Dass sie nun einen Betrieb auf dem Gelände gepachtet hatte, wäre ihr vielleicht sogar amüsant erschienen, wenn sie sich nicht so grässlich gefühlt und vor lauter Nervosität Bauchschmerzen gehabt hätte.

Aber sich den Dämonen der Vergangenheit zu stellen war vermutlich immer beängstigend. Ganz genau wusste sie das nicht, da sie ihren eigenen Dämonen jahrelang aus dem Weg gegangen war. Das hatte sich erst vor sechs Monaten geändert.

Wenn man mit Menschen arbeitete, die mit Schmerz und Verlust fertig werden mussten, hatte das immer Auswirkungen auf einen selbst – daran führte kein Weg vorbei. Doch erst eine sehr verbitterte ältere Frau hatte Sadie dazu gezwungen, über einige Dinge nachzudenken, die sie stets gemieden hatte. Die Frau hatte das Haus verloren, das sie seit den 1940er-Jahren bewohnt hatte.

»Zu Hause ist da, wo man lebt«, hatte Sadie zu ihr gesagt.

Maryann, der man aufgrund des schneeweißen Haars und der tiefen Falten in ihrem Gesicht deutlich jedes Jahrzehnt ansah, das sie auf Erden verbracht hatte, hatte sie böse angeschaut. »Zu Hause ist da, wo ich meine Kinder großgezogen habe. Wo mein Mann seinen letzten Atemzug getan hat. Außerhalb dieser Wände weiß ich nicht, wer ich bin.«

»Sie sind immer noch Sie selbst. Ich bin im Leben schon oft von einem Ort zum anderen gezogen. Meinen Kern, meine Seele, wenn Sie so wollen, nehme ich überallhin mit.«

Die Frau hatte nur abgewinkt. »Dann können Sie das gar nicht nachvollziehen. Sie sind eine Vagabundin in Ihrem eigenen Leben. Wenn Ihnen nichts und niemand wichtig ist, wie können Sie sich dann hier hinsetzen und mir weismachen wollen, die Dinge, auf die ich die letzten sechzig Jahre meines Lebens verwendet habe, wären bedeutungslos?«

Als Krisenberaterin hatte Sadie schon vielen Menschen bei der Bewältigung von Verlusten geholfen. Dem Verlust eines geliebten Menschen, einer Ehe oder oft auch eines Zuhauses. In diesem Moment war ihr jedoch klar geworden, dass all ihre Ratschläge fadenscheinig gewesen waren. Ohne Bodenhaftung. Weil sie selbst keine besaß.

Weil in ihrem Leben nichts von Dauer war. Weil für sie nichts diesen langen Nachhall und diese tiefe Bedeutung hatte wie Maryanns Zuhause für sie.

Noch nie zuvor war sie sich der Oberflächlichkeit ihres Lebens derart bewusst geworden. Nach diesem einen unverblümten Satz ihrer Patientin hatte sie ihr Leben während der vergangenen zehn Jahre plötzlich als einen dieser rollenden

Büsche vor sich gesehen, die der Wind über die Steppe trieb. Während Maryanns Vergangenheit majestätisch in den Himmel ragte wie ein Mammutbaum. Gewaltig, bedeutsam. Tief verwurzelt.

Danach war sie sich auch ihrer Einsamkeit sehr bewusst geworden. Jede Freundschaft, die sie hinter sich zurückgelassen hatte, war allmählich in Vergessenheit geraten und abgestorben. Seit ihrem Umzug nach San Diego hatte sie keine neuen Freundschaften geschlossen. Und ihren letzten festen Freund Marcus hatte sie keine Sekunde vermisst, seit sie ihn aus ihrem Bett und ihrer Wohnung geworfen hatte.

Diese Erkenntnisse hatten intensive Internetrecherchen über Copper Ridge ausgelöst. Das wiederum hatte zu einer Annonce geführt, die ihr nicht mehr aus dem Kopf gegangen war.

Langfristig zu verpachten. Als Wohnsitz oder als Bed & Breakfast geeignet.

Daraufhin hatte sie ihre Ersparnisse einer Prüfung unterzogen, anhand ausführlicher Recherchen bei ähnlichen Unternehmen eine Gewinn- und Verlustschätzung durchgeführt, und bevor ihr ganz klar gewesen war, worauf sie sich einließ, hatte sie … sich festgelegt. Darauf, einen Beruf aufzugeben, für den sie länger ausgebildet worden war, als sie ihn bisher praktiziert hatte.

Zum ersten Mal seit zehn Jahren hatte sie sich darauf eingelassen, für längere Zeit an einem Ort zu bleiben. Und zum ersten Mal seit zehn Jahren kehrte sie an den einzigen Ort zurück, den sie je als Zuhause bezeichnet hatte.

Natürlich übermannte sie jetzt das Gefühl, geradewegs in ihr Verderben zu laufen. Was sie überhaupt nicht dramatisch fand. Schon weil sie nie ein Drama veranstaltete.

Außer wenn sie gerade ein Drama veranstaltete.

Auf dem Rücksitz machte sich Tobias, besser bekannt als Toby, mit einem wehleidigen Miauen bemerkbar. Ihr Kater hatte die gesamte Autofahrt mit wachsender Entrüstung über sich ergehen lassen. Aber wer bezahlte, der bestimmte.

»Sorry, Kumpel«, sagte sie. »Ich bin nun mal die mit den Daumen. Ich bediene den Dosenöffner. Also musst du dich an mich halten. Und wenn das heißt, dass wir die ganze Küste entlangfahren, dann fahren wir eben die ganze Küste entlang. Wenigstens habe ich nicht den Flieger genommen und dich in den Frachtraum gesteckt.« Was bei ihren vielen gemeinsamen Umzügen ab und zu unumgänglich gewesen war. Toby flog gar nicht gern.

Der Kater reagierte nicht auf ihre Beschwichtigungsversuche. Was sie im Grunde nicht überraschte. In vielerlei Hinsicht war sie viel abhängiger von ihm als er von ihr.

Sadie ließ den Blick über die immergrünen Bäume schweifen, die die Straße säumten. Es war ein sattes, samtiges Grün, das sie außerhalb von Oregon noch nirgends gesehen hatte. Kalifornien hatte Sonne und Palmen, tiefblaues Meer und Hitze zu bieten. Was auch schön war, aber auf andere Art.

In Copper Ridge gab es majestätische Berge, viele unterschiedliche Grüntöne und ein stahlgraues Meer. Dort fläzte man sich nicht im Bikini am Strand, außer man stammte von hier. Der Wind war kalt und blies einem den Sand ins Gesicht, dass man die Körner wie kleine Nadelstiche spürte.

Der Ort besaß eine ganz eigene Schönheit, so viel stand fest. Sadie hatte schon die gesamten Vereinigten Staaten bereist, vom tiefen Süden bis zur Ostküste und wieder zurück nach Westen, doch nirgends war es so gewesen wie hier. Sie hätte nie gedacht, dass sie je hierher zurückkehren würde.

Aber nun war sie hier. Und allmählich breitete sich immer mehr Furcht in ihr aus.

Als der Motor böse zu knurren begann, trat sie das Gaspedal durch, doch ihre Hoffnung, dass er wieder auf Touren kam, wurde enttäuscht.

»Scheibenkleister«, murmelte sie, während sie rechts ranfuhr. Der Motor verstummte ganz.

Das Benzin war offenbar knapper gewesen als gedacht.

Sie beugte sich vor und legte die Stirn ans Lenkrad. »Ich wusste doch, dass es schiefgeht. Diese Fahrt bringt Unglück!« Sie richtete sich wieder auf und drehte sich zu Toby um. »Sag jetzt nichts! Mach mir nicht auch noch Vorwürfe.«

Toby tat gar nichts, sondern fixierte sie nur mit seinen grünen Augen, doch sein Blick war trotz ihrer Bitte extrem anklagend. »Du bist echt mies, Kater«, maulte sie, griff nach ihrer Handtasche und tastete darin nach dem Handy.

Sie zog es heraus. Es zeigte nur einen Balken Empfang. Ja klar. Das hatte man davon, wenn man der Zivilisation Ade sagte und sich am Arsch der Welt niederließ.

Sie klopfte mit den Fingernägeln gegen die Kante des Handys und überlegte, wen sie anrufen sollte. In der Stadt kannte sie niemanden mehr. Ihre Eltern waren schon vor Ewigkeiten weggezogen, aber die hätte sie auch sonst nicht angerufen.

Zum Glück deckte ihre Versicherung auch Pannenhilfe ab, aber wie nervig!

Sie rief den Browser auf und tippte »Abschleppwagen« in die Suchmaschine ein. Dann zog sie eine Grimasse. Der kleine Kringel links oben auf dem Display drehte und drehte und drehte sich, während das Handy versuchte, lange genug ein Funksignal einzufangen, um ein paar Treffer zu melden.

»Ach, Copper Ridge, du hast mich schon einmal bezwungen. Aber diesmal nicht.« Sie ließ das Display nicht aus den Augen. Nach einer Weile knurrte sie das Handy unwirsch an, legte es auf den Beifahrersitz, beugte sich hinüber und nahm einen Stapel Papiere aus dem Handschuhfach. Immerhin hatte sie die Nummer ihrer Versicherung parat.

Irgendwo. Irgendwo hier musste die Nummer sein.

Hinter ihr klopfte jemand laut ans Fenster. Sie erschrak so, dass sie herumfuhr und die Papiere losließ, worauf sie prompt durchs Auto segelten und sich über Vorder- und Rücksitze verteilten.

Sadie betrachtete erst das Chaos und dann den Klopfer. Jenseits der Scheibe stand ein Mann in hellbrauner Uniform, mit einem Goldstern auf der Brust und einer Sonnenbrille auf der Nase. Was sie von ihm sah, war … nun ja, heiß. Was das Letzte war, womit sie gerechnet hatte. Schließlich hatte sie jahrelang in San Diego gelebt, dem Land der Schönen, und selbst dort war sie höchst selten so von einem Männergesicht überwältigt gewesen, dass ihr nur noch »heiß« einfiel. Aber vielleicht lag das an dem Schreck, den sie gerade bekommen hatte. Sie war leicht verstört, weiter nichts.

Der Mann deutete nach unten, eine befehlende Geste, deren Bedeutung sie nicht gleich verstand, zumal sie im Hinterkopf mit etwas anderem beschäftigt war. Eine Erinnerung wollte sich nach vorn drängen.

Sadie blinzelte und versuchte, sich zusammenzureißen und in die Gegenwart zurückzukehren. Sie drückte auf den Knopf an der Tür, und die Fensterscheibe glitt nach unten und beseitigte die Barriere zwischen ihr und dem heißen Officer.

»Hallo«, sagte sie. »Mir ist der Sprit ausgegangen. Aber meine Versicherung deckt den Pannenservice ab, deshalb … Ich meine, es ist alles in Ordnung. Außer dass der Handyempfang nicht besonders ist. Deshalb war ich auf der Suche nach … Na ja, haben Sie aus einem besonderen Grund angehalten?«

»Um nach Ihnen zu sehen.« Sein Gesichtsausdruck war seltsam. Er sah aus, als würde sich auch in seinem Kopf eine Erinnerung melden, woraufhin sich ihre Erinnerung noch deutlicher bemerkbar machte.

»Ja … natürlich … Autofahrer in Not.« Sie blickte auf die verstreuten Papiere. »Klar. Aber eigentlich bin ich nicht in Not. Alles okay.«

Wow, aber er war echt heiß! Markanter Kiefer, kurze dunkle Haare. Er rief tief in ihr eine Reaktion hervor, die ihr auf höchst beunruhigende Weise vertraut vorkam.

Er beugte sich zum Fenster herab, und sie sah, was auf seinem Namensschild stand.

E. Garrett.

Oh nein! Nein, nein, nein, nein! Die englische Sprache verfügte nicht über genügend Flüche, um alles auszudrücken, was an dieser Situation schlecht war.

Sie hatte eine Panne und war gerade einem der Hauptdämonen aus ihrer Vergangenheit begegnet. In Uniform. Ein Begrüßungskomitee direkt aus der Hölle. Nicht, dass sie sich eingebildet hätte, ihm für immer und ewig aus dem Weg gehen zu können, schließlich lag ihr B&B auf der Ranch seiner Familie. Aber sie hatte doch geglaubt, ihn wenigstens die ersten zehn Minuten nach Erreichen der Stadtgrenze meiden zu können.

Sie war jetzt nicht in der Stimmung, sich mit ihm zu befassen. Seinen Spitznamen hatte sie schon geändert. Nicht »der heiße Officer«. Sondern »der oberstrenge Officer«. Genau das war er.

Und nicht nur das, er erinnerte sie auch an viele Dinge, die sie lieber einfach vergessen hätte.

Dann veränderte sich seine Miene, und sie wusste, dass auch bei ihm der Groschen gefallen war.

»Sadie Miller«, sagte er.

»Tja.« Sie lächelte ihn an, so gut es ging, doch ihre Handflächen begannen zu schwitzen. Autoritätspersonen hatten immer diese Wirkung auf sie, und bei Autoritätspersonen, die ihr schon einmal die Fingerabdrücke abgenommen hatten, war das Problem noch größer. »Du hast wirklich ein gutes Gedächtnis.«

»Die erste Frau, der man Handschellen anlegt, vergisst man nie«, sagte er mit tiefer und fester Stimme, und obwohl nichts daran zweideutig klang, kam es bei ihr so an.

Und zwar in Bereichen ihres Körpers, die sie seit langer Zeit ignorierte.

Sie räusperte sich, drückte die Schultern durch und versuchte, ernst und seriös zu wirken und das zu verkörpern, was sie in den letzten zehn Jahren aus sich gemacht hatte.

Eli Garrett durfte ihr nicht das Gefühl vermitteln, ein gammeliger Teenie zu sein, weil sie kein gammeliger Teenie mehr war. Und genauso wenig durfte er in ihr das Gefühl wecken, total scharf zu sein, so wie damals, weil … nun, weil sie nicht mehr derselbe Mensch war.

»Ah ja«, sagte sie.

»Was führt dich hierher zurück?«

Er wusste es nicht? Sie sah ihn an, betrachtete ihn genau. Er wusste es nicht. Na, super. Connor Garrett hatte es versäumt, seinem Bruder mitzuteilen, dass er das Haus an sie verpachtet hatte. Sadie hatte das Gefühl, dass Eli das so gut schmecken würde wie eine lebende Laus im Frühstücksmüsli.

»Bin ich, äh, bin ich verhaftet?«, fragte sie und rutschte unbehaglich auf ihrem Sitz herum.

»Nein«, antwortete er.

»Dann steht es mir frei weiterzufahren?«

»Wie denn? Dir ist der Sprit ausgegangen.«

Der Punkt ging an Officer Garrett. »Ja. Stimmt. Vielleicht … vielleicht könntest du mir aushelfen?«

Kein Lächeln umspielte seine Lippen – die Sadie viel interessanter fand, als angebracht war –, und auch der angespannte

Zug verlor sich nicht. Der Mund blieb eine gerade Linie. Unnachgiebig. Unfreundlich. Wie der ganze Mann.

»Eine Sekunde.« Er wandte sich ab und kehrte zu seinem Streifenwagen zurück. Sadie fing an, die Papiere aufzulesen, die sie überall im Wagen verstreut hatte.

Ihr Herz hämmerte so, dass sie fürchtete, zum medizinischen Notfall zu werden. Wie wahrscheinlich war es, dass sie rein zufällig ausgerechnet ihm als Erstes begegnete, wenn sie nach Copper Ridge zurückkehrte? Es war ein böses Omen. Ein ganz böses Omen.

Und natürlich war ihr erster Gedanke immer noch gewesen, dass er ein heißer Typ war. Das hatte sie schon mit siebzehn gefunden. Ein Mann, der zum *Sheriff's Department* gehörte, übte auf eine rebellische und oft betrunkene Jugendliche nun einmal große Faszination aus. Der Inbegriff des Verbotenen. Deshalb hatte es ihr immer einen kleinen Kick gegeben, ihn abzuchecken, auch wenn sie ihn nicht gern in ihrer Nähe hatte.

Sie atmete seufzend aus. Sie hatte gehofft, er wäre zur Polizei einer anderen Stadt gewechselt. Oder hätte die Uniform ganz an den Nagel gehängt und seine Leidenschaft fürs Töpfern entdeckt … in Südfrankreich.

Aber nein. Eli Garrett hatte getan, was offenbar die meisten Menschen aus Copper Ridge taten. Er hatte sich einen Platz in der kleinen Gemeinde gesucht und war in dieser Nische geblieben.

Du musst gerade lästern. Du bist ja auch wieder hier.

Ja, sie war wieder hier.

Bisher hatte sie in Copper Ridge einen Ort gesehen, in dem sie ihren Dämonen besonders gut den Stinkefinger zeigen konnte.

Und hey, einem davon war sie nun früher als erwartet begegnet. Allerdings trug er eine Waffe um die schlanken Hüften geschnallt, daher war das mit dem Stinkefinger wohl keine besonders gute Idee.

»Ich habe für dich angerufen«, ertönte seine Stimme hinter ihr.

»Gott!« Sie fuhr zusammen. »Würdest du dich bitte nicht so anschleichen?«

»Mache ich dich nervös?«

»Nein. Warum solltest du mich nervös machen?«

»Kriminelle werden beim Anblick einer Dienstmarke oft nervös.«

Sie runzelte die Stirn. »Ich bin keine Kriminelle. Ich bin Therapeutin. Amtlich zugelassen in acht … nein, in *neun* Staaten.«

»Und vorbestraft.«

»Als Minderjährige.«

»Seitdem keine Festnahmen mehr?«, fragte er.

»Ich frage dich noch einmal: Bin ich verhaftet?«

»Nein.«

»Dann … steht es mir frei weiterzufahren.«

»Außer dass dir der Sprit ausgegangen ist«, betonte er. Schon wieder.

»Nun, dann steht es *dir* frei weiterzufahren.«

Er hob eine Schulter. »Ja, das könnte ich. Aber ich fühle mich dafür zuständig, dass du nicht in Schwierigkeiten gerätst. Oder irgendetwas in Brand setzt.«

»Okay, hör zu, ich habe damals nichts mit Absicht in Brand gesetzt. Ich habe nur eine Laterne umgestoßen.«

»Weshalb Brandstiftung auch nicht auf der Liste der Vergehen stand, für die du festgenommen wurdest.«

»Vergisst du nie irgendetwas?«, fragte sie.

»Trunkenheit in der Öffentlichkeit. Ruhestörung, Widerstand gegen Vollstreckungsbeamte. Aber keine Brandstiftung.

Und kein Wort über die vielen Gelegenheiten, bei denen wir dich und deine Freunde auffordern mussten, ein Geschäft zu verlassen, oder euch sonst irgendwo verscheucht haben, wo ihr unerwünscht herumgelungert habt.«

»Du meine Güte, was für ein trauriges kleines Leben du führen musst, wenn du dich noch so genau an mein Vorstrafenregister erinnerst. Selbst *ich* erinnere mich kaum noch daran.«

»Wie ich schon sagte, die Erste vergisst man nicht.«

Sie zog eine Grimasse. »Das klingt jetzt aber sehr nach sexueller Anspielung, auch wenn das wahrscheinlich nicht deine Absicht war.«

»Inwiefern klingt das nach sexueller Anspielung?«

Sie kniff die Augen zusammen. »Fragst du das im Ernst?«

Sie wartete volle vier Sekunden, bis der Groschen bei ihm fiel. Wann es so weit war, erkannte sie deutlich, denn ganz kurz bewegte sich etwas in seiner humorlosen, unbewegten Miene, bevor sie wieder zu Granit wurde. Da er eine Sonnenbrille trug, konnte sie seine Augen nicht erkennen, sondern nur ihr eigenes Spiegelbild sehen. Das wirkte erhitzt und nervös. Und ganz bestimmt nicht, weil es zu warm war.

»Was willst du hier?«, fragte er.

»Hab ich nicht gesagt«, antwortete sie.

»Ich weiß. Normalerweise erinnere ich mich an Gespräche, die weniger als fünf Minuten her sind.«

»Ja, weißt du, ich sehe nicht ein, was dich das angeht, wenn du mich nicht zur Vernehmung festnehmen willst.«

»Für jemanden, der nur das eine Mal festgenommen wurde, beherrschst du den Jargon aber perfekt.«

»Ich bin Therapeutin. Ich arbeite mit Menschen in Schwierigkeiten. Da habe ich schon mehr als eine Verhaftung erlebt.«

»Hm.« Der Laut lag auf halbem Weg zwischen einem Wort und einem Grunzen.

»Was?«

»Ich bin nur überrascht, dass du Therapeutin geworden bist.«

»Warum?«

»Darum.«

Sie wusste, was dieses »Darum« bedeutete. »Weil du so verkorkst bist.« Das bedeutete es. Aber sie war nicht verkorkst. Sie war zwar nicht perfekt, aber auch keine Katastrophe. Außerdem musste man zum Glück nicht unbedingt den Mist im eigenen Leben bereinigt haben, um anderen dabei zu helfen, mit *ihrem* Mist fertig zu werden. Also bitte. Den letzten Teil ihrer Gedanken behielt sie allerdings lieber für sich. Wegen … nun ja. Der Waffe. Der Handschellen.

»Ich bringe gern Dinge in Ordnung«, erklärte sie. Was stimmte. »Das Leben anderer Menschen zum Beispiel. Ich loche sie nicht nur ein und werfe den Schlüssel weg. Ich versuche, etwas in ihrem Leben zu bewirken.«

»Vermutlich braucht es beides«, sagte er.

»Sicher. Jedenfalls, hast du nicht irgendeinen jugendlichen Missetäter, den du schikanieren kannst? Ich meine mich zu erinnern, dass das deine bevorzugte Vorgehensweise ist.«

Kaum hatte sie es gesagt, hielt ein alter roter Pick-up vor ihr, und ein alter Mann stieg aus, in der Hand einen Benzinkanister von derselben Farbe wie der Truck. Der Mann kam ihr bekannt vor.

»Tja«, sagte er lächelnd, »wenn das nicht Ms Sadie Miller ist.«

Offenbar stimmte es nicht, dass niemand in der Stadt sie mehr kannte. Anscheinend hatten diese Leute nichts Besseres zu tun, als sich an jeden einzelnen Menschen zu erinnern, der in dieser Stadt geboren war. Bis in alle Ewigkeit.

Fairerweise musste sie jedoch zugeben, dass sie sich ebenfalls an Bud erinnerte. Sie hatte keine Ahnung, wie sein richtiger Name lautete. Ob er überhaupt einen hatte. Verdammt, das war durchaus nicht sicher. Es gab auch mehr als einen Bubba in der Stadt, die alle völlig ohne Spott so genannt wurden. Man konnte also nie wissen.

»Ja«, bestätigte sie. »Ja, ich bin's.«

»Was führt dich denn zu uns zurück?«, fragte er. »Wohnen deine Eltern wieder hier?«

»Nein. Die sind noch unten in Coos Bay.« Wobei Sadie nicht mit ihnen sprach. Also konnten sie inzwischen auch ganz woanders wohnen, aber das kümmerte sie nicht. Nicht mehr.

Sie wollte nicht mehr mit ansehen, wie die beiden miteinander umgingen. Und jetzt musste sie es auch nicht mehr. Sie hatte die Wutausbrüche ihres Vaters hinter sich gelassen und würde sich ihnen nie wieder aussetzen.

Ihre Mutter dagegen wollte nicht weggehen. Egal wie oft Sadie sie angefleht hatte, ihre Mutter ging nicht weg.

»Verstehe. Na, es ist nett, dass du wieder da bist.« Er fasste an den Schirm seiner Baseballmütze und zog sie sich mit einem Ruck tiefer in die Stirn, dann ging er zum Heck ihres Wagens und öffnete den Tankverschluss.

Einfach so. Als wäre sie wichtig. Und nicht irgendeine Halbstarke, die versehentlich eine Scheune in Brand gesteckt hatte und festgenommen worden war. Das Kind eines notorischen Ruhestörers, der seine Frau schlug.

Als würde er sich freuen, dass sie wieder hier war.

Verdammt! Jetzt war sie wirklich ein bisschen gerührt.

Sie schnallte sich los, stieg aus, stellte sich neben den Wagen und sah zu, wie Bud weit vorgebeugt Benzin in ihren Tank füllte. »Hey, ich komme später bei der Tankstelle vorbei und bezahle. Im Moment habe ich kein Bargeld, aber …«

Bud richtete sich auf. »Keine Sorge«, sagte er. »Betrachte es als Willkommensgeschenk.«

Sie begriff beim besten Willen nicht, warum er so nett zu ihr war. Eigentlich hatte sie kaum etwas mit ihm zu tun gehabt. Sicher, als Kind war sie nach dem Schwimmen im Fluss oft mit ihren Freunden in dem Laden gewesen, der zu der Tankstelle gehörte, und hatte für fünfzig Cent Schokoriegel gekauft. Und dabei im nassen Badeanzug in dem klimatisierten Gebäude vor Kälte gezittert.

Aber sie hätte nie gedacht, dass er sie wiedererkennen würde. Oder gar … sie mögen. »Das ist wirklich nett.« Aber sie würde trotzdem so bald wie möglich bei der Tankstelle vorbeifahren und ihm das Geld geben.

Vielleicht sogar noch, bevor sie zur Garrett-Ranch fuhr.

»Danke. Euch beiden.« Sie würde sich von Eli Garrett nicht verunsichern lassen. Sie würde diesen Zwischenfall nicht als ein Vorzeichen dafür betrachten, wie es ihr mit ihrem Vorhaben ergehen würde.

Nee. Nur weil das Ganze mit einer Autopanne und Eli Garrett begonnen hatte, musste es nicht ähnlich schlecht weitergehen.

Sie fing Elis Blick auf und sah zu Boden, bevor ihr klar wurde, wie verlegen das wirken musste. Sie hätte ihn anschauen müssen wie einen ganz normalen Menschen. Und nicht wie einen sehr attraktiven Mann, der ihr einst Handschellen angelegt hatte.

Obwohl er genau das war.

Sie räusperte sich. »Ich fahre jetzt weiter. Ich … werde erwartet.« Früher oder später würde Eli natürlich herausfinden, wo sie erwartet wurde. Das hieß aber hoffentlich nicht, dass sie einander oft begegnen würden.

Sie stieg in den Wagen und schloss die Tür. Im Rückspiegel sah sie, dass Eli dasselbe getan hatte. Gut.

Sie atmete tief durch und ließ den Motor an. Dann legte

sie den Gang ein. Sie würde zu neuen Ufern aufbrechen, sich ihre Vergangenheit zurückerobern und sie damit ihrer Macht berauben.

Der kleine Zusammenstoß mit Eli Garrett würde daran nichts ändern.

2

Das Kataloghaus war sogar noch schöner als in der Annonce beschrieben. Vernachlässigt, das schon, aber davor hatte der Besitzer Sadie gewarnt.

Der Rasen musste ganz neu angelegt werden. Eine Möglichkeit wäre Rollrasen gewesen, aber Sadie war nicht sicher, ob ihr Budget das hergab. Was hieß, dass sie neu aussäen und sich in Geduld üben musste. Sie hasste es, geduldig zu sein. Sie saß nicht gern untätig herum. Und sie hatte noch nie abgewartet, bis das Gras wuchs.

Sadie lehnte an ihrem Wagen und musterte das Haus. Von der Natursteinfassade, die bis zur halben Höhe reichte, über die solide, nie veränderte Holzverkleidung bis zu den Fenstern aus geschliffenem Glas erzählte es von früheren Zeiten.

Es war alles andere als ein rustikales Blockhaus. Es war fast zu elegant, um hier draußen zwischen den Bäumen am Fuß der Berge zu stehen. Aus Connors E-Mail wusste sie, dass sein Ururgroßvater das Haus etwa 1914 aus einem Katalog von *Sears and Roebuck* für seine Frau bestellt hatte. Damit ihr die Wildnis Oregons ein bisschen weniger wild vorkam, wenn sie sie mit ihrem alten Zuhause in Boston verglich.

In einer Gegend voller Blockhäuser war dieses Haus damals vermutlich das modernste weit und breit gewesen.

Jetzt war es das nicht mehr, aber es hatte Charme. Und das war eigentlich alles, was ein *Bed & Breakfast* brauchte. Connor hatte ihr erklärt, dass sie selbst renovieren musste, dabei aber freie Hand hatte, solange sie für die Kosten aufkam und solange das Haus – wie im Vertrag festgelegt – sich am Ende der Pachtzeit in besserem Zustand befand als jetzt. Was in seinen Worten bedeutete: »Keinen Firlefanz wie Zottelteppiche.«

Sie atmete tief ein. In der Luft hing der intensive Salzgeruch des Meeres und der Duft von Kiefern und sonnenwarmem Holz.

Der Geruch war vertraut und doch fremd. Sie war lange fort gewesen, und als sie damals ging, war ihr nichts an Copper Ridge besonders liebenswert erschienen. Sie hatte keinen Blick für die Schönheit dieser Gegend gehabt, sondern nur noch das kleine Haus auf der falschen Seite des Highway gesehen, in dem es nach Schmutz, Blut und Alkohol stank.

Es hatte nicht viele Momente gegeben, in denen sie innegehalten hatte, um sich am Duft der Wälder zu freuen. Wenn sie überhaupt in den Wald gegangen war, dann um sich auf einer kleinen Lichtung unweit der Garrett-Ranch zu verkriechen und zu rauchen. Was den Frische-Luft-Aspekt des Ganzen irgendwie zunichtegemacht hatte.

Auf einmal wurde ihr klar, dass es gar nicht weit bis zu dieser Lichtung war. Wenn sie wollte, konnte sie ihre halb ausgepackten Kartons sich selbst überlassen und den Ort besichtigen, an dem sie vor so vielen Jahren zusammen mit ihren Freunden Zuflucht gesucht hatte.

Ein seltsamer Schmerz erfüllte ihre Brust, ein Gefühl von Sehnsucht und Heimweh, das ihr fremd war. Diese Lichtung hatte Gewicht. Zumindest dort war sie verwurzelt. Und höchstwahrscheinlich würde sie dort sämtlichen Geistern ihrer Vergangenheit begegnen.

Sie und ihre Freunde waren damals kaum mehr als Kinder gewesen, verbunden durch ihren Zorn auf das Leben. Wild entschlossen, alles zu versuchen, um sich wenigstens ein Stück Selbstbestimmung zu erobern. Was sich in Drogen, Alkohol und Sex geäußert hatte. Diese kleinen Akte der Rebellion hatten sich wie Siege angefühlt.

Aber jetzt war sie erwachsen. Sie bestimmte selbst über ihr Leben. Was sie sich hier aufbaute, würde ihr allein gehören. Es würde nicht nur eine Reaktion auf die Zustände in ihrem Elternhaus sein.

Dafür musste sie sich die Lichtung nicht anschauen. Und Geister gab es sowieso nicht.

Mit diesem abschließenden Gedanken hob sie Tobys Transportbox aus dem Auto, ging mit großen Schritten zur vorderen Veranda und klappte den Briefschlitz hoch. Dort hatte Connor einen Schlüssel für sie deponiert. Sie hatte den Eindruck, dass er so wenig wie möglich mit ihr zu tun haben wollte.

Was ihr nur recht war. Sie hatte genug Geld für die Umgestaltung des Hauses und freute sich darauf, ein paar Wochen in relativer Einsamkeit zu verbringen und alles startklar zu machen.

Danach würde sie vielleicht einige Freunde von früher besuchen. Oder auch nicht. Denn es würde … nun, es würde sie alle ein bisschen zu deutlich an Zeiten erinnern, die für niemanden ein Spaß gewesen waren. Vielleicht lernte sie ja einen Mann kennen. Ging mit ihm aus.

In letzter Zeit hatte es in ihrem Leben weder Männer noch gute Freunde gegeben.

Die vielen Umzüge machten es einfach schwierig. Und wenn sie ehrlich war, fing sie am liebsten immer wieder neu an. Sie nahm ungern etwas aus dem alten Ort an den neuen mit. Natürlich hatte es in ihrem Leben schon Männer und gute Freunde gegeben, die ihr etwas bedeutet hatten. Doch. Wirklich. Aber sie wollte sich gern die schönen Erinnerungen an sie bewahren. Sie mochte Beziehungen nicht so in die Länge ziehen, dass sie Verschleißerscheinungen zeigten.

Sadie nahm den Messingschlüssel aus dem Briefschlitz und steckte ihn in das dazu passende Schloss. Sie musste kräftig drehen, bevor es nachgab. »Okay, Toby«, sagte sie. »Willkommen in unserem neuen Zuhause, ob es uns nun gefällt oder nicht. Von dem Pachtvertrag können wir nicht mehr zurücktreten, und wenn das Haus renoviert ist, sind wir sowieso pleite.«

Sie trug Toby hinein und sah sich um. Das Hausinnere war dunkel, aber sauber. Die Holzfußböden mussten abgeschliffen werden, waren aber sonst in gutem Zustand. Ein paar abgetretene Läufer mussten ersetzt werden, die Anschlüsse für Lampen modernisiert. Aber nach Schimmel roch es nicht, was schon mal ein Vorteil war.

»Es muss einfach klappen.« Sie stellte Toby in seiner Box auf dem Küchentisch ab. »Sonst wirst du nämlich dazu verdonnert, dich an eine Straßenecke zu stellen und dir für Geld den Kopf kraulen zu lassen. Und dass du so tief sinken musst, das will doch keiner von uns.«

Als sie die Box öffnete, kam er herausgeschlendert, sah sich mit zuckendem Schwanz um und schnupperte. Sadie strich ihm über das grau gestreifte Fell und kraulte ihn hinter den Ohren. »Wirklich, du solltest Geld dafür nehmen«, sagte sie. »Ich bin sofort tiefenentspannt.«

Toby sah sie an, als wollte er sagen, dass er selbst deutlich entspannter wäre, wenn sie sich in ihrem hellen, weiß gestrichenen alten Apartment im sonnigen San Diego befänden.

Aber Toby war daran gewöhnt, ihr überallhin zu folgen. Sein Unwille würde nicht lange vorhalten.

Der erste Punkt auf der Tagesordnung war, Tobys Katzenklo aus dem Wagen zu holen. Der zweite, das Haus bewohnbar zu machen.

Ob es ihr gefiel oder nicht, sie hatte sich für fünf Jahre festgelegt. Das musste sie jetzt wohl oder übel durchziehen.

»Okay, Toby. Zeit, die Sache in Angriff zu nehmen.«

»Drüben beim Kataloghaus stand ein Auto. Ich hab's beim Abbiegen gesehen«, sagte Eli.

»Ja.«

Eli warf seinem Bruder einen Blick zu. Connor saß am Küchentisch und wirkte noch übellauniger und ungeselliger als sonst. Was schon etwas heißen wollte.

»Und Licht brannte auch«, fuhr Eli fort. Er wollte eine Erklärung.

»Ja.«

»Du scheinst nicht überrascht.«

»Sag bloß. Ich dachte, du bist bei der Polizei. Man sollte meinen, dass du dann zwei und zwei zusammenzählen kannst.«

Eli war versucht, Connor irgendeinen Gegenstand über den Kopf zu ziehen, aber schließlich war Juni. Der Juni war für Connor ein schlimmer Monat, weil dann sein Hochzeitstag war. Der März war allerdings auch ein schlimmer Monat, weil da Jessies Geburtstag war. Und der April war schlimm, weil Jessie in diesem Monat vor drei Jahren gestorben war. Im August vor zehn Jahren waren sie ein Paar geworden. Im Dezember hatten sie sich verlobt.

Es gab also eine Menge schlechter Monate für Connor. Eli hatte dafür Verständnis und fühlte mit ihm. Doch das hieß nicht, dass er seinem Bruder nicht manchmal gern eine verpasst hätte, weil er so unerträglich missmutig war.

»Würdest du mir das bitte erklären?«

»Klar. Wir brauchen höhere Einkünfte. Also habe ich das Haus verpachtet. Langfristig.«

»Was? Findest du nicht, wir hätten das besprechen müssen?«

»Nein«, antwortete Connor. »Mir ist klar, dass die Ranch euch mitgehört, aber euch muss auch klar sein, dass sie für mich wichtiger ist. Sie ist meine einzige Einkommensquelle, Eli. Du und Kate, ihr habt eure Jobs, aber ich habe keinen, weil einer von uns die Ranch hauptberuflich führen muss.«

»Das weiß ich auch, aber hast du denn nie daran gedacht, mir zu erzählen, dass du ein Haus auf unserem Anwesen verpachten willst?«

»Daran gedacht schon. Aber ich habe mich dagegen entschieden. Weil ich fand, dass es letzten Endes meine Entscheidung ist.«

»Verdammt, Connor, bei aller Liebe: Sauf dich doch lieber ins Koma. In diesem Zustand bist du unmöglich.«

»Ich bin immer so«, gab Connor zurück.

»Ja, und du bist immer unmöglich.«

»Warum knurrt ihr euch an?« Kate, die Jüngste des Garrett-Clans, betrat die Küche. Sie hatte ihr Haar zu einem tief angesetzten Pferdeschwanz zusammengebunden und sah aus, als hätte sie den ganzen Tag hart gearbeitet. Was wahrscheinlich daran lag, dass sie genau das getan hatte.

»Weil Connor im Raum ist«, erwiderte Eli.

Kate trat lächelnd zu Connor und drückte ihm einen Kuss auf die Wange. Connor brummte.

»Ich hab dich auch lieb«, sagte sie. »Hat jemand Abendessen gemacht?«

»Niemand«, sagte Eli. »Wir müssen schließlich alle arbeiten. Aber ich habe für alle Fälle eine Pizza mitgebracht.« Eli wandte sich um und legte die Pizzaschachtel auf der Arbeitsplatte aus Granit ab, während Kate Teller aus dem Schrank holte.

Dies war Connors Haus, das Haupthaus des Anwesens, in dem er während seiner Ehe mit seiner Frau Jessie gewohnt hatte. Er war hier wohnen geblieben, weil die Ranch ein Familienbetrieb war und seit Generationen den Garretts gehörte. Weil er derjenige war, der das Land bewirtschaftete und bei dem es am unwahrscheinlichsten war, dass er jemals wegging. Das Haus stand ihm zu.

Aber Eli beschlich oft das Gefühl, dass er es hasste.

»Ich will jetzt ein Bier«, sagte Connor.

»Hol es dir selbst«, gab Kate zurück. »Ich serviere dir schon das Abendessen, und ich bin keine Kellnerin.«

»Wenn du eine wärst, würdest du nie Trinkgeld kriegen«, grummelte Connor. Er erhob sich von seinem Platz am Tisch, ging zum Kühlschrank und öffnete ihn.

Eli fiel auf, dass sich außer Bier und Käse nicht sehr viel darin befand. Was das über den Seelenzustand seines Bruders verriet, gefiel ihm nicht besonders. Aber vielleicht war Connor in letzter Zeit auch nur nicht zum Einkaufen gekommen. So könnte es sein.

»Du solltest eine Haushälterin einstellen«, schlug Eli vor.

Connor gab ein Knurren von sich, was er in letzter Zeit oft tat. »Ich will nicht, dass eine Fremde in meinen Sachen wühlt.«

»Dann stell jemanden ein, den du kennst.«

»Nein.«

Eli angelte sich ein Stück Pizza aus der Schachtel und legte es auf einen Teller, wobei er sich nach Kräften bemühte, nicht auf Kate zu achten. Sie hatte ihren Teller verschmäht und beugte sich stattdessen über den Tresen, sodass Soße auf die ansonsten saubere Fläche kleckerte.

Das ging Eli gegen den Strich. Er mochte es, wenn alles an seinem Platz war. Und sauber war. Er hatte zu viele Jahre damit verbracht, für Ordnung zu sorgen, um die Dinge jetzt schleifen zu lassen.

In ihrer Kindheit war Sauberkeit nicht nur eine Frage der Einstellung gewesen, sondern überlebenswichtig. Nur indem

Connor auf der Ranch alles am Laufen hielt und Eli den Anschein erweckte, der Haushalt werde von einem voll einsatzfähigen Erwachsenen geführt, hatten sie sich das Jugendamt vom Hals halten können.

Nur mit Ordnung hatten sie es geschafft, alle zusammenzubleiben.

»Connor hat mir gerade von unserem neuen Pächter erzählt.«

»Wir haben einen Pächter?«, fragte Kate mit vollem Mund.

»Allerdings.«

»Hol mir ein Bier, Connor«, bat Kate.

»Seh ich aus wie eine Kellnerin, Katie?«, knurrte er, stapfte aber zum Kühlschrank zurück und nahm zwei Bier heraus, von denen er jedem seiner Geschwister eines reichte.

»Irgendwie schon.« Kate nahm die Flasche entgegen und hebelte den Kronkorken an der Tresenkante ab.

Manchmal fragte sich Eli, ob es Kate geschadet hatte, dass sie von klein auf nur Männer um sich gehabt hatte. Aber wenn er das Kate gegenüber jetzt erwähnte, würde sie ihn wahrscheinlich anspucken. Was nur bewies, dass er recht hatte.

»Also.« Eli lehnte sich an den Tresen. »Der Pächter.«

Er hätte über alles geredet, um sich von den Ereignissen des heutigen Tages abzulenken. Sadie Miller. Er hatte sie als kleine blonde Unruhestifterin in Erinnerung. Mit ihren schwarzen Klamotten und zerrissenen Jeans hatte sie dem Klischeebild eines Teenagers entsprochen, der sich gegen die Gesellschaft auflehnte. Die Sorte von Gören, die er am wenigsten mochte. Verdammt angriffslustig war sie gewesen. Dass sie sich ihrer Festnahme widersetzt hatte, war noch milde ausgedrückt. Es war sein erster Sommer bei der Polizei gewesen, und sie hatten eine große Party in einer leeren Scheune aufgelöst. Die Teenager waren betrunken und so durchgeknallt gewesen, dass die

Aktion zum Albtraum geworden war. Kurz gesagt, es war die Hölle gewesen.

Und zum Schluss hatte er die siebzehnjährige Sadie in Handschellen legen und verhaften müssen, wodurch sie zum ersten Menschen wurde, den er je festgenommen hatte. Und auch wenn letztlich keine Anklage erhoben worden war – wie er heute schon einmal mit unüberlegten Worten gesagt hatte: Das erste Mal vergaß man nie.

»Ich habe das Kataloghaus langfristig verpachtet. Es soll als *Bed & Breakfast* genutzt werden«, sagte Connor.

»Als was?«, fragten Eli und Kate im Chor.

»Ihr habt schon richtig gehört. Seit die Altstadt restauriert ist und das Feuerwerk am Meer mit jedem Jahr größer wird, ist der Tourismus stark im Kommen. Und ich will mitverdienen.«

»Und wieso verdienst du mit, wenn du hinter unserem Rücken solche Verträge abschließt?«

»Ich bekomme die Pacht und eine Gewinnbeteiligung von ein paar Prozent. Und wie ich dir bereits erklärt habe«, sagte er an Eli gewandt, »verdiene ich mein Geld nur durch die Ranch. Je profitabler ich sie machen kann, desto besser.«

»Und du bist dir sicher, dass dein Pächter das Haus nicht in Schutt und Asche legt?«

»Die Frau ist von hier.«

Eli sträubten sich die Nackenhaare. »Ach ja?«

»Ja. Jünger als wir, älter als Kate, deshalb glaube ich nicht, dass einer von uns sie noch aus der Schule kennt.«

Eli hätte gelacht, wenn daran irgendetwas auch nur im Entferntesten lustig gewesen wäre. »Ich habe da so eine Vermutung, wer es sein könnte.« Er stellte sein Bier auf dem Tresen ab. »Sadie Miller?«

»Ja. Woher kennst du sie?«

»Ich habe sie mal festgenommen.«

Connors Augenbrauen schossen in die Höhe.

»Oh verdammt, dass sie eine Kriminelle ist, wusste ich nicht!«

Eli seufzte entnervt. »Sie ist keine Kriminelle. Wenigstens keine Berufsverbrecherin, glaube ich. Sicher, sie hat eine Straftat begangen, deshalb habe ich sie ja festgenommen, aber sie wird niemanden bei lebendigem Leib häuten.«

»Bäh!« Kate streckte ihm die Zunge raus.

»Ich mein' ja nur. Ich habe sie vor etwa zehn Jahren wegen Trunkenheit und ungebührlichen Benehmens festgenommen. Das fällt nicht gerade unter organisiertes Verbrechen. Und davor war sie einfach eine von diesen Jugendlichen, die sich die Augen anmalen, Zigaretten qualmen und auf die ganze Welt sauer sind. Eine größere Gefahr für gesunde Lungen als für die Allgemeinheit.«

»Na, das ist ja sehr tröstlich«, sagte Connor.

»Du hast dich vorher also nicht über sie erkundigt, oder?«, fragte Eli.

»Doch. Aber offensichtlich nicht gründlich genug. Ich habe vor allem ihre Bonität überprüft. Die Liste ihrer bisherigen Mietverträge liest sich nämlich wie ein Roman. Ich wollte mich vergewissern, dass sie keine Mietnomadin ist. Aber das ist sie nicht. Sie zieht nur gern um.«

»Tja, meinem Wahlkampf darf das jedenfalls nicht schaden«, sagte Eli.

Der jetzige Sheriff schied demnächst aus dem Dienst aus, und mit seinem Segen hatte Eli seinen Hut in den Ring geworfen und bewarb sich um die Nachfolge. Seitdem er sich dazu entschlossen hatte, wurde ihm die Sache mit jedem Tag wichtiger. Zumal er bei der Vorwahl einen der zwei Spitzenplätze errungen hatte und sein Vorsprung vor seinem Konkurrenten so groß war, dass ein Sieg im November fast sicher schien. Doch das hieß nicht, dass er sich auf seinen Lorbeeren ausruhte. Nein.

Er legte Tabellen an. Viele Tabellen. Weil er nicht anders konnte. Was man auch tat, man musste es richtig tun.

»Es wird deinem Wahlkampf nicht schaden. Sadie Miller wird ihr B&B führen, und du wirst dich um deine eigenen Angelegenheiten kümmern. Während ich mehr Gewinn mache.«

»Was glaubst du, wie lange sie bleiben wird?«, fragte Eli in der Hoffnung, dass die Antwort »Nicht lange« lauten würde. Sadie Miller störte seinen Sinn für Ordnung. Das tat die gesamte Angelegenheit, aber dass Sadie Miller involviert war, machte es noch schlimmer. Und er konnte keine Störungen brauchen. Nicht jetzt. Eigentlich nie.

»Sie hat für fünf Jahre unterschrieben.«

»Fünf Jahre?«, wiederholten er und Kate wieder im Chor.

»Könnt ihr mal aufhören, meine Antworten in Frageform nachzusprechen? Ja, fünf Jahre. Es braucht Zeit, so ein Geschäft auf die Beine zu stellen. Am Haus muss einiges ausgebessert werden. Sie hat eingewilligt, das selbst zu bezahlen und auch zu organisieren.«

»Du spinnst doch. Du lässt irgendjemanden – eigentlich eine Fremde – fünf Jahre lang auf unserem Anwesen wohnen, ohne dich vorher auch nur … mit ihr zu treffen?«, fragte Eli.

»Die Sache ist gelaufen. Der Vertrag ist unterzeichnet. Die Diskussion ist beendet«, sagte Connor.

Eli lehnte sich wieder an den Tresen und trank einen großen Schluck Bier.

Kate zuckte mit den Achseln. »Vielleicht wird es ja sogar nett, wieder eine Frau in der Nähe zu haben.«

»Sie wird aber nicht in der Nähe sein«, widersprach Eli. »Wie es scheint, wird sie ein *Bed & Breakfast* betreiben. Das ist ein himmelweiter Unterschied zu ›in der Nähe sein‹. Das Anwesen ist groß.«

»Ich mein' ja nur. Vielleicht besuche ich sie mal.«

»Eli hat recht, Katie«, sagte Connor. »Wir werden alles fein säuberlich getrennt halten.«

»Ist schon okay.« Kate pickte an ihrem Pizzabelag herum. »Aber ich finde, es wäre nur freundlich, ihr irgendetwas vorbeizubringen. Zum Einzug. Etwas zu essen. Die Gastfreundschaft der Kleinstädter in Aktion.«

»Bring du ihr ruhig was zu essen vorbei«, sagte Connor zu ihr. »Das geht mir völlig am A…«

»Ja, ja, ich weiß«, unterbrach Kate. »Wie alles andere auch. Ich versteh schon. Du bist ein miesepetriger Kauz und hast keine Lust auf Gesellschaft. Niemals. Wieder. Ich werde dich nicht dazu zwingen.«

»Gut.«

Kate wandte sich Eli zu und sah ihn aus großen braunen Augen an.

Eli hob abwehrend die Hände. »Sieh nicht mich an. Ich beteilige mich nicht an deinem Kleinstadt-Empfangskomitee.«

»Na schön. Dann werde ich eben die Familie repräsentieren. Schon um zu beweisen, dass wir nicht …« Sie biss ein Stück von ihrer Pizza ab und sprach mit vollem Mund weiter. »… von einem Rudel Wölfe großgezogen wurden.«

»Tja, das überlassen wir dir«, sagte Eli. »Ich habe da volles Vertrauen zu dir.«

»Danke, Mann!«

»Ich fahre jetzt nach Hause. Die Pizza lasse ich euch da.«

Das trug ihm ein Dankeschön von Kate und – wenig überraschend – ein Knurren von Connor ein.

»Ich habe morgen Nachmittag frei«, fügte Eli hinzu. »Das

heißt, ich kann vorbeikommen und helfen. Steht irgendetwas Großes an?«

»Nicht viel. Aber am Wochenende müssen wir die Kälber markieren. Hast du da Zeit?«

»Ja. Da bin ich dabei.«

Auch wenn er den Beruf des Polizisten gewählt hatte, das Leben als Viehzüchter lag ihm im Blut. Connor, Kate und er nahmen oft an regionalen Rodeos teil, auch wenn Kate bei Weitem die Erfolgreichste war und bei erster Gelegenheit Profi werden wollte.

Dass Eli ständig entweder für den Bezirk oder auf der Ranch schuftete, war der Hauptgrund dafür, dass er kein Privatleben hatte. Doch eigentlich fehlte es ihm auch nicht. Außer wenn er gerade erregt war. Dann fehlte es ihm schon irgendwie.

»Toll«, sagte Connor. »Dann bis morgen!«

»Bis dann!« Eli drehte sich um und verließ die Küche durch den Vordereingang. Auf der Veranda blieb er stehen und schaute auf das Anwesen hinaus. Und zu dem Licht in der Ferne. Es stammte vom Kataloghaus.

Dort logierte also Sadie Miller. Mit einem Pachtvertrag über fünf Jahre. Verdammt noch mal, eine krassere Störung seines Ordnungssinns hätte er sich nicht vorstellen können. Allerdings waren die ganzen letzten Jahre für ihre Familie eine einzige gigantische Störung gewesen.

Jessie fehlte ihnen allen. Und sie alle spürten, welche Lücke ihr Tod in Connors Leben gerissen hatte. Er war nicht mehr derselbe. Das würde er nie mehr sein.

Aber so lief es in ihrer Familie eben. Zumindest was die Liebe betraf. Wie gewonnen, so zerronnen.

Es hatte gleich mit der ersten Generation von Garretts begonnen, die dieses Anwesen bewohnten. Elis Ururgroßvater hatte ein Haus aus dem Katalog bestellt und es hier aufbauen lassen. Seine Ururgroßmutter hatte nur zwei Jahre darin gelebt, bevor sie eine Lungenentzündung bekam und starb.

Und dann waren da seine Urgroßeltern. Seine Urgroßmutter war im Kindbett gestorben, und ihr Mann war danach nur noch ein Schatten seiner selbst gewesen. Er hatte es kaum noch geschafft, das Land weiter zu bewirtschaften, und war nicht mehr in der Lage gewesen, auf seine Kinder aufzupassen. Elis Großvater war schließlich mit einer Frau aus der Stadt durchgebrannt, sodass seine Großmutter die Kinder allein großziehen musste.

Und dann waren da noch Elis Eltern. Seine Mutter war fortgegangen, als Kate ein Kleinkind war. Gott allein wusste wohin. An irgendeinen wärmeren und sonnigeren Ort. Wo die Männer Anzüge trugen und keine Sporen.

Wo es weder hilfsbedürftige Kinder gab noch nach Vieh stank.

Ihr Mann war daraufhin in einem Morast aus Alkoholismus und Verzweiflung versunken.

Und Connor hatte mit fünfzehn erwachsen werden müssen. Eli ebenfalls.

All dieser Schmerz hatte in dem Haus begonnen, das jetzt Sadie Miller beherbergte.

Eli ging die Verandastufen hinab und zur Auffahrt. Dann fuhr er auf einem anderen Weg nach Hause zurück.

Sadie Miller würde ihm keine Schwierigkeiten machen, weil er das nicht zulassen würde.

Schließlich war er hier der Hüter des Gesetzes.

3

Irgendwann heute wollte Sadie sich in die Stadt wagen. Ein paar Vorräte einkaufen. Natürlich erst wenn sie Inventur gemacht hatte. Aus einer mit der Maschine geschriebenen – und sehr kurzen – Mitteilung, die Connor für sie auf dem Küchentresen hinterlegt hatte, wusste sie, dass sich im Schuppen einiges an Werkzeug befand.

Doch bis sie sich ein Bild davon gemacht hatte, welche Arbeiten erledigt werden mussten, waren die Werkzeuge ziemlich nutzlos. Einen groben Überblick über die geringfügigen Schäden, die am Haus zu beheben waren, hatte sie schon, aber sie wollte auch darüber hinaus noch ein paar Dinge in Angriff nehmen.

Die ursprüngliche Holzvertäfelung in den Räumen war zum größten Teil noch erhalten. Sie reichte bis zur halben Höhe, und die Wände darüber waren in einem satten Cremeton gestrichen. Die verputzten Decken waren von einem Schachbrettmuster aus Holzbalken durchzogen.

In einigen Räumen waren die Abschlussleisten an den Decken offenbar irgendwann ersetzt worden, und die Formen passten nicht zusammen. Was hieß, dass Sadie sie entfernen und neue anbringen musste.

Das war nicht geplant gewesen, aber sie hatte ein kleines finanzielles Polster für unangenehme Überraschungen. Für einige größere Projekte wie den Anbau einer hinteren Veranda hatte sie ebenfalls Geld beiseitegelegt. Da bei allen Problemen mit der Bausubstanz Connor zuständig war, rechnete sie nicht mit Komplikationen, die ihr Budget sprengen würden.

Manche Leute mochten sie für eine Versagerin halten, aber sie war eine gut ausgebildete Versagerin, die mit Geld umgehen konnte.

Sie ging in die Küche und betrat die begehbare Speisekammer, die geräumiger war als so manches Schlafzimmer, in dem sie während ihrer Jahre in Mietwohnungen übernachtet hatte. Auf den Brettern der soliden Holzregale lag eine feine Staubschicht. Ansonsten gab es hier nur einen Mopp und einen Besen in der Ecke. Wenn man von den Weberknechten unter der Decke mal absah.

Sadie nahm sich vor, sich diesen Jungs später zu widmen, kehrte in die Küche zurück und öffnete die Schränke. Sie waren größtenteils leer. In einem Schrank entdeckte sie bunt zusammengewürfeltes Teegeschirr, was sie als guten Fund wertete.

Es würde dem Haus eine schrullige Note geben. Als Inspiration war das kein schlechter Anfang.

Sadie schlenderte durchs Esszimmer. Es wurde von einem großen Holztisch beherrscht, der vom jahrelangen Gebrauch viele Schrammen aufwies. Ihn aufzuarbeiten gehörte mit auf ihre To-do-Liste, aber nicht an oberste Stelle. Fürs Erste würde sie eine Tischdecke darüberbreiten.

Im Flur knarrte der alte Holzboden unter ihren Füßen. Seltsamerweise gefiel ihr das Geräusch. Weil es daran erinnerte, wie alt das Haus war.

Die hölzernen Treppenstufen knarzten ebenfalls. Sadies Fingerspitzen zogen Spuren durch die dünne Staubschicht auf dem Geländer. Beim Auszug des Vormieters war das Haus offenbar gereinigt worden; aber seitdem war es wohl einige Jahre nicht bewohnt gewesen.

Sie ging den Flur entlang und stieß die Türen zu den vier Schlafzimmern auf. In allen standen traumhaft schöne Himmelbetten. Sie brauchten neue Bezüge und Vorhänge, aber damit hatte Sadie gerechnet. Aus den Fenstern der zwei Schlafzimmer auf der Rückseite des Hauses sah man auf den dichten, urwüchsigen Wald, während die Fenster der beiden anderen Zimmer einen Blick auf eine sattgrüne Weide mit grasenden Kühen boten.

Alle Zimmer würden Jalousien brauchen, damit die Gäste so lange schlafen konnten, wie sie wollten, und sich nicht beobachtet fühlten.

Zwei Zimmer hatten ein eigenes Bad, die Gäste in den beiden anderen würden sich ein Bad teilen müssen, das vom Flur abging – nicht ideal, aber in Anbetracht des Alters des Hauses war es schon fast ein Wunder, dass es so gut ausgestattet war.

Es musste nur ein bisschen geschrubbt, aufpoliert und durch zusammenpassende Deckenleisten verschönt werden. Außerdem brauchte es lediglich Kleinkram, neue Möbel und eine Wagenladung neuer Wäsche.

Das Einkaufen würde ihr am meisten Spaß machen. Sie würde versuchen, Erzeugnisse aus der Region zu erstehen, damit das Haus am Ende zu Copper Ridge passte. Allmählich gefiel ihr die Vorstellung, zu einer Gemeinschaft zu gehören.

Doch erst einmal würde sie jetzt nach den Werkzeugen fahnden, die sich laut Connor im Schuppen befanden. Was sie dann damit machen würde, stand noch nicht fest, aber sie hatte das dringende Bedürfnis, schon einmal irgendwo anzufangen.

Sadie stapfte die Stufen hinunter und ging in den Garten. Der Boden war mit Rindenstücken bedeckt, die weich unter ihren Tennisschuhen nachgaben. Aus dem Unkraut sickerte kühler Tau in ihre Hosenbeine.

Sadie fröstelte. So früh am Morgen war es noch nicht warm. Doch es war windstill, und die Bäume ringsum schienen sie zu umschließen und sie und ihr neues Zuhause vor der Außenwelt zu beschützen.

Als sie pfiff, hallte der Laut von den Baumkronen wider, was das Gefühl der Abgeschiedenheit noch verstärkte. Es gefiel ihr. Und was noch wichtiger war: Ihren Gästen würde es auch gefallen.

Tja, das sollte es besser, schließlich hatte sie sich für fünf Jahre festgelegt. Bei dem Gedanken spürte sie den eiskalten Griff der Klaustrophobie um ihren Hals. Fünf Jahre. An einem Ort. Und zwar ausgerechnet in Copper Ridge, dem Ursprung all ihrer Komplexe und sonstigen Probleme.

Du stellst dich eben deiner Vergangenheit. Das rätst du deinen Patienten doch auch ständig.

Ihre innere Stimme hatte recht. Aber diese Stimme sollte sich zum Teufel scheren. Sadie hatte keine Lust, sich irgendwelchen Dingen zu stellen. Sie wollte nur … dass sich nicht mehr alles so falsch anfühlte. Dass sie nicht mehr ganz so rastlos war.

Nicht mehr wie ein rollender Busch. Oder ein wild dahinjagender rollender Busch.

Sie hatte anderen Menschen schon so viele Ratschläge erteilt, die sie selbst nie befolgt hatte. Sich seinen Ängsten stellen, sich all den vergangenen Dingen stellen, die noch immer Macht über einen hatten. Zum Ursprung eines Traumas zurückkehren, damit man sah, dass es nicht über magische Kräfte verfügte.

Tja, jetzt befolgte sie diese Ratschläge eben.

Sie zog den Reißverschluss ihres Kapuzenpullovers hoch, um sich gegen die feuchte Luft zu schützen, und schlug einen Pfad ein, der vermutlich zum Schuppen führte.

Das Röhren eines Motors durchbrach die Stille. Als Sadie

sich umdrehte, sah sie einen schwarzen Truck die lange, einsame Zufahrt zu ihrem Haus entlangbrausen.

Sie blieb stehen und versuchte einen Blick auf den Fahrer zu erhaschen. Vergeblich, doch da dieser Auftritt für einen Massenmörder zu auffällig war, brauchte sie wohl keine Angst zu haben.

Sie schob die Hände in die Taschen des Kapuzenpullovers und kehrte dorthin zurück, wo der Truck jetzt hielt. »Hallo?«

»Hi!«

Die Begrüßung kam von einer Frauenstimme. Damit hatte Sadie nicht gerechnet, genauso wenig wie mit der zierlichen Brünetten in Flanellhemd und Arbeitshose, die auf der Fahrerseite aus dem Truck sprang. Als ihre Stiefel auf dem Boden auftrafen, hüpfte ihr ein Zopf um die Schultern. Sie blickte auf und lächelte.

Sadie erinnerte sich vage daran, dass es eine weibliche Garrett gab, die sie jedoch nie kennengelernt hatte. Das war nicht weiter überraschend, da diese junge Frau frisch und gesund aussah und damit all das verkörperte, was Sadie damals nicht war.

»Kate«, stellte sie sich vor und streckte ihr die Hand hin. »Kate Garrett. Die Schwester.«

»Nett, Sie kennenzulernen.« Sadie schüttelte ihr die Hand.

»Gestern Abend wollte ich nicht mehr herkommen, weil ich das unhöflich fand, aber ich dachte, ich schaue heute mal vorbei. Nur um Hallo zu sagen. Und um Sie nach Ihren Plänen zu fragen.«

Kate hatte etwas Naives und Süßes an sich, was jedoch im Widerspruch zu ihrem festen Händedruck und dem sicheren Auftreten stand. Sie strahlte Stärke und Offenheit aus, und für einen Moment beneidete Sadie sie darum. Welchen Mut das brauchte!

»Nun ja, ich will das Haus in ein B&B verwandeln. In anderthalb Monaten kann ich hoffentlich die ersten Gäste aufnehmen.« Sie stemmte die Hände in die Hüften und stieß einen langen Atemzug aus. »Die Zeit müsste reichen, um alles vorzubereiten und sich einzuleben. Hoffe ich.«

»Wenn Sie Hilfe brauchen oder so, sagen Sie es mir. Ich arbeite im *Farm & Garden* und weiß eine Menge über Pflanzen, Tiere und die üblichen Reparaturarbeiten.«

Es verblüffte Sadie einmal mehr, wie nett die Leute hier – mit Ausnahme von Eli – seit ihrer Ankunft zu ihr waren. Sie hatte sich vorgestellt ... Sie wusste es selbst nicht genau. In ihrer Fantasie hatte sie Copper Ridge in einen so finsteren Ort verwandelt, dass sie sicher gewesen war, die Einwohner würden ihr mit Fackeln und Mistgabeln in der Hand entgegentreten. Doch das hatte keiner getan.

Sollte sich etwa herausstellen, dass es hier gar nicht so viele Dämonen gab, wie sie dachte?

»Das ist wirklich nett, aber ich möchte Ihnen nicht zur Last fallen«, antwortete Sadie.

»Nein, wirklich, ich habe momentan nicht viel zu tun. Außer meiner Arbeit. Außerdem habe ich nur Männer um mich, da wäre es schön, mal einen weiblichen Einfluss zu spüren.«

Sadie wurde bewusst, dass sie besser damit aufhörte, sich gegen Beziehungen zu sträuben. *Fünf Jahre, denk dran!*

»Wenn ich etwas brauche, komme ich gern darauf zurück«, versprach sie. »Mit Ihnen macht das Arbeiten bestimmt mehr Spaß als mit irgendeinem bezahlten Helfer.«

Kate lachte. »Ich werde mich bemühen. Was brauchen Sie denn heute?«

»Deckenleisten. Lampen. Vielleicht schaue ich auch nach Küchenwaren.«

Kate zog die Nase kraus und blickte erst zum Haus und dann

zu Sadies Wagen. »Wenn Sie Zubehör fürs Renovieren kaufen müssen, passt da aber nicht viel rein. Der fasst ja gerade mal einen Fünf-Kilo-Sack Kartoffeln. Wenn Sie wollen, nehme ich Sie mit, und Sie benutzen meinen Truck, um die Sachen herzutransportieren. Sie müssen mich nur nach Ladenschluss wieder abholen.«

Sadie hatte für heute noch keine festen Pläne, aber sie konnte nicht leugnen, dass sich ein Truck vermutlich als sehr nützlich erweisen würde.

Ihr erster Impuls war dennoch, Nein zu sagen. Hilfe anzunehmen bedeutete, dass man sich möglicherweise revanchieren musste. Sadie half gern und erwartete dafür keine Gegenleistung. Doch sie hatte immer Angst davor gehabt, jemandem etwas schuldig zu bleiben, wenn sie einen Ort verließ.

Aber hier willst du bleiben. Wenigstens für eine ganze Weile.

»Danke, Kate! Das ist sehr nett von Ihnen. Ich weiß Ihre Hilfe wirklich zu schätzen.«

»Ach Mist«, fluchte Connor und blickte sich auf der Weide um. »Ich glaube, wir haben ein Kalb übersehen.«

Eli richtete sich auf und wischte sich den Schweiß von der Stirn. Vorhin war es ihm nicht so heiß vorgekommen, doch jetzt stand die Sonne hoch am Himmel und brannte auf sie herab. Auf der Weide gab es keinen Schatten, und die Arbeit, die sie erledigten, war anstrengend.

»Meinst du?« Er schaute auf der Weide umher und bemerkte eine *Red Angus* – eine der wenigen roten Kühe, die sie in der Herde hatten –, von der er genau wusste, dass sie längst hätte kalben müssen. »Ach, richtig. Sie hat schon gekalbt.«

»Und ich sehe kein Junges. Was heißt, dass sie es irgendwo versteckt hat oder dass es tot ist.«

»Verdammt!« Eli zog sich das T-Shirt aus und warf es auf den Boden. Dann stieg er auf sein Pferd. »Dann müssen wir wohl suchen.«

Eli trieb sein Pferd an. »Hast du die Nummer?« Damit waren die Kennziffern am Ohr der Mutterkuh gemeint.

»Ja, die weiß ich.«

»Vermutlich ist es irgendwo da unter den Bäumen.« Eli zeigte zu dem Ende der Weide, hinter dem die Wohnhäuser standen. Dieser Bereich war nach wie vor dicht bewaldet und bot der Herde Schutz vor der Witterung.

Connor folgte ihm. Während sie über die Weide galoppierten, hörten sie nichts als die Hufschläge der Pferde. Eli hielt nach einem Kadaver im Gras Ausschau, doch dass nirgends Krähen oder Bussarde zu sehen waren, stimmte ihn optimistisch.

Der Tod gehörte zwar zum Leben auf einer Farm dazu, aber Freude hatte Eli nicht daran.

Sicher, sie züchteten die Rinder des Fleisches wegen, aber sie sorgten auch gut für sie. Die Tiere hatten seiner Familie immer viel bedeutet. Einem Außenstehenden konnte man das nur schwer erklären, aber wer selbst Viehzüchter war, verstand diese innere Verbindung ohne viele Worte.

Bei einer so anstrengenden Arbeit musste man alle Aspekte lieben, sonst entschied man sich nicht dafür. Genau aus diesem Grund betrieb Eli die Viehzucht auch nur nebenberuflich. Vielleicht machte ihn das zu einem Schönwetter-Cowboy, aber damit kam er klar.

Er erledigte seine Arbeit trotzdem. In beiden Jobs.

Als sie die Bäume erreichten, zügelte Eli seine Stute, und Connor stieg ab.

Dann schaute er zurück. »Na toll! Seine Mama ist auf uns aufmerksam geworden. Das heißt aber auch, dass wir nah dran sind.«

Doch das Letzte, was sie wollten, war, von einer fünfhundert Kilo schweren Mutterkuh dabei ertappt zu werden, wie sie ihr drei Tage altes Kalb einfingen und ihm eine Ohrmarke verpassten.

Auch Eli stieg jetzt ab und folgte Connor unter die Bäume. »Okay, Con, beeil dich. Ich will es nicht mit der missgelaunten Mutter zu tun kriegen, ja?«

Im selben Moment entdeckte er das Kalb unter den Bäumen, staksig und wackelig auf den Beinen. Schwarz wie die Nacht. Die Färbung seiner Mutter hatte es nicht geerbt.

»Okay«, sagte Eli. »Packen wir's an.«

Connor verschränkte die Arme vor der breiten Brust.

»Dann mal los, du Teilzeit-Cowboy. Deine Schicht.« Er reichte Eli die Zange, desinfiziert und einsatzbereit.

Eli nahm sie, zeigte Connor den Stinkefinger und watete ins hohe Gras.

Dabei warf er einen Blick über die Schulter. Die Mutterkuh trabte jetzt auf sie zu, gar nicht glücklich darüber, dass sie sich ihrem Jungen näherten. Das konnte man ihr kaum verübeln. Trotzdem musste er dem Kalb eine Marke verpassen, damit sie es seiner Mutter zuordnen konnten. Momentan war das noch leicht, aber auf einer Weide voller schwarzer Kälber würde sich das schnell ändern.

»Beeil dich, Mann!«, rief Connor.

»Ja klar«, entgegnete Eli über die Schulter hinweg, während er sich durch das Gestrüpp auf das Kalb zukämpfte. Zweige brachen unter seinen Stiefeln. Das Kalb versuchte zu türmen. »Ich mach einfach ein bisschen schneller.«

»Ich will nur nicht, dass du platt getrampelt wirst.«

»Tja, ich auch nicht.«

Als Eli sich auf das Kalb stürzte, stürmte die Kuh auf die Männer los.

»Scheiße!« Connor sprang zur Seite. Das Muttertier stieß mit dem Kopf nach ihm und brüllte, um ihn einzuschüchtern. Seinem nächsten Kopfstoß konnte er ausweichen.

Eli konzentrierte sich wieder auf das Kalb. Er packte es, setzte ihm die Zange ans Ohr und drückte so fest zu, wie er konnte. Mit dem anderen Arm hielt er Kopf und Nacken ruhig.

»Geschafft!« Er ließ das schwarze Kalb los. Es hatte jetzt eine gelbe Marke am Ohr, wirkte aber nicht weiter beeindruckt.

»Dann schwing die Hufe«, rief Connor, während er durch die Bäume zurück zu seinem Pferd rannte. Eli tat es ihm nach. Zum Glück konzentrierte sich die Kuh ganz auf ihr Junges, das leise Jammerlaute ausstieß.

»Jetzt übertreibt es aber.« Connor wischte sich mit dem Arm über die Stirn. »Es will nur seine Mom noch mehr gegen uns aufhetzen.«

»Ich glaube, das geht gar nicht.« Eli versuchte, keuchend wieder zu Atem zu kommen.

»Wahrscheinlich nicht. Ich reite noch mal kurz zurück und schaue, ob alles in Ordnung ist. Treffen wir uns an der Scheune?«

»Ja klar.«

Eli stieg wieder auf und ritt zur Scheune. Als er näher kam, blickte einer der Arbeiter vom Ausmisten der Boxen auf, ein Oberschüler, den Connor für Hilfsarbeiten eingestellt hatte.

»Hey, Mike«, begrüßte Eli ihn. »Kümmerst du dich um Sable?« Er stieg ab und tätschelte der Stute den Hals.

»Mach ich«, sagte Mike.

»Toll, danke.« Eli ging um die Scheune herum. Das Gebäude war Connors größte Neuerung. Sie hatten alles Geld aus der Lebensversicherung ihres Vaters hineingesteckt.

Eli stützte sich mit einer Hand gegen die solide Holzwand

und bog den Rücken durch. Verdammt! Eine Verspannung. Er war zu jung, um schon alt zu werden.

Und am nächsten Morgen musste er eine Schicht für die Polizei schieben, was hieß, dass er keine Zeit für Wehwehchen hatte. Zwei Jobs gerecht zu werden war verdammt schwierig. Aber er hätte nie einen von beiden aufgeben wollen.

Connor lebte einzig und allein für die Ranch, doch Eli genoss die Abwechslung.

Und letzten Endes jagte er lieber Verbrecher, als selbst von einer Kuh gejagt zu werden.

Auch wenn er als Sheriff vermutlich deutlich mehr langweilige Büroarbeit erledigen und nicht mehr so oft Verbrecher jagen würde. Aber es bot ihm auch die Chance, im Bezirk etwas zum Guten zu verändern. Klar, zum Teil bewarb er sich auch, weil er ein Kontrollfreak war und die Aussicht unwiderstehlich fand, das Ablagesystem übernehmen zu können. Zum Teil war es auch Ehrgeiz. Aber hauptsächlich wollte er Sheriff werden, weil er Copper Ridge und Umgebung liebte. Und der Stadt als Sheriff zu dienen war die beste Methode, diese Liebe zu zeigen.

Er hörte ein lautes Krachen, gefolgt von weiterem Scheppern und einem schrillen Kraftausdruck. Unwillkürlich ging er in Richtung des Lärms. So war er nun einmal gestrickt. Wenn etwas nicht stimmte, lief er hin und nicht davor weg.

Er marschierte den Weg entlang. In Richtung Kataloghaus. Was er dort vorfand, würde ihn sehr, sehr sauer machen, das wusste er jetzt schon.

Als er die Bäume passiert hatte, sah er Sadie auf der anderen Seite der Zufahrt bei Kates Truck stehen. Sie hielt ein Bündel Deckenprofile oder Zierleisten in den Händen, die bestimmt über drei Meter lang waren. Vor der hinteren Klappe der Ladefläche, zu ihren Füßen, lagen mehrere Stücke Haushaltswaren und etwas, das wohl einmal eine Lampe gewesen war, bevor es auf dem Kies der Zufahrt ein vorzeitiges Ende gefunden hatte.

Genau die Art von Ablenkung, die er überhaupt nicht brauchen konnte.

»Was tust du da?«, rief er.

»Oh!« Sie hob ruckartig den Kopf, die blauen Augen weit geöffnet. Im nächsten Moment verengten sie sich, und ihre Miene wurde finster. »Du musst wirklich aufhören, dich so anzuschleichen. Ich bin noch keine vierundzwanzig Stunden in der Stadt, und du hast mich schon so oft erschreckt, dass es mich bestimmt fünfundzwanzig Minuten Lebenszeit gekostet hat.«

»Irgendwie habe ich das Gefühl, dass die dir nicht fehlen werden.«

»Das sagst du. Dabei ist es genug Zeit für eine Sitcom-Folge. Du machst damit meinen Plan zunichte, mir noch eine letzte Episode *Friends* anzusehen, bevor ich vor meinen Schöpfer trete.«

»Brauchst du Hilfe?«, fragte er geduldig.

»Lachst du eigentlich nie? Denn das eben war witzig.«

»Selten. Nicht so selten wie mein Bruder. Aber selten.«

»Das Problem haben wohl nur die männlichen Garretts. Mit eurer Schwester kann man viel mehr Spaß haben.«

»So viel, dass du ihr gleich den Truck geklaut hast? Arbeitest du schon daran, die Liste deiner Verbrechen zu verlängern?« Eli ging zum Truck hinüber und begutachtete die Katastrophe zu Sadies Füßen.

»Gerade du solltest wissen, dass ich nie eines Verbrechens angeklagt wurde, Deputy Korinthenkacker, also lass uns kein Drama daraus machen.«

»Ich passe nur auf meine Schwester auf.« Und das meinte er ernst. Denn Kate war viel zu lieb. Zu gutgläubig. Und Sadie war unberechenbar. Eine Kombination, die ihn nervös machte.

»Kate war vorhin hier und hat mir ihren Pick-up angeboten. Sie ist supernett.«

»Zu nett«, brummte er, während er weiter die Gegenstände inspizierte, die auf den Boden gefallen waren. »Und das wolltest du alles allein ausladen?«

»Die Zierleisten sind nicht schwer. Nur unhandlich. Aber ich habe nicht mitbekommen, dass die Jungs meine Tüten direkt an die Klappe gepackt haben, außerdem hatte sich eine mit den Zierleisten verheddert, und … Jedenfalls gab es ein kleines Unglück, und die Hängelampe ist kaputt. Aber ich komm schon zurecht.«

»Ich könnte ja helfen.«

»Und das würde nicht dazu führen, dass du in Flammen aufgehst?«, fragte sie.

»Kommt drauf an. Hast du vor, wieder mal etwas anzuzünden?«

Sie stieß ein unwilliges Knurren aus. »Ich habe es dir schon einmal gesagt. Ich habe nichts absichtlich angezündet. Ich habe eine Laterne umgestoßen. Das ist ein Unterschied.«

»Du hast einen Brand verursacht. Es war zwar ein Unfall, aber du hast eine ganze Scheune angezündet.«

»Ich finde schon, dass die Absicht dabei eine Rolle spielen sollte.«

»Na schön, meine Absicht ist, dir zu helfen. Vielleicht kannst du ja aufhören, alles so kompliziert zu machen, und mich mit anpacken lassen.«

Sadie versuchte, Eli nicht mit offenem Mund anzustarren, als er auf sie zukam. Sein Oberkörper war nackt und so muskulös, dass es praktisch unmöglich war, nicht hinzuschauen. Er hatte Schmutzflecken auf der Brust. Auf dieser behaarten, männlichen, muskulösen Brust.

In Uniform hatte er so proper ausgeschaut. Als hätte er seine Kleidung am Körper gebügelt, damit sie möglichst eng anlag und nirgends knitterte. Und er hatte darin sehr gut ausgesehen.

Aber Sadie hätte sich niemals träumen lassen, dass sich unter der Uniform etwas so Ursprüngliches und Männliches verbarg. Unter dem gesetzestreuen Äußeren war er geradezu … wild und unzivilisiert.

Plötzlich wurde ihr bewusst, dass sie ihn doch anstarrte. Vor allem seine Brustwarzen. Schlimmer konnte man sich kaum aufführen.

Sie räusperte sich und sah ihm ins Gesicht. In die braunen Augen, wie es sich unter zivilisierten Menschen gehörte.

»Danke«, sagte sie.

Doch ihre guten Absichten fielen in sich zusammen wie ein *Jenga*-Turm, als er das Bündel aus Zierleisten und Kranzprofilen, das sie in den Händen hielt, in der Mitte packte und sich auf die Schulter hob.

»Wo soll das hin?«

Ihr Gehirn musste zu viele Reize gleichzeitig aufnehmen, um diese Frage sofort zu verarbeiten. Denn durch seine Körperhaltung und das Gewicht der Gegenstände, die er trug, zeichnete sich jeder seiner Muskeln deutlich ab. Er sah einfach so verdammt stark aus. Da stand er und trug das Bündel, mit dem sie kaum fertig geworden war, als wäre es nichts.

Dieser Aspekt war eigentlich sogar verdammt ärgerlich.

Aber es sah trotzdem toll aus. Und diesen kleinen Moment musste sie sich einfach gönnen. Einen Moment, in dem sie seine kräftige Brust bewunderte und die klaren, festen Konturen seiner Bauchmuskeln. Darunter begann eine vollkommen ebene Fläche, an deren Rändern rechts und links tiefen Furchen abwärts liefen und unter dem Bund der tief sitzenden Jeans verschwanden.

Sie musste sich fast in die Faust beißen, um nicht leise zu wimmern.

Was zum Teufel war los mit ihr? Sie schmachtete sonst nie Typen an, die sie nicht mochte. Nicht mehr. Klar, früher einmal hatte sie ihn angeschmachtet – ein bisschen. Bis er sie festgenommen hatte. Aber inzwischen war sie schließlich erwachsen.

Sie mochte es unkompliziert, sie mochte es ohne Probleme. Ihr gefielen nette Männer, die eine liebevolle, entspannte Beziehung wollten, und wenn das nicht so leicht zu haben war, verzichtete sie eben.

Allerdings verzichtete sie nun schon eine ganze Weile, weshalb sie jetzt einen schwachen Moment in Sachen körperlicher Begierde hatte. Aber hey, das kam vor. Es hieß nicht, dass sie etwas unternehmen musste. Schon gar nicht mit Eli Garrett. Nein, danke!

Sie war sowieso nicht der Typ für Affären. Hauptsächlich weil sie die Vorstellung, mit einem Wildfremden zu schlafen, in keiner Weise verlockend fand.

Sie lernte jeden Mann erst einmal gut kennen, bevor sie mit ihm ins Bett hüpfte. Und wenn man den Mann vorher gut kennenlernte, war es schließlich keine Affäre mehr, sondern eine Beziehung.

Während also Beziehungen nur momentan nicht angesagt waren, waren es Affären überhaupt nie. Folglich war auch Sex nicht angesagt.

Folglich war soeben einfach die Hälfte ihrer Gehirnzellen beim Anblick seiner Bauchmuskeln abgestorben.

»Einfach … nur auf die Veranda«, sagte sie, während sie sich rückwärts entfernte, ohne den Blick von Eli abzuwenden. Sie schnappte sich eine der Plastiktüten, die umgekippt und leer auf der Ladeklappe lag, und bückte sich nach den verstreuten

Gegenständen, den Blick immer noch auf Eli gerichtet. Er hatte sich umgedreht und steuerte aufs Haus zu.

Dieser Hintern.

Meine Herren!

Oh ja! Sie hatte soeben auf schamloses Gaffen umgeschaltet, und es kümmerte sie nicht einmal. Nicht ein kleines bisschen, obwohl sie den Typen nicht mochte.

Warum sollte sie ihn nicht ein Weilchen anstarren? Um ehrlich zu sein: Erotische Kicks waren bei ihr dünn gesät. Vielleicht war Connor ja genauso scharf. Dann könnte sie ihn als Nächstes angaffen.

Aber er war nicht hier. Deshalb würde sie sich jetzt noch einen Augenblick Zeit nehmen, um genau zu betrachten, wie sich der Jeansstoff über Elis muskulösem und knackigem …

»Und? Soll das genagelt werden oder was?«

Sie brauchte eine volle Sekunde, bis ihr klar wurde, dass sich dieses »Nageln« nicht auf Sex bezog.

»Die Zierleisten?«

»Ja.« Er legte das Bündel auf der Veranda ab.

Hastig sammelte sie ihren verstreuten Hausrat ein und ließ nur die kaputte Hängelampe liegen. »So lautet der Plan. Im Schuppen ist eine Nagelpistole. Wenigstens steht eine auf Connors Liste, glaube ich. Er hat mir eine Liste dagelassen.«

»Nett von ihm.«

»Seit meiner Ankunft spielt er allerdings den Unsichtbaren. Er hat mir Instruktionen aufgeschrieben, aber gesehen habe ich ihn noch nicht.«

»Ja, so ist er eben. Übrigens …« Er bückte sich, um eine der Zierleisten geradezurücken, und Sadie legte den Kopf schief und beobachtete, wie seine Rückenmuskeln sich dabei bewegten. »… hatte er mir nichts davon erzählt, dass jemand das Haus gepachtet hat.« Er richtete sich wieder auf. »Ganz zu schweigen davon, dass derjenige einen langfristigen Vertrag unterschrieben hat und in den nächsten fünf Jahren ein *Bed & Breakfast* auf meinem eigenen verdammten Besitz betreiben will.«

»Es ist gemeinschaftlicher Besitz. Wenn man es genau nimmt.« Mit der Tüte in der Hand hastete sie zur Veranda.

»Richtig. Und wie kommst du nun dazu, all das Zeug annageln zu wollen? Wozu überhaupt?«

»Ich möchte, dass die Deckenleisten zueinanderpassen. Offenbar ist über die Jahre hinweg immer mal wieder ein Stück ersetzt worden, und manches davon passt nicht hinein. Das ganze Holz in den Räumen ist wunderschön, und ich möchte nicht, dass da etwas stört.«

»Aber sogar die ausgetauschten Deckenleisten sind doch älter als … wir. Es könnten also genauso gut die Originalleisten sein.«

»Nun, nein, könnten sie nicht, denn dann würden sie zusammenpassen. Sie kriegen zwar die volle Punktzahl, was das Alter angeht, aber ersetzt werden sie trotzdem.«

»Du willst sie durch diesen billigen Ramsch ersetzen?«

»Das ist kein Ramsch! Sieh dir an, wie viel von meinem Budget dafür draufgegangen ist, dann merkst du, dass das kein Ramsch ist. Die Leisten sind sogar sehr schön. Und wenn du hier nur rumstehst und meine Profilleisten beleidigst, dann … runter von meiner Veranda!«

Er lehnte sich ans Geländer und verschränkte die Arme. »Ich denke nicht dran. Es ist meine Veranda. Du hast sie nur gepachtet.«

»Ich kenne meine Rechte!«

»Das hier ist doch ein *Bed & Breakfast*. Und wenn ich nun ein Zimmer buchen will?«

»Wir haben noch nicht geöffnet.«

»Du könntest viel schneller öffnen, wenn du nicht völlig einwandfreie Profilleisten ersetzen würdest.«

Sie verhaspelte sich bei ihrer Retourkutsche und geriet ins Stottern, weil … Diese Bizepse. Und die Unterarme. Und überhaupt. Warum brachte er sie so aus dem Konzept, obwohl sie ihn so nervig fand? Warum kam es ihr so vor, als würde das Generve alles nur noch interessanter machen?

Sie begriff nicht, was mit ihr los war. Sie brauchte unbedingt ein Glas Wein. Besser eine ganze Flasche. Und Eli sollte endlich gehen. Sie hatte die Nase voll von diesen erotischen Kicks. Sie litt geradezu an einem Übermaß von erotischen Kicks. Ihr war schon ganz schwindlig davon.

»Was hast du sonst noch in der Tüte?«, fragte er.

»Alles Mögliche.«

Seine dunklen Augen wurden schmal. »Was genau?«

»Renovierkram. Den ich benutzen werde, um dieses Haus zu verschönern.«

»Warum zum Teufel muss es verschönert werden?«

Verächtlich schnaubend stolzierte sie zur Haustür, fischte den Schlüssel aus ihrer Handtasche und stieß die Tür auf. »Komm rein und sieh selbst.«

Sie ging vor ihm her und versuchte, sich nicht zu sehr durch seine Größe, seine Männlichkeit und seine schlichte *Präsenz* ablenken zu lassen.

»Schau es dir an«, sagte sie, »und damit meine ich: Schau richtig hin. Wie jemand, der dieses Haus noch nie gesehen hat, und nicht wie jemand, in dem es sentimentale Gefühle weckt.«

»Wer sagt, dass es sentimentale Gefühle sind?«

»Das ist offensichtlich. Du hängst sogar an den Profilleisten.«

»Ich mag einfach keine Veränderungen.« Seine Worte klangen gestelzt.

»Ach, wirklich?«

»Alles muss seine Ordnung haben«, murmelte er. »So behält man besser den Überblick.«

Sie machte eine wegwerfende Handbewegung. »Tja, ich liebe Veränderungen. Sie machen das Leben erst interessant.«

»Was die Frage aufwirft, warum du wieder hier bist. Und dich auf fünf lange Jahre festgelegt hast …«

»Weil es zu Hause doch am schönsten ist. Ich habe das ganze Land bereist, und nirgendwo habe ich mich so heimisch gefühlt wie in Copper Ridge.«

Er schwieg und sah sie an, viel zu aufmerksam für ihren Geschmack. »Wie lange hast du gebraucht, um diese Antwort so perfekt zu formulieren?«

Wut stieg in ihr auf. Weil er sie durchschaut hatte. »Willst du damit sagen, meine Antwort hört sich einstudiert an?«

»Ja. Total. Warum bist du wirklich hier?«

Ach, zum Teufel mit ihm! »Darum. Es war an der Zeit. Weil … ich es leid war, mich so zu fühlen, als würde ich weglaufen.«

»Wovor?«

Sie zog eine Schulter hoch. »Allem Möglichen.«

»Wie die Sachen in der Tüte?«

»Genau. Kram eben. Mist.«

Diesen Moment wählte Toby, um die Treppe herab und in die Küche zu tappen.

»Du hast eine Katze?«, fragte Eli alarmiert. »Hältst du sie etwa im Haus?«

»Ja«, antwortete sie. »Wo denn sonst?«

»Im Stall.«

»Freunde lässt man nicht im Stall wohnen. Tja, vielleicht lässt *du* deine Freunde im Stall wohnen. Das könnte der Grund sein, warum du keine hast.«

»Ich habe sehr wohl Freunde.«

»Ich habe noch keine gesehen.«

»Du hast mich bisher nur bei der Arbeit und zu Hause gesehen.«

»Und nicht ein Freund weit und breit. Oder sind sie im Stall?« Sie machte große Augen und sah ihn mit gespieltem Entsetzen an.

»Meine Freunde haaren nicht. Und sie hinterlassen mir keine toten Tiere auf dem Teppich.«

»Toby auch nicht. Ich kann mir nicht vorstellen, dass er je eine Maus töten würde. Dafür ist er viel zu kultiviert.«

»Eine Katze, die keine Mäuse tötet? Die ist doch wertlos.«

Sie warf ihm einen bösen Blick zu und hob Toby mit Schwung hoch. »Man kann nicht beides haben. Entweder ist es schlecht, dass er tote Tiere rumliegen lässt, oder es ist schlecht, dass er keine Tiere tötet.«

»Mir gefällt es, wenn Katzen Tiere töten. Draußen.«

»Dann halte du doch deine Katzen, wie du willst. Und ich halte meine, wie ich will. Und zusammenpassende Profilleisten bringe ich auch an. In den grundlegenden Fragen des Lebens sind wir wohl einfach verschiedener Ansicht. Nicht sehr überraschend, was?«

»Gutes Argument.«

»Na schön. Ich bin froh, dass wir zu diesem … Schluss gekommen sind.« Sie setzte Toby auf den Tisch. »Und jetzt muss ich mich wieder an die Arbeit machen.«

»Du glaubst wirklich, du schaffst das alles allein?«

»Ja, das tue ich. Ich kann hart arbeiten und habe keine Angst, mir die Hände schmutzig zu machen.«

»Ich dachte, du bist Therapeutin.«

»War ich auch.«

»Hast du dann nicht von Berufs wegen Leuten zugehört?«

Sie seufzte verärgert auf. »Zuhören ist harte Arbeit. Ich spreche aus Erfahrung. Deshalb tut es ja kaum jemand. Und außerdem *will* ich dieses Haus renovieren, und wenn du eins über mich wissen solltest, dann dass ich Dinge, die ich mir vornehme, auch zu Ende bringe, okay?«

»Tja, ich freue mich schon darauf, zu sehen, wie du das hier zu Ende bringst.«

»Und ich freue mich schon darauf, zu erleben, wie du dir ein Hemd überziehst.«

Die Worte hingen zwischen ihnen in der Luft, und Sadie bemühte sich, keine Grimasse zu ziehen und dadurch zu verraten, wie peinlich sie ihr waren. Verdammt, sie hatte doch so tun wollen, als wäre es ihr gar nicht aufgefallen! Und sie war ziemlich sicher gewesen, dass er ihren »Ich muss dich einfach anstarren«-Blick nicht bemerkt hatte. Wenn sie jetzt nicht dummerweise hätte durchblicken lassen, dass er sie aus dem Konzept brachte.

Bäh!

Er legte den Kopf schief. »Stört dich das etwa?«

»Nein.«

»Warum hast du dann gesagt …«

»Nur so. Das hier sind schließlich Geschäftsräume.«

»Ich dachte, dein B&B hätte noch nicht geöffnet.«

»Hat es auch nicht, aber … trotzdem.«

Er beugte sich vor, und sie bemerkte seinen Geruch – Schweiß, der Duft seiner Haut … Mann! Lust überfiel sie, packte sie an der Gurgel und schüttelte sie und wollte überhaupt nicht mehr loslassen. Sie hätte sich bewegen sollen. Von ihm abrücken, damit sie seinen Duft nicht mehr einatmete.

Aber sie schaffte es einfach nicht, an den nächsten Schritt zu denken. Ihr Verstand hatte völlig ausgesetzt.

Sie konnte Eli nur anstarren. Seine Lippen. Sein markantes Kinn. Es war stoppelig, nicht mehr so glatt wie gestern. Ja, heute sah er in jeder Hinsicht unordentlicher aus. Und das war interessant, das musste sie zugeben. Faszinierend. Gefährlich.

Zwischen ihnen knisterte es, und offenbar spürte er es auch. Denn sein Gesichtsausdruck war nicht so granithart wie sonst. Es lag Wärme darin. Sogar Feuer. In seinen dunklen Augen flackerte etwas auf und verschwand wieder.

»Ich glaube, ich bin dir lange genug zur Last gefallen«, sagte er. »Ich habe auch noch zu arbeiten.«

»Schön. Dann mal los.«

»Wenn du etwas brauchst …«

»Ruf ich Kate an.«

»Ruf Kate an.« Er sprach gleichzeitig mit ihr.

»Okay«, sagte sie. »Das mache ich. Ich muss sie sowieso abholen … sogar schon bald. Also. Okay.«

Er fuhr sich mit der Hand über die Haare, eine Bewegung, die seinen Bizeps betonte, und in Sadie blitzte Verlangen auf. Schon wieder. Mit ihr stimmte etwas nicht. Es musste an der vielen frischen Luft liegen.

»Ich denke, wir kommen schon klar, Sadie.« Seine Stimme klang rauer als zuvor.

»Ja? Wirklich?«

»Halt dich einfach von mir fern, dann halte ich mich auch von dir fern. Und versuch, nicht so viel zu verändern.«

4

Wie sich herausstellte, war Sadie Miller unfähig, Anordnungen zu befolgen. In den zwei Tagen, seit sie auf der Ranch der Garretts aufgekreuzt war, hatte sie unaufhörlich etwas verändert, und sie machte auch keinerlei Anstalten, damit aufzuhören.

Zuallererst hatte sie einen ganzen Trupp Leute engagiert und sie das Holz aufarbeiten und alte Farbschichten entfernen lassen. In deren Kielwasser hatte sie selbst die Zierleisten neu gestrichen. Sie war wie ein kleines blondes Aufziehspielzeug. Jedes Mal, wenn Eli zu Connors Wohnhaus oder den Hauptwirtschaftsgebäuden der Ranch fuhr, sah er Sadie irgendwo am Kataloghaus arbeiten. Natürlich hätte er jederzeit beschließen können, sich an seinem Ende des Anwesens zu verkriechen. Sein Haus erreichte man von der anderen Seite her. Doch dann hätte er weder seine Geschwister besuchen noch auf der Ranch arbeiten können. Und so dringend wollte er Sadie nun auch wieder nicht aus dem Weg gehen.

Andererseits hätte er auf ihren Anblick gern verzichtet. Er wollte sie einfach nicht auf dem Grundstück haben. Und verdammt, selbst er wusste, dass das eine sauertöpfische Haltung war. Aber das war ihm egal. Er hatte Pläne. Wichtige Pläne. Und dabei konnte er es nicht brauchen, dass sie hier durch die Gegend stromerte wie ein haltloser Hippie.

Scheiße, er sah das viel zu verkrampft! Aber es war ihm einfach zuwider, dass sich dieser Eindringling auf dem Land der Garretts einnisten durfte, und ja, verdammt, dann war er eben total sauertöpfisch. Es ließ sich nicht leugnen. Er fühlte sich einfach … bedrängt.

Er mochte keine Veränderungen. Ihm gefiel es nicht, wenn die Leute ihm auf die Pelle rückten. Das war ein Überbleibsel seiner Kindheit. Er und seine Geschwister hatten nie Freunde zu sich eingeladen, jedenfalls niemanden außer Jack Monaghan, und keine Menschenseele war je ins Haus gebeten worden. Nur bis auf die vordere Veranda. Niemand hatte sehen sollen, wie es drinnen ausschaute. Niemand hatte wissen sollen, in welchem Ausmaß alles den Bach runtergegangen war.

Solche Gewohnheiten ließen sich nur schwer überwinden. Wenn überhaupt.

Eli fuhr am Kataloghaus vorbei, fest entschlossen, einfach nicht hinzusehen. Es gar nicht zu beachten. Er hatte Connor und Jack versprochen, den Abend bei Bier und Poker mit ihnen zu verbringen, und dieses Versprechen würde er auch halten. Connor wäre sicher überglücklich gewesen, wenn sie alles abgeblasen hätten. Was einer der Gründe war, weshalb Eli es unbedingt durchziehen wollte.

Er parkte vor der Veranda und blickte zum Haus. Während Jessie hier lebte, hatte es schöner ausgesehen als jemals zuvor. Seit ihrem Tod war alles verwahrlost.

Auf der Veranda, deren Holzdielen dringend gebeizt werden mussten, lagen Connors schlammige Stiefel und andere Teile seiner Arbeitsausrüstung herum. Die riesigen markanten Fenster waren voller Regenspuren und Schmutzspritzer. Selbst an der Tür prangten schmutzige Handabdrücke. Als würde ein sehr großes Kind hier wohnen. Ein unreifer Mann, der sich seit der Beerdigung seiner Frau in einer Whiskeyflasche verkroch.

Ein Mann, der ihrem Vater ein wenig zu sehr nacheiferte. Auch wenn Eli kein Recht hatte, ihn deswegen zu verurteilen, denn schließlich hatte er selbst noch nie jemanden geliebt. Nicht so, wie Connor Jessie geliebt hatte.

Weshalb er auch noch nie einen solchen Verlust erlitten hatte. Und das sollte auch so bleiben.

Als er aus dem Wagen stieg, stellte er fest, dass Jacks Ford F-150 Pick-up schon in der matschigen Auffahrt parkte, die dringend geschottert werden musste – das würde Eli demnächst erledigen. Er stieg die Treppe hinauf und klopfte seine Stiefel an der obersten Stufe ab, um etwas von dem Dreck zu entfernen. Dann öffnete er die Haustür.

Er konnte Jacks Stimme hören – lebhaft und laut, genau wie früher, als sie noch spindeldürre Jungs waren und in die Grundschule gingen. Jack war ein Jahr jünger als Eli, hatte Connor und ihm aber immer nahegestanden. Wenn Eli als Kind in Schwierigkeiten geraten war, dann wegen Jack. Während Eli die Ordnung liebte, störte Jack sie für sein Leben gern. Eli konnte einfach nicht anders, als Jacks totale Missachtung aller Regeln zu bewundern.

Teilen konnte er sie nicht. Aber bewundern. Aus der Ferne.

»Hier kommt die Polizei«, rief Eli, als er durch den Eingangsbereich ins Esszimmer trat, wo Connor und Jack schon vor Spielkarten und Pokerchips am Tisch saßen.

»Betrüblicherweise«, erwiderte Jack, »hatten wir noch keine Gelegenheit, etwas Illegales anzustellen.«

Connor saß da und blickte gequält vor sich hin. Es war nur zu offensichtlich, dass sie versuchten, ihn aus seinem tiefen Loch herauszuzerren, und wie immer war ihm das derart stark bewusst, dass er sich mit aller Kraft dort unten am Boden festklammerte. Der sture Bock.

»Und jetzt bekommt ihr die auch nicht mehr. Können wir gleich mit dem Spielen loslegen? Und mit dem Trinken? Ich kann ja zum Glück nach Hause laufen und brauche nicht nüchtern zu bleiben.«

»Trunkenheit in der Öffentlichkeit?«, gab Jack zu bedenken.

»Privatgelände.«

»Na schön.«

»Liss kommt auch«, brummte Connor.

»Warum ist sie dann noch nicht hier?«, fragte Eli.

»Ich habe sie eingeladen«, stieß Connor zwischen zusammengebissenen Zähnen hervor. »Aber sie muss noch arbeiten.«

»Dann sollen wir auf sie warten, ja?«

»Sie bringt den guten Alk mit«, erklärte Connor.

»Na, wenn das so ist …«, lenkte Jack ein.

»Wo ist Kate?«, fragte Eli.

»Zu Hause, nehme ich an«, sagte Connor.

Kate lebte in einem anderen Haus auf dem Anwesen. Es war klein und höchstens für zwei Personen geeignet, aber für sie war es perfekt.

»Weiß sie, dass Liss kommt? Vielleicht möchte Kate sie ja sehen.« Liss gehörte zu Connors besten Freunden und war auch schon vor und während seiner Ehe eng mit ihm und Jessie befreundet gewesen. Und Kate schien sich nach weiblicher Gesellschaft zu sehnen, wie man schon daran erkannte, dass sie Sadie Miller unbedingt in eine Decke wickeln wollte wie ein herrenloses Kätzchen. Aber Eli würde das nicht zulassen. Keiner von ihnen würde Sadie Miller adoptieren.

Er schnappte sich eine Bierflasche aus dem Eiskübel auf dem Tisch, auf dessen Seite das O der *Oregon Ducks* prangte, und öffnete sie.

»Katie muss hier nicht unbedingt rumhängen und uns zuhören«, sagte Jack.

»Nenn sie nicht Katie«, ermahnte ihn Connor. »Sie hasst das.«

»Du nennst sie doch auch so«, erinnerte Eli ihn.

»Klar. Ich bin ihr großer Bruder. Ich darf das.« Er stieß mit dem Finger in Jacks Richtung. »Aber der da nicht.«

»Du liebe Güte, Connor, ist es nicht Schwerstarbeit, permanent so unfreundlich zu sein?«, fragte Jack.

»Du bist immer noch hier«, entgegnete Connor. »Die Tür ist offen. Es gibt massenhaft Leute, mit denen du Karten spielen und saufen kannst. Allerdings werden sie dich nie so befriedigen wie ich.«

Eli verschluckte sich fast an seinem Bier. »Du musst die Leute warnen, bevor du Witze reißt, Connor. Das kam eben sehr unverhofft.«

»Ich hasse es, berechenbar zu sein.«

»Ja«, sagte Jack. »So wie du junge Hunde und Regenbögen hasst. Wenn man je irgendwann mit dem Compoundbogen auf Einhörner schießen darf, stehst du bestimmt ganz vorn in der Schlange.«

Eli hörte, wie die Haustür aufging und Frauenschuhe über den Hartholzboden klackerten. Was bedeutete, dass es nicht Kate war, denn sie trug Stiefel wie sie alle.

»Da bin ich!«

Es war Liss. Sie marschierte fröhlich herein, löste den Dutt, zu dem sie ihr kastanienbraunes Haar hochgesteckt hatte, und schüttelte es aus. »Oje! Furchtbarer Tag. Buchführung prüfen bei … so einer Firma. Schweigepflicht, sorry.«

»Ja, klar doch, das kenne ich«, sagte Eli.

»Da bin ich mir sicher. Aber Steuerberater kann man nicht über Polizeifunk-Scanner abhören.« Sie stellte eine braune Tüte auf den Tisch. »Ich habe Jack dabei. *Daniel's*, meine ich.«

»Dann darfst du dich setzen.« Connor griff schon nach der Tüte.

Liss runzelte die Stirn.

»Hör auf«, sagte er. »Sieh mich nicht aus großen traurigen Augen an.« Er blickte von einem zum andern. »Das hier ist doch wohl kein Einmischungsversuch, oder?«

»Sollten wir uns denn einmischen?«, fragte Eli.

»Nein. Mir geht's gut. Spielen wir Karten.«

»Strip-Poker«, schlug Jack vor. »Weil Liss hier ist.«

Liss musterte ihn mitleidig und sah dann Connor und Eli an. »Das Spiel würde ich gewinnen, Jack. Egal wie du es drehst und wendest.«

»Kein Strip-Poker«, sagte Eli.

»Du bist bloß immer noch sauer, weil wir das letzte Mal, als ich dich zum Ausziehen überredet habe, von einer Gruppe Highschool-Mädchen beim Nacktbaden überrascht wurden«, sagte Jack. »Da waren wir ungefähr zwölf.«

»Und seit dem Tag höre ich nicht mehr auf dich.«

»Weniger quatschen. Mehr zocken«, befahl Liss und schlug auf den Tisch.

»Schon gut, schon gut.«

An der Tür war ein Klopfen zu hören, das fast verzweifelt klang. Und Kate hätte nicht geklopft, das wusste Eli.

Connor stand auf. »Eine Sekunde.«

Er verließ den Raum. Alle sahen ihm nach und lauschten.

»Oh! Gott sei Dank sind Sie zu Hause.« Eine Frauenstimme.

»Ich bin immer zu Hause«, erwiderte Connor. Seine ausdruckslose Stimme war im Esszimmer deutlich zu hören.

Connor. Wie üblich vor Charme sprühend.

»Ich hatte da eine kleine Katastrophe.« Oh nein!

»Kommen Sie rein.« Verdammt!

Wieder Schritte, und Sadie Miller betrat das Esszimmer.

Sie sah schlimm aus. Ihre Haare waren nass und hingen ihr in verdrehten, zwirnartigen Strähnen ins Gesicht und über die Schultern. Sie trug ein ausgeleiertes graues Sweatshirt, in dem sich feuchte Flecken ausbreiteten, wo immer ihre Haare den Stoff berührten. »Ich habe da ein Problem«, sagte sie kleinlaut und blickte in die Runde.

Jack und Liss schienen perplex.

»Das ist Sadie Miller«, erklärte Eli. »Unsere neue Pächterin im Kataloghaus.«

Liss' Blicke huschten zwischen Connor und Sadie hin und her. »Oh! Hallo! Sie sind die Frau, die das B&B betreiben will.« Aus irgendeinem Grund klang ihre Freundlichkeit gezwungen. Und offensichtlich wusste Liss schon von dem *Bed & Breakfast*. Eli hatte sogar das Gefühl, dass sie irgendwie in die Sache verwickelt war.

»Ja«, sagte Sadie. »Die bin ich. Obwohl das B&B im Moment eher mich treibt. Sozusagen.«

»Was ist denn passiert?«, fragte Connor und verschränkte die Arme vor der Brust.

»Ein Rohr. Ist geplatzt. Und ich habe versucht …« Sie strich sich die nassen Haare aus dem Gesicht. »… das Wasser zu stoppen. Einigermaßen. Aber es hat nicht geklappt. Deshalb habe ich … äh … irgendwas um das Rohr gewickelt und mich umgezogen und bin hergekommen. Ich bin mir nicht sicher, wer laut Pachtvertrag dafür zuständig ist. Mit meinen Renovierungsarbeiten hatte es jedenfalls nichts zu tun. Ich wollte nur im oberen Bad duschen.«

Connor zog die Augenbrauen zusammen. »Tja … keinen blassen Dunst. Ich habe nicht damit gerechnet, mich um so was kümmern zu müssen.«

Sadie blinzelte. »Nun, wir haben ja einen … Vertrag geschlossen. Und für manche Dinge … ist der … der Verpächter … und …«

Eli seufzte. »Soll ich mal mitgehen und nachsehen, Connor?«

Connor nickte kurz. »Wenn es dir nichts ausmacht.«

Doch. Es macht mir was aus. »Nee«, versicherte ihm Eli, schob sein Bier zur Mitte der Tischplatte und stand auf.

Sadie beäugte ihn misstrauisch. »Danke«, sagte sie, und er wusste, dass es ihr genauso wenig recht war wie ihm. Aber es stand ihr nicht zu, sich zu ärgern. Schließlich war sie diejenige, die unbedingt auf seinem Familienanwesen ein Haus pachten musste.

Außerdem war sie diejenige mit den wirklich schönen Brüsten, was ihm derzeit einige Probleme bereitete, vielen herzlichen Dank!

In einer Kleinstadt Sex zu haben war nicht ganz einfach. Weshalb ihm diese Brüste, die wahrscheinlich gerade mal durchschnittlich waren, unangemessen stark auffielen.

Momentan sah Sadie überhaupt nicht heiß aus. Eher wie eine nasse Ratte. Das sollte er im Hinterkopf behalten. Eli sandte eine dementsprechende Botschaft an die Region unter seiner Gürtellinie, doch etwas sagte ihm, dass sie dort nicht ankommen würde.

Zumal sein Körper für solche Botschaften sowieso meistens taub war. Aber bei welchem Mann war das anders?

Erst recht dann, wenn sich besagter Körper in den vergangenen sechs Monaten mit Elis rechter Hand begnügen musste.

»In Ordnung«, sagte Eli. »Gehen wir und sehen uns deine Katastrophe mal an.« Er wandte sich an Jack. »Ich setz die Runde aus.«

Jack schob den Stoß Karten zum Tischrand, lehnte sich zurück und begann fachmännisch zu mischen. »In Ordnung, Kinder, macht euch darauf gefasst, euer hart verdientes Geld zu verlieren.«

»Tut mir leid«, sagte Sadie, als sie den Raum verließen. »Ich störe offensichtlich.«

»Nicht weiter schlimm. Wir spielen oft. Poker. Ich kann es verkraften, mal ein Spiel auszusetzen. Und die traurige Tatsache ist, dass Jack recht hat. Wir werden alle unser hart verdientes Geld an ihn verlieren. Und er wird die grandiose Tradition fortsetzen … nicht hart verdientes Geld einzunehmen.«

»Ich wette, dahinter steckt eine ganze Geschichte«, sagte sie.

»Ist das nicht immer so?«

Sie nickte. »Meiner Erfahrung nach ja. Apropos …« Sie stieß die Haustür auf, und er folgte ihr auf die Veranda hinaus. »Wie sieht denn Connors Geschichte aus?« Die letzten Worte sprach sie mit gedämpfter Stimme.

Eli schloss die Tür. Es behagte ihm nicht, dass eine Fremde ihn ausfragte. Vor allem weil er so daran gewöhnt war, Familienkrempel nur innerhalb der Familie zu bereden. Das saß bei ihm immer noch tief. Man wahrte die Fassade, egal wie schlimm es dahinter aussah.

Aber Connors Schicksal war kein Geheimnis. Ein kurzer Besuch auf dem Friedhof von Copper Ridge, und Sadie würde die gesamte Geschichte kennen.

»Ich weiß nicht, ob du dich an Jessie Collins erinnerst.«

»Vage. Vielleicht. Hat sie mal im *Crow's Nest* gearbeitet?«

»Ich glaube ja.« Er versuchte, das Bild seiner Schwägerin nicht zu deutlich heraufzubeschwören. Weil das selbst ihn zu traurig stimmte.

»Jedenfalls war sie etwa acht Jahre lang Jessie Garrett. Aber dann ist sie … äh … bei einem Unfall ums Leben gekommen.«

Diese Nacht hätte Eli am liebsten vergessen. Doch er konnte sich genau an den Unfallort erinnern. Ein dunkler zweispuriger Highway und ein Wagen, der gegen einen Baum geprallt war. Eli hatte gleich gewusst, dass es für die Insassen zu spät war. Dass sie sofort tot gewesen sein mussten. Er hatte schon zu viele solcher Unfälle erlebt und zu wenige Wunder.

Der Wagen war derart stark beschädigt, dass Eli weder Marke noch Typ erkennen konnte. Dass es Jessies Auto war, begriff er erst, als jemand von den Feuerwehrleuten, die als Erste vor Ort gewesen waren, auf ihn zustürmte und ihn anschrie, nicht näher zu kommen.

Sie wollten ihm den Anblick ersparen, weil er ein Angehöriger war. Aber schließlich sah er doch hin. Weil er sich vergewissern musste.

Und dann war er derjenige gewesen, der seinen Bruder davon in Kenntnis setzen musste. Und nichts in seinem ganzen Leben, in seiner ganzen Ausbildung, hatte ihn je darauf vorbereitet, in Uniform auf der vorderen Veranda zu stehen und seinem großen Bruder mitzuteilen, dass seine wunderschöne Ehefrau nicht mehr nach Hause kommen würde. Weder in dieser Nacht noch irgendwann später.

Verdammte Bäume! Verdammte Straße! Durch sie hatten sie schon zwei geliebte Menschen verloren.

Auch wenn Dad an seinem Tod mit schuld war. Bei ihm war die Unfallursache Alkohol gewesen. Jessie war wahrscheinlich einem Reh ausgewichen, aber sicher würden sie es nie erfahren.

»Oh«, sagte Sadie leise.

»Er hat also gute Gründe für seine miese Laune.« Eli stieg die Stufen hinab und ging zur Zufahrt. »Willst du im Streifenwagen mitfahren?«

Sadie zog eine Augenbraue hoch. »Es ist nicht weit zu Fuß. Außerdem will ich keine Flashbacks bekommen.«

»Traumatisiert?«

»Total.«

»Gut. Dann liegt es wahrscheinlich an mir, dass du nie wieder in Schwierigkeiten geraten bist.«

»Bäh! Tu bloß nicht so, als hättest du mir einen Gefallen getan. Was mir geholfen hat, war, schleunigst aus dieser Stadt abzuhauen.«

»Das hat geholfen?«

»Ja. Hier gab es nicht genügend Möglichkeiten. Und viel zu viel Freizeit. Ich musste unbedingt weg.«

»Warum bist du dann wieder hier?«

Sie seufzte laut. »Lässt du es mir durchgehen, wenn ich einfach wiederhole, was ich vorhin gesagt habe?«

»Nein.«

»Na schön, also: Das ist eine verdammt gute Frage.« Sie machte einen großen Schritt, und ihr Fuß landete auf einem Häuflein Zweige, die laut knackend unter ihrem Stiefel zerbrachen, dann wich sie aus und trat mit dem anderen Fuß auf weichen Boden. Nebeneinander gingen sie aufs Kataloghaus zu.

»Und die Antwort weißt du nicht?«

»Na ja … Irgendwo muss man schließlich leben. Und ich habe mich schwer damit getan, einen Ort zu finden, der nicht … ätzend war. Deshalb bin ich wieder hier. Weil …« Mit einem Schulterzucken drehte sie sich halb zu ihm um und lächelte ihn verlegen an, während ihr helles Haar in der Abendsonne aufleuchtete wie ein Heiligenschein. »Na ja, ich bin eben wieder da. Und bisher bin ich hier nur zur nassen Ratte geworden.«

»Halt dich vom Stall fern. Connor hat überall Rattenfallen.«

»Und Katzen, habe ich gehört.« Sie stapfte zwischen den Bäumen hindurch zu der Zufahrt zu ihrem … seinem Haus. Eli folgte ihr und runzelte unwillkürlich die Stirn, als er die kahlen Blumenbeete bemerkte. Sicher, vorher war darauf nur Unkraut gewachsen, aber jetzt waren sie völlig leer.

»Die Art Fallen meine ich doch.«

»Sprich nicht so über Katzen, nicht vor Toby. Er ist da empfindlich.«

»Wahrscheinlich hat er mit dir zu viel über seine Gefühle geredet.«

»War das jetzt ein Therapeutenwitz?« Sie ging vor ihm her die Treppe hinauf und öffnete die Haustür.

»Ja. Tut mir leid, aber was Witze betrifft, bin ich außer Übung.«

»Offensichtlich.«

Ihr Kater saß auf dem Küchentisch und sah ihn böse an. Als könnte er spüren, dass Eli absolut nichts für ihn übrig hatte, und wäre deshalb schwer beleidigt. Außer dass das nicht stimmen konnte, wie Eli genau wusste, denn es war schließlich eine Katze, und Katzen hatten keinen Verstand, das bewies schon ihre durchgeknallte Reaktion auf ein Stück Schnur.

Eli erwiderte den Blick.

»Er hält nicht viel von dir«, sagte Sadie.

»Das beruht auf Gegenseitigkeit. Jetzt warte kurz, bis mir einfällt, wo sich der Absperrhahn fürs Wasser befinden könnte.«

»Das wäre hilfreich. Ein Absperrhahn wäre ausgesprochen hilfreich.«

»Connor hätte dir das alles eigentlich aufschreiben müssen. Wo sich was befindet. Sicherungskasten, Wasserleitungen. Obwohl ich wette, dass er selbst nicht weiß, wo das alles ist.«

»Wie lange ist es her, seit hier jemand gewohnt hat?«

»Ein paar Jahre. Eine ältere Dame hatte es etwa zehn Jahre lang gemietet, bis sie gestorben ist.«

»Dieser Ort ist voller trauriger Geschichten«, sagte Sadie.

»Ja. Willkommen auf der Garrett-Ranch, wo das Motto lautet: Wenn es dich nicht umbringt … warte nur ab.«

»Das ist geschmacklos.«

»Total, aber es ist nun mal unser Schicksal. Ich wette, dein Absperrhahn ist an irgendeinem unpraktischen Ort wie … vielleicht draußen im Schuppen?«

»Ich habe nicht nachgesehen.«

»Na schön, komm mit. Wenn wir ihn finden, kann ich dir zeigen, wie man ihn zudreht.«

»Vielleicht weiß ich ja schon, wie man ihn zudreht«, sagte sie, während sie ihm wieder zur Tür hinaus und die Treppe hinab folgte. »Vielleicht bin ich ja eine Wasserhahnexpertin.«

»Bist du aber nicht.« Er öffnete die Tür zum Schuppen.

»Schön. Bin ich nicht. Aber normalerweise habe ich einen Vermieter in der Nähe, der … so was für mich erledigt. Was jetzt natürlich auch irgendwie der Fall ist, außer dass du mich mit reinziehst. Wobei ich sagen muss, ich habe es auch noch nie erlebt, dass direkt vor mir so … ein Ding explodiert und mich vollspritzt. Das war jetzt kein Euphemismus.«

»Inwiefern sollte das …?«

Sie riss die Augen auf und sah ihn vielsagend an. »Ding … spritzt … Flüssigkeit überall … Oh, *wow*! Denk drüber nach. Zwing mich nicht, es auszusprechen. Und ich werde jetzt den Mund halten. Bitte dreh mir das Wasser ab!«

Plötzlich fiel bei ihm der Groschen. Hitze schoss ihm ins Gesicht und zwischen die Beine. So war das eben, wenn man seit sechs – okay, ehrlich gesagt waren es eher sieben – Monaten ohne Sex auskam. In seinem Kopf war plötzlich für nichts mehr Platz außer für Brüste und für die Anspielung, die soeben hochgekommen war. Sozusagen. Es reichte fast aus, um … nun, wie sie es ausgedrückt hatte, um sein Ding zum Explodieren zu bringen.

Das alles passte ihm überhaupt nicht in den Kram. Es nervte geradezu.

»Also schön«, knurrte er und stakste steifbeinig zu dem Rohr, das an der Rückwand des alten Gebäudes aus dem Boden ragte, dick mit Isoliermaterial umwickelt. Er griff hinunter und drückte den Hebel nach oben. »Gut, das Wasser ist abgedreht. Wenn du mich jetzt zu deiner Überschwemmung führst, kann ich nachschauen, ob sich die Stelle rasch abdichten lässt, damit du nicht die ganze Nacht ohne Wasser auskommen musst.«

»Es ist im Bad oben. Also … zurück ins Haus. Und ich hoffe, dir gefällt dieser Ausflug durch den völlig unfertigen Garten.« Sie ging in Richtung Haustür voran.

»Was hast du mit dem Blumenbeet vor?« Er betrachtete die kahle Erde.

»Keine Ahnung … Irgendwas. Ich hoffe, jemand kann mir sagen, was für Pflanzen man hier zu dieser Jahreszeit … pflanzt. Ich habe keinen Schimmer von Blumen, Gras und so. Ich will da morgen mal recherchieren.«

»Hast du denn noch nie Blumen gepflanzt?«

Sie zuckte mit den Schultern. »Das hatte nie einen Sinn. Bevor irgendwas wuchs, war ich schon wieder weg. Oder aber … Als ich in San Diego war, hatte ich in meinem Apartment eine kleine Ananaspflanze in einem Topf. Aber irgendein Arschloch hat sie mir vom Balkon geklaut. Deshalb dachte ich mir, das kann ich vergessen, wenn ich meine Topfpflanzen nicht anketten will. Aber hier ist es nett. Auf meiner Veranda muss ich nichts anketten.« Sie öffnete die Haustür und trat ein. Unten an der Treppe blieb sie stehen. »Da hoch. Das Bad, das zum großen Schlafzimmer gehört.«

Seufzend stieg er hinauf in sein feuchtes Verderben. Oder etwas in der Art.

Er hörte, wie Sadie ihm folgte; ihre Schritte waren leiser und hatten einen anderen Rhythmus als seine.

Als er das Schlafzimmer betrat, sah er ein paar nasse Fußabdrücke auf dem Holzboden. Er warf einen Blick ins Bad. Vor dem Waschbecken stand eine ziemlich große Pfütze.

Schwer seufzend ließ er sich auf die Knie nieder, wobei Wasser in seine Uniformhose sickerte, und öffnete die Schranktüren. »Was zum Teufel ...?«

»Ich musste halt improvisieren«, sagte sie kleinlaut.

Er beugte sich vor und untersuchte den behelfsmäßigen Stopfen, den sie am Rohr angebracht hatte. Ein T-Shirt, eine Jogginghose und drum herum ... ein schwarzer Spitzen-BH.

»Ich wollte gerade unter die Dusche steigen, deshalb war ich schon nackt, und dann spritzte Wasser, und ich musste es stoppen, und dann musste ich das Ganze ... festzurren. Mit irgendwas. Ich glaube, den BH kann ich wegschmeißen.«

Er räusperte sich. »Wahrscheinlich.« Er begann, den BH abzuwickeln und versuchte dabei nicht daran zu denken, dass dies das erste Mal seit sieben – okay, vielleicht waren es eher acht – Monaten war, dass er die Unterwäsche einer Frau berührte.

Es war Sadie Millers BH. Darauf sollte er sich konzentrieren. Auf die Erinnerung an sie als eine schlaksige, vor Wut fauchende kleine Missetäterin. Langgliedrig und mit blonden Zottelhaaren. Sie hatte nach Schnaps und Zigaretten gestunken, und sie hatte ihn getreten, während er versuchte, ihr Handschellen anzulegen, ohne ihr dabei die schmalen Handgelenke zu brechen.

Sadie Millers BH sollte ihn überhaupt nicht interessieren. Genauso wenig wie ihre Brüste. Und ihre Anspielungen.

Eli wickelte den BH noch ein Stück weiter ab. Der Rest löste sich, und Wasser spritzte ihm ins Gesicht.

Sadie biss sich in die Faust, um nicht zu wimmern, während sie zusah, wie Eli Garrett auf Händen und Knien mit ihrem BH herumhantierte. Sie war so beschämt, dass sie sich am liebsten selbst im Klo runtergespült hätte. Alles wäre besser gewesen als dieser Albtraum.

Der heutige Abend war einfach eine gigantische Folge von Peinlichkeiten. Allein schon dieser Dings-Euphemismus. Was war bloß mit ihr los? Warum sagte sie in seiner Gegenwart ständig solche Sachen? Lieber Himmel!

Normalerweise konnte sie gut mit Menschen reden. Sie verdiente sogar ihren Lebensunterhalt damit. Sie sprach selbstbeherrscht und mit ruhiger Autorität und wählte sorgfältig ihre Worte.

Aber hier wies sie auf jede Zweideutigkeit hin und starb dann ständig kleine Tode – und nicht auf die nette Art, die die Franzosen meinten. Wie eine extrem schüchterne Highschool-Streberin. Was sie nun wirklich nie gewesen war.

Was hatte Eli nur an sich, dass sie sich derart zurückentwickelte? Es war ihr ein Rätsel. In seiner Nähe fühlte sie sich flattrig. Und irgendwie … geil. Und das war einfach dumm. Dass ein Cop bei ihr eine weibliche Erektion auslöste, sagte nichts Gutes über ihre tief liegenden seelischen Probleme. Sie war Therapeutin. Sie sollte das besser im Griff haben.

Auch wenn sie momentan keine Therapeutin war. Sondern die Besitzerin eines *Bed & Breakfast*, die ihre gesamten Ersparnisse in ein Haus mit undichten Rohren an einem Ort mit sauertöpfischen, muskulösen Männern steckte. Wer konnte da noch behaupten, sie träfe keine klugen Entscheidungen?

Jetzt wickelte Eli sämtliche Kleidungsstücke ab – Gott sei Dank war kein Slip dabei. Dafür war sie wahnsinnig dankbar. Mit den durchnässten Kleidungsstücken in der Hand stand er auf und zog die dunklen Augenbrauen zusammen. »Da gibt's keine schnelle Lösung. Du wirst einen Klempner brauchen. Den mein Bruder bezahlen wird.«

»Er hat gesagt, er wüsste nicht, ob er vertraglich dazu verpflichtet ist.« Sie streckte die Hand aus und nahm ihm das Knäuel Klamotten ab, aus dem Wasser auf den Boden tropfte.

»Aber ich weiß es«, sagte er mit harter Stimme. »Es ist Quatsch, so zu tun, als müsste er für das geplatzte Rohr nicht aufkommen. Das hatte ganz offensichtlich nichts mit deinen Renovierungen zu tun. Mein Bruder benimmt sich wie ein schlechter Vermieter. Glaub mir, er macht das nicht mit Absicht. Er … kommt momentan einfach nicht gut klar.«

Sadies Herz zog sich vor Mitgefühl zusammen. »Das mit seiner Frau tut mir leid. Ich … Wenn er jemanden zum Reden braucht …«

»Lieber würde er sich Stacheldraht unter die Fingernägel rammen. Und das meine ich wortwörtlich.«

»Okay, dann kämen Gutscheine für meine Dienste als Gegenleistung für dieses Debakel wohl nicht gut an.«

»Connor spricht nicht gern«, sagte Eli.

»Sag bloß.« Sie schmiss die nassen Klamotten ins Waschbecken und trat aus dem Raum, der viel zu klein war, um ihn sich mit einem Mann seiner Statur zu teilen.

»Was soll das nun wieder heißen?«

»Das scheint in der Familie zu liegen.«

»Wie meinst du das?«

»Dass du auch ein bisschen verkrampft bist«, sagte sie, während sie sich zum Bett zurückzog. Vor Verlegenheit wurde ihr ganz heiß. Gütiger Himmel, sie kam sich vor, als wäre sie noch nicht erwachsen. Da zitterte sie innerlich, nur weil sie neben einem Bett stand und mit einem Mann allein war.

»Wenn du mit ›verkrampft‹ meinst, dass ich für tonnenweise Kram verantwortlich bin, dann ja«, stieß er hervor. »Dann bin ich verkrampft. Brauchst du Wasser?«

»Hab ich«, sagte sie. »Überall auf dem Fußboden.«

»Das habe ich nicht gemeint.« Er schien mit seiner Höflichkeit fast am Ende. »Du wirst morgen früh … zumindest Kaffee kochen wollen, nehme ich an, und duschen musst du auch.«

Sie zog eine Schulter hoch. »Das könnte nicht schaden.«

»Entweder kriegt Connor morgen den Arsch hoch und versucht, das selbst zu reparieren, oder wir müssen einen Klempner rufen. So oder so hast du heute Nacht kein Wasser, denn der Haupthahn muss abgedreht bleiben, weil die Rohre so alt sind. Und das heißt, dass du erst morgen Vormittag wieder Wasser hast. Möchtest du vielleicht bei mir duschen und dir ein paar Liter Wasser holen?«

Sie blinzelte. »Ich … äh …«

»Das war doch eine einfache Frage.«

»Ich habe bloß nicht damit gerechnet, dass du mir Gastfreundschaft gewährst«, sagte sie.

»Ich bin kein totales Arschloch.«

»Ja. Okay.«

»Das klingt, als würdest du mir nicht glauben.«

Sie zuckte mit den Achseln. »Ich weiß nicht, Eli. In deiner Gegenwart kriege ich ständig Spannungskopfschmerzen. Oder Handschellen angelegt. Also sagen wir einfach, ich bin nicht restlos davon überzeugt, dass du kein totales Arschloch bist. Sorry.«

Genauso wenig war sie davon überzeugt, dass sie zu ihm nach Hause mitgehen und sich dort ausziehen wollte, während er sich im Nebenzimmer befand. Dass sie mit den Händen über ihre nasse Haut fahren wollte, was sich unweigerlich supergut anfühlen würde. Während sein Bild ständig in ihrem Kopf präsent sein würde …

Sie hatte sich ja schon wieder zurückentwickelt. Welche erwachsene Frau machte sich über solche Dinge Gedanken? Es war … lüstern. Und kindisch. Und überhaupt.

Sie brauchte eine Dusche und Wasser, und dieser Mann bot ihr beides an. Also sollte sie mit dem Schwitzen aufhören, die Beleidigungen einstellen und das Angebot einfach annehmen.

»Das wäre toll«, sagte sie. »Und das mit dem Arschloch tut mir leid.«

Er stemmte die Hände in die schlanken Hüften, und Sadie nahm sich einen Moment Zeit, ihn zu bewundern. Unter der Uniform zeichneten sich all seine Muskeln ab; in dem hellbraunen Hemd und mit dem dunkelbraunen Schlips und dem goldenen Stern an der Brust löste er Dinge in ihr aus, die wirklich unschicklich waren.

Ganz offensichtlich musste sie dringend neue Batterien für ihren lange vernachlässigten Vibrator kaufen. Verdammt, wie traurig war das denn? Sie hatte sogar ihren Vibrator vernachlässigt. Ein Sexualleben, aber klar doch. Man hatte schließlich zu tun. Wer hatte da schon Zeit, jemanden abzuschleppen und sich im Bett zu wälzen und morgens beschämt nach Hause zu schleichen? Sie ganz sicher nicht.

Aber sie nahm sich nicht einmal mehr Zeit für einen Orgasmus. Und wenn doch, musste sie erst Toby rauswerfen, weil es ihr sonst peinlich war, und das fühlte sich dann so an, als würde sie ihrem Kater ihre masturbatorischen Absichten ankündigen, was alles noch merkwürdiger machte. Die ganze Sache hatte etwas unsagbar Trauriges.

Aber genau das war der Grund, weshalb Elis Gegenwart sie so aus dem Konzept brachte. Etwas anderes würde sie sich nicht einreden lassen.

»Egal«, sagte er. »Komm mit.«

Er gab sich wirklich nicht gerade viel Mühe, freundlich zu wirken. Eher schien er mit unentrinnbarer Ritterlichkeit geschlagen zu sein, was irgendwie zum Lachen war oder zumindest zum Lachen gewesen wäre, wenn sie nicht förmlich in Verlegenheit ertrunken wäre.

»Ich hole mir nur saubere Wäsche«, sagte sie. »Du kannst unten warten.« Wenn er ihr dabei zusah, wie sie einen neuen

BH aus der Schublade zog, würde sie wahrscheinlich zu einem Häufchen Asche verglühen und vom Wind weggepustet werden.

»Na schön.« Er verließ das Schlafzimmer und zog die Tür halb hinter sich zu. Sie wartete, bis sie seine Schritte auf der Treppe hörte, bevor sie nach neuen Klamotten wühlte. Sie holte ein langärmliges Thermohemd, eine schwarze Yogahose und einen neuen BH samt dazu passendem Slip hervor. Dann griff sie sich eine Reisetasche, um die Sachen zu verbergen.

Sie stopfte die Kleidungsstücke hinein und stieg die Treppe hinab. Unten stand Eli wartend herum und starrte Toby an, der nach wie vor auf dem Tisch hockte und Elis Blick trotzig erwiderte.

»Es kann losgehen«, sagte sie. »Hast du Kanister zu Hause?«

»Ja. Wir heben immer ein paar leere Milchbehälter für Schießübungen auf, deshalb ist das kein Problem.«

Gütiger Himmel, sie war wirklich nicht mehr in San Diego. Sondern ohne Zweifel in Oregon. »Hätte ich mir denken können.«

»Was soll das nun wieder heißen?« Er hielt ihr die Tür auf.

»Nichts. Ich hatte nur vergessen, was ihr Jungs so in eurer Freizeit treibt. Ich habe lange in der Stadt gewohnt, wie du dich vielleicht erinnerst.«

»Wie lange warst du weg?«, fragte er, während er die Verandatreppe hinabstieg. Sie folgte ihm dicht auf den Fersen und umklammerte dabei die Reisetasche vor ihrer Brust. Während sie zugleich zusah, wie seine dunkelbraune Hose seinen Hintern liebkoste, als wollte sie rufen: *Sieh her! Sieh her!*

»Zehn Jahre.«

»Und wo warst du in den zehn Jahren überall?«

»Höfliche Konversation?«, fragte sie.

»Warum versuchen wir es nicht wenigstens?«

»Meinetwegen gern. Okay, ich habe vier Jahre an drei verschiedenen Unis verbracht. Angefangen habe ich in Tampa, wegen der Partys und dem Strand. Der ja ganz anders ist als der Strand hier. Es stellte sich aber heraus, dass ich Partys hasse, und in Florida fühlt sich Atmen so an, als würde man Suppe inhalieren. Deshalb habe ich es dort nur ein Jahr ausgehalten. Im Prinzip habe ich den ganzen Süden bereist.« Sie ging schneller, um mit Elis großen Schritten mitzuhalten, und folgte ihm die inzwischen dunkle Zufahrt entlang. Er nahm eine Taschenlampe vom Gürtel und richtete den Strahl auf den von Rinde übersäten Boden. »Louisiana, North Carolina. Nach dem Abschluss bin ich nach Texas gegangen, und das lässt man wirklich besser bleiben, frag nur die Einheimischen.«

»Und danach warst du in Kalifornien?«

»Nee. Danach ging es nach New York, Chicago und Branson.«

»Branson?«

»In Missouri. Das ist das Las Vegas für die ganze Familie, Eli. In Vegas habe ich übrigens auch gelebt, aber nicht lange. Dann bin ich in die Bay Area gezogen, habe aber schnell entdeckt, dass ich es mir gar nicht leisten konnte, dort zu leben, es sei denn, ich wollte eine Niere der Wissenschaft spenden. Also ging es weiter nach San Diego. Und jetzt bin ich … wieder hier.«

Er blieb stehen, während er den Lichtstrahl weiter auf den Boden richtete. »Ich kann mir nicht vorstellen, so oft zusammenzupacken und umzuziehen.«

»Nein?«

»Ich habe zu viel, was ich mitnehmen müsste. Connor, Kate und all ihr Zeug. Die Kühe. Und dann ist da noch das Land. Unser Familienbesitz.«

»Na ja, bei mir sind es nur Toby und ich. Wir reisen mit wenig Gepäck.«

Er ging weiter die Zufahrt entlang. »Ich bereue es bestimmt, wenn ich dich das frage, weil ... es mich nicht interessieren sollte. Aber was zum Teufel hast du dir von der vielen Umzieherei erhofft?«

Sie zog eine Schulter hoch. »Keine Ahnung. Es ist halt überall anders. Ich habe mir eingeredet, ich würde einen Ort finden, der mich verändert. Und bis zu einem gewissen Grad ist das ja auch so. Jeder Ort verändert einen ein wenig. Als Therapeutin habe ich Leute in Krisensituationen beraten und hatte dadurch immer wieder mit Menschen zu tun, die wirklich das Schlimmste durchgemacht hatten, was man sich nur vorstellen kann. Jeder meiner Patienten hat mich irgendwie verändert. Jedes Haus, in dem ich gelebt habe, jedes Restaurant, in dem ich gegessen habe ... Aber ... bis jetzt bin ich nie irgendwohin zurückgekehrt, sondern immer an einen neuen Ort gezogen. Ich wollte mal ausprobieren, wie das ist.«

»Und?«

»Noch ist keine wundersame Verwandlung festzustellen. Aber mir ist endlich klar geworden, dass es eigentlich egal ist, wo ich lebe. Den perfekten Ort, der auch mich perfekt macht, den werde ich nicht finden. Deshalb dachte ich mir, ich kehre hierher zurück und ringe mit meinen Dämonen.«

»Mit was für Dämonen ringst du denn?«

Die Frage klang trocken. Unaufrichtig. Trotzdem wurde Sadie klar, dass sie gern antworten wollte. Dass sie mit Eli über den Dämon sprechen wollte, auf den sie in der Nacht gestoßen war, als er sie festgenommen hatte. Der Nacht, in der sie fast gestorben wäre.

Sie gab nicht ihm die Schuld daran. Letztlich nicht. Auch wenn ihr vage bewusst war, dass manche Leute es täten. Sie hatte die Handlungen ihres Vaters nie Eli Garrett angekreidet. Weil das alles schon lange vorher angefangen hatte. Weil sie das Gefühl hatte, dass jene Nacht unvermeidlich gewesen war. Egal auf welches Datum sie am Ende fiel und was der Auslöser war.

Wegen dieser Nacht war sie in ihren Wagen gestiegen und weggefahren. Und hatte nie zurückgeblickt. Bis heute.

»Hier entlang«, sagte Eli und deutete mit der Taschenlampe auf eine Kieferngruppe auf der linken Seite. »Wir können da durchgehen. Das ist eine Abkürzung.«

Sie folgte ihm zwischen den Bäumen hindurch zu einer Lichtung. Dort stand ein Haus auf dem Hügel, umgeben von Bäumen; das Licht über der Eingangstür brannte, als würde jemand in dem zweistöckigen Holzgebäude auf sie warten. Breite Treppenstufen führten zu einer Rundumveranda und zu einer Glastür, und die Vorderfront wurde von riesigen Fenstern beherrscht, genau das Richtige für ein Haus in dieser Lage, inmitten von Bäumen, weit entfernt von jeder Straße.

»Kein Wunder, dass du nie weggezogen bist«, sagte sie.

»Tja. Hätte auch nicht viel Sinn, wenn ein Haus auf einen wartet, oder?«

»Doch«, sagte sie. »Wenn meine Eltern mir ihr Haus überlassen hätten, wäre ich trotzdem abgehauen. Zum Glück haben sie es mir nie angeboten. Ich glaube, als sie nach Coos Bay gezogen sind, hat die Bank es übernommen.« Sie hatte das Gefühl, dass sie damit mehr verriet, als ihr lieb war, aber nun ja.

»Tja.« Er schien sich nicht ganz wohlzufühlen. Und offenbar wollte er auch nicht mehr dazu sagen, obwohl schon dieses »Tja« einiges ausdrückte. Im Grunde seines Herzens war er wohl ein anständiger Mensch, wenn auch vielleicht wider Willen.

»*Tja*«, wiederholte sie im gleichen Tonfall. »Das Haus meiner Eltern war halt nur die dreckige Zierkirsche auf einer Mülldeponie – schon aus dem Grund hätte ich es nicht haben wollen. Danke, dass du so nett bist, es nicht auszusprechen.« Sie hüpfte über eine Reifenspur, die voller Schlammwasser stand, und folgte ihm weiter die Straße entlang.

»So etwas habe ich nicht gedacht.«

»Bullsh…, zehn Punkte, wenn du errätst, wie das Wort weitergeht.«

»Wirklich nicht, Sadie. Ich war schon in vielen solchen Häusern. Ich habe schon viel gesehen. Manche Menschen haben es einfach schwer. Ich fälle kein Urteil über sie.«

»Warum nicht?«, fragte sie. »Sie selbst tun das schon. Glaub mir. Ich meine … wir tun das. Wir wissen Bescheid.«

»Ich beurteile Leute nicht danach, wo sie wohnen.«

»Ist das deine ehrliche Meinung? Oder gibst du gerade nur einen … Gutmenschen-Spruch zum Besten?« Sie erreichten das Ende der Straße; hier wurde sie schmaler und führte zu Elis Haus hinauf.

»Ganz ehrlich?« Er drehte sich zu ihr um. »Ich liebe diesen Ort. Ich liebe Copper Ridge. Und Logan County. Dies ist meine Heimat. Und ich bin für die Menschen hier verantwortlich. Es ist nicht meine Aufgabe, auf sie herabzusehen. Sondern sie zu beschützen.« Er wandte sich von ihr ab und ging weiter, sodass sein breiter Rücken ihr gesamtes Blickfeld ausfüllte.

Ihr Herz hämmerte gegen ihr Brustbein. Sie empfand Wut, vermengt mit einer merkwürdigen Sehnsucht, die sie nicht auf Eli beziehen wollte. Die sie im Grunde auf nichts und niemanden beziehen wollte.

»Und das machst du sicher verdammt gut.« Sie folgte ihm die Stufen hinauf und wartete, während er die Tür aufschloss. Dieser Mann schloss seine Haustür ab. In Copper Ridge. Gütiger Himmel!

»Ich weiß«, sagte er. »Ich habe in den letzten zehn Jahren zwar nicht gerade darauf gewartet, dass meine erste Festnahme vorbeikommt und mir das sagt, aber jetzt, wo es passiert ist, finde ich es irgendwie schön. Der Kreis schließt sich. Ich könnte es für meinen Wahlkampf benutzen.«

»Warte mal«, sagte sie. »Wahlkampf?«

»Ja. Ich kandidiere als Sheriff.« Er würgte die Worte hervor, als wäre es eine ungeheure Aufgabe, ihr das zu verraten.

»Ach, wirklich?« Sie machte große Augen. Ob sie wollte oder nicht, sie fand das … faszinierend. Oder vielleicht war »faszinierend« nicht das richtige Wort. Denn Eli Garrett mochte so einiges sein, aber nicht diplomatisch. Und auch wenn sie da keine Expertin war, schien es ihr doch sinnvoll, dass sich jemand, der in irgendein Amt gewählt werden wollte, zumindest zeitweise so benahm, als hätte er keinen Stock verschluckt.

Aber das war nur ihre Meinung.

»Ja«, sagte er. »Wirklich.«

»Tja, ich bin beeindruckt. Was bringt das alles mit sich.«

»Momentan? Bei der Vorwahl war ich auf Platz eins, und die endgültige Wahl ist im November. Mein Vorsprung war ziemlich solide, aber ich muss trotzdem weiter Wahlkampf betreiben. Mehr Werbung machen. Ich habe noch ein paar Monate Zeit, um eine Fragestunde für die Einwohner vorzubereiten.« Er öffnete die Tür. »Das ist das Haus.« Mit einer ausladenden Geste deutete er umher. Der Wohnraum war groß und ordentlich, ganz anders als das Haus seines Bruders, das den Eindruck trauriger Vernachlässigung vermittelte, jedes bisschen Staub und Schmutz ein Fingerabdruck seines Schmerzes. In Elis Zuhause gab es überhaupt keine Fingerabdrücke. Was sie an sich schon faszinierend fand.

»*Wow!* Connor sollte dich als Putzfrau einstellen«, sagte sie.

»Weil ich sonst zu wenig zu tun habe. Ich meine, so ist es ja offensichtlich. Schließlich habe ich Zeit, Wasser für dich zu holen und dich bei mir duschen zu lassen.«

»Du sorgst eben gut für die Einwohner dieser Gemeinde«, sagte sie. »Wofür ich im Augenblick sehr dankbar bin. Viel mehr als damals, als du für die Gemeinde gesorgt hast, indem du mich in Handschellen gelegt und mich auf den Rücksitz deines Streifenwagens verfrachtet hast.«

»Das scheint immer wieder Thema zu sein.«

»Es ist unsere romantische Schlüsselszene, oder wie man das nennt. Es ist Teil unserer Vorgeschichte.« Sie konnte sehen, wie seine Miene mit jedem Wort angespannter wurde. Kein Zweifel, sie beunruhigte ihn. Und sie in seinem Haus zu haben beunruhigte ihn nur noch mehr.

»Stimmt. Also, das Bad ist oben. Nimm dir zum Duschen so viel Zeit, wie du brauchst. Ich fülle in der Zwischenzeit Wasser für dich ab.«

Sadie räusperte sich, verärgert über sich selbst, weil es ihr so schwerfiel, einen aufrichtigen Satz zu sagen. Sie war wirklich ein hoffnungsloser Fall. Warum überhaupt jemand ihren Rat annahm, war ihr ein Rätsel, vor allem wenn sie sich so aufführte wie jetzt. »Danke. Ehrlich. Ich weiß, dass ich mich ohne viel Feingefühl in dein Leben gedrängt habe, und ich weiß es zu schätzen, dass du … Nun, ich bin froh, dass du noch keinen Grund gefunden hast, mich wieder festzunehmen, und ich bin dir sehr dankbar, dass ich bei dir duschen darf.«

Er nickte langsam. »Gern geschehen.«

»Dann gehe ich jetzt und … dusche.« Und sie hoffte ehrlich, dass sie dabei nicht zu sehr daran denken musste, wie wenige Schritte er entfernt sein würde. Dass sie überhaupt nicht an ihn denken musste. Ja, überhaupt nicht an Eli Garrett denken, ob nun unter der Dusche oder nicht, das wäre der Idealzustand.

Wenn es ihr nur gelingen würde.

5

Eli biss die Zähne zusammen und zog unbehaglich die Schultern hoch, während er versuchte, das Rauschen des Wassers zu ignorieren. Und jeden Gedanken an Sadie unter der Dusche zu verdrängen.

Das war ganz schön hart – was nicht zweideutig gemeint war –, weil in seinem Haus keine Frau mehr unter der Dusche gestanden hatte, seit … Vielleicht noch nie. Er wusste es nicht mehr. Es war so lange her, dass er eine richtige Beziehung hatte. Und sogar noch länger, dass ihm diese Beziehung wichtig war. Die wenigen richtigen Freundinnen, die er je hatte, schienen so weit entrückt wie ein sanfter, schemenhafter Traum.

Auf den er auch gar nicht zurückkommen wollte. Denn eine Freundin wäre eine zusätzliche Verantwortung, die er weder wollte noch brauchen konnte. Solange Kate noch nicht ihren Platz im Leben gefunden hatte und Connor sich so tief in seinem Kummer vergrub, konnte Eli sich einfach nicht noch mehr zumuten.

Weshalb dies offenbar der beste Zeitpunkt ist, dir weitere Arbeit aufzuhalsen.

Er kniff sich in die Nasenwurzel und atmete tief durch, dann ließ er die Hände sinken und stapfte zum Kühlschrank. Er würde sich jetzt ein Bier genehmigen und gar nicht mehr zu den Pokerspielern zurückkehren. Sie kamen gut ohne ihn klar.

Er holte von ganz hinten eine kalte Flasche hervor und entfernte den Verschluss mit dem magnetischen Flaschenöffner, der am Kühlschrank haftete.

Ja, es war ein denkbar ungünstiger Zeitpunkt, um sich noch mehr aufzuladen. Connor brauchte Hilfe auf der Ranch, würde immer Hilfe brauchen. Die Ranch war ihr Erbe, und Eli musste sich daran beteiligen. Dazu kam die emotionale Belastung durch seine Familie.

Und jetzt wohnte auch noch Sadie hier und setzte weitere Punkte auf seine To-do-Liste, worauf er gern verzichtet hätte. Denn auch wenn Connor noch so fest behauptete, er werde sich selbst um alles kümmern, im Augenblick war *Eli* dabei, sich darum zu kümmern, verdammt noch mal.

Nicht sehr überraschend, und es ließ sich auch nicht viel dagegen machen. Fünf Jahre voller Sadie. Voller Pannen wie dieser. Manchmal fragte er sich, ob er in einem früheren Leben ein Axtmörder gewesen war und nun in diesem Leben dafür büßen musste.

Doch dann fiel ihm wieder ein, dass Wiedergeburt Käse war, und er trank noch einen Schluck Bier.

Und nicht nur das mit der Wiedergeburt war Käse. Dass sich in seinem Haus eine nackte, nasse Frau befand, die er nicht anfassen durfte und auch nicht anfassen würde, das war ebenfalls Käse.

Seit Sadie aufgekreuzt war, hatte sich ein missmutiger Zug in seinem Gesicht eingenistet, und Eli verspürte auch keine Lust, etwas gegen seine ablehnende Haltung zu unternehmen. Sadie war einfach noch ein Punkt auf seiner Liste der Dinge, für die er zuständig war. Noch etwas für den stetig wachsenden, sperrigen Stapel mit der Überschrift *Eli kümmert sich schon darum*.

Es waren alles Dinge, von denen er wusste, dass sie liegen bleiben würden, wenn er sie nicht erledigte. So war das nun mal im Leben. Jedenfalls in seinem.

Was ihn sonst nicht so erbitterte. Aber seit jetzt auch noch eine Frau dazugekommen war, eine nackte Frau in seinem Haus, die er nicht anfassen durfte und bei der er sich nicht einmal wünschen sollte, sie anfassen zu können, da fühlte sich das alles an, als würde man einen verletzten Daumen in eine Zitrone rammen. Eli holte zwei leere Vier-Liter-Kanister unter der Spüle hervor und begann sie mit Wasser zu füllen. Für die Frau, die er sich nicht nackt vorstellen wollte.

Er hörte leise Schritte auf der Treppe, und als er sich umdrehte, sah er auf den Stufen nackte Füße in Sicht kommen. Nackte Füße mit knallrosa Nägeln. Gefolgt von einer schwarzen Schlabberhose und einem offenbar sehr weichen Oberteil, das sich um Brüste schmiegte, die er eigentlich nicht anstarren sollte, aber trotzdem anstarrte. Danach erschien auch der Rest von Sadie.

Sie hatte die nassen blonden Haare locker hochgesteckt, sodass an den Seiten Ringellocken herunterhingen. Ihre Wangen waren vom heißen Wasser gerötet, ihr Make-up verschwunden. Ihre Wimpern, die eben noch dunkel und schwer ausgesehen hatten, waren jetzt stachelig und hell.

Sie sah feucht und warm aus. Und er hatte überhaupt kein Recht, sich über ihre Körpertemperatur oder ihren Feuchtigkeitsgrad Gedanken zu machen.

»Danke«, sagte sie, als sie den Fuß der Treppe erreichte. Sie ging zum Küchentresen und knallte ihre Tasche und ihre Schuhe auf die Granitplatte. »Jetzt fühle ich mich wieder wie ein Mensch, nicht wie ein Tunnelbewohner. Das ist immer gut.« Sie lächelte, unangestrengt und freundlich.

Als wäre sie nicht erst vor wenigen Minuten zickig und mürrisch gewesen. Als gäbe es ihre gemeinsame Vorgeschichte gar nicht.

Na schön, ihm sollte es egal sein. Sie war nur ein weiteres Problem auf seiner Liste, eins, das er möglichst bald abhaken wollte. Er würde keine Zeit darauf verschwenden, zu viel über sie nachzudenken. Er durfte seine Zeit nicht verplempern.

»Deine Schuhe«, brummte er, und sein Rücken verspannte sich vom Gürtel bis zu den Schultern.

»Was?«

»Nimm bitte deine Schuhe von meinem Küchentresen.«

»Entschuldige.« Sie zog die Schuhe herunter. Der Tresen musste jetzt natürlich desinfiziert werden.

»Bitte. Ich schnappe mir dann mal deine Milchbehälter.«

Ihre blauen Augen wurden groß. »Ach, wirklich?«

»Was?«

»Du willst dir … meine Milchbehälter schnappen? Ich … Du hast doch schon mal mit einer Frau geschlafen, oder?«

Hitze übermannte ihn, schoss ihm ins Gesicht und von dort durch seine Brust hinunter zu seinem Schwanz. »Ja. Wieso fragst du?«

»Du scheinst auf einer Frequenz zu senden, auf der keine sexuellen Andeutungen existieren.«

Milchbehälter. Plötzlich blitzte vor ihm ein Bild auf, wie er seine Hände auf Sadies Brüste legte und sie sich, nun ja, schnappte. »Weil ich keine vierzehn mehr bin«, schoss er zurück. »Und ich nenne Frauenbrüste nicht ›Milchbehälter‹.« Den letzten Satz presste er zwischen zusammengebissenen Zähnen hervor. Wie zum Teufel war er in dieses Gespräch über Brüste geraten? Ausgerechnet mit der Frau, deren Brüste ihn quälten, seit sie wie ein blonder Tornado in die Stadt gefegt war.

»Das ist sehr erwachsen von dir. Ich nenne sie normalerweise auch nicht ›Milchbehälter‹. Ich sage lieber ›die Zwillinge‹ oder ›Glocken‹, aber selbst bei mir hat es eben geklingelt.«

Er verschluckte sich fast an seinem Bier. »Hast du in deinem Haus eigentlich nichts zu erledigen?«

»Nichts Dringendes.«

Er biss die Zähne zusammen. »Willst du ein Bier?« Eigentlich wollte er gar nicht, dass sie auf ein Bier blieb. Warum musste er so zwanghaft korrekt sein? Vor allem jetzt, während sie dort stand und über »Glocken« sprach.

»Danke. Das wäre schön.«

Er lachte, obwohl er nichts an alldem lustig fand. Dann wandte er sich wieder dem Kühlschrank zu, holte noch eine Bierflasche hervor, öffnete sie und schob sie Sadie über den Tresen hinweg zu.

Zu seinem Erstaunen stellte er fest, dass er neugierig auf ihre Pläne für das Kataloghaus war. Wenn er über die Veränderungen Bescheid wusste, würde er sie vielleicht nicht mehr ganz so übergriffig finden. Reine Spekulation, aber einen Versuch wert.

Und alles war besser, als über Brüste zu sprechen.

»Was steht bei dir als Nächstes auf dem Programm?«, fragte er.

»Ich muss das hintere Schlafzimmer im Erdgeschoss wohnlich herrichten. Das wird mein Zimmer. Es ist klein und nachträglich angebaut, also ein bisschen feucht und kalt, aber wenn ich die Fugen abdichte und Ölöfen aufstelle, werde ich wohl nicht sterben. Und da der Sommer vor der Tür steht, wird es gar nicht so schlimm werden. Dann muss ich natürlich dafür sorgen, dass die Rohrleitungen saniert werden. Die Blumenbeete stehen ganz oben auf dem Programm, genauso wie Bettwäsche und Jalousien. Und danach sollte ich wohl einen Speiseplan aufstellen und anfangen, Werbung zu machen und ein paar Events zu planen.«

»Moment mal … Events?«

»Ja! Ich denke, das könnte Spaß machen. Führungen über die Ranch. Picknicks. Und ich finde, am Unabhängigkeitstag könnten wir ein Fest für die ganze Stadt veranstalten.«

»Leute? Hier?«

»Genau. Leute. Ich werde ein *Bed & Breakfast* eröffnen, und zwar für Menschen und nicht für Katzen, wie du vielleicht angenommen hast. Und wenn ich Gäste anlocken will, scheint es mir sinnvoll, Aufmerksamkeit zu wecken.«

»Was soll es bringen, Einheimische anzulocken?«

»Auch Einheimische verbringen mal ein romantisches Wochenende in der näheren Umgebung. Außerdem bekommen sie Besuch von Verwandten. Vielleicht kommen auch Leute aus der weiteren Umgebung zu den Festen und erinnern sich später an mich. Und ganz ehrlich, sie könnten durchaus auch an die Garrett-Ranch denken, wenn sie im Laden Rindfleisch kaufen.«

»Woher weißt du, was wir auf der Ranch machen?«

»Ich habe gegoogelt. Weil ich euch gern helfen würde. Und mir selbst. Es wäre eine Art … Symbiose. Was ist daran falsch?«

Eli hatte das Gefühl, dass ihm alles entglitt. Als wäre Sadie aufgekreuzt, hätte sich sein Steuerungsgerät geschnappt und würde nun lachend umherlaufen und es über dem Kopf schwenken, während er versuchte, es zurückzuerobern.

»Daran ist falsch, dass du dieses Anwesen – *mein* Anwesen – in einen Jahrmarkt verwandeln willst. Wir wohnen hier. Wir arbeiten hier. Das hier ist kein Rummelplatz.«

»Das habe ich auch nie behauptet! Aber was ist denn an ein paar Events schon so schlimm? Ich muss ja nicht gleich die Ställe in Beschlag nehmen. Ich meine, ich würde es ja tun, aber ich kann die Sache auch überschaubar halten.«

»Hast du das Connor gegenüber schon mal erwähnt?«

Sie zuckte mit den Achseln. »Nicht … im Detail, aber als ich ihm mein Konzept für das B&B zugeschickt habe, hat er eingewilligt, dass ich der Öffentlichkeit in Grenzen Zutritt zum Anwesen gewähren darf. Deshalb sehe ich nicht, wo das Problem liegen soll.«

»Du siehst nicht, wo das Problem liegen soll?«, fragte er fassungslos.

»Nein. Sehe ich nicht.« Sie trank einen Schluck Bier. »Ich will hier ein Geschäft betreiben, was auch Connor und dir und Kate zugutekommen wird. Ich habe einen Pachtvertrag über fünf Jahre, und mir scheint, dass wir alle an Ideen interessiert sein sollten, die zum Erfolg des B&B beitragen. Oder nicht?«

»Aber nicht an Ideen, die dazu führen, dass es auf meiner Ranch von Fremden wimmelt. Ein solches Durcheinander passt mir nicht.«

»Du bist wirklich der frustrierendste, verklemmteste, dickschädeligste … Mich macht so schnell niemand wütend, Eli. Niemand. Ich neige überhaupt nicht zur Wut. Ich lächele gern. Aber wenn ich mit dir rede, bin ich am Ende jedes Mal genervt, egal wie fröhlich ich sein wollte.«

»Das ist komisch, Sadie, denn wenn ich mit dir rede, bin ich auch jedes Mal irgendwann genervt.«

»Ich glaube, deine Gereiztheit ist einfach ansteckend.«

»Vielleicht bist du ja so irritierend, dass du dich selbst reizt.«

»Ach! Bäh! Wie alt bist du eigentlich, zwölf?«

»Ich finde, *du* führst dich auf wie eine Halbwüchsige, nicht ich.«

»Nein, ich führe mich auf, als hätte ich Sinn für Humor. Weil ich nämlich Sinn für Humor habe. Und du …« Sie drückte sich die Bierflasche an die Brust. »… bist lächerlich. Und humorlos.«

»Wenn du glaubst, das könnte mich kränken, kennst du mich aber schlecht.«

»Tue ich ja auch nicht. Und das ist gut so. Ich glaube, ich werde die nächsten fünf Jahre damit verbringen, dich schlecht zu kennen.« Sie riss ihre Schuhe vom Barhocker und setzte sich selbst darauf, beugte sich vor und zog die Schuhe an. Als sie sich aufrichtete, löste sich eine nasse Haarsträhne aus dem Knoten. »Ich gehe jetzt. Das Bier nehme ich mit. Das Wasser auch. Danke. Mal wieder. Ich werde versuchen, dich nicht mehr zu stören.«

Er schnaubte. »Viel Glück!«

»Ach, das brauche ich nicht. Ich habe kein Problem damit, dich zu stören. Du bist derjenige, der sich daran stört, gestört zu werden. Deshalb … bist du derjenige, der Glück braucht, nicht ich.«

Damit stand sie auf, raffte ihre Tasche an sich und schaffte es, auch die Wasserkanister hochzuheben. Sie machte auf dem Absatz kehrt, stürmte zur Haustür hinaus und knallte sie mit dem Fuß so fest zu, dass die Fensterscheiben klirrten.

Sie hatte gar kein Recht, derart wütend zu sein. Er war derjenige, der allen Grund dazu hatte. Sie war Pächterin, keine Miteigentümerin. Sie konnte nicht einfach Entscheidungen treffen, die sein Leben und den Betrieb seiner Ranch beeinträchtigten.

Morgen würde er ein Wörtchen mit Connor reden. Über Sadie und über eindeutige Grenzen. Jedenfalls sobald er Dienstschluss hatte. Er stöhnte und stellte sein Bier zurück in den Kühlschrank. Es wurde langsam zu spät für ihn, um aufzubleiben und zu trinken. Sadie Miller hatte ihm den ganzen Abend versaut, und jetzt würde er auch noch in einer Dusche duschen müssen, die noch nass von dem Wasser war, das über ihren Körper gelaufen war. Und beim Einschlafen würde er Bilder von Glocken vor Augen haben. Und von wildfremden Menschen, die auf seiner Veranda *Hoedown* tanzten.

Was hieß, dass ihm besser gedient war, wenn er sich an den Computer setzte und seine Wahlkampfpläne ausarbeitete. Die Planerei würde ihm zumindest das Gefühl geben, die Dinge einigermaßen im Griff zu haben.

Ja, gleich morgen würde er mit Connor darüber sprechen, was zu tun war.

Und heute Abend? Heute Abend musste er mit seiner Verärgerung fertig werden. Und Verärgerung war immer noch besser als sexueller Frust.

Eli trank einen Schluck von seinem Kaffee, verließ *The Grind*, den Coffeeshop von Copper Ridge, und trat auf die Hauptstraße hinaus. Connor hackte ständig auf ihm herum, weil er seinen Kaffee mit aufgeschäumter Milch verdünnte. Weil er Caffè Latte bestellte. Aber er war nun mal kein Fan der schwarzen Brühe, die sich sein Bruder den ganzen Tag über in den Rachen kippte.

Eli brauchte das Koffein, und er würde es sich auf die Art genehmigen, die er am genießbarsten fand, auch wenn sein großer Bruder das Tussenkaffee nannte.

Nach dem Zusammenstoß mit Sadie gestern Abend hatte er den Kaffee sogar besonders nötig.

Er war so verärgert gewesen, dass er kaum geschlafen hatte. Ständig hatte er vor sich gesehen, wie sein Anwesen von Fremden überrannt wurde. Dabei wusste er, dass ihm das nichts ausmachen sollte. Trotzdem, wenn es wirklich dazu käme, würde er Absperrband um seinen Teil des Grundstücks spannen und jedem, der sich zu nah heranwagte, »Runter von meinem Rasen!« zurufen.

Die Macht der Gewohnheit und so weiter.

Seinem Wahlkampf wäre ein solches Verhalten allerdings sehr abträglich. Solche Aspekte musste er jetzt auch berücksichtigen.

Er seufzte tief und ging zum Zebrastreifen. Dort wartete er, bis die Ampel auf Grün sprang, überquerte die Straße und ging zu seinem Streifenwagen zurück. Ein leichter Wind wehte vom Meer herein. Feuchte, salzige Luft füllte seine Lungen.

Er musste wieder einen klaren Kopf bekommen und aufhören, sich über Sadie Gedanken zu machen. Aber wenn es einen Zaubertrick gäbe, mit dem sich Sorgen vertreiben ließen, hätte er ihn schon längst entdeckt. Manchmal schien es ihm, als hätte seine Mutter seine gesamte Zuversicht mitgenommen, als sie fortgegangen war, und ihm stattdessen einen Knoten der Ängste und Sorgen in die Brust gepflanzt, den er seitdem nie wieder losgeworden war.

Seine Uniform zog er morgens an und abends wieder aus, doch die Sorgen konnte er nicht mit ablegen. Sie steckten tief in ihm. Sie waren ein Teil von ihm. Er hatte das mehr oder weniger akzeptiert. Auch, dass es nur einen Weg gab, wirklich damit klarzukommen, nämlich alle Schwierigkeiten aus dem Weg zu räumen.

»Deputy Garrett!«

Als er nach links blickte, sah er Lydia Carpenter winken. Heute hatte er wirklich keine Zeit für die Probleme der Handelskammer. Lydia wollte ständig irgendwas mit ihm besprechen. Von der richtigen Genehmigung für irgendeine Veranstaltung bis hin zum Umgang mit Anwohnern, die sich bei ihren sorgfältig geplanten Sommerkonzerten über »Geräuschbelästigung« beschwerten.

Alles in ihm schrie dann: *Nicht mein Problem*, doch nach außen hin lächelte er nur und nickte. Denn wenn man die Gunst der Wähler zu gewinnen hoffte, musste man freundlich sein.

»Ms Carpenter«, sagte er. »Schön, Sie zu sehen. Ich bin auf Streife, deshalb muss es diesmal schnell gehen.«

»Okay, okay.« Sie spuckte die Worte im Schnellfeuer-Tempo aus und strich sich zugleich eine dunkle Haarsträhne hinters Ohr. »Ich fasse mich kurz. Ich wollte Ihnen nur sagen, dass ich heute Gelegenheit hatte, mich mit Sadie Miller kurzzuschließen.«

»Sie hatten was?«

»Sadie hat bei der Handelskammer vorbeigeschaut, um mir eine Ideenliste für Events auf der Ranch vorzulegen.«

»Sie hat was?« Das kam ziemlich barsch heraus.

Lydia zuckte nicht zusammen. Sie reagierte überhaupt nicht auf seinen Tonfall. Ihr zierlicher Körper erbebte nicht, und ihr Lächeln ließ nicht nach. Sie war sehr jung für den Posten, den sie innehatte, vielleicht sogar noch ein bisschen jünger als er. Und wenn er es recht bedachte, musste sie eigentlich aus reiner Effizienz und Beharrlichkeit bestehen, um so viel zu erreichen, selbst in einer so kleinen Stadt.

Ihr Lächeln wurde sogar noch breiter, was er nicht für möglich gehalten hätte. Und er musste zugeben, dass sie bildhübsch war. Das machte die Sache aber nicht weniger ärgerlich.

»Sie war vorhin bei mir, und wir haben uns sehr nett unterhalten, Eli.« Plötzlich war er also Eli, nicht mehr Deputy Garrett. »Ihre Idee, am Unabhängigkeitstag ein Gemeinde-Barbecue abzuhalten, ist wirklich großartig. Sie hat vor, in ganz Logan County mit Handzetteln dafür zu werben. Ich habe vorgeschlagen, dass wir es auch am Anschlagbrett der Gemeinde und auf der Website der Handelskammer ankündigen. Für Copper Ridge wäre das wirklich von großem Nutzen. Das Strandfeuerwerk am Vierten Juli ist jetzt schon ein echter Magnet, da ist es nur sinnvoll, wenn wir noch zusätzliche Veranstaltungen ansetzen, damit die Touristen länger bleiben.«

Eli befürchtete ernsthaft, ihn könnte der Schlag treffen. Sadie hatte ihn und Connor ausgetrickst, und jetzt legte ihm die Präsidentin der Handelskammer quasi die Schlinge um die Eier. Wenn er zu viel Widerstand leistete, wurde er am Ende noch kastriert. Und auch wenn es nicht ganz so schlimm kam, konnte er immer noch aus dem Rennen um das Amt des Sheriffs geworfen werden.

»Vielen Dank, Eli, dass wir das auf eurer Ranch veranstalten dürfen. Ich kann mir keinen besseren Ort und auch keinen besseren Gastgeber dafür vorstellen. Und ich würde euch gern helfen, wo ich nur kann.« Sie sah ihn aus großen Augen an. »Ich könnte die Spiele mit euch planen. Und vorbeikommen und mir mit euch anschauen, welcher Teil des Grundstücks sich am besten für die Veranstaltung nutzen lässt.«

Eli räusperte sich, um den Zorneskloß loszuwerden, der ihm den Atem nahm.

»Ich melde mich dann bei Ihnen, Ms Carpenter.« Er nannte sie mit voller Absicht nicht beim Vornamen, weil er das ungute Gefühl hatte, dass das unangenehme Folgen hätte. »Wenn Sie mich jetzt entschuldigen wollen, ich habe zu arbeiten.«

Als er sich zu seinem parkenden Streifenwagen umwandte, entdeckte er zwei Blocks weiter Sadie, die gerade mit einer kleinen Papiertüte in der einen und einem Kaffeebecher in der anderen Hand aus einem der kleinen Läden dort an der Ecke kam.

Bevor er seine nächsten Schritte durchdenken konnte, trugen ihn seine Füße bereits auf sie zu. Er war stinksauer.

Sie hob den Kopf, entdeckte ihn und erstarrte. Ihre Augen weiteten sich. Dann zwang sie sich zu einem unschuldigen Lächeln. »Ach, hallo, Officer Garrett.«

»Deputy«, spuckte er aus. »Und zieh kein so unschuldiges Gesicht, Sadie. Ich weiß, was du getan hast.«

»Ach ja?«

»Ja, ich habe gerade mit Lydia gesprochen.«

»Ah.« Sie nickte verständnisvoll. »Ja. Lydia. Sie war von meinen Ideen sehr begeistert. Und sehr erpicht darauf, vorbeizukommen und alles vorzubereiten. Und voller Vorfreude darauf, das Ganze mit dir zu besprechen.«

»Was spielt denn das für eine Rolle? Was hat das damit zu tun, dass du wieder einmal den Bogen überspannt hast?«

»Nichts. Ich habe nur festgestellt, dass du in ihr eine große Verehrerin hast.«

»Was?«

»Sie mag dich«, sagte Sadie und trank einen Schluck von ihrem Kaffee. »Sehr. Ich weiß zwar nicht so recht warum, aber ich muss wohl davon ausgehen, dass du über so etwas wie eine Persönlichkeit verfügst, wenn ich nicht in der Nähe bin, denn sonst gäbe es in deinem Leben nicht halb so viele Menschen, die dir wohlgesinnt sind. Was mich zu der Schlussfolgerung bringt, dass du mich einfach nicht magst. Aber zurück zu Lydia ... Ja, sie mag dich.«

»Was zum Teufel meinst du denn damit: Sie *mag* mich? Wer redet heutzutage überhaupt noch so?«

»Na schön. Sie ist scharf auf dich. Billigst du diese Ausdrucksweise?«

»Nein«, sagte er stirnrunzelnd. »Nein, tu ich nicht. Lydia ist nur freundlich zu mir, weil sie die Präsidentin der Handelskammer ist. Da gehört es zu ihren Aufgaben, freundlich zu sein.«

Der Tourismus war in Copper Ridge ein aufsteigender Geschäftszweig und auf dem besten Weg, sich zum wirtschaftlichen Rückgrat der Stadt zu entwickeln – einer Stadt, die in Elis Augen das Kleinod dieses Abschnitts der Küste von Oregon war. Die Altstadt direkt am Meer war vor einem halben Jahrzehnt von Grund auf saniert worden, und die vormals baufälligen und heruntergekommenen Gebäude waren jetzt reizvoll und charmant.

Das hatte dazu geführt, dass Ferienhäuschen und kleine Motels entstanden waren sowie eine Handvoll *Bed & Breakfasts*, wie Sadie jetzt eines plante.

Darüber hinaus gab es jetzt Süßwarenläden, Boutiquen und diese kleinen Geschäfte, in denen Krempel aus Strandgut verkauft wurde, der dann später überall an der Westküste auf Kaminsimsen stehen und Staub fangen würde.

Ansonsten gab es in der Gegend vor allem Holzfällersiedlungen und heruntergewirtschaftete Fischerorte, die alle zusammen Logan County bildeten, so benannt nach dem überreichlichen Angebot an Loganbeersträuchern, die alle Highways säumten und die Wälder mit dichtem Gestrüpp durchzogen. Für all das war Eli zuständig. Eine Verantwortung, die in diesem Moment besonders schwer auf ihm lastete.

»Ja klar. Ich will nicht mit dir streiten«, sagte Sadie. »Aber … du bist schon ein bisschen blind.«

»Das ist ein guter Witz aus dem Mund einer Frau, die offenbar blind dafür ist, dass ich kein Gemeinde-Barbecue veranstalten will. Auch kein … Picknick, kein … Kuchenwettessen oder was immer du …«

»Oh! Kuchenwettessen! Das wäre super!«

»Sadie«, sagte er in warnendem Tonfall.

»Was denn? Du bist wirklich ein sturer Bock. Ich arbeite eben hart daran, mein B&B zu etwas Besonderem zu machen. Sicher, es gibt schon mehrere in der Stadt, aber die sind eben genau das – *in der Stadt*. Weswegen sie zwar Meeresblick zu bieten haben, das gebe ich zu, aber wenn man nun Abgeschiedenheit sucht, in den Bergen wohnen möchte, einfach … auf einer Ranch sein will? Tja, genau das biete ich. Ich möchte, dass die Leute vorbeikommen und es sich anschauen. Ich möchte, dass sie dort *sein* wollen.«

»Und das willst du mit Kuchenwettessen erreichen.«

»Himmel! Ich weiß wirklich nicht, wo da das Problem ist.«

»Weil ich es dir nie gesagt habe.« Und das hatte er auch jetzt nicht vor. Unterm Strich lief es darauf hinaus, dass ihm einfach nicht wohl dabei war, die Ranch der Öffentlichkeit zugängig zu machen. Mehr brauchte Sadie nicht zu wissen.

»Nun, vielleicht solltest du das mal tun.«

»Ich soll wohl über meine Scheißgefühle sprechen?« Normalerweise hätte er bei diesem Thema nie solche Ausdrücke verwendet, schon gar nicht in Uniform. Aber diese Frau raubte ihm den letzten Nerv und trampelte dann mit den Absätzen ihrer höchst unpraktischen Sandaletten darauf herum – und ja, die Schuhe waren ihm aufgefallen, da ihr Scheitel sich jetzt knapp oberhalb seiner Schultern befand und nicht mehr auf Höhe seiner Brust. »Wir sind hier nicht in deiner Praxis, und ich würde für diese Tortur auch bestimmt kein Geld ausgeben.«

»Ich würde dich sowieso an einen Kollegen verweisen«, gab sie prompt zurück. »Irgendeinen Spezialisten. Außerdem praktiziere ich hier nicht. Ich eröffne ein *Bed & Breakfast* und versuche außerdem, ein bisschen Freude – und Kuchen – in die Gemeinde zu bringen.« Sie zog die hellen Brauen zusammen, sodass sich dazwischen eine leichte Falte bildete. »Hast du etwas gegen Kuchen und Freude?«

»Ich mag beides, am richtigen Ort und zur richtigen Zeit. Ich nehme mal an, dass du nach wie vor nichts davon mit Connor besprochen hast.«

»Noch nicht.«

»Tja, sein ›Nein, verflucht‹ wird sogar noch nachdrücklicher ausfallen als meins.«

»Was ist mit Kate?«, fragte sie.

»Wenn du meine Schwester gegen mich ausspielst, stecke ich deine Katze in den Stall zu den anderen Mausefallen«, drohte er.

»Okay, dann werde ich ganz bestimmt mit Kate darüber sprechen, denn offensichtlich wird sie auf meiner Seite sein.«

»Ich muss jetzt arbeiten«, sagte er. »Und zu meiner Arbeit

gehört es nicht, auf anderer Leute Grundstück den Gastgeber zu spielen. Wir sollten das später weiterbesprechen.«

»Okay.« Sie reckte stolz das Kinn. »Das werden wir.«

Sadie sah Eli nach und kämpfte das starke Verlangen nieder, mit dem Kaffeebecher nach ihm zu werfen. Sie stellte es sich jedoch bildlich vor. Stellte sich vor, wie der Becher zwischen seinen breiten Schultern aufschlug und die Uniform über und über mit dunkelbrauner Flüssigkeit bespritzte.

Der Verlust eines derart umwerfenden, gut geschnittenen Kleidungsstücks wäre ihr zwar nahegegangen, aber das wäre ein geringer Preis für die Befriedigung gewesen, ihren Frust ablassen zu können.

Nein, sie hatte noch nicht mit Connor gesprochen, aber als sie den Vertrag ausgehandelt hatten – zugegebenermaßen per E-Mail – und sich darauf geeinigt hatten, welcher Prozentsatz ihrer Einnahmen ihm zufließen würde, war auch zur Sprache gekommen, dass sie Maßnahmen ergreifen wollte, um das Projekt möglichst einträglich zu gestalten.

Connor war selbst per E-Mail nicht der allerfreundlichste Typ, aber er hatte immerhin über die Ranch gesprochen und über die Gründe, warum er das Haus verpachten wollte. Viehwirtschaft war ein hartes Brot, und die immer strengeren Auflagen machten alles noch schwieriger. Fleisch zu vermarkten war nicht mehr so leicht wie in den Anfangszeiten der Ranch. Es kostete viel Geld, das Vieh zu den amtlich zugelassenen Stellen zu transportieren.

Sadie hatte seinen Mails entnommen, dass ihm die Ranch wichtiger als alles andere war. Und sie hatte das Gefühl, dass er ihre Pläne unterstützen würde, wenn er einmal erkannte, dass die Garretts ihr Anwesen auf diese Art noch besser nutzen konnten.

Natürlich gab es ein Restrisiko, dass er so unvernünftig war wie sein jüngerer Bruder.

Verächtlich schnaubend ging Sadie die Straße entlang, in die entgegengesetzte Richtung wie Eli. Ihr Ziel war das *Farm & Garden*, wo Kate Garrett gerade arbeitete. Sadie hatte nämlich keinerlei Skrupel, das jüngste Mitglied der Familie Garrett für ihre Zwecke einzuspannen.

Sie stieß die Tür auf, und ein Glöckchen an einer Schnur kündigte ihre Ankunft mit einem leisen, angenehmen Bimmeln an.

Wieder in einer Kleinstadt zu leben war ungewohnt und nervenaufreibend, hatte aber auch angenehme Aspekte, auf die sie vorher niemals gekommen wäre. Angefangen bei Tankwarten, die ihren Namen wussten und Benzin für sie zapften – willkommen in Oregon! – bis hin zu kleinen Glöckchen an den Ladentüren.

»Hallo, Sadie, was führt dich heute zu uns?«

Sadie lächelte Kate an. Sie stand hinter der Ladentheke, die dunklen Haare zu einem schlichten Zopf geflochten, die Figur unter einem karierten Flanellhemd und einer hellbraunen Arbeitshose verborgen.

Mich treibt vor allem das dringende Bedürfnis, deinen Bruder zu erwürgen. Aber danke der Nachfrage.

»Nun, Blumen. Ich muss die Beete vor dem Haus bepflanzen und weiß absolut nichts über alles, was Blätter oder Blüten hat.«

»Tja.« Kate kam hinter der Ladentheke hervor. »Dann bist du hier richtig. Ich weiß ziemlich viel über Pflanzen.«

»Gut. Also … Du weißt in etwa, wovon ich spreche, oder?«

»Nur die Beete vor der Veranda?«

»Ja, äh … Was kann ich da hinpflanzen?«

Kate lachte. »Ich helfe dir. Komm einfach mit nach hinten.«

Sadie strich sich eine Haarsträhne hinters Ohr und rückte die Papiertüte in ihrer Hand zurecht. Dann nippte sie an ihrem Kaffee und folgte Kate durch die zweiflüglige automatische Glastür auf die hintere Terrasse hinaus. Pflanzen hingen von den Metallstreben über ihren Köpfen und standen auf niedrigen Stellflächen. Paletten voller Blühpflanzen stapelten sich in Gestellen, und hinten am Maschendrahtzaun lagerten Packungen mit Blumenerde und Dünger.

»Ich glaube, du musst mir den Einkaufswagen vollpacken«, sagte Sadie, während sie all die Pflanzen betrachtete. »Ich stehe davor wie der Ochs vorm Berg.«

»Das tue ich gern. Und du bekommst auch meinen Mitarbeiterrabatt.« Kate sah sich verstohlen um. »Aber nicht verraten.«

»Wenn du dadurch Probleme kriegst, lass es lieber. Ansonsten sehr gern und tausend Dank, denn *so* wohlhabend bin ich auch wieder nicht.«

»Das geht schon in Ordnung. Schließlich ist es für das Anwesen der Garretts.« Kate packte einen der flachen Transportwagen am Handgriff, wendete ihn und stellte eine Wanne mit dunkellila blühenden Pflanzen darauf. »Die sind schon mal ein guter Anfang. Und dann …« Sie begann die Gestelle abzusuchen.

»Also …«, fing Sadie an. Was sie sagen wollte, kam ihr schrecklich pubertär vor, und doch konnte sie nicht anders. »… was hat dein Bruder eigentlich für ein Problem?«

»Welcher?«

Noch konnte sie ausweichen und behaupten, es ginge um Connor. Was ihr eigentlich genauso peinlich hätte sein können, es aber nicht war. Wahrscheinlich weil Connor auf seine trauerkloßige Mehrwochenbart-Art zwar auch sehr gut aussah, sie aber einfach nicht den Wunsch verspürte, ihm auf den Hintern zu schauen. Bei Eli hingegen …

»Eli.« Sie verzog das Gesicht über ihre eigene Aufrichtigkeit und war dankbar, dass Kate immer noch mit den Pflanzen beschäftigt war.

»Äh …« Kate richtete sich auf und warf den Zopf nach hinten. »Ich wüsste jetzt nicht, dass er überhaupt ein Problem hat.«

»Er scheint über meine Anwesenheit nicht sehr glücklich zu sein. Außerdem wurde er ein wenig … unwirsch, als ich vorgeschlagen habe, wir könnten auf der Ranch ein paar Events organisieren.«

»Ach, na ja … Da ist er eigen. Ich meine, ich habe nie darüber nachgedacht, aber wir veranstalten auf der Ranch nie Partys oder so. Geburtstage feiern wir bei *Pappy's Pizza*, und wenn die Jungs mich nicht dabeihaben wollen, gehen sie ins *Ace's*. Deshalb … Ja, vielleicht liegt es daran. Vielleicht hat er einfach nicht gern Menschen um sich. Ich bin auch meist für mich, aber bei mir ist das eigentlich nicht gewollt. Eher Zufall. Weil … Weißt du, die Stadt ist echt klein, und alle hier wissen, dass mein Bruder jemand ist, der sie jederzeit festnehmen könnte. Und der sie wahrscheinlich auch ohne große Gewissensbisse erschießen und vergraben würde.« Sie runzelte die Stirn. »Aber jedenfalls tut mir leid, dass Eli schwierig ist. Normalerweise müssen wir uns eher für Connor entschuldigen.«

»Nein, tu's bitte nicht … Dich für ihn entschuldigen. Aber … könnte ich vielleicht irgendeine Pflanze für ihn kaufen?« Ein Friedensangebot könnte genau das Richtige sein. Momentan war sie anscheinend auf dem besten Weg, ihn gezielt zu verärgern, was wirklich total dämlich war und kein einziges Problem lösen würde.

»Ja klar … Du könntest ihm eine Azalee kaufen«, sagte Kate.

»Eine Azalee?«

»Ja, die hat zwar auch Blüten, aber sie ist hier heimisch, also nicht so … gekünstelt. Männlicher. Eine männliche Blume.«

»Okay«, sagte Sadie. »Eine männliche Blume. Ich bin dabei. Ich kaufe ihm eine Entschuldigungs-Azalee. Und dann können wir ja vielleicht noch mal miteinander reden. Wie zwei Erwachsene, nicht wie streitsüchtige Kinder.«

Kate zuckte zusammen. »War es so schlimm?«

»Keine Ahnung. Aber zum Teil war es auch meine Schuld. Wir … reiben uns einfach aneinander.« Und sie hatte das Gefühl, dass ein Großteil ihrer Verärgerung auf das seltsame Ziehen in ihrem Bauch zurückging, das sie in seiner Nähe ständig spürte.

Natürlich tat sie mit dieser Wortwahl so, als wüsste sie nicht, was das Ziehen bedeutete. Obwohl sie es ganz genau wusste. Es war nur … unerwartet. Unter diesen Umständen.

Normalerweise verspürte sie diese Art von Erregung, dieses tiefe, lustvolle Ziehen nur dann, wenn sie gleich mit einem Mann schlafen würde. Ein kurzes, kleines Aufblitzen gespannter Erwartung. Wenn sie sich recht erinnerte. Denn es war schrecklich lange her.

Bei Männern, die sie nicht interessierten, war sie diese Reaktion nicht gewohnt. Nicht bei Männern, die sie nicht mochte. Geschweige denn bei Männern, mit denen sie nicht fest zusammen war.

Sadie war sozusagen seriell monogam. Sie lernte jemanden kennen, ging ein paarmal mit ihm aus, und dann hatten sie Spaß miteinander, solange es eben anhielt. Und wenn … der Spaß vorbei war, machten sie Schluss. Dabei gab es kein gegenseitiges Herumkritteln, keine lauten Streitereien. Keine offenen Fragen. Sie mochte es einfach und unkompliziert.

Ihr letzter Ex Marcus war dafür ein klassisches Beispiel. Sie hatten sich in Sadies Fitnessstudio kennengelernt. Marcus war sexy. Er war witzig. Sie hatten ein paar Dates und schlitterten wie von selbst in eine intime Beziehung. Doch dann war Marcus so unklug, es zu versemmeln, indem er um eine eigene Schublade bat. Der Mann, der nie über Nacht blieb, wollte eine *Schublade* in ihrer *Kommode*.

Zumindest für Sadie war das ein untrügliches Zeichen, dass sie sich verschiedene Dinge wünschten. Und obwohl ihr erster Impuls war, ihm seinen Willen zu lassen oder ihn hinzuhalten, hatte sie begriffen, dass ihnen damit beiden nicht gedient war. Und dass sie sich von dieser schönen Zeit in ihrem Leben später nur noch an den Streit am Ende erinnern würde. Also hatte sie laut »Nein, danke« gesagt.

Es war immer besser, jemanden zu früh gehen zu lassen, als ihn zu lange festzuhalten.

Sie mochte klare Verhältnisse. Sie mochte es *unkompliziert*.

An den Gefühlen, die Eli in ihr auslöste, war jedoch nichts unkompliziert. Und sie führten auch zu nichts. Deshalb sollten sie bitte einfach aufhören.

Allerdings hatte sie Eli schon heiß gefunden, als sie noch eine jugendliche Missetäterin war und äußerst ungern mit ihm zu tun hatte. Und das verriet ihr vor allem eins, nämlich dass ihr dummer, unverbesserlicher Körper einfach auf Eli abfuhr.

»Eli ist echt ein anständiger Kerl«, sagte Kate und stellte noch eine Fuchsie auf den Wagen. »Wenn ihr euch erst wieder vertragt, lässt er bestimmt vernünftig mit sich reden.«

»Glaubst du?«

»Ich weiß nicht. Aber ich bin auch nur seine Schwester. Bei mir ist er ganz oft nicht vernünftig, aber da spielen vermutlich die Gene mit rein.«

»Tja, ich bin Einzelkind, deshalb kenne ich mich da nicht so aus.«

»Da warst du bestimmt oft einsam«, sagte Kate.

Aus irgendeinem Grund trafen ihre Worte einen wunden Punkt. »Äh …« Sadie räusperte sich. »Ich hatte viele Freunde.« Freunde, mit denen sie seit zehn Jahren nicht mehr gesprochen hatte. Lebten sie noch hier? Waren sie längst weg? Sie hatte keine Ahnung.

Sie klammerte sich eben nicht an Vergangenes. Das war nicht gesund. Und sie war ein Bollwerk geistiger Gesundheit und positiven Denkens. Und überhaupt.

»Ja, das ist schön. Ich habe … nur ganz wenige Freunde«, sagte Kate. »Aber dafür sind es sehr gute Freunde. Leute, die Pferde genauso lieben wie ich.«

»Hey, das ist wichtig. Und es ist auf jeden Fall besser als massenhaft miese Freunde.« Ihre Freunde waren eigentlich nicht mies gewesen. Sicher, sie hatten einen schlechten Einfluss aufeinander ausgeübt, aber sie hatten es auch alle beschissen schwer im Leben gehabt. Bei ihnen zu Hause hatte es übel ausgesehen, daher war das Beste, was sie tun konnten, im Wald zu rauchen, Bier zu trinken und zu knutschen.

»Ja, das ist sicher wahr.« Kate stellte noch ein paar Grünpflanzen auf den Wagen. »Willst du auch Basilikum und Minze und so?«

»Ja, gern! Beides. Alles. Kann ich die in der Küche aufs Fensterbrett stellen?«

»Klar. Ich packe die Kräuter auf dem Weg nach drinnen dazu. Du kannst bei der Kasse auf mich warten.«

»Danke«, sagte Sadie. »Für deine Hilfe und für den Rabatt und … dafür, dass du mich nicht hasst.«

»Eli hasst dich auch nicht.« Kate schob den Wagen durch die Glastür nach drinnen. Sie war offenbar viel kräftiger, als man wegen ihres zierlichen Körperbaus vermutet hätte. »Er hasst niemanden. Er ist von Grund auf anständig.«

Sadie ging zur Ladentheke vor, stellte ihren Kaffeebecher auf der Holzfläche ab und fischte in ihrer Gesäßtasche nach der Kreditkarte. »Ja, das merkt man ihm an.«

»Er hat sich fast mein ganzes Leben um mich gekümmert. Unsere Mom ist weggegangen, als ich noch klein war. Das weißt du wahrscheinlich schon. Alle wissen das.« Sie griff nach ihrem Zopf und zog daran, eine so kindliche, traurige Geste, dass es Sadie einen schmerzhaften Stich versetzte. »Jedenfalls …« Kate warf den Zopf nach hinten und machte sich daran, die Preisschilder an den Pflanzen zu scannen. »Unser Dad … Für ihn war das alles sehr schwer, und jemand musste sich ja um die Ranch kümmern – das hat Connor getan. Und jemand musste sich um mich und den Haushalt kümmern. Und … das war Eli.«

Sadie räusperte sich. Ein seltsames, schmerzliches Gefühl schnürte ihr die Kehle zu. »Tja, dann ist es wohl wirklich gut, wenn ich ihm einen Ölzweig überreiche. Eine Entschuldigungs-Azalee. Was auch immer. Ich meine, wenn er ein so guter Mensch ist.«

Die Gesamtsumme blinkte auf dem Bildschirm auf. Kate tippte auf dem Zahlenfeld herum, und der Betrag reduzierte sich fast um die Hälfte. Sadie seufzte erleichtert. »Tausend Dank.«

»Echt kein Problem. Vielleicht … vielleicht könnten wir mal zusammen was unternehmen?«

»Ja, gern. Ich vermute … Ich komme wahrscheinlich erst morgen dazu, das hier alles einzupflanzen. Aber wenn du dann in der Nähe bist, könnten wir das ja zusammen machen.«

Kate strahlte. »Klar! Und wenn du die Pflanzen nicht gleich brauchst, kann ich sie auf die Ladefläche meines Trucks packen und heute Abend mit nach Hause nehmen. Dann musst du dir das Auto nicht damit schmutzig machen.«

Kates Angebot wärmte Sadie das Herz. Sie war nicht ganz sicher, ob sie diese Freundlichkeit verdient hatte. Aber sie freute sich darüber. Verflucht, sie wünschte sich eine Freundin. »Danke. Aber die Entschuldigungs-Azalee nehme ich mit, weil ich nämlich mit Eli reden muss, und das tue ich nicht ohne Verstärkung.«

Kate nahm die große Topfpflanze vom Wagen und reichte sie Sadie. »Bitte sehr.«

Sadie schlang die Arme darum, denn in den Händen hielt sie bereits den Kaffeebecher und die Tüte mit dem Krimskrams, den sie vorher erstanden hatte. »Toll. Okay. Bis später.« Sie drehte sich um und ging auf die Tür zu, hielt jedoch inne, als sie merkte, dass sie keine Hand mehr frei hatte.

»Entschuldige!« Kate kam eilig hinter der Ladentheke hervor und hielt ihr die Tür auf.

»Kein Problem. Wir sehen uns.«

Sadie trat in den warmen Nachmittag hinaus. Vom Meer her wehte ein kräftiger Wind und blies ihr die Haare ins Gesicht und in den Mund. Während sie den Gehsteig entlang zu ihrem Auto ging, blickte sie sich beiläufig nach Elis Streifenwagen um, sah ihn aber nicht.

Und sie versuchte, nicht zu viel über die vage Enttäuschung nachzudenken, die sie deshalb empfand.

6

Als Eli endlich Feierabend machte, wollte er nur noch aufs Sofa sinken und wegdämmern. Vielleicht irgendeine Sportsendung anschauen. Er war da nicht wählerisch. Er hätte sich sogar mit Tennis begnügt. Hauptsache, er musste dabei nicht denken.

Doch als er mit dem Wagen in die unbefestigte Zufahrt zu seinem Haus einbog, sah er sofort, dass seine Pläne durchkreuzt waren. Wo er gewöhnlich parkte, stand eine glänzend schwarze Limousine. Was hieß, dass jemand da war. Was wiederum hieß, dass er weiter im Dienst war. Weshalb ihm eine interessante Folge der unterschiedlichsten Flüche durch den Kopf ging.

Stöhnend hielt er am Rand der Zufahrt, damit der Besitzer der Limousine ungehindert wieder wegfahren konnte, sobald sein Anliegen geregelt war.

Eli schaltete die Automatik auf *Parken* und stellte den Motor aus. Mit einem schweren Seufzer schnallte er sich los und stieg aus.

Nach wenigen Schritten in Richtung Haus bemerkte er eine dunkelhaarige Frau mit langen, glänzenden Locken, die ihr bis zur schlanken Taille reichten. Sie wandte ihm den Rücken zu und schaute … nun ja, irgendwo in die Ferne, soweit er das erkennen konnte.

Als er stirnrunzelnd weiterging, entdeckte er eine zweite Frau, die auf der Erde kniete und deren Gesicht zum Teil von einem Vorhang aus blonden, strähnigen Haaren verdeckt war. Er konnte einen blassen Arm voller Schmutzspritzer sehen. Und aus irgendeinem Grund durchfuhr ihn beim Anblick der schmuddeligen Frau auf allen vieren ein Ruck, den ihm die Hinteransicht der properen Brünetten nicht versetzt hatte.

Dann drehte sich die Brünette um und offenbarte sowohl ihre eigene Identität als auch die der Blondine. Und plötzlich ergab alles einen höchst irritierenden Sinn, seine eigene Reaktion mit eingeschlossen.

Denn das glänzende dunkle Haar gehörte zu Lydia Carpenter, und das schmuddelige Etwas auf dem Boden war natürlich Sadie Miller. Wer sonst!

Er und sein Schwanz mussten sich mal ernsthaft darüber unterhalten, wie man angemessen auf höllisch nervende Frauen reagierte.

»Was geht hier vor?«, fragte er, während ihm irgendwo im Hinterkopf bewusst wurde, dass dies keine salonfähige Begrüßung war.

»Eli!«, rief Lydia breit lächelnd und kam ein paar Schritte auf ihn zu. Sie trug ein sehr kurzes Sommerkleid, das sie vorhin noch nicht anhatte, und zeigte darin sehr viel von ihren sonnengebräunten Beinen. Zudem trug sie roten Lippenstift, den er vorhin auch bemerkt hatte.

Sadie, immer noch auf allen vieren, freute sich anscheinend deutlich weniger, ihn zu sehen. Sie blickte zu ihm auf, kniff die Augen im Gegenlicht zusammen und schenkte ihm etwas, das zwar einem Lächeln ähnelte, aber eher so aussah, als würde sie die Zähne blecken.

»Hallo! Hatten wir einen … Termin, der mir entfallen ist?« Er blickte von Lydia zu Sadie.

Lydias Lächeln wirkte plötzlich leicht angesäuert. »Äh. Nein. Zwei Dumme, ein Gedanke, könnte man eher sagen. Allerdings hätte ich dann auch eine Pflanze mitbringen müssen.«

»Was?« Er nutzte den Moment, um genauer in Augenschein zu nehmen, was Sadie trieb.

Frische Erde war um eine Azalee aufgehäuft, deren knallrosa Blüten ihn mit ihrer Fröhlichkeit zu verspotten schienen.

»Überraschung!«, rief Sadie wenig überzeugend.

»Äh …« Da ihm sonst nichts dazu einfiel, ließ er es dabei bewenden.

»Eli«, sagte Lydia, und er fragte sich erneut, wieso sie plötzlich per Du waren. »Ich wollte dich informieren, dass ich die Idee mit dem Barbecue dem gesamten Vorstand vorgetragen habe und dass die Resonanz überwältigend war. Wir sind sehr dankbar, dass jemand für das Amt des Sheriffs von Logan County kandidiert, der ein so großes Interesse daran hat, dass die Wirtschaft in Copper Ridge floriert.«

Oh verdammt! Es war, als würde sein schlimmster Albtraum wahr. Er wurde in die Enge getrieben. Von zwei zierlichen, lächelnden, *bösen* Frauen.

»Nun … Ich … Natürlich liegt mir viel daran«, murmelte er, und auf Lydias Gesicht erschien ein ganz neuer Ausdruck. Ein Ausdruck, den er nicht genau bestimmen konnte, der ihm aber große Angst machte.

»Ich weiß.« Sie kam noch näher und legte ihre Hand auf seine. »Und das bedeutet mir wirklich sehr viel. Und … natürlich auch der ganzen Stadt. Und dem Bezirk.«

»Natürlich.« Er zog sich vorsichtig zurück und schaute zu Sadie hinunter. Sie wirkte wie erstarrt, und in ihren großen Augen spiegelte sich eine Mischung aus Belustigung und Entsetzen.

»Nun, ich muss jetzt gehen«, sagte Lydia, »aber wir sollten das noch eingehender besprechen. Bei einem Kaffee.« Sie griff in ihre Handtasche, kramte eine Karte hervor und drückte sie ihm in die Hand.

»Okay.« Er umschloss die Karte mit den Fingern.

Lydia wandte sich ab und lächelte Sadie an, und wieder hatte Eli das Gefühl, dass dieses Lächeln etwas anderes ausdrückte als Freundlichkeit. Hier spielten offenbar eine Menge merkwürdiger emotionaler Feinheiten mit rein. Da man ihm alles, was mit Gefühlen zusammenhing, normalerweise mit dem Brecheisen beibringen musste, fand er sich damit ab, verwirrt zu sein, und beobachtete erleichtert, wie Lydia zu ihrem Wagen ging und den Motor anließ.

Dann wandte er sich wieder Sadie zu, die immer noch auf dem Boden kniete. »Was ist hier los?«

»Ich habe dir eine Azalee gebracht.«

»Warum?«

»Um mich zu entschuldigen.« Sie blinzelte, als dämmerte ihr plötzlich, dass diese Idee vielleicht nicht die allerbeste war. »Und um … guten Willen zu zeigen.«

»Manche Leute sagen dann einfach, dass es ihnen leidtut. Sie pflanzen nicht unaufgefordert irgendwelche Sträucher vor das Haus anderer Leute.«

»Ja, manchen Leuten fehlt es eben an Fantasie.« Sie rappelte sich auf und wischte sich die Hände an der Jeans ab, wo sie Schmutzstreifen auf dem dunklen Stoff hinterließen.

»Oder sie sind sattelfester, was gesellschaftliche Umgangsformen angeht.«

Sadie stieß einen ungehaltenen Laut aus. »Das ist auch eine Möglichkeit. Vielleicht. Aber deine Schwester hat mir versichert, dass dies eine männliche Pflanze ist. Und sie schien die Idee auch nicht so schrecklich zu finden.«

»Das Ding hat rosa Blüten.«

»Jetzt mal ehrlich, diese ganze Sache mit den geschlechtsspezifischen Farben finde ich total lächerlich. Farben sind Farben. Wie kann die eine maskulin und die andere feminin sein?«

»Wenn es dir nichts ausmacht, würde ich diesen Teil des Gesprächs gern überspringen.«

»Einverstanden.«

»Toll. Was hat Lydia hier gewollt? War sie auch an der Pflanzaktion beteiligt?«

»Nein. Wir waren aus unterschiedlichen Gründen hier und sind uns nur zufällig in die Quere gekommen.«

»Sie fährt voll auf deine Barbecue-Idee ab. Gratuliere, dein übler Plan ist aufgegangen.«

»Ich glaube eigentlich nicht, dass es das Barbecue ist, worauf sie abfährt.«

»Reitest du immer noch darauf herum?«

»Man braucht nicht so viel Bein zu zeigen, um über ein Barbecue zu sprechen. Außerdem war sie mir gegenüber recht unterkühlt.«

»Warum?«

Sadie verdrehte die Augen und verschränkte die Arme. »Sie fühlt sich von mir bedroht. Von mir und meiner Azalee.«

»Dazu besteht kein Grund«, sagte er.

»Magst du sie so sehr?«

»Ich mag dich und deine Azalee so wenig.«

»Verdammt, Sheriff, das hat gesessen! Ich versuche doch bloß, nett zu sein.«

»Du hast mich in eine vertrackte Lage gebracht. Jetzt werde ich mich für deinen kleinen Zirkus einsetzen müssen.«

»Warum?«

»Darum. Du hast es doch gehört. Die gesamte Handelskammer ist hellauf begeistert und sieht es als Gradmesser für mein Engagement für die Gemeinde. Damit hängt meine Wahl von diesem dämlichen Mist ab, zu dem ich überhaupt keine Lust habe.«

»Oh! Autsch! Rücksicht auf die öffentliche Meinung nehmen zu müssen ist für dich wohl ziemlich neu, was?« Sie wirkte überhaupt nicht zerknirscht. Sie sah geradezu vergnügt aus.

»Eigentlich nicht«, sagte er.
»Du wirst mich halt unterstützen müssen. Wer sich nicht anpasst, geht unter.«
»Du musst das nicht unbedingt so genießen.«
»Das tue ich aber!«, trumpfte sie auf. »Wirklich. Und außerdem wird es gar nicht so schlimm. Keiner wird dich zwingen, dabei mitzutun oder gar zu lächeln.«
»Ich brauche klare Grenzen«, murrte er. »Und feste Pläne. Wenn das Ganze also unbedingt stattfinden soll, werde ich es selbst managen.«
»Ein echter Kontrollfreak, was?«
»Ja«, sagte er. »Ein echter. Und das stört mich überhaupt nicht. Und falls du auf meinem Grund und Boden irgendetwas veranstalten willst, wirst du auch damit klarkommen müssen. Auch wenn es dir vielleicht nicht gefällt, unterm Strich bedeutet das: Du tust, was ich sage, oder die ganze Sache findet nicht statt.«
»Ach ja? Ich dachte, du hättest längst eingeräumt, dass ich dich in der Hand habe.« Sie strich sich eine blonde Haarsträhne hinters Ohr und zog die Augenbrauen hoch, als wollte sie sagen: *Hab dich.*
Keine Chance.
»Oh nein, Schätzchen!« Eli wusste selbst nicht so recht, woher dieses Kosewort auf einmal kam und warum es ihm so leicht von der Zunge ging, doch er dachte auch nicht weiter darüber nach. »Du hast mich zwar in eine Position manövriert, in der ich deine Idee besser ernsthaft in Betracht ziehe, aber mach dir nichts vor: Du bist diejenige, die am meisten zu verlieren hat. Ich *muss* überhaupt nichts, und dieses Stück Land gehört immer noch mir. Wenn du spielen willst, dann nach meinen Regeln.«

Überrascht spürte Sadie, wie eine Welle reiner, ungezähmter Wut über ihr zusammenschlug. Das war sonst nicht ihr Stil. Es entsprach nicht ihrem Charakter. Sie ging nicht auf Konfrontation. Weder mit Männern noch mit sonst jemandem. Nein. Sie machte Yoga. Sie meditierte. Sie hatte irgendwo eine Töpferscheibe. Die benutzte sie zwar nie, aber trotzdem. Sie hatte ihre Methoden, Stress abzubauen. Ohne wie ein trotziges Kind zu schreien. Oder mit den Fäusten auf jemanden einzutrommeln, bis sich die wütende Bestie in ihrer Brust wieder beruhigt hatte.

Sie war überhaupt nicht dafür, negativen Gefühlen freien Lauf zu lassen. Sich seine Gefühle einzugestehen und in geschütztem Rahmen darüber zu sprechen – das war gesund. Aber sie in sich explodieren zu lassen, sodass sie einen vollkommen überrollten? Und genau das passierte soeben, ob sie es wollte oder nicht.

Sie … schäumte vor Wut. Und diese Wut überschwemmte alles. Sie selbst, ihn, einfach alles. Klar, vielleicht war sie mit der Azalee einen Schritt zu weit gegangen. Eigentlich hatte sie die Pflanze auch nur vorbeibringen wollen, aber da war Lydia aufgekreuzt. Und irgendwas an der Frau hatte ihr das Gefühl gegeben … konkurrieren zu müssen. Was echt nervig war.

Jedenfalls hatte sie Lydia weisgemacht, sie sei mit Elis Einverständnis hier. Um eine Azalee zu pflanzen. Und Lydia hatte sich nicht abwimmeln lassen. Allein ihre Anwesenheit war eine Kampfansage gewesen. Also hatte Sadie die Azalee eben eingepflanzt.

Und jetzt verschmähte er sie. Also wirklich, selbst wenn ihre Geste vielleicht etwas ungewöhnlich war, nett war sie doch auch. Aber Eli verhielt sich wie ein Arsch.

»Ich hab dir eine Scheißazalee gekauft!« Die Worte schossen aus ihr hervor wie Artilleriefeuer.

»Die will ich aber nicht.« Er kam einen Schritt auf sie zu. »Ich will sie nicht hierhaben. Und dich auch nicht.«

»Warum?« Sie machte ebenfalls einen Schritt auf ihn zu, angetrieben von heftigen negativen Gefühlen, von denen sie bisher nichts geahnt hatte. »Weil ich meinen schmutzigen, kriminellen Armeleutedreck überall auf deinem geheiligten Garrett-Boden verteile?«

»Weil du ein einziges Chaos bist. Ich habe den Großteil meines Lebens damit zugebracht, ein Riesenchaos zu bewältigen, da halse ich mir nicht aus freien Stücken noch mal das Gleiche auf. In meinem Leben läuft alles genau so, wie es soll.« Er kam erneut näher. An seinem markanten Kiefer zuckte ein Muskel, und die Stränge an seinem Hals traten deutlich hervor. »Ich will nicht, dass du herkommst und alles kaputt machst.«

»Ach ja?« Sie ging auch näher heran, so nah, dass sie seinen heißen Atem an dem Gesicht spürte. »Du bist bestimmt immer ganz sauber und ordentlich.« Unwillkürlich schaute sie auf seine perfekt gebügelte Uniform. Das war so … sexy, trotz allem, was zwischen ihnen ablief. »Es wäre doch jammerschade, wenn du was von meinem Schmutz abbekämst.« Bevor sie sich zurückhalten konnte, hatte sie ihn an der Krawatte gepackt, strich mit ihren erdverkrusteten Händen über den Stoff, dass helle Schmutzstreifen darauf zurückblieben, und zog sein Gesicht zu sich herab.

Ihr Herz pochte so heftig, dass ihr ganz schwindlig wurde. Es schickte ihr Blut zu Regionen … tief im Süden. Sie hatte keine Ahnung, was da mit ihr geschah. Das war nicht die Art sexueller Anziehung, die sie kannte. Es war überhaupt nichts, was sie kannte. Sie war wütender als je zuvor und zugleich so verdammt angetörnt, und sie hatte nicht die leiseste Ahnung, wie sie mit beidem auf einmal umgehen sollte.

Noch viel weniger kam sie damit klar, dass sein Gesicht nur noch Zentimeter von ihrem entfernt war und sie seinen Schlips fest umklammert hielt. In seinen dunklen Augen loderte Wut, aber auch etwas anderes. Etwas Heißeres. Etwas, das sehr an das Feuer erinnerte, das in ihrem eigenen Unterleib brannte.

Und dann ... senkte er den Kopf, und seine Lippen stießen auf ihre. Genau das war es. Ein Zusammenstoß. Kein Vortasten, kein Abschmecken, nichts Zögerliches. Nichts Nettes oder Spielerisches. Es war wie Benzin, an das man ein brennendes Streichholz hält. Eine Feuersbrunst, die im Bruchteil einer Sekunde außer Kontrolle geriet.

Sie begriff nicht, was da vor sich ging. Aber es sollte bitte nicht aufhören.

Sie zog fester an seinem Schlips, neigte den Kopf ein wenig zur Seite, öffnete die Lippen, und als er seinen Mund ebenfalls öffnete, ließ sie ihre Zunge hineingleiten. Eli stöhnte auf; es klang wild und überhaupt nicht nach dem netten Typen, für den ihn die Welt offenbar halten sollte.

Er legte ihr den Arm um die Taille und presste sie an seinen harten Körper. Seine Lippen waren fest und wussten genau, was sie taten. Und das alles war um so viel intensiver, als sie es sich je hätte vorstellen können.

Sie ließ den Schlips los, legte ihm beide Hände in den Nacken und hielt ihn fest. Als sie den Kopf bewegte und sich dabei ein wenig von ihm lösen wollte, knurrte er leise – wild wie ein Tier – und biss ihr in die Lippe, sodass sie ihn nicht abschütteln konnte.

Lust durchfuhr sie. Ihre Brustwarzen zogen sich zusammen, und das Feuer tief in ihrem Bauch erfasste ihren ganzen Körper, bis sie vor Verlangen bebte.

Sie wollte ... Sie wollte, dass es ewig andauerte. Ihr Verlangen umhüllte sie wie ein Kokon, band sie an ihn und hielt alles andere fern. Alle Sorgen, alle Ängste, alle Wut. Es verwandelte das alles in etwas … *Gutes*. Obwohl ihr »gut« viel zu schwach erschien. Und sie war auch überhaupt nicht sicher, ob es wirklich so gut *war*.

Aber es musste einfach sein.

Auf einmal musste es unbedingt sein.

Sie schmiegte sich mit den Hüften an ihn und spürte den harten, unwiderlegbaren Beweis dafür, wie sehr er an dieser Explosion des Verlangens beteiligt war. Sie wollte alles, mit einer Intensität, die sie noch nie erlebt hatte. Sie wollte es mit Leib und Seele.

Ihr Herz zog sich schmerzlich zusammen, und plötzlich merkte sie, dass sie sich von ihm löste, dass sie zurückschreckte wie eine verängstigte Katze.

Sie zitterte. An den Händen, in den Knien, überall. Dabei brachten Küsse sie nie zum Zittern. Und sie küsste auch keine Männer, die sie nicht mochte. Sie küsste keine Männer in Uniform, die auf Ordnung und Sauberkeit abfuhren.

Sie schrie normalerweise auch niemanden an, doch momentan stand Schreien auf der Liste ihrer Sünden deutlich unter dem Küssen.

»Was hast du …? Ich habe nicht mal … Ich gehe jetzt.« Mit steifen Schultern wandte sie sich ab. Ihr Herzschlag dröhnte ihr in den Ohren.

»Wenn ich gewusst hätte, dass ich dich mit einem Kuss loswerde, hätte ich dich gleich geküsst, als ich deinen Wagen am Straßenrand entdeckt habe.«

So. Jetzt reichte es aber.

Wütend wirbelte sie zu ihm herum. »Na schön, mit dem Kuss wirst du mich los. Gratuliere. Und wer hilft dir jetzt, deinen Ständer loszuwerden? Deine rechte Hand?«

Mit versteinerter Miene zog er die Schultern hoch, und nur

der mattrote Schimmer an seinen Wangenknochen verriet, dass ihn das Ganze nicht völlig kaltließ. Dass sein lässiger Tonfall sie täuschen sollte. »Meine rechte Hand passt mir gut. Sie quatscht wenigstens nicht so viel wie du.«

»Ja klar, eine Anspielung aufs Masturbieren verstehst du sofort. Du verbringst anscheinend viel Zeit allein.«

An seinem Kiefer zuckte ein Muskel, und sein Gesicht rötete sich noch etwas mehr. Aus Beschämung oder vor Ärger? Aus irgendeinem Grund wollte sie das unbedingt wissen.

»Kein Kommentar?«, fragte sie. »Mich schockiert es nämlich ungeheuer, dass die Frauen nicht in Scharen über dich herfallen.« Um ehrlich zu sein: Er war verdammt sexy, und es gab durchaus Frauen, die ihn umschwärmten. Zumindest eine Frau. Von der sie wusste. Aber egal, sie wollte ihn einfach wütend machen, und dabei spielte die Wahrheit keine Rolle. Kleinkarierte Gemeinheit war das Einzige, was zählte. »Ich meine, du bist eben ein Arsch. Und du willst ja überhaupt niemanden in der Nähe haben. Du magst nicht mal Blumen.«

Er verschränkte die Arme vor der breiten Brust, und sie musste sich zwingen, nicht auf die Region unter seinem Polizeigürtel zu schauen, wo sie mit Sicherheit den Beweis seiner Erregung entdecken würde. Die Versuchung war groß. Denn sie hatte seine Erektion schon gespürt, und es hatte sich so gut angefühlt. Sie war schrecklich neugierig, wie es aussehen würde. Wie es sich in ihrer Hand anfühlen würde …

Nein. Schluss damit!

»Ich streite nicht mit dir«, sagte er. »Aber ich ändere auch nicht meinen Standpunkt. Entweder nach meinen Regeln oder gar nicht. Es liegt ganz bei dir.«

Er wollte den Kuss also nicht mal zur Kenntnis nehmen. Er wollte nicht mit ihr herumzanken und sie weiter provozieren, bis sie das Gefühl hatte, im Recht zu sein und … und … Dieser Mistkerl!

»Na schön«, fauchte sie. »Ich arbeite mit dir zusammen. Aber wenn du mich noch einmal küsst, beiße ich dir die Zunge ab.«

»Keine Sorge«, sagte er. »Ich glaube kaum, dass ich noch mal in Versuchung komme.«

Das saß. Und sie hatte keine Ahnung warum. Denn sie durften sich ja gar nicht noch einmal küssen. Sie hätten sich auch jetzt nicht küssen sollen. Folglich hatte sie gar keinen Grund, gekränkt zu sein, weil er sie nicht noch einmal küssen wollte.

Aber sie war gekränkt.

»Wir reden morgen weiter.« Sie straffte die Schultern, um wenigstens ein wenig Haltung zu bewahren, obwohl sie wusste, dass es dafür längst zu spät war. »Und wenn ich morgen wieder herkomme, und meine Azalee ist verstümmelt, entwurzelt oder anderweitig herabgesetzt, beschädige ich mutwillig etwas auf deiner Veranda.« Damit machte sie kehrt und ging.

Unterwegs versuchte sie, ihren Puls wieder unter Kontrolle zu bekommen und ihr pochendes Herz zu beruhigen. Sie würde jetzt einfach nach Hause gehen und sich abregen. Kalt duschen – der Klempner war inzwischen da gewesen – und ihren dämlichen Körper ins Gleichgewicht bringen.

Danach würde alles wieder in Ordnung sein. Was immer da in ihr aufgelodert war, morgen früh würde sie darüber hinweg sein, und dann konnten Eli und sie einfach ein Gemeinde-Barbecue planen.

Ja, das war eine schöne Lüge. Die würde sie sich jetzt immer wieder vorerzählen. Bis es einfach nicht mehr ging.

»Diese Frau ist gemeingefährlich«, sagte Eli, während er im Wohnzimmer seines Bruders auf und ab ging. Sein Blut war noch immer fast bis zum Siedepunkt erhitzt – seit er das Dümmste getan hatte, was man sich nur vorstellen konnte, und Sadie Miller geküsst hatte, als wäre sie die Luft, die er zum Atmen bräuchte.

»Ach, ich weiß nicht. Bisher hat sie doch kaum Schwierigkeiten gemacht, außer dass ihr ein Wasserrohr geplatzt ist, und selbst wenn wir für den Schaden aufkommen, bringt die Pacht so viel ein, dass wir diesen Monat trotzdem an ihr verdienen.«

»Nur wenn sie nicht noch mehr Katastrophen verursacht.«

»Ja klar, nur dann«, räumte Connor ein und ließ sich noch tiefer in die Couch sinken, die Beine lang von sich gestreckt, die Arme auf der Rückenlehne ausgebreitet.

»Was unter den Umständen eine gewagte These ist.«

»Nun komm mal wieder runter«, sagte Connor. »Du bist bloß noch sauer, weil ich das Haus verpachtet habe, ohne dich zurate zu ziehen. Und weil du keine Veränderungen magst. Und weil du nicht gern das Gefühl hast, etwas nicht völlig im Griff zu haben.«

Verdammt, war er so leicht zu durchschauen?

»Hier geht es nicht um mich, sondern um sie.«

»Klar.« Connor lehnte den Kopf an die Rückenlehne und zog sich den Hut über die Augen.

»Kannst du bitte mal damit aufhören?«, fragte Eli.

»Womit denn?«

»Damit, nichts wichtig zu nehmen.«

Connor setzte sich wieder aufrecht hin und schob den Hut zurück. »Aber klar, Eli. Wenn du dafür sorgst, dass ich meine Frau zurückkriege.«

In Elis Brust verkrampfte sich etwas, und sein Herz fühlte sich an, als würde es in einem Schraubstock zusammengezwängt. »Du weißt, dass ich das nicht kann.«

»Dann leck mich und spar dir die Kommentare, wie unwichtig mir alles ist.«

Connor gab nur selten so offen zu, dass er immer noch um Jessie trauerte. Allerdings sprach Eli ihn auch nur selten wirklich ernsthaft auf sein Verhalten an.

»Na schön«, sagte Eli in etwas gezwungenem Tonfall.

»Ich glaube, du hast eben über unsere Pächterin gewettert.« Typisch Connor. Erst pampig werden und dann so tun, als wäre nichts gewesen.

»Stimmt. Sie plant da so einiges. Und verdammt, Connor, ich werde sie dabei unterstützen müssen.«

Jetzt ließ Connors Haltung doch eine leichte Anspannung erkennen. »Was plant sie denn?«

»Ein Gemeinde-Barbecue.«

»Und inwiefern betrifft das mich?«

»Weil sie es hier veranstalten will. Um genau zu sein, sie will hier auf unserer Ranch eine bezirksweite Feier zum Unabhängigkeitstag abhalten.«

Connor hatte den Anstand, verstört dreinzublicken. »Hier? Auf der Ranch? Aber ich muss doch wohl nichts dabei machen, oder?«

Eli ließ sich seinen Ärger nicht anmerken. Er hatte zwar nicht wirklich damit gerechnet, dass sein Bruder ihm seine Hilfe anbieten würde, aber es wäre doch schön gewesen, wenn nicht alles, was nicht das Vieh betraf, automatisch ihm zufiele.

Was vermutlich wirklich unfair von ihm war, doch im Moment war ihm das egal.

»Wir werden alles mit dir und deinem Terminplan abstimmen müssen. Und ein paar Dinge festlegen, wie zum Beispiel, auf welchen Weiden du zu welcher Zeit Kühe haben willst. Und falls irgendwelche Scheunen genutzt werden sollen, müssen wir das auch mit dir abklären.«

»Okay. Schön. Wenn eure Pläne weiter fortgeschritten sind, nennst du mir einfach eure Termine und so, und ich schaue zu, was ich einrichten kann.«

Connor wirkte derart müde, dass Eli von Verärgerung wieder auf Mitleid umschaltete. »Toll. Hört sich gut an.«

Connor runzelte die Stirn. »Was ist mit deinem Schlips passiert … und … überhaupt?«

»Was?« Eli blickte an sich herab und bemerkte die Schmutzstreifen auf seiner Krawatte. Sie schrien förmlich *Frauenhände*, doch er war ziemlich sicher, dass sie für den nichtsahnenden Betrachter einfach wie Schmutzstreifen aussahen. Trotzdem fühlte er sich wie ein Kind, das mit der Hand in der Keksdose erwischt worden war. Außerdem erinnerte es ihn wieder daran, was zwischen ihm und Sadie vorgefallen war. Wobei er, wenn er ganz ehrlich war, überhaupt noch nicht aufgehört hatte, daran zu denken, seit er den Fuß auf Connors Veranda gesetzt hatte. Jetzt hatte er allerdings das Gefühl, dass Connor ihm diese Gedanken vom Gesicht ablesen konnte.

Er versuchte, sich damit zu beruhigen, dass Connor nicht eben der Einfühlsamste war. Und dann fragte er sich, was mit ihm eigentlich nicht stimmte. Jeder normale Mann hätte einen gewissen Stolz darüber empfunden, eine so hübsche Frau wie Sadie geküsst zu haben.

Andererseits … Das zwischen ihnen war weniger ein Kuss gewesen als vielmehr eine Explosion. Es war nur durch die Berührung ihrer Lippen ausgelöst worden.

»Du siehst aus, als wärst du an einer Scheunenwand langgerutscht.«

Eli betrachtete den Rest seiner Uniform, und sein Gesicht glühte plötzlich. Er konnte genau erkennen, wo jeder Zentimeter von Sadie sich an jeden Zentimeter von ihm geschmiegt hatte. »So was in der Art«, sagte er.

Connor kniff misstrauisch die Augen zusammen. »So was in der Art?«

»Ich hab nicht drauf geachtet.«

»Du achtest immer auf alles. Was bedeutet … dass du sogar ganz besonders darauf geachtet hast, was mit deiner Uniform passiert ist. Weil du jetzt nämlich ganz offensichtlich lügst.«

»Warum zum Teufel interessierst du dich plötzlich dafür, was um dich vorgeht?«

Connor zog eine Augenbraue hoch. »Ich glaube, das ist das erste Mal, dass ich dich bei etwas Verbotenem ertappt habe.«

»Ich bin erwachsen. Solange es legal ist, gibt es gar nichts, was ich nicht tun darf.«

»Aber seien wir doch mal ehrlich, Eli, die Liste der Dinge, von denen du glaubst, dass du sie nicht tun darfst, ist länger als dein Arm.«

»Du weißt doch überhaupt nicht, was ich so alles tue.«

»Nein, aber ich weiß, was du alles nicht tust. Wir leben zu nah beieinander, um Geheimnisse zu haben.«

»Na schön. Ich bin an einer Scheunenwand langgerutscht.«

»Und hast du dich so gefreut, sie zu sehen, dass du sie gleich umarmt hast?«, fragte Connor.

»Okay, du hast mich ertappt«, sagte Eli in möglichst trockenem Tonfall. »Ich habe zwei Frauen gleich außerhalb der Stadt beim Schlammcatchen überrascht, und als ich fragen wollte, ob sie dafür auch eine Genehmigung haben, konnten sie einfach die Finger nicht von mir lassen.«

»Da glaub ich schon eher, dass du eine Scheune umarmt hast.«

»Tja, such dir was aus. Das sind jedenfalls die beiden einzigen Erklärungen, die du kriegen wirst. Wenn du mich jetzt bitte entschuldigen würdest, ich muss damit anfangen, dieses Desaster von einer Party zu organisieren. Schließlich habe ich ja sonst nichts zu tun.«

»Du weißt genau, dass du das nicht alles machen müsstest, Eli. Es liegt auch eine gewisse Freiheit darin, der Welt den Stinkefinger zu zeigen.«

»Ja, aber da du das so meisterhaft beherrschst, muss sich eben jemand anders um alles kümmern.« Eli wandte sich ab und ging zur Tür hinaus. Er fühlte sich wie der letzte Idiot.

Sich eine Frau schnappen, die einen hasste, und sie küssen? Abgehakt. Seinen trauernden Bruder beleidigen? Ebenfalls abgehakt.

Er hatte heute echt einen Lauf. Das ließ sich nicht leugnen.

Er wünschte, die Geschichte von den Schlammcatcherinnen wäre wahr. Das wäre zumindest spaßig gewesen. Was zwischen ihm und Sadie passiert war, war überhaupt kein Spaß gewesen. Scharf war es gewesen, das ja. Aber kein Spaß. Und ganz sicher nichts, weshalb er stolz auf sich sein konnte.

Als sie vor ihm zurückgewichen war … »Entsetzt« wäre noch eine Untertreibung, wenn er ihre Miene in diesem Moment beschreiben wollte. Sie schien vollkommen außer sich darüber zu sein, dass sie sich berührt hatten. Und er hatte sie sich trotzdem wieder schnappen wollen. Um sie weiter zu küssen.

Was zum Teufel war nur mit ihm los?

Wenn er … Affären hatte, Beziehungen … wie immer man es nennen wollte, wählte er seine Partnerinnen stets mit Bedacht. Er suchte sich Frauen aus, die nicht in der Stadt wohnten. Die nicht zu anhänglich waren und nicht zu viel Nähe suchten. Frauen, die einfach nur Sex und ein bisschen unbeschwerte Gesellschaft wollten.

Bisher waren all diese Frauen sehr locker drauf gewesen und überhaupt nicht gefühlsintensiv – mit der denkwürdigen Ausnahme von Brandy, der letzten Frau, mit der er ausgegangen war. Brandy hatte sich als heimliche Polizei-Fetischistin entpuppt, und als er sie nackt auf dem Rücksitz seines Streifenwagens vorgefunden hatte und sie ihn angefleht hatte, ihr Handschellen anzulegen, war ihm klar geworden, dass er diese Beziehung beenden musste.

Und eines war sicher – er lief keiner Frau nach, die ihn nicht wollte. Sex war etwas Lockeres. Jemanden zu mögen war etwas Lockeres. Jedenfalls war es nicht so wie … was immer da heute passiert war.

Und jetzt war er zu angespannt, um seine Freizeit zu genießen. Jetzt hatte er eine Erektion, die unbefriedigt bleiben musste. Jetzt kamen Ruhe und Entspannung für ihn einfach nicht infrage. Das stellte er während seines Rundgangs über das Anwesen fest.

Er sollte sich lieber auf die Pläne für Sadies Veranstaltung konzentrieren. Gute Idee. Er musste die Oberhand behalten. Was vermutlich auch der Grund für den Kuss gewesen war, wenn er jetzt so darüber nachdachte. Irgendein unterentwickelter Teil von ihm hatte versucht, durch Sex die Oberhand zu gewinnen.

Was aber weit an der Realität vorbeiging. Und an der Sache mit Sadie. An der Tatsache, dass er ihr zu gern das Top hochgeschoben und den BH runtergezogen hätte, damit er sich ihre Brüste anschauen konnte.

Nein, damit hatte es nichts zu tun. Es war ein Machtkampf. Aber den konnte man auch anders führen. Abrupt änderte er die Richtung und steuerte so rasch wie möglich auf das Kataloghaus zu, mit solcher Entschlossenheit, dass seine Stiefel bei jedem Schritt unnötig fest auf den Boden knallten.

Er ging zur Veranda hinauf, wobei er immer zwei Stufen auf einmal nahm, und klopfte an die Tür.

Sadie sah nach der Quiche im Ofen und lächelte erfreut. Sie hatte sie reingeschoben, kurz bevor sie unter die Dusche gesprungen war, und jetzt sah sie perfekt aus. Und das hatte Sadie nur wenige Versuche im Laufe der letzten Tage gekostet.

Sie hatte schon früher manchmal Quiche gemacht, aber immer Fertigteig benutzt, und sie fand, dass das für ihre zukünftigen Gäste *Chez Sadie* nicht gut genug war. Jetzt nahm sie die Ofenhandschuhe von dem Haken an der Schranktür, zog die Quiche aus dem Ofen und stellte sie auf dem Herd ab.

Ja, das sah himmlisch aus. Und sie war geradezu lächerlich zufrieden mit sich. Irgendwie gefiel ihr das alles. Ein Geschäft von Grund auf aufzubauen. Aus dem Nichts eine Quiche zu schaffen. Es war in jeglicher Hinsicht fantastisch.

Plötzlich hämmerte es so ungeduldig an die Tür, dass sie fast zu Tode erschrak. Im nächsten Moment wusste sie jedoch, wer das war, ohne dass sie nachsehen musste. Niemand sonst hegte derart starke Gefühle für sie, dass sie ein so heftiges Klopfen auslösen würden.

Es sei denn, jemand hatte sich beim Holzhacken ganz schrecklich verletzt und klopfte mit dem an die Tür, was von seinem Arm noch übrig war. In welchem Fall sie schleunigst aufmachen sollte.

Sie kam sich mies vor, weil sie hoffte, dass ein Verletzter mit einem blutigen Stumpf vor der Tür stand, doch es schien ihr so unendlich viel besser als Eli.

»Ich komme!« Sie steckte rasch ihre feuchten Haare hoch und griff nach der Klinke. Als sie sah, wer vor der Tür stand, konnte sie spüren, wie sich ihr Gesicht vor Schreck verzerrte. »Ach, du bist es.«

»Was dachtest du denn?« Der Blick seiner dunklen Augen war intensiv und beschäftigte sie deutlich mehr, als gut für sie war.

»Ich hatte gehofft, es wäre jemand, der schwer verletzt ist und Hilfe braucht.«

»Tut mir leid, aber ich bin's nur.«

»Bist du in ernster Gefahr? Fehlen dir irgendwelche Gliedmaßen?«

»Alle Körperteile vorhanden und an ihrem Platz«, antwortete er trocken.

Und jetzt konnte sie nur noch an den einen Körperteil denken, der während ihres Kusses ganz unverkennbar vorhanden gewesen war. Dabei hätte sie unbedingt an etwas anderes denken sollen. »Tja, verdammt.«

Er beugte sich vor, und ihr schoss der Gedanke durch den Kopf, dass er gleich hereinstürmen, sie auf den Tisch werfen und zu Ende bringen würde, was sie vorhin im Freien begonnen hatten.

Was lächerlich war, weil sie das gar nicht wollte. Und weil sie sowieso nicht der Typ war, der verrückten, wilden Sex auf dem Tisch hatte. Weil das ein gewisses Maß an Wahnsinn erforderte, und so etwas spielte bei ihren körperlichen Beziehungen schlicht und ergreifend keine Rolle.

Sie stand auf Beziehungen, in denen man vernünftig blieb und nach einem harmonischen Abendessen netten Sex hatte. In der Hinsicht war sie zivilisiert. Sie war kein Tier.

»Ich muss in den nächsten Tagen arbeiten, deshalb habe ich keine Zeit, dich zu unterhalten oder dir bei der Planung deines kleinen Barbecue zu helfen. Aber sobald ich einen freien Tag habe, müssen wir beide Tacheles reden.«

Also war er nicht hier, um sie zu nehmen. Das war gut so. Wirklich. Sie war erleichtert. Fast so erleichtert, wie sie gewesen wäre, wenn ein Schwerverletzter vor der Tür gestanden hätte.

»Das klingt ja, als wäre ich in großen Schwierigkeiten«, sagte sie, und ihre Worte klangen ein wenig sanfter und sehr viel koketter, als sie beabsichtigt hatte.

Ihr Körper, so schien es, hatte noch nicht begriffen, was ihr Verstand längst erkannt hatte – nämlich dass die schnelle Nummer sozusagen vom Tisch war –, und hatte dementsprechend auf Mae-West-Modus geschaltet.

Sie versuchte, ihrem inneren Flittchen klarzumachen, dass Eli *nicht* irgendwann später vorbeikommen sollte, aber ihr Herz schlug immer noch superschnell.

»Das hängt davon ab, was Sie unter Schwierigkeiten verstehen, Miss Miller«, sagte er.

Oh Gott, warum durchlief sie bei diesen Worten ein wohliger Schauer? *Warum?* Warum verspürte sie den Wunsch, bald wieder Schwierigkeiten mit ihm zu haben?

Sie brauchte noch eine Dusche. Eine noch kältere als vorhin.

»Eigentlich nicht«, sagte sie kurz angebunden. »Es hängt eher davon ab, was du darunter verstehst, denn du hast das Gesetz im Rücken.«

»Ich will dir nur die Farm zeigen. Und mit dir besprechen, was bei dem Barbecue machbar ist und was nicht.«

»Okay«, sagte sie, leicht überrumpelt von dieser verflixt vernünftigen Einstellung. »Ich verstehe nur nicht so ganz, warum du dich auf einmal mit mir vertragen willst.«

»Das muss an der Azalee liegen. Und wenn du mich jetzt entschuldigst, ich habe frei und will mich entspannen.«

Sie wünschte nur, sie hätte nicht augenblicklich ein Bild vor Augen, wie dieses Entspannen aussehen könnte. Sie dachte an seine vermutlich gewaltige Erektion von vorhin und stellte sich vor, wie er sich niederließ, den Reißverschluss seiner Hose aufzog und …

Nein. Böse Sadie!

»Tja, dann … tu das«, sagte sie und zwang sich, nicht nach unten zu schauen. Sondern ihm in die Augen zu sehen und sonst nirgendwohin. Wofür sie, offen gesagt, einen verdammten Orden verdiente. Sie hatte sein hartes Glied heute am eigenen Körper gespürt und es trotzdem geschafft, der Sache kein einziges Mal optisch nachzugehen.

»Das werde ich. Am Donnerstagmorgen komme ich wieder vorbei. Sehr früh. Stell dich drauf ein.«

»Bring Kaffee mit.«

Er hob eine Augenbraue. »Okay. Mach ich.«

Und diese mühelose Einigung, bevor er die Verandatreppe hinabging und in der Dämmerung davonschritt, machte sie aus irgendeinem Grund nervöser, als es jeder Streit getan hätte.

7

Das letzte Mal, als jemand so energisch an Sadies Tür geklopft hatte, war es nicht um eine Axtwunde gegangen, und Sadie hatte das ungute Gefühl, dass es heute Morgen genauso war.

Sie wischte sich die Hände an der Schürze ab, band die Schürze ab und warf sie auf dem Weg zur Tür über einen Stuhl. »Ich komme!«

Sie strich sich die Haare glatt, setzte ein Lächeln auf und riss die Tür auf.

Und dort stand er höchstpersönlich, der Grund für die letzten vier schlaflosen Nächte, und wirkte hellwach und viel zu sexy für einen Mann in einer einfachen Jeans und einem schwarzen T-Shirt. Und viel zu verführerisch.

Sie senkte den Blick zu dem Becher mit Kaffee in seiner Hand. »Wie aufmerksam von dir«, sagte sie, schnappte sich den leuchtend blauen Blechbecher mit weißen Punkten und hob ihn an die Lippen. »Hmmm.«

»Das war meiner.« Eli drängte sich an ihr vorbei. »Hast du vor, mich reinzubitten?«

»Du bist doch schon drin.« Ihr war plötzlich heiß, sowohl von dem Kaffee als auch von der Schlussfolgerung, dass seine Lippen diesen Becher berührt hatten. Was in höchstem Maße kindisch war. Sie hatte ihn doch schon geküsst. Welchen Sinn hatte es da, sich aufzuregen und ins Schwitzen zu kommen, nur weil ihre Lippen einen Becher berührten, den vorher seine Lippen berührt hatten?

»Stimmt.«

Sie trank noch einen Schluck. Und während sie dort an der Tür standen und sich in die Augen sahen und Sadie von seinem Kaffee trank, spürte sie deutlich, wie sich Befangenheit zwischen ihnen breitmachte. Ihre Brustwarzen kribbelten. Sie bewegte sich ein wenig, und das schien seinen Blick geradewegs auf die Stelle zu lenken, an der sich die harten Spitzen garantiert unter dem Stoff abzeichneten.

»Wollen wir uns an den Tisch setzen?«, fragte sie. »Ich habe auch Kaffee. Zum Glück, wo du mir trotz meiner Bitte keinen mitgebracht hast. Und zu deinem Glück ist auch meine Quiche des Tages gerade fertig.«

»Du hast mir meinen Kaffee weggenommen, obwohl du selbst welchen hast?«

»Geschenke abzulehnen ist unhöflich, Eli. Hast du noch nie davon gehört, dass man einer geschenkten Azalee nicht ins Maul schauen soll? Oh nein … davon hast du wohl tatsächlich noch nie gehört.«

»Und einer geschenkten Quiche?«

»Da gilt das Gleiche. Sie ist mit Spinat. Und Lachs.«

Er zog eine Schulter hoch. »Tja, probieren könnte ich sie ja vielleicht mal.«

Während sie in die Küche gingen, kämpfte Sadie darum, normal zu atmen. Sie trat an den Tresen und schnitt ein großzügiges Stück für Eli ab, goss Kaffee für ihn ein und stellte beides vor ihm ab.

»Du bist mein Versuchskaninchen.« Sie beobachtete ihn gespannt.

»Du starrst mich an.« Er musterte erst das Essen und dann sie.

»Ja, ich will sehen, ob es dir schmeckt.«

»Das macht befangen.«

»Entschuldige. Ich gucke woanders hin.« Was sie auch tat. Ganz folgsam. Bis er einen Laut von sich gab, der ans Orgastische grenzte und den sie bis tief in die Bauchgegend spürte. Und darunter. Sie sah wieder hin und beobachtete, wie er beim Kauen den Kiefer bewegte. Sehr eigenartig, aber sie fand die Bewegung sexy. Was zum Teufel war nur mit ihr los?

Am liebsten hätte sie unter irgendeinem Vorwand den Raum verlassen. Nur damit sie nicht dabeisitzen musste, während er aß. Und seine seltsam erotischen Mundbewegungen beobachten. Aber jetzt wegzugehen kam ihr komisch vor. Es sähe so aus, als fühlte sie sich unwohl – was ja auch der Fall war.

Ach, zum Teufel mit dem Stolz!

Sie stand auf. »Ich bin gleich wieder da. Ich muss … Ich habe Mehl auf dem Top und möchte mich … umziehen.«

Damit machte sie kehrt, hastete aus der Küche und betrat das hintere Schlafzimmer. Das hatte sie sich erst gestern Abend fertig eingerichtet.

Es war Teil eines Anbaus, der erst später hinzugefügt worden war. So etwa in den 1940er-Jahren, nahm sie an. Das Zimmer war rechteckig und ziemlich eng und lag etwas tiefer als der Rest des Hauses, da das Gelände zu dieser Seite hin abfiel. Es hatte eine schräge Holzdecke, die irgendjemand weiß angestrichen hatte, und Fenster, die die gesamte hintere Wand einnahmen.

Insgesamt war es ein wenig merkwürdig und verschroben, und Sadie war sich sicher, dass es ihren Gästen nicht besonders gefallen hätte. Aber für sie war es genau richtig.

Sie öffnete die oberste Schublade ihrer Kommode, nahm ein sauberes Top heraus und zog es rasch an. Vor dem Toilettentisch blieb sie unschlüssig stehen und fragte sich, ob sie sich schminken sollte. Nein, sollte sie nicht. Es wäre dumm. Genau aus dem Grund hatte sie es heute Morgen nach dem Duschen auch nicht getan. Schließlich würden sie nur auf der Ranch herumfahren. Wenn sie sich dafür schminkte, würde sie den Eindruck erwecken, dass ihr wichtig war, wie sie aussah. Was überhaupt nicht stimmte. Auf keinen Fall.

Während sie noch drüber nachdachte, nahm sie den Rougepinsel zur Hand, wirbelte damit durch den rosa Puder und bestäubte ihre Wangen. So. Jetzt sah sie wenigstens wach aus.

Stirnrunzelnd griff sie nach dem Mascara und tuschte sich rasch die Wimpern. Da. Um wach auszusehen.

Als Nächstes trug sie rosa Lipgloss auf. Das war keine Eitelkeit. Es war nur … gut für die Lippen.

Sie schnappte sich eins der Haargummis, die an der kleinen Porzellanhand auf dem hellgelben Toilettentisch hingen, und bändigte ihre Haare, so gut es ging.

Okay. Das war erledigt. Und nicht etwa, um Eli zu beeindrucken, sondern nur weil … es zu den Grundlagen der Körperpflege gehörte. Genau. Was Eli dachte, war ihr egal. Total.

Sie verließ das Schlafzimmer und kehrte in die Küche zurück, gespannt darauf, was für ein Gesicht er machen würde, wenn ihm ihr verändertes Aussehen auffiel. Aber … keine Reaktion. Er saß nur da und trank seinen Kaffee. Da hatte sie sich geschminkt, und *nichts*.

Was okay war, denn sie kümmerte seine Reaktion überhaupt nicht. Nur … ein wenig mehr hatte sie sich schon erhofft. Von dem Mann, der sie schon einmal aus Hassliebe geküsst hatte.

Okay, hier ergab einfach nichts einen Sinn. Weder Eli noch die Tatsache, dass sie sich zu ihm hingezogen fühlte und innerlich ständig mit ihm beschäftigt war. Vielleicht sollte sie einfach aufhören, nach Entschuldigungen dafür zu suchen, dass sie in seiner Gegenwart ständig merkwürdige Dinge tat.

Sie überlegte kurz, was sie einer Patientin in dieser Situation raten würde, doch ihr fiel keine passende Lebensweisheit ein.

Denn was die Anziehung zwischen den Geschlechtern betraf, war ihre Grundhaltung eigentlich simpel: *Folge deinen Gefühlen. Wenn das Interesse nicht erwidert wird, lass los; wenn es erwidert wird, mach so lange weiter, bis es nicht mehr für beide Seiten befriedigend ist.*

Nichts von all diesen Leitsätzen passte auf die jetzige Situation.

Sie mochte Eli nicht. Sie wollte sich nicht zu ihm hingezogen fühlen. Und er wollte sich eindeutig nicht zu ihr hingezogen fühlen. Trotzdem passierte es.

Ja, das wusste sie, wegen des Ständers.

Aber war das tatsächlich erotische Anziehung gewesen oder nur so eine Art Kombination aus Testosteron und Wut? Und wenn Letzteres, warum machte sie die Vorstellung nicht stinksauer, sondern scharf und kribblig?

Nein, nichts an diesem Mann oder an ihrer Reaktion auf ihn ergab einen Sinn.

»Also dann, wie lautet der Plan?«, fragte sie, lehnte sich an den Türrahmen und blickte auf ihn herab. Er hatte es sich auf einem ihrer Küchenstühle supergemütlich gemacht.

»Ich zeige dir die Ranch. Wir besprechen deine Ideen, und ich sage dir, was daran absolut undurchführbar ist.«

»Oder – damit das Ganze nicht so grässlich negativ klingt – du sagst mir, was durchführbar ist?«

»Ehrlich gesagt habe ich das Gefühl, dass wir viel mehr darüber sprechen werden, was nicht durchführbar ist.«

»Du bist ein echter Sonnenschein, Eli. Hat dir das schon mal jemand gesagt?«

Er sah sie über seinen Becher hinweg an und hob eine dunkle Augenbraue. »Nein.«

»Tja, das ist schockierend.«

»Du wirkst nicht besonders schockiert.«

Sie lächelte. »Weil ich es nicht bin.«

Sie holte sich ihren Kaffeebecher, setzte sich aber nicht zu Eli an den Tisch, sondern genehmigte sich ihren Koffeinstoß im Stehen. Dann stellte sie den Becher auf den Tisch. »Willst du den zu dir nach Hause zurückbringen oder mit ins Auto nehmen oder …«

»Ich hol ihn später hier ab.« Er legte den Kopf in den Nacken und trank mit einem großen Schluck seinen Kaffee aus, setzte die Tasse ab und stemmte sich in die Höhe.

»Toll. Dann fahren wir jetzt spazieren.« Sie drehte sich um, durchquerte den Flur und marschierte zur Tür hinaus. Draußen blieb sie stehen. »Nehmen wir nicht deinen Streifenwagen?«

»Nein.« Er ging an ihr vorbei. »Auf der Ranch fahre ich den Truck. Und in der Stadt auch. Den Streifenwagen benutze ich nur, wenn ich Dienst habe. Und heute spiele ich den Cowboy, nicht den Sheriff.«

Was beides sehr viel aufregender klang, als angebracht war.

»Na dann: *Yee-haw*.« Sie folgte ihm zum Truck. Der Wagen war nicht neu. Es war eins dieser großen, lärmenden Ungetüme mit riesigen Reifen und Metallstufen als Einstiegshilfen. Eckig und kastenförmig, in einem langweiligen, verblassten Rot lackiert, voller Schlammspritzer, die sich fächerförmig um die Reifen ausbreiteten.

Sadie drückte den Knopf am Türgriff, zog kräftig und hievte sich auf die durchgehende Sitzbank. Über das Polster war eine Decke gebreitet, und Sadie fragte sich unwillkürlich, was dieser Mann hier drin wohl so alles trieb.

Ihr würden sicher ein paar Dinge einfallen, die Spaß machen könnten …

Allmählich sorgte sie sich wirklich um ihre geistige Gesundheit. Das Problem war natürlich, dass sie schon seit … einer

Weile keinen Liebhaber mehr hatte. So etwa seit dem Umzug nach Kalifornien, was auf insgesamt zwei Jahre Enthaltsamkeit hinauslief. Echt Wahnsinn.

Bei dem Umzug nach Copper Ridge hatte sie eher nicht daran gedacht, dass sie auch Sex brauchen würde, aber offenbar tat sie das, und die überschaubare Größe dieses Städtchens machte es nur komplizierter.

Immer schön langsam, Tiger.

Vor ihrer Begegnung mit Eli hatte sie sich deswegen überhaupt nicht den Kopf zerbrochen, aber inzwischen war sie megabesorgt.

Sie machte es sich auf dem Sitz bequem und schloss die Tür. Ihr Ellbogen berührte die Armstütze, ihre Schulter das Fenster, und sie ahnte schon jetzt, wie intensiv sie Eli in diesem engen Raum wahrnehmen würde.

Er stieg auf der Fahrerseite ein, und es war genau, wie sie befürchtet hatte: Sobald er die Tür schloss, hatte sie das Gefühl, dass es im Innenraum keinen Sauerstoff mehr gab, sondern nur noch einen berauschenden Mix aus Hormonen und dem Duft von Elis Haut.

Denn er hatte ganz eindeutig seinen eigenen Duft, und sie war plötzlich extrem empfänglich dafür. Der Duft weckte die Erinnerung an ihren Kuss. Daran, wie Eli geschmeckt hatte. Nach Salz, Haut und Mann. Sie wollte unbedingt mehr davon.

Aber das war Wahnsinn, und das wusste sie auch.

Er ließ den Motor an. Der meldete sich mit lautem Brummen, und der gesamte Truck begann zu vibrieren, auf eine Art, die angesichts von Sadies augenblicklichen Gedankengängen ziemlich gefährlich war.

»Wo geht's denn zuerst hin?«, fragte sie.

»Die größte Scheune scheint mir ein guter Ausgangspunkt zu sein.« Er schaltete in den Rückwärtsgang, legte den Arm auf die Rücklehne des Sitzes und manövrierte den Truck aus ihrer Zufahrt. Dann fuhr er die Straße entlang, über die man die diversen Häuser und Weiden des Anwesens erreichte.

»Ihr züchtet also …«

»Rinder«, sagte er. »Und wir haben verdammt viele. Das ist Connors Verdienst. Ich mache ihm zwar ständig die Hölle heiß, aber wenn er nicht wäre, würde diese Ranch nicht mehr existieren.«

»Warum machst du Connor die Hölle heiß?« Sadie verfiel in den ungezwungenen Fragemodus, den sie bei ihren Patienten benutzte.

»Weil er mein großer Bruder ist.« Eli bewegte die Schultern und umfasste das Lenkrad fester. »So sind wir eben.«

»Ja, klar, aber wie du das eben gesagt hast, klang es nach etwas Tiefergehendem als nach zwei Brüdern, die durch ständige Sticheleien ihre Zuneigung zum Ausdruck bringen.«

»Nimmst du Geld für diese Sitzung?«

»Was?« Sie tat überrascht, obwohl ihr vollkommen bewusst war, dass sie versucht hatte, Abstand zwischen sich und ihm zu schaffen, indem sie sich in die Therapeutin Sadie verwandelt hatte. Anstelle der flattrigen Sadie mit dem feuchten Höschen.

»Das weißt du genau. Spiel nicht die Unschuldige. Es passt nicht zu dir.«

»Beruht dieses abwertende Urteil auf der Tatsache, dass ich eine kriminelle Vergangenheit habe, wenn auch eine sehr unspektakuläre?«

»Ja.«

Das war alles. Bloß »Ja«. Keine Entschuldigung. Kein Erklärungsversuch. Er schien sich nicht mal dafür rechtfertigen zu wollen, dass er eine Art Relikt aus einer längst vergangenen Ära war. Er und seine wütenden Küsse und seine ganze Voreingenommenheit. Wer brauchte diesen Typen eigentlich? Sie jedenfalls nicht. Außer natürlich, um diese ganze Geschichte mit den Events auf den Weg zu bringen.

»Tja, weißt du, man könnte auch denken, dass die Art, wie du ständig andere Leute aburteilst, mehr über dich verrät als über sie.« Das klang selbst in ihren eigenen Ohren nervig. Sogar frömmlerisch.

»Ja«, antwortete er. »Da bin ich ganz sicher. Es verrät über mich, dass ich zu viel Zeit damit verbracht habe, den Mist wegzuräumen, den andere einfach liegen lassen. Sodass ich in der Hinsicht nicht mehr viel Geduld aufbringe. Und da ich mein Leben lang hinter anderen aufgeräumt habe, weiß ich auch, dass diese Leute es durchaus besser machen könnten, denn schließlich mache *ich* es ja besser. Also ja, es verrät etwas über mich. Ich fälle Urteile. Und ich sehe keinen Grund, das zu ändern.«

»Na schön«, sagte sie. »Okay.«

Sie war eher an postmoderne Männer gewöhnt. Männer, die es gut fanden, ihre Gefühle zu erforschen und zu artikulieren. Oder Männer wie Marcus, der gern Smoothies trank und ihr bei einem leichten Abendessen erzählte, was er den Tag über so gemacht hatte.

An diesen steinzeitlichen Typ harter Mann war sie nicht gewöhnt. Nein, falsch, das war sie schon. Aber sie hatte es vor zehn Jahren hinter sich gelassen. Und sie hatte nicht vor, jetzt einen von der Sorte aus freien Stücken zu ertragen.

Aber sie sagte nichts. Stattdessen ließ sie das Schweigen zwischen ihnen wachsen, bis es das ganze Führerhaus ausfüllte und ihr die Kehle zudrückte und sie es nicht mehr aushielt.

Denn heutzutage bewegte sie sich nicht mehr wie auf rohen Eiern. Sie ging nicht mehr den Weg des geringsten Widerstands. Das hatte sie nicht mehr nötig. Wenn jemand sich als

Arsch erwies, verschwand sie. Sie ließ sich keine Urteile über ihr Leben mehr aufzwingen.

Nicht einmal von einem bewaffneten Deputy mit Dienstabzeichen. Nicht. Mal. Dann.

»Hör zu, mir ist egal, was du denkst«, sagte sie. »Aber ich lasse mich von dir nicht herabsetzen, nur weil du irgendwelche moralisierenden …«

»Ich weiß, dass dir das egal ist«, unterbrach er sie. »Und mit Moralisieren hat das alles überhaupt nichts zu tun. Du weißt ganz genau, dass du eben die Psychoanalytikerin gespielt hast, und dann hast du dich dumm gestellt. Und jetzt? Willst du wirklich rumzicken, nur weil ich gesagt habe, dass du kein Unschuldslamm bist? Und du da viel mehr reingelesen hast, als beabsichtigt war? Und das alles mit großer Selbstgerechtigkeit? Teufel auch, nein, Baby, so läuft das nicht.«

Sie geriet ins Stottern. »Ich wollte nicht … Du kannst nicht einfach …«

»Dann sag, dass ich unrecht habe, Sadie.«

»Du hast unrecht.«

»Lügnerin.« Er hielt vor einer riesigen Scheune, die Sadie auf den ersten Blick gar nicht als Scheune erkannt hätte. Das Gebäude hatte ein dunkelbraunes Ziegeldach und Wände aus honigfarbenem Holz, verglaste Fenster und mehrere Schiebetore unterschiedlicher Breite. So etwas hätte Sadie eher bei einem hochmodernen Pferdestall erwartet, nicht auf einer Rinderfarm.

»Ich bin keine Lügnerin«, protestierte sie, während sie sich losschnallte und zugleich über die strenge Ordnung staunte, die überall herrschte. Sicher, alles war staubig, und auf dem Boden lag Heu, aber trotzdem wirkte das Ganze sauber und aufgeräumt. Unbestreitbar. Es war ein scharfer Kontrast zu dem Durcheinander in Connors Wohnhaus.

»Und ob. Und wenn du das nicht weißt, belügst du dich auch noch selbst.« Eli stieg aus und knallte die Tür zu. Sie blieb noch einen Moment sitzen, dann folgte sie ihm. »Weißt du«, sagte er und sah sie über die Schulter hinweg an, »eigentlich war es doch gar nicht so wichtig. Das, worauf ich dich ursprünglich angesprochen habe. Ich glaube, du streitest einfach gern mit mir.«

»Ich streite überhaupt nicht gern«, widersprach sie. »Mit niemandem. Und ich bin auch sehr lange ohne Streit ausgekommen. Bis du wieder in mein Leben getreten bist.«

»Falsch, Süße, du bist wieder in meins getreten.«

»Wenn du mich noch einmal ›Süße‹ nennst, tunke ich deine Faust in Zucker und halte sie in einen Ameisenhügel.«

»Womit die Sache bewiesen wäre.«

»Okay, Schnuckiputzi«, sagte sie, »aber Tatsache ist, dass ich mich außer mit dir mit niemandem streite. Deshalb kann ich getrost behaupten, dass es an dir liegt. Und nicht an mir.«

»Ach ja?«

»Ja.« Sie verschränkte die Arme unter den Brüsten. »Allerdings.«

»Oder redest du sonst einfach mit niemandem, der dir zu widersprechen wagt?«

Damit stiefelte er auf die Scheune zu und ließ sie dort stehen, wütend und sprachlos. Es dauerte ganze dreißig Sekunden, bis sie ihre Verblüffung überwunden hatte und ihm folgte.

»Gehen wir mal zur Tagesordnung über«, sagte er. »Schließlich will ich dich gar nicht besser kennenlernen, und ich wette, das geht dir genauso.«

»Na gut. Meinetwegen.« Sie griff nach hinten und zog an ihrem Pferdeschwanz. »Ich will dich wirklich nicht besser kennenlernen. Nur deine Scheune.«

»Wappne dich für das große Erlebnis«, sagte er trocken.

»Und ich gehe jetzt mal davon aus, dass ›Scheune‹ kein Euphemismus für … für irgendwas ist.«

»Wie könnte ›Scheune‹ denn ein Euphemismus sein?«

»Keine Ahnung. Aber du wirfst mir ja ständig vor, dass mir solche Sachen entgehen, deshalb dachte ich mir, ich beuge besser vor.«

»Okay. Tja. Nein. Eine Scheune ist einfach eine Scheune. Obwohl ich finde, dass dies eine besonders grandiose Scheune ist. Habt ihr hier je Hochzeiten abgehalten?«

»Nein.«

»Das solltet ihr aber. Hochzeiten und Partys und …«

»Nein.«

»Du bist so ein Langweiler.«

»Ich dachte, wir wollten das Persönliche auf sich beruhen lassen und zur Tagesordnung übergehen?«

»Tja, das hatte ich auch vor, aber dann hast du angefangen, darüber zu spekulieren, dass Scheunen etwas Unanständiges sein könnten. Was mich wieder an deine …« *Sag jetzt nichts Unanständiges, Sadie.* »… Fähigkeit erinnert hat, mich auf die Palme zu bringen.«

»Sieh dir einfach nur die Scheune an.« Er ging zum Seitentor und schob einen schmiedeeisernen Riegel auf. Dabei spannten sich seine Bizepse und die Muskeln in seinen Schenkeln und Unterarmen gerade genug, dass sich in ihr ebenfalls alles spannte.

Als sie die Scheune betrat, hallten ihre Schritte hohl auf dem Holzboden nach. Der weite freie Bereich hinter dem Tor war sauberer, als es die meisten ihrer Wohnungen je waren. »*Wow*«, staunte sie. »Im Ernst, ihr könntet hier Veranstaltungen ausrichten. Und eine Menge Geld dafür verlangen.«

»Das hier ist doch nichts Besonderes. Nur ein Lagerraum für Geräte und Heu.«

»Also … nur der Ort, an dem ihr alles aufbewahrt, was ihr für den Lebensunterhalt braucht? Ja, du hast recht. So besonders ist das auch wieder nicht.«

»Nun, es ist eine sehr zweckmäßige Scheune. Und sie hat verdammt viel Geld gekostet. Aber die alte war baufällig, und nachdem uns in einem Winter das Heu verschimmelt ist … war ziemlich klar, dass etwas passieren musste. Nach Dads Tod haben wir einen Batzen Geld von seiner Lebensversicherung bekommen, und Kate und ich haben Connor unseren Anteil überlassen, damit er investieren konnte.«

»Tja, das hat er dann auch in großem Stil getan«, stellte sie fest.

»Allerdings. Aber dieses Anwesen ist schließlich unser Familienerbe. Connor führt die Ranch, klar, aber wenn … wenn sie an die nächste Generation übergeht, werden alle etwas davon abbekommen. Obwohl ich skeptisch bin, ob einer von uns eine neue Generation hinkriegt.«

»Okay«, sagte sie. »Du vielleicht nicht, weil … Ich sehe ja, dass du nicht der Typ bist, der sein Zuhause dem Chaos und dem Wahnsinn öffnet. Aber Connor könnte durchaus eine neue Frau finden.«

»Will er aber nicht. Er scheint zu glauben, dass Lächeln so was wie ein Kapitalverbrechen ist.«

»Und Kate?«

»Sie ist noch ein Kind.«

»Sie muss Anfang zwanzig sein.«

»Einundzwanzig«, sagte er. »Sie ist viel zu jung, um an so was zu denken.«

»Tja, in einer Hinsicht stimme ich zu. Ein Ehemann und Kinder? Auf keinen Fall. Nicht in ihrem Alter. Aber ich nehme an, sie geht mit Männern aus und zeigt auch sonst ein normales Interesse an solchen Dingen?«

»Äh … nicht so sehr.«

»Oh.« Sadie spürte, wie ihr Gesicht vor Verlegenheit zu glühen begann. »Tut mir leid, da habe ich wohl voreilige Schlüsse gezogen. Ich hätte einfach ›Partner‹ sagen sollen.«

»Was? Warum?«

»Ach, so wie du reagiert hast, dachte ich, dass ich vielleicht zu voreilige Schlüsse über ihre sexuellen Neigungen gezogen habe.«

Er zuckte zusammen. »Können wir bitte darauf verzichten, in ein und demselben Satz sexuelle Neigungen und meine Schwester zu erwähnen?«

»Ich meine ja nur: Wenn sie lesbisch ist, habe ich damit kein Problem, und ich möchte nicht den Anschein erwecken, dass ich sie deswegen verur…«

»Ist sie aber nicht«, sagte er. »Nicht wenn ich bedenke, wie oft ich bei ihr herausgerissene Zeitschriftenseiten mit Fotos von diesem … wie heißt er noch … Zac Ephron gefunden habe.«

Sadie lachte. »Okay, aber dir ist schon klar, dass das ein Zeichen dafür ist, dass sie sexuelle Bedürfnisse hat.«

»Ich werde das nicht mit dir diskutieren.«

»Ich wollte doch nur sagen: Schreib die nächste Generation noch nicht ab. Du bist wirklich ein wandelndes Klischee.« Sie schüttelte den Kopf und lachte.

»Mag ja sein. Aber ich habe sie gewissermaßen großgezogen, seit sie zwei Jahre alt war, deshalb behalte ich mir das Recht vor, da ein bisschen unvernünftig zu sein.«

Das Eingeständnis rührte an ihr Herz. Was sie sehr unruhig machte. »Ach so. Stimmt ja. Wie gedankenlos von mir.«

»Unsere Mom hat uns verlassen, bevor Kate zwei war. Dad hätte genauso gut auch weg sein können. Irgendwer musste die Arbeit erledigen, und irgendwer musste sich um das Baby kümmern. Connor und ich waren schon ein altes Ehepaar, bevor wir Auto fahren konnten.«

»Eli …«

»Hey, schon gut, ich bin drüber weg.« Außer dass er das ganz offensichtlich nicht war. Er trug es so selbstverständlich mit sich herum, wie er seine Uniform trug. Das Bedürfnis nach Ordnung. Das Bedürfnis, alles im Griff zu haben. »Aber der Punkt ist … Ich denke, das ist der Grund, warum uns dieser Ort so viel bedeutet. Und warum ich so ein überfürsorglicher Spinner bin. Weil damals alles von mir und Connor abhing. Und wenn du in so jungen Jahren so viel Verantwortung trägst, dann verinnerlichst du das, wie du es später nie tätest.«

Sadie drehte sich um und betrachtete die Scheune, bewunderte die Sorgfalt, mit der sie ganz offensichtlich geplant und erbaut worden war. Das Gebäude stand für eine ganze Stange Geld, das die Familie Garrett auch hätte benutzen können, um wegzuziehen. Und etwas anderes aus ihrem Leben zu machen. Zu studieren vielleicht. Hatte einer von ihnen studiert? Kate war einundzwanzig und arbeitete, also ging sie ganz offensichtlich nicht zur Uni.

Sie hatten alles in diesen Ort gesteckt. Um ihn zu erhalten. Weil sie das ihr Leben lang so gemacht hatten und es immer weiter tun würden.

Für eine Frau, die noch nie länger als zwei Jahre an einem Ort gelebt hatte, war ein solches Maß an Beständigkeit einfach … beängstigend. Es bedeutete, etwas zusammen durchzustehen, gemeinsam durch dick und dünn zu gehen, in guten wie in schlechten Zeiten. Mit alten oder neuen Scheunen.

Es bedeutete zu bleiben, obwohl es einen Ausweg gab. Und plötzlich bekam sie Beklemmungen von dieser Geschichte, von all dieser Intensität.

Und hier willst du fünf Jahre lang leben.

»*Wow!*« Sie atmete tief durch. »Jedenfalls, die Scheune ist toll. Ich meine, wenn wir hier drin Tische aufstellen könnten, viele Tische, das wäre … großartig. Einfach nur großartig.« Sie machte sich auf den Weg nach draußen, ziemlich schnell, um dem eigenartigen, bedrückenden Gefühl in ihrem Bauch zu entkommen.

»Das muss ich erst mit Connor abklären. Die Arbeit auf der Ranch hat natürlich oberste Priorität. Aber ich denke, die Weide gleich dort drüben ließe sich gut frei machen und als Parkplatz nutzen, was alles vereinfachen würde. Wir müssten alles mit Seilen absperren und … Tja, es wäre eine ziemlich große Aktion.«

»Ich weiß«, sagte sie. »Aber die Stadt ist willens, einiges an Geld beizusteuern. Und ich denke, ich könnte ein paar Händler herlocken. Bier, Wein und Käse aus der Region. Und falls ihr Rindfleisch beisteuern mögt, könnte sich das wirklich positiv auf die Einkünfte der Ranch auswirken.«

»Das muss ich auch erst mit Connor besprechen. Kann sein, dass ich ihn vorher abfüllen muss.«

»Er muss ja nicht dabei sein, wenn die vielen Leute ihn … stören.«

»Ihn stört alles. Um ehrlich zu sein, bin ich mir nicht sicher, ob er in einer überfüllten Bar unglücklicher wäre als allein.«

»Ich finde das sehr traurig. Dein Bruder macht so einen netten Eindruck.«

»Nein, macht er nicht.«

Tat er auch nicht. Aber sie hatte nicht gewusst, was sie sagen konnte, und die konventionellen, unaufrichtigen Worte waren ihr leicht über die Lippen gekommen. »Schön. Er macht keinen netten Eindruck. Aber er tut mir trotzdem leid.«

»Da sind wir schon zwei.«

»Jedenfalls klingt das alles nicht nach einer Schnapsidee, oder? Der Diner kann uns Kuchen spendieren. Das *Ace's* … frittierte Gurkenscheiben. Das wird eine runde Sache!«

»Du entwickelst echt Gemeinschaftssinn. Unter den Umständen überrascht mich das.«

»Ja, niemanden überrascht das mehr als mich. Aber bei mir stand einfach eine Veränderung an, und Wurzeln zu schlagen ist derzeit das Einzige, was mir das Gefühl vermitteln könnte, dass sich etwas ändert.«

»Und Veränderungen sind …«

»Gut.« Sie stieg wieder in den Truck. »Gesund. Ich meine, jeder sollte hin und wieder etwas an seiner Umgebung ändern. Besonders wenn es im Leben nicht so läuft, wie es sollte.« Gut einstudierte Sprüche, die sie sich selbst immer wieder vorgebetet hatte. »Zeigst du mir noch diese Weide?«

»Den potenziellen Parkplatz?«

»Genau. Und außerdem, wolltest du mir nicht an jeder Ecke erklären, warum meine verrückten Pläne nicht funktionieren können?«

»Tja, mir ist leider kein einziger verdammter Grund eingefallen, warum dein Vorhaben nicht funktionieren sollte.« Er knallte die Wagentür zu. »Kannst du dir vorstellen, wie nervig das ist?«

»Ich kann mir sogar recht gut vorstellen, wie nervig das für dich ist. Es muss echt ätzend sein.«

»Ist es auch.«

Aber irgendwie kam er ihr im Moment gar nicht mehr so unvernünftig vor. Sie fand seine Haltung … nachvollziehbar. Dieses weite, wilde Land, das seine Vorfahren mit eigenen Händen so sorgsam gebändigt hatten – sie erkannte auf einmal, was für eine gewaltige Aufgabe das für ihn und Connor gewesen war. Zwei Jungs, die im Grunde genommen allein auf der Welt waren und sich auch noch um ihre kleine Schwester kümmern mussten. Sie erkannte, wie viel Kraft und Durchhaltevermögen es gekostet haben musste, das alles zusammenzuhalten. Und sie fragte sich, ob diese unmögliche Aufgabe ihn zu dem verlässlichen Mann gemacht hatte, der jetzt neben ihr saß. Einen Mann, der auch heute noch das Gleiche tat. Der sich immer noch bemühte, alles zusammenzuhalten.

Verdammt! Ihr wurde weh ums Herz, und das war viel befremdlicher, als scharf auf ihn zu sein.

Sie fuhren nur ein kurzes Stück die Straße entlang, dann hielt Eli wieder an. »Genau hier«, sagte er. »Wir schaffen einfach die Kühe auf eine andere Weide und öffnen die Tore.«

Sie blickte in die Richtung, in die er deutete, und schirmte ihre Augen gegen die Sonne ab. Auf leuchtend grünen Weiden standen schwarze Rinder, die Köpfe gesenkt, während Sonnenlicht und Schatten auf ihren muskulösen Körpern und dem seidig schimmernden Fell spielten.

Überall im Gras leuchteten gelbe Blumen wie kleine Sonnen, ein scharfer Kontrast zu dem dunklen Grün und blassen Blau der Berge.

Es raubte ihr den Atem. Es erinnerte sie daran, warum dieser Ort ihr Zuhause war.

Was höchst eigenartig war, denn sie konnte sich nicht erinnern, je zuvor so empfunden zu haben. Doch als sie jetzt in dem Truck saß und das alles betrachtete, spürte sie es. Nicht wie etwas Neues, sondern – und das war für einen Menschen wie sie sogar noch besser und seltener – wie etwas Vertrautes.

»›Potenzieller Parkplatz‹ wird dem eigentlich nicht ganz gerecht. Ist es überhaupt okay, da … draufzufahren?«

»Ja. Wir treiben die Kühe sowieso regelmäßig von einer Weide zur anderen, und mit der hier sind sie fast durch.«

»Auf einmal kann ich verstehen, wieso keiner von euch je weggegangen ist.«

»Es ist wirklich wunderschön«, sagte er. »An manchen Tagen vergesse ich, richtig hinzusehen. Aber dein Gesichtsausdruck eben hat mich wieder daran erinnert.«

Etwas Warmes durchfuhr sie, von ihrem Gesicht hinunter in ihre Magengrube. Sie schluckte heftig und versuchte, sich dagegen zu wehren. Es war ein schönes Gefühl, aber auch seltsam. Weil es tiefer ging als die Gefühle, an die sie gewöhnt war.

Und sie war sich nicht sicher, ob ihr das gefiel.

»Ich muss jetzt los und Connor helfen. Vorher fahre ich dich zurück.«

»Ich kann zu Fuß gehen«, sagte sie, weil sie plötzlich erneut das Bedürfnis hatte, ihm zu entkommen. Ein bisschen Sonne auf dem Gesicht zu spüren und den Wind in den Haaren. »Ich meine, ich habe Lust, zu Fuß zu gehen.«

Er zuckte mit den Schultern. »Okay. Wie du willst. Bis demnächst!«

Sie versuchte das wohlige Gefühl zu ignorieren, das diese ungezwungenen und gar nicht feindseligen Abschiedsworte in ihrer Magengrube auslösten. Noch zusätzlich zu der Wärme.

»Ja«, sagte sie. »Bis dann!«

Sie stieg aus und atmete tief durch. Die Luft roch süß nach Blumen und salzig nach dem nahen Meer. Sie schloss die Augen und ließ sich von der Sonne bescheinen. Und obwohl sie es gern getan hätte, sah sie sich nicht nach Eli um. Nicht ein einziges Mal.

8

Eli war noch nie so froh gewesen, dass Jack den kurzen Strohhalm gezogen hatte. Das machte ihn zum Sprudeldepp des Abends, was hieß, dass Eli ein paar Bierchen zischen konnte. Denn heute Abend wollte er wirklich mal einen heben.

Natürlich würde er sich keinen Rausch antrinken, schließlich musste er Rücksicht auf seinen Ruf nehmen. Und auf die Altlast, der Sohn eines nichtsnutzigen Trinkers zu sein. Aber ein paar Bier, die der Sache mit Sadie Miller den Stachel nehmen würden, das wäre schön.

Nur ein bisschen Nebel im Kopf. Mehr wollte er nicht.

Jack schmollte noch, weil er nüchtern bleiben musste. Connor war schon zur Bar gegangen, um die Getränke zu organisieren, und Eli lehnte sich auf seinem Stuhl zurück und genoss es, in Zivilkleidung in der Stadt zu sein. Sich zu entspannen und die Leute zu beobachten, ohne das Gefühl zu haben, einen Sack Flöhe hüten zu müssen.

Die Bar war brechend voll, aber es war auch Samstagabend, und in der Stadt konnte man nicht allzu viel unternehmen. Es gab ein paar durchschnittliche Restaurants, ein paar superteure Fischrestaurants, einen Kinokomplex mit fünf Leinwänden und ein Theater plus Restaurant. Ein Barbesuch war da am beliebtesten, aus naheliegenden Gründen.

Nämlich Alkohol, Darts und Poolbillard.

»Schmoll nicht, Jack«, sagte Eli. »Es steht dir nicht.«

»Und dich zu betrinken steht dir nicht«, gab Jack mit vor der Brust verschränkten Armen zurück.

»Ich war seit meinem einundzwanzigsten Geburtstag nicht mehr betrunken. Am Geburtstag. Danach nie wieder.«

»Du bist ein wandelndes Klischee.«

Da dies schon das zweite Mal innerhalb kurzer Zeit war, dass man ihm das vorwarf, fragte Eli sich langsam, ob es stimmte.

»Sind wir das nicht alle?«, sagte er. »Wir haben nichts Besseres zu tun, als an einem Samstag in einer Bar zu hocken.«

»Und darauf zu hoffen, dass wir jemanden abschleppen können.« Jack drehte sich um und nahm Connor seine Cola ab, als dieser mit den Getränken an den Tisch zurückkam.

»Du vielleicht«, sagte Eli.

»Ach ja, du scheißt ja nicht in deinen eigenen Garten.«

Eli zog eine Grimasse und nahm das helle Bier entgegen, das Connor ihm hinhielt. »So würde ich es zwar nicht ausdrücken, aber im Prinzip stimmt es.«

»Kommt Liss auch?«, fragte Jack Connor.

»Heute Abend nicht. Sie hat was davon erzählt, dass sie sich die Fußnägel lackieren und alte Filme ansehen will. Und dabei hat sie wenig davon, dass ich ihr bester Freund bin.«

»Was, du willst ihr nicht die kleinen Spreizer zwischen die Zehen setzen und auf ihre Nägel pusten, bis der Lack trocken ist?« Jack trank einen Schluck Cola, um sein Grinsen zu verbergen.

»Ich dachte, ich komme lieber her und finde heraus, ob du mir Dartpfeile in die Eier werfen willst.« Connor setzte die Bierflasche an den Mund und trank einen großen Schluck.

»Wenn ich Alkohol trinken dürfte, käme ich mit Sicherheit auf dein Angebot zurück«, sagte Jack.

»Wisst ihr noch, wie wir damals im Haus rumgehangen haben«, fragte Connor, »und auf die Idee kamen, Darts zu spielen? Aber es gab nichts, woran wir die Zielscheibe hätten aufhängen können, die wir gefunden hatten … Bis du die Scheibe auf den Schoß genommen und mich aufgefordert hast, ins Schwarze zu treffen?«

»Ich habe immer noch die Narbe am Oberschenkel«, klagte Jack. »Deshalb erinnere ich mich sehr gut daran.«

»Wir haben echt dummes Zeug gemacht.«

»Ihr zwei habt dummes Zeug gemacht«, verbesserte Eli. »Ich habe vor allem dabei zugesehen.«

Und niemandem davon erzählt. Schon weil es niemanden gab, den es interessiert hätte. Jacks Mom war zu erschöpft von der Arbeit gewesen, um mehr als einmal pro Woche einen Blick in Jacks Richtung zu werfen, und das Familienoberhaupt der Garretts hatte normalerweise gegen sechs Uhr abends ohnmächtig in seinem eigenen Erbrochenen gelegen.

Sie hatten immer gewitzelt, wenn ihre Eltern heirateten, würden sie die verkorksteste Version der *Brady Family* auf der ganzen Welt abgeben.

Dazu war es nie gekommen, denn ihre Erziehungsberechtigten waren viel zu sehr damit beschäftigt gewesen, sich in ihren Problemen zu suhlen. Aber Jack hatte trotzdem praktisch bei ihnen gewohnt, einfach weil ihr Haus größer war und es auf dem Grundstück mehr Gelegenheiten gab, in Schwierigkeiten zu geraten.

Jack mochte Schwierigkeiten, und die Schwierigkeiten mochten ihn. Meist waren es Schwierigkeiten mit Frauen.

Jack jedenfalls hatte kein Problem damit, dort zu scheißen, wo er wohnte, um es mal so auszudrücken.

»Wir waren echt krass drauf«, sagte Connor mit wehmütiger Miene. Er trank noch einen Schluck Bier. »Und du« – er deutete auf Eli – »warst auch nicht ganz ohne. Es war deine Idee, eine Rampe zum Heuboden hinauf zu bauen. Und mit dem Fahrrad runterzubrettern.«

»Äh … wie haben wir das überlebt?«, fragte Eli.

»Keinen blassen Dunst.« Connor klopfte gegen seine Bierflasche. »Aber wie das entschieden wird, ist mir sowieso ein Rätsel.« Und im Handumdrehen erlosch das Strahlen auf seinem Gesicht schon wieder.

Verdammt! Wenn jemand ständig von einem Geist verfolgt wurde, war es einfach zu leicht, das Falsche zu sagen.

»Uns auch.« Jack schlug Connor zweimal auf den Rücken. »Und wenn wir überhaupt nicht mehr durchblicken, trinken wir und reden Blödsinn.«

»Genau.« Eli nahm noch einen Schluck Bier.

»Mit Freunden wie euch … werde ich morgen wohl einen Kater haben«, sagte Connor mit dem Anflug eines Lächelns.

»Du hättest Liss ja auch die Fußnägel lackieren können. Diese katastrophale Fehlentscheidung musst du jetzt ausbaden«, belehrte Jack ihn.

»Und du hättest Bier trinken können«, konterte Connor. »Aber du hast den kurzen Strohhalm gezogen.«

»Das ist eine hirnrissige Tradition. Wir sollten uns einfach abwechseln.«

»Wenn du dran wärst, würdest du jedes Mal absagen«, sagte Eli.

Jack grinste und zuckte auf die jungenhafte Art mit den Schultern, die ihn schon oft aus Situationen befreit hatte, in denen unbedeutendere Männer kastriert worden wären. »Wahrscheinlich.«

»Und genau deshalb ziehen wir Strohhalme. Weil einer von den dreien hier am Tisch ein hundsmiserabler Freund ist«, sagte Connor.

»Schuldig.« Jack warf einen Blick über Connors Schulter hinweg und runzelte die Stirn. »Ist das nicht eure neue Pächterin?«

»Was?« Connor drehte sich höchst auffällig um. Ein Stier hätte dagegen graziös gewirkt.

Eli sah auch hin. Es war eindeutig Sadie, die soeben die Bar betrat und zur Theke ging. Blond, zierlich und, ja, sehr heiß. Als sie sich vorbeugte, konnte er nicht umhin, sich genau anzuschauen, wie eng ihre Jeans ihren fantastischen Arsch umfasste.

»Die ist echt heiß«, stellte Jack fest, und seine Augen bekamen jenen wachen, konzentrierten Ausdruck, der verriet, dass Jack auf der Jagd war.

»Nicht in diesem Leben, Monaghan«, knurrte Eli. Es klang viel drohender, als er beabsichtigt hatte.

Jacks dunkle Augenbrauen schossen in die Höhe, und er lehnte sich zurück. »Ach, wirklich?«

»Definitiv.« Eli schnappte sich sein Bier und hielt es sich abwehrend vor die Brust.

»Das ist nicht dein Ernst«, sagte Jack. »Mit einer Frau zu schlafen, die auf deinem Grundstück wohnt, ist fast dasselbe, wie sie zu heiraten.«

Heiraten? Das war das Letzte, was er wollte. Ein bisschen Sex hingegen …

Hitze durchzuckte Elis Unterleib. Es gefiel ihm allerdings überhaupt nicht, dass man ihm sein Verlangen so glasklar ansah, zumal er sich immer noch einzureden versuchte, dass er sich überhaupt nicht zu Sadie hingezogen fühlte.

Er blickte wieder zu Sadie hinüber. »Daran habe ich nicht mal gedacht.«

»Lügner.«

Während dieses Schlagabtauschs war Connor auffallend schweigsam geblieben. Eli schaffte es, den Blick von der schönen Aussicht loszureißen und seinen Bruder anzusehen.

Connor blickte mit feindseliger Miene auf. »Was ist?«

Jetzt sah auch Jack Connor an. »Du sagst ja gar nichts.«

»Mir war gar nicht aufgefallen, dass sie scharf ist«, murmelte Connor. »Darüber habe ich eben nachgedacht und zu entscheiden versucht, ob sie es nun ist oder nicht. Und da ist mir klar geworden, dass mit meinem Schwanz was nicht stimmt.«

Verdammt, vielleicht ging es Eli ja auch so. Denn dies war eine totale Abkehr von dem, was bei ihm üblich war. Er hatte es zwar erst so richtig begriffen, als Sadie ihn darauf hingewiesen hatte, was für Unmengen an sexuellen Andeutungen ihm in ihrer Nähe tagtäglich entgingen, aber normalerweise schaltete er seine Libido einfach ab, bis er eine Gelegenheit hatte, sich ihr zu widmen.

Er hatte meist Erfolg bei Frauen – wenn er es probierte. Aber davon abgesehen lief er mit Scheuklappen durch die Gegend. Und das war kein Zufall.

Er hatte sein Leben sehr penibel in Bereiche eingeteilt. Das Problem konnte sein, dass er einen Teilbereich zu lange vernachlässigt hatte. Und jetzt … verquickten sich Dinge miteinander, die sich eindeutig nicht verquicken sollten.

Und von der Verquickung seines privaten Lebensbereichs mit seinem Liebesleben einmal abgesehen – schon die Tatsache, dass er ausgerechnet Sadie begehrte, obwohl sie die provozierendste, irritierendste Frau war … tja, diese Tatsache allein bewies, dass er eine Durststrecke von der Größe der Sahara durchmachte.

»Sie ist echt heiß«, bekräftigte Jack. »Aber ich habe das Gefühl, dass Eli sie als sein Revier betrachtet.«

»Tu ich nicht«, widersprach Eli.

»Du kannst sie doch gar nicht leiden«, sagte Connor. »Sie ist eine Kriminelle. Du hast sie mal festgenommen.«

»Sie ist keine Kriminelle.« Eli knirschte mit den Zähnen. »Außerdem ist das zehn Jahre her.«

»Ja«, sagte Jack. »Er betrachtet sie definitiv als sein Revier.«

»Wie sprichst du eigentlich darüber? Sie ist eine Frau und kein Revier. Und sie gehört eindeutig nicht mir. Du redest wie ein Arsch.«

»Ich *bin* ein Arsch«, sagte Jack. »Als würdest du mich nicht seit meinem zwölften Lebensjahr kennen.«

»Wie du es so wortgewandt ausgedrückt hast … oder wie du es hättest ausdrücken sollen: Ich halte mein Sexualleben von meinem Wohnort getrennt. Gründlich getrennt. Ich werde ganz bestimmt keiner Frau Avancen machen, die mit einem fünfjährigen Pachtvertrag auf meinem Grundstück lebt. Für meinen Geschmack kommt das einer Ehe einen Tick zu nah.«

Jack lachte. »Okay, das versteh ich. Heißt das, ich kann …«

»Nein«, knurrte Eli. »Auf keinen Fall. Schon weil ich keine Lust habe, durch irgendein offenes Fenster deinen nackten Arsch zu erblicken. Dann würdest du nämlich garantiert erschossen.«

»Du darfst meinen Freund nicht erschießen, Eli«, bat Connor. »Ich hab doch nur zwei. Ich kann es mir nicht leisten, einen zu verlieren.«

Eli sah wieder zu Sadie hinüber. Sie hatte den Kopf schief gelegt, ihr blondes Haar ergoss sich über ihre Schultern, und die Leuchtreklame für *Mirror Pond Ale* hinter der Theke warf einen gelb-blauen Schein über ihre hellen Locken.

Hinter der Theke stand Ace, groß und bärtig und im Flanellhemd, was Frauen heutzutage ganz verrückt zu machen schien. Sadie war da offenbar keine Ausnahme, so wie sie kicherte und ihn anlächelte und … verdammt, ihn mit ihren zarten Händen am Unterarm berührte. Mit Händen, die nicht mehr vom Pflanzen einer Azalee mit Erde beschmiert waren.

Ärger machte sich in ihm breit. Erst letzte Woche hatte sie ihn geküsst, und jetzt flirtete sie mit Ace.

Und warum nicht?

Weil es ihn anpisste. Was ihn nur noch wütender machte. Weil es ihm egal sein müsste. Er war nicht eifersüchtig. Er war niemals eifersüchtig, weil zur Eifersucht dazugehörte, dass ihm die betreffende Person etwas bedeutete, und ihm bedeutete nie jemand etwas.

Nicht dass er die Frauen nicht mochte, mit denen er ein Verhältnis hatte, aber ihm war ziemlich egal, was sie trieben, wenn er nicht dabei war.

Die Sache mit Sadie brachte ihn echt um den Verstand. Nicht nur dass er sie begehrte, was an sich schon eine schlechte Idee war, sondern jetzt saß er auch noch da und überlegte, wie er Ace am besten den Arm ausreißen konnte.

»Entschuldigt mal kurz.« Er stand auf und schob seinen Stuhl zurück. Das Bier ließ er auf dem Tisch stehen. Er spürte Connors und Jacks Blicke auf sich und wusste, dass sie gleich Verschwörungstheorien diskutieren würden. Ob er von Außerirdischen entführt und einer Gehirnwäsche unterzogen worden war zum Beispiel.

Aber das war ihm egal. Denn jetzt hatte er Sadie im Visier, und er würde zu ihr hinübergehen und … irgendwas machen. Was, würde ihm schon noch einfallen, wenn er vor ihr stand.

Hoffentlich.

Bei jedem Schritt trafen seine Stiefel härter als nötig auf dem Holzboden auf, und er wusste, dass die Leute ihn anschauten, weil hier Eli Garrett, Bewerber um das Amt des Sheriffs, die Bar durchquerte, als hätte er Sex und Mord im Sinn.

Was beides absolut zutraf.

»Was führt dich hierher, Sadie?«, fragte er und lehnte sich neben ihr an die Theke.

Sie zuckte zusammen und drehte sich mit weit aufgerissenen blauen Augen zu ihm um. »Was führt denn dazu, dass du freiwillig mit mir redest, Eli?« Sie hatte den Schreck schon überwunden und trug eine entspannte Miene zur Schau.

Ace sah sie beide an, wandte sich ab, zapfte ein Bier und ging zum anderen Ende der Theke.

»Die Neugier«, sagte Eli.

»So merkwürdig ist es ja nun nicht, dass ich eine Bar besuche.«

»Aber du bist allein.«

»Mit wem sollte ich denn hier sein? Außerdem bin ich nur hier, um herauszufinden, welches die besten Biere der Region sind. Und ob Ace Kontaktdaten für mich hat. Für die Feier am Vierten Juli.«

»Klar«, sagte er. »Du bist mit Ace per Du?«

»Ich kenne ihn noch aus der Schule. Flüchtig. Außerdem habe ich vorhin schon mal vorbeigeschaut.«

»Okay.« Das klang viel verkrampfter, als ihm lieb war.

»Was interessiert dich daran?« Sie legte den Kopf schief, wie er es vorhin schon einmal beobachtet hatte.

»Ganz ehrlich? Ich habe keine Ahnung.« *Ganz ehrlich?* Warum war er denn ehrlich? In seiner Situation war das eine sehr schlechte Idee. Weil er die Sache damit aus der Hand gab. Und zugab, dass er überfordert war. Das war inakzeptabel.

Sadies Gesichtsausdruck veränderte sich. Er zeigte kein Erschrecken und auch keine einstudierte Lässigkeit mehr. Sie senkte die Wimpern, ihre Lippen entspannten sich, und ihr Blick richtete sich auf seinen Mund. Jede dieser Veränderungen vollzog sich schnell und fast unmerklich. Trotzdem sah er es. War sich dessen so quälend deutlich bewusst, als könnte er bei jeder Veränderung hören, wie eine Waffe entsichert wurde. Es waren klare Signale, bewusste Signale. Nur eins wusste er noch nicht, nämlich ob Sadie schoss, um zu töten.

»Vielleicht weil du mich noch mal küssen willst?«, fragte sie.

Ja, sie schoss, um zu töten, und dieser Schuss traf ihn voll in den Bauch und strahlte von dort nach weiter unten aus. Da er erst ein halbes Bier intus hatte, konnte er es nicht einmal auf den Alkohol schieben.

»Eher schon weil ich nicht will, dass *er* dich küsst.« Er beugte sich zu ihr vor, eine Hand auf die Theke gestützt. »Ich will dich gar nicht küssen. Ich wünschte, ich hätte es auch beim ersten Mal schon nicht getan, und glaub mir, Sadie Miller, ich bin verdammt sicher, dass ich es nicht noch einmal will.« Er legte den Kopf schief und rückte noch näher zu ihr heran, obwohl er wusste, dass fast alle in der Bar sie beobachteten. Er musste ihr nah genug sein, um ihr seinen Standpunkt klarmachen zu können, aber so weit entfernt, dass die Leute nicht gleich morgen ihre Hochzeit planten. »Aber ich frage mich langsam, ob ich es nicht trotzdem tun werde. Ob es nicht unausweichlich ist.«

Sie wich zurück, und ihre Brüste hoben sich, als sie heftig den Atem einzog. »Ich wüsste nicht, wie so etwas unausweichlich sein soll. Ich meine, entweder du willst jemanden küssen oder nicht. Wenn ja, tust du es. Wenn nicht, dann eben nicht.«

»Ich habe das auch mal für so einfach gehalten. Bis du aufgetaucht bist. Du hast mir meine Kusstheorie total versaut.« Verdammt, vielleicht war er doch betrunken!

»Dreißig Jahre Kusstheorie, versaut von einer einzigen Frau.« Ihre Stimme klang mit einem Mal tiefer, rauer. »Das ist … eine Menge Einfluss.«

»Stimmt«, sagte er, und seine Stimme folgte ihrem Beispiel.

»Bist du betrunken?«

»Wenn ich es doch nur wäre.«

»*Wow!* Du weißt wirklich, wie man eine Frau anmacht.« Die Worte troffen vor Sarkasmus, aber ihre Stimme war belegt und verriet, wie erregt Sadie war. Eli hatte keine Ahnung, wie er das finden sollte. »Erst sagst du mir, dass du mich nicht küssen willst, und dann wünschst du dir, du könntest es auf den Alkohol schieben, dass du überhaupt mit mir sprichst.«

»Das liegt daran, dass ich dich überhaupt nicht anmachen will.« Und wenigstens das entsprach der Wahrheit.

»Ich wünschte, ich könnte behaupten, dass es funktioniert.«

»Dass ich dich nicht anmache?«

»Ja.« Sie blickte auf die Theke.

»Flirten wir etwa?«

Sie schaute ihn wieder an, und er konnte an ihrem Hals sehen, wie ihr Puls raste. »Ich glaube nicht.«

»Wahrscheinlich hast du recht. Ich glaube, ich weiß gar nicht, wie man flirtet.«

»Du versuchst nur zu verhindern, dass sonst jemand mit mir flirtet.«

»Könnte hinkommen.«

Ace kehrte an ihr Ende der Bar zurück und verschränkte die Arme vor der breiten Brust. »Er belästigt dich doch nicht, oder, Sadie?«

Ach, Herrgott noch mal!

Mit einem seltsamen Lächeln auf den Lippen sah Sadie Ace an. »Du weißt schon, dass er Hilfssheriff ist, oder?«

»Ich weiß genau, wer er ist«, knurrte Ace.

Na toll! Der Trottel wollte den harten Kerl mimen. Dabei war Eli überhaupt nicht in der Stimmung, sich um Sadie zu streiten. Er wollte Sadie ja gar nicht. Zumindest wollte er sie nicht wollen.

Doch er würde jetzt auf keinen Fall kneifen. Das war unmöglich. Schließlich war er eben quer durch den Raum marschiert, um Ansprüche auf diese Frau anzumelden, die er gar nicht begehren wollte, nur weil sie einem anderen Mann die Hand auf den Arm gelegt hatte.

Er begriff durchaus, dass das nicht sonderlich vernünftig war. In dieser Sache hatte nicht mehr sein Kopf das Sagen.

»Dann weißt du ja auch, dass es mir eher darum geht, sie zu beschützen, als sie ins Freie zu zerren und in meinem Kofferraum zu verstauen«, knurrte Eli zurück.

»Wie war das noch mal mit Polizisten und der Häufigkeit häuslicher Gewalt?«, fragte Ace.

»Schlaumeier. Hast du einen Onlinekurs belegt?«, fragte Eli.

Als Sadie kicherte, sahen beide Männer sie an. »Tut mir leid«, sagte sie mit einem notdürftig unterdrückten Grinsen. »Macht bitte weiter. Ich genieße nur das gänzlich neue Gefühl, dass zwei Männer um meine Zuneigung kämpfen.«

»Vor die Tür«, befahl Eli.

»Entschuldige, aber willst du mich etwa herumkommandieren? Glaubst du ehrlich, ich gehorche dir wie ein Schoßhündchen? Ich, mein Herr, bin eher der Katzentyp und werde dich wahrscheinlich in die Hand beißen.«

»Vor. Die. Tür.«

Sie hob eine Augenbraue, löste sich jedoch von der Theke und ging zum Ausgang. Eli wandte sich Ace zu und schenkte ihm einen finsteren Blick, bevor er es wagte, zu Jack und Connor hinüberzusehen. Die beiden starrten ihn unverhohlen an, Connor leicht verdrießlich und Jack auf ärgerliche Art beeindruckt.

Mistkerl!

Eli wandte sich ab und folgte Sadie nach draußen. Sobald die Tür hinter ihnen zufiel, fuhr er zu ihr herum. Im Freien war es dunkel, man hörte nichts außer der Brandung, die nicht weit entfernt auf den Strand krachte, und der Mond warf Lichtflecken auf das Wasser, die wie silberne Fische über die bewegte Oberfläche glitten. Mit jeder Welle, die sich brach, huschte ein weißer Lichtschimmer über Sadies Gesicht.

Sie war so schön, dass es wehtat. Es war ein echter, körperlicher Schmerz, der in seinem Kopf begann, in seinen Zähnen pulsierte und sich durch seinen Bauch bis zu seinem Schwanz zog. Nur von dem bisschen Licht auf ihrem Nasenrücken. Ihrem *Nasen*rücken. Er musste sich echt auf seinen Geisteszustand untersuchen lassen.

Aber nicht von Sadie. Denn diese kleine Therapeutin war schließlich die Ursache für seine seelische und körperliche Unruhe.

»Was geht hier eigentlich ab?«, fragte sie.

»Ich … weiß nicht so recht.« Er begann vor ihr auf dem Gehweg auf und ab zu marschieren. »Ich weiß es wirklich nicht. Ich bin hergekommen, um was zu trinken und vielleicht *Fish & Chips* zu essen. Bestimmt nicht, um mit dir zu reden oder um dich zu sehen oder ans Küssen zu denken.«

»Hey, ich bin hierhergekommen, um mit Ace über kleine örtliche Brauereien zu sprechen. Nicht, um mich mit dir und deiner Starker-Mann-Nummer zu befassen.«

»Und warum tust du es dann?«, fragte er.

»Warum sprichst du mit mir?«

»Wenn ich das nur wüsste«, sagte er.

»Das wäre auch meine Antwort gewesen. Wenn ich das nur wüsste!«

Er ging auf sie zu, und sie wich zurück, bis ihr die Holzschindelfassade der Bar den weiteren Rückzug versperrte. Eli atmete tief durch und stützte eine Hand dicht neben ihrem Kopf gegen die Wand. Ihre Blicke trafen sich, und die Hitze zwischen ihnen stieg immer mehr. Eli hätte nicht wegschauen können, selbst wenn er es gewollt hätte. Aber er wollte gar nicht. Er wollte sie immer weiter ansehen. Und sie küssen.

Und noch einiges dazu.

Er begehrte sie mehr, als er je eine Frau begehrt hatte. Sogar noch mehr als das Mädchen damals beim ersten Mal, in einer Frühlingsnacht nach dem Abschlussball.

Er war nicht mehr er selbst. Er hatte sich nicht mehr unter Kontrolle. Und Eli Garrett verlor nie die Kontrolle.

Irgendwo in den Tiefen seines vollkommen überdrehten Gehirns begriff er, dass das ein Problem war. Dass er es nie so weit hätte kommen lassen dürfen. Dass er sich zusammenreißen und die Sache beenden musste, bevor noch mehr passierte.

Verdammt! Er wollte es nicht beenden.

Er biss die Zähne zusammen, um seine Erregung niederzuringen. Sie war so heftig, dass es schmerzte.

Er atmete durch die Nase ein, senkte den Kopf und schloss die Augen. Wenn er Sadie eine Sekunde lang nicht ansah … konnte er die Sache in den Griff bekommen. Und sich selbst.

Er atmete erneut ein, ganz langsam, und stieß die Luft durch den Mund wieder aus. Dann öffnete er die Augen und sah Sadie an. »Wir machen jetzt Folgendes«, sagte er mit einer Stimme, die er fast nicht wiedererkannte.

»Nämlich?«

»Wir gehen wieder rein. Und du gehst zu Ace und unterhältst dich mit ihm über Bier aus der Region. Und wenn er sich mit dir verabreden will? Dann solltest du annehmen, finde ich.«

»Was?«

»Oh ja! Und ich gehe an meinen Tisch zurück und trinke noch zwei Bier, esse etwas und spiele Darts. Ich werde dich nicht ansehen. Ich werde dich nicht küssen. Wir beginnen diesen Abend noch mal ganz von vorn. Als wäre ich nie zu dir rübergekommen und hätte nie den Mund aufgemacht.«

»Eli …«

»Und wenn wir auf der Ranch miteinander zu tun bekommen, dann nur weil du das Haus gepachtet hast und Connor mir mal wieder seine Pflichten als Verpächter aufhalst.«

Sie biss sich auf die Lippe und nickte. Zwischen ihren Augen erschien eine Falte. »Jetzt bin ich erst recht verwirrt.«

»Es gibt hier nur zwei Möglichkeiten«, erklärte er, und die Kehle wurde ihm eng. »Entweder wir machen so weiter« – er ging davon aus, dass er dieses »so« nicht erst erklären musste –, »und die Sache läuft aus dem Ruder. Oder wir hören jetzt damit auf. Und ich denke, wenn wir einfach abwarten, was passiert, dann …«

»Okay. Und … wäre das so schlimm?«

Diese schlichten, eigentlich nichtssagenden Worte versetzten ihm einen derart heftigen Hieb, dass er kaum noch Luft bekam. »Eins musst du über mich wissen, Sadie. Ich bin ein guter Mensch. Darauf bin ich stolz. Aber ich bin kein sehr netter Mensch. Und ich bin nicht der Typ, der Beziehungen hat. Dies ist meine Stadt, und die Leute hier sind mir sehr wichtig. Wenn ich Sex will, suche ich mir eine Frau außerhalb der Stadt. Denn noch bevor ich mit einer Frau ins Bett gehe, weiß ich schon, wie es enden wird. Nämlich schnell. Und ich will nicht, dass das hier in der Stadt spielt. Ich will nicht ständig einer Verflossenen über den Weg laufen, wenn ich die Straße überquere oder Streife fahre. Und ich will ganz bestimmt nicht jedes Mal einer Verflossenen begegnen, wenn ich die Zufahrt zu meinem Haus entlanggehe.« Allein die Vorstellung verletzte seinen Ordnungssinn zutiefst.

»Verstehe«, sagte sie. »Aber … wie kommst du darauf, dass ich mehr will als ein bisschen harmlosen Sex?«

»Weil Sex niemals harmlos ist, nicht wenn alles andere so kompliziert ist. Das ist, als würde man in einer Scheune Feuer machen statt im Kamin.«

Sie blinzelte und nickte dann. »Toll. Na schön! Egal. Ich sehe sowieso keinen Sinn darin, einen Typen zu vögeln, der ein nettes Vergnügen nicht mal dann erkennen würde, wenn es sich vor ihn hinkniet und seinen …« Sie senkte den Blick so demonstrativ, dass er es körperlich spürte. »Tja, du weißt schon, was ich meine. Ace scheint da eher mein Typ zu sein. Deshalb gehe ich jetzt vor dir rein und unterhalte mich mit ihm. Vielleicht gehe ich sogar mit ihm nach Hause. Mal sehen.«

Das wirst du nicht, knurrte der Harte-Mann-Typ in ihm, wie sie es genannt hatte.

»Klingt doch gut«, sagte er stattdessen. Weil diese ganze Geschichte verrückt war. Und aufhören musste.

Sadie lächelte gezwungen. Ihre Blicke trafen sich, und ein Blitz durchzuckte ihn. Dann wandte sie sich ab.

Er sah zu, wie sie die Bar betrat, und wartete darauf, dass die Anspannung in seinem Bauch abebbte, dass der Schmerz verging.

Doch er hatte das Gefühl, dass er darauf lange warten konnte.

9

Als Sadie am nächsten Tag nach Copper Ridge hineinfuhr, beschloss sie im letzten Moment, nach links statt nach rechts abzubiegen. Eigentlich war sie auf dem Weg zu *Rona's Diner* an der Hauptstraße der Altstadt, wo sie die Kuchenfrage klären wollte. Aber irgendetwas zog sie in die andere Richtung.

Vielleicht ein Geist. Derselbe, den sie auf der Waldlichtung anzutreffen fürchtete. Vielleicht aber auch nur das, was normale Leute Erinnerungen nannten. Außer dass sie offenbar nicht normal war.

Doch nun fuhr sie die Straße entlang, die vom Meer wegführte. Fort von dem malerischen Teil des Städtchens. Hier lebte die andere Hälfte der Einwohner. Die arme Hälfte. Die Hälfte, die in der Holzindustrie und in der Fabrik arbeitete oder überhaupt nicht.

Die Hälfte, aus der sie stammte.

Und an dieser Straße lag ihr Elternhaus. Ihre Kehle war wie zugeschnürt, und sie umfasste das Lenkrad mit schweißnassen Händen.

Sie hätte sich nie träumen lassen, dass sie je hierher zurückkehren würde. Sie hatte sich sogar geschworen, es nicht zu tun. Was zum Teufel sollte das also? Warum war sie hier?

Wer wusste schon, warum sie in letzter Zeit all diese seltsamen Dinge tat? Hierher zurückkommen, Eli küssen, Eli gestern Abend um ein Haar noch einmal küssen …

Es brachte nichts, jetzt darüber nachzugrübeln.

Sie atmete tief durch, fuhr vorsichtig rechts ran und hielt vor einem blauen schindelverkleideten Haus.

Sie ließ das Lenkrad los und schaute aus dem Fenster. Der Druck in ihrem Magen ließ nach. Das Haus sah anders aus.

Es war sauberer. Der Rasen war gemäht. Überhaupt gab es einen Rasen. Zu ihrer Zeit war das nur ein Löwenzahnteppich gewesen, der von Grüppchen aus Sonnenwend-Flockenblumen durchsetzt war.

Kleiner war es auch. Freundlicher. Sie war ziemlich sicher, dass es in Wirklichkeit nicht kleiner geworden war, aber es wirkte so.

Ein weißer Minivan fuhr an ihr vorbei und bog in die Einfahrt. Sie beobachtete, wie der Wagen hielt, eine Frau ausstieg und behutsam ihr kleines Kind und eine braune Einkaufstüte vom Rücksitz hob.

Als die Frau die Haustür öffnete, kam ein kleiner Hund herausgestürmt, um sie zu begrüßen. Sadie hatte kein Haustier halten dürfen.

Vielleicht war es das, was die Leute meinten, wenn sie sagten, man könne nie nach Hause zurückkehren. Das Zuhause in ihrem Kopf, *ihr* Zuhause, existierte nicht mehr. Nicht mehr seit die Millers ausgezogen waren.

Sadie dachte an ihre Patientin Maryann und wie sehr diese ihr Zuhause geliebt hatte. Wie verzweifelt sie über dessen Verlust gewesen war, weil im Holz der Wände ihre Erinnerungen verankert waren. Und die Liebe, die in ihrer Familie herrschte.

Für Sadie war das anders. Für alle in ihrer Familie. An diesem Ort war nichts mehr von ihnen vorhanden.

Gott sei Dank!

Dieses Haus hatte keine Macht mehr über sie.

Sie schüttelte sich die Haare aus dem Gesicht, legte den

Gang ein und drehte um. Irgendwie hatte sie das Gefühl, dass ihr dieser Augenblick bedeutsam erscheinen müsste, doch sie war nur ernüchtert.

Sie hatte nicht vorgefunden, was sie dort zu finden geglaubt hatte. Im guten wie im schlechten Sinne.

»Du wirst langsam kauzig«, sagte sie laut zu sich, während sie in die Hauptstraße der Altstadt einbog und bis zum hinteren Ende fuhr. Sie hielt in der Einfahrt von *Rona's Diner* und schaltete den Motor aus.

Im Moment hatte sie gar keine Zeit, wegen einer Ansammlung von Holz, Schrauben und Isoliermaterial sentimental zu werden. Sie hatte Kuchen zu beschaffen.

Sadie atmete tief durch und zog ihren Pulli enger um sich. Es war Juni, doch die Küste Oregons hatte keine Achtung vor dem Sommer. Selbst wenn die Sonne schien, wurde deren wärmende Kraft von einem kühlen Wind untergraben, den offenbar auch ihr Pullover nicht abhalten konnte.

Sie umklammerte ihren Kaffeebecher aus Pappe etwas fester und betrat den Diner. Er lag am Ende der Hauptgeschäftsstraße, nahe bei der Mole. Sadie hatte sich sagen lassen, dass es hier den besten Kuchen im ganzen Bezirk gab, und für ihr Barbecue wollte sie nur das Beste.

Es war zwei Uhr nachmittags, und im Diner war es nicht sehr voll, da die Mittagskundschaft sich längst zerstreut hatte und die abendlichen Gäste noch nicht eingetroffen waren. In einer Ecke saßen ein paar Männer mittleren Alters und ließen sich Kaffee und Kuchen schmecken. Dem Aussehen nach hielt Sadie sie für Fischer.

Das war es, was diesen Ort so einzigartig machte. Als Küstenstädtchen hatte Copper Ridge traditionell eine starke Verbindung zum Meer. Es gab Fischer und Fischbuden, Möwen und fantastische *Fish & Chips*. Doch weiter landeinwärts gab es Cowboys und Farmer. Schafe, Kühe und wunderschöne Gestüte mit wertvollen Pferden.

Copper Ridge vereinte alles in sich, was an Oregon gut war. Bäume und Wellen, Wälder und Strände. In der Beziehung war ihre Heimatstadt viel ungewöhnlicher, als sie damals begriffen hatte. Bis sie für zehn Jahre fortgegangen war.

Auch die Altstadt hatte sich verändert. Während das Äußere der Häuser früher von salziger Seeluft und Vernachlässigung erzählt hatte, waren sie nun neu gestrichen, aufpoliert und lockten Touristen an. Was für Sadie ein großer Vorteil war.

»Kann ich Ihnen helfen?«, rief ihr eine Kellnerin hinter der Theke zu.

Unterhalb der Deckplatte dieser Theke war eine Glasvitrine eingebaut, und dort standen die Kuchen und Torten, die sich die Fischer in der Ecke gerade einverleibten. Außerdem gab es Donuts, riesige Zimtschnecken und Cupcakes. Sadie fand, dass einer davon ausgezeichnet zu ihrem Kaffee passen würden.

»Einen Cupcake, bitte. Und ich würde gern mit der Person sprechen, die für Sie bäckt.«

Die Frau blinzelte, und etwas an ihrem Gesicht ließ eine Erinnerung in Sadie aufblitzen. »Das bin ich.«

»Oh, toll!«

»Welcher Cupcake darf es denn sein?«

»Ihre Lieblingssorte. Ich bin da nicht wählerisch.«

»Ich mag die mit Schokolade und Erdnussbutter.«

»Wunderbar.« Sadie sah zu, wie die Kellnerin sich bückte und den Cupcake aus dem untersten Fach der Vitrine nahm.

Die Frau kam ihr tatsächlich bekannt vor, aber sie konnte sie noch nicht richtig zuordnen. Bestimmt kannte Sadie sie von früher. Aus der Schule vielleicht?

Als die Kellnerin sich steif und mit schmerzverzerrtem Gesicht wieder aufrichtete, fiel bei Sadie der Groschen. »Alison? Ich bin Sadie. Sadie Miller. Wir kennen uns aus der Schule. Und noch von einigen anderen Gelegenheiten, die nichts mit der Schule zu tun hatten.«

Die Frau sah sie groß an, und für einen Moment lag Traurigkeit in ihrem Blick. Gleich darauf drückte er nur noch Wiedererkennen aus, und dann lächelte sie endlich ein wenig. »Ach … Ach, Sadie. Ich hab dich nicht erkannt.«

»Tja, ich trage heute weniger Eyeliner. Du offensichtlich auch.«

Alison lachte nervös. »Ja. Ein bisschen.«

»Und, was hast du so getrieben?«, fragte Sadie. Undeutlich wurde ihr bewusst, dass es eigentlich etwas Wunderbares war, alte Freunde wiederzusehen.

»Im Grunde nicht viel. Ich arbeite hier. Und backe. Ich habe geheiratet.«

»Gratuliere.«

»Ja.« Sie rang sich noch ein Lächeln ab, das jedoch ausgesprochen traurig wirkte.

Alison hatte zu Sadies engstem Freundeskreis gehört. Gemeinsam hatten sie einigen Ärger verursacht – nicht zuletzt den Vorfall in der Scheune – und ansonsten viel Zeit im Wald oder am Strand in der Nähe der Garrett-Ranch verbracht. Für sie beide war das besser gewesen, als zu Hause zu sein.

Sie waren die Außenseiter von Copper Ridge gewesen, und auch wenn die anderen im Ort das vielleicht nicht so deutlich erkannt hatten, sie selbst schon. Sie hatten gewusst, dass sie anders waren. Kaputtes Elternhaus, Armut, Missbrauch.

Es gab hier nur eine Grundschule, eine Junior High und eine Highschool, die genau zwischen Copper Ridge und To-

Iowa lagen, damit sie Schüler aus beiden Orten aufnehmen konnten. Daher hatten sie einander über viele Jahre argwöhnisch umkreist wie herrenlose Hunde und sich dann langsam zu einer Gruppe zusammengefunden. Eine Verbindung, die damals stärker und belastungsfähiger war als die Beziehungen zu ihren Familien.

Alison, Damian, Matthew, Kelly, Sarah, Josh und Brooke. Ein paar andere kamen und gingen, aber sie waren der harte Kern.

Und Sadie hatte sie verlassen. Sich nie gemeldet.

Jetzt schämte sie sich dafür.

»Ich bin nicht verheiratet«, sagte sie und hielt zum Beweis ihre ringlose linke Hand hoch. »Ich bin … viel umgezogen. Ich bin Krisenberaterin geworden. Und jetzt gehört mir ein *Bed & Breakfast*. Wie du siehst … bin ich immer noch nicht zur Vernunft gekommen.«

»Für mich hört sich das aber gut an. Du bist entkommen.«

So war es ihr damals auch erschienen. Jetzt war sie da nicht mehr so sicher.

»Inzwischen bin ich wieder da. Dieser Ort hat was. Er hat sogar *mich* letztendlich zurückgelockt. Dabei schaue ich lieber nach vorn als zurück. Jedenfalls war es bisher so.«

Irgendwas stimmte hier nicht. Alisons Blick drückte eine solche Niedergeschlagenheit aus und war ihr darin so vertraut, dass es Sadie wehtat. Dabei konnte sie nicht einmal genau benennen, was es war. Vielleicht nur die Erschöpfung nach einer langen Schicht.

»Triffst du je … Triffst du manchmal noch andere aus der Schule?«, fragte Sadie.

Alison senkte den Blick. »Eigentlich nicht. Matt ist noch hier. Er ist Fischer. Brooke besitzt weiter oben an der Straße einen Laden, aber es ist nicht so, dass wir … Ich habe halt nicht viel Zeit. Alle anderen sind weggezogen, wie du. Josh ist richtig reich geworden … Ich bin einfach hiergeblieben.«

»Okay.« Sadie nahm sich vor, Brooke später ausfindig zu machen.

»Ja.«

»Tja«, sagte Sadie, um das Schweigen auszufüllen, worin sie von Berufs wegen ziemlich gut war. »Ich habe gehört, dass es bei dir die besten Backwaren in der ganzen Stadt gibt. Und die Sache ist die: Ich organisiere am Unabhängigkeitstag ein Gemeinde-Barbecue auf der Garrett-Ranch, wo nicht ganz zufällig auch mein B&B liegt. Da hätte ich gern auch einen Kuchenstand. Vielleicht könnte man sogar ein Kuchenwettessen abhalten. Deshalb wollte ich mit dir besprechen, was du so im Angebot hast, wie viel du produzieren könntest und ob der Besitzer des Diners eventuell daran interessiert wäre, im Austausch gegen Werbefläche ein bisschen Kuchen für den Wettbewerb zu spenden.«

»Der Kuchen hier ist der beste!«, rief einer der Männer in der Ecke herüber. »Alison macht sowieso nur das Beste.« Von den anderen Männern am Tisch kam eine Welle der Zustimmung, was Alison ein weiteres Lächeln entlockte.

Sie zum Lächeln zu bringen, das hatte Sadie inzwischen erkannt, war genauso schwierig, wie Toby hinter dem Küchenschrank hervorzulocken, wenn er sich über den Staubsauger ärgerte.

»Ah, genau die Bestätigung, die ich brauche«, sagte sie. »Also, wenn du dich dem gewachsen fühlst, würde ich dich gern mit ins Boot holen. Und wenn der Inhaber des Diners nicht so begeistert von der Idee ist, kaufe ich dir den Kuchen auch direkt ab. Oder vielleicht wärst du daran interessiert, den Kuchenstand selbst zu betreiben? Da könntest du deinen Kuchen stückweise verkaufen. Es wäre eine tolle Werbung für dich. Und hey, da du sicher eine Million mal besser backst als ich, würde ich deine Backwaren auch total gern in meinem B&B anbieten.«

Sadie wünschte, sie hätte ihren Wortschwall früher gebremst, denn Alison sah jetzt skeptisch drein, was tief in Sadies Innerem eine Alarmglocke anschlagen ließ. Aber die Ideen sprudelten nur so aus ihr heraus. Vielleicht gerade wegen des inneren Warnsignals.

Für eine Therapeutin war sie außerhalb der Sprechstunden wirklich höllisch schlecht im Umgang mit anderen Menschen.

»Ich muss erst Jared fragen, ob er mich so lange entbehren kann«, sagte Alison.

»Ist das der Besitzer des Diners?«

»Mein Mann.« Alison blinzelte hektisch. »Vielleicht will er nicht, dass ich bei so was mitmache. Es ist schon schwierig genug, dass ich hier so viel arbeiten muss.«

»Okay. Ich meine, nur wenn du willst. Fühl dich bitte nicht verpflichtet.«

»Ich wäre schon gern dabei«, sagte Alison leise.

»Dann freut sich dein Mann bestimmt für dich. Und alle sind zufrieden.«

Alison wirkte da nicht so zuversichtlich, woraufhin Sadies innere Stimme sich nicht mehr mit Warnsignalen begnügte, sondern den Wunsch äußerte, dem Typen in die Eier zu treten.

»Okay. Klar. Und für jetzt nur den Cupcake?«, fragte Alison.

»Und noch ein Stück von dem Marionberry-Kuchen. Das esse ich nach dem Abendessen.«

Alison bückte sich, nahm ein Kuchenstück aus der Vitrine, verpackte es in einer weißen Schachtel und tippte beide Preise ein.

»Toll«, sagte Sadie. »Jetzt weiß ich auch, wo ich meine Zuckerdröhnung herkriegen und zugleich eine alte Freundin treffen kann. Das war wirklich ein erfolgreicher Tag.« Sie zog den zerknitterten Kassenbon von dem Kaffeestand, an dem sie vorhin gehalten hatte, aus der Handtasche und kritzelte ihre Handynummer auf die Rückseite. »Ruf mich an. Wenn du je etwas brauchst oder mal ausgehen willst oder Fragen wegen des Barbecue hast.«

»Klar.« Alison nahm den Bon entgegen. »Mach ich.«

Sadie hatte das Gefühl, dass sie log. Und wieder konnte sie nicht recht einschätzen, warum. Aber irgendwas stimmte da nicht. Dieser Satz über den Ehemann, der sie nicht gern so lange weggehen ließ, hatte merkwürdig geklungen, doch Sadie wusste, dass auch noch andere Faktoren im Spiel sein konnten. Obwohl ihr Bauchgefühl ihr sagte, dass das Ganze sehr nach Herrschsucht klang.

»Danke für den leckeren Kuchen. Wundere dich nicht zu sehr, wenn ich gleich ins Zuckerkoma falle.« Sadie winkte und ging hinaus und zurück zu ihrem Wagen.

Was den Kuchen anging, war sie sehr zufrieden, aber alles andere weckte ein beklommenes Gefühl in ihr.

Und das war das Problem, wenn man nach Hause zurückkehrte. Mit den Dingen von damals waren so viele Gefühle verknüpft. Es missfiel ihr. Bevor sie Copper Ridge verlassen hatte, war ihr gesamtes Leben bedrückend gewesen. Voller negativer Gefühle und Sorgen und zutiefst schrecklicher Dinge. Und Sadie wollte nichts mehr empfinden, was dem auch nur nahekam. Solchen Eindrücken nachzuhängen war nicht gesund.

Aber Copper Ridge zwang sie dazu, verdammt!

Der Zauber des Nachhausekommens verflüchtigte sich endgültig.

Heute war Verandatag. Ein ganzer Schwarm von Bauarbeitern mit nackten Oberkörpern war hinter Sadies Haus damit beschäftigt, Pfosten zu setzen und Betonblocksteine zu verlegen, als Vorbereitung für den Bau der riesigen Veranda, die Sadie für das B&B entworfen hatte.

Sie hatte große Pläne für diese Veranda. Tische. Ein Grill. Sicher, fürs Frühstück brauchte man streng genommen keinen Grill, aber sie konnte ja auch andere Mahlzeiten anbieten.

Momentan war sie jedoch nur mit der Frage beschäftigt, ob man die Gruppe Bauarbeiter als Schwarm bezeichnen konnte oder nicht.

Vielleicht bildeten sie doch eher eine Ansammlung. Oder ein Rudel. Eine Meute. Das klang schön männlich. Sehr sexy. Sie nippte an ihrer Limonade und beobachtete sie vom Wohnzimmerfenster aus, nicht unzufrieden darüber, dass sie die Männer lüstern anstarrte statt andersherum.

»Oh ja, Baby!« Sie kippte das Glas an und fing einen Eiswürfel mit den Zähnen ein. »Zeig mir, was deine Mama dir mitgegeben hat.«

Sie war fest entschlossen, sich am Anblick dieser Männer zu weiden. Das war eine weit bessere Idee, als über Eli nachzudenken und darüber, um wie viel lieber sie *ihn* verschwitzt und mit nacktem Oberkörper gesehen hätte.

Als es an der Haustür klopfte, zuckte sie so heftig zusammen, dass Limonade auf ihre Hand schwappte. Kopfschüttelnd ging sie zur Tür. Das geschah ihr vermutlich recht. Beim Spannen ertappt. Aber sie hatte trotzdem keine Schuldgefühle.

Als sie die Tür öffnete, sah sie Kate vor sich stehen, die ein geradezu lächerlich gleichgültiges Gesicht zu machen versuchte. »Da stehen ja eine Menge Baulaster herum.«

»Allerdings«, bestätigte Sadie. »Ich lasse nämlich eine Veranda anbauen. Und die Jungs arbeiten oben ohne, du kannst also gern reinkommen und zusehen.«

»Darauf hatte ich gehofft.« Kate wurde rot.

»Entschuldige dich nie dafür, dass du den männlichen Körper zu schätzen weißt, Kate. Und werd deshalb auch nicht rot.«

Kate errötete noch mehr und folgte Sadie ins Wohnzimmer.

»Gütiger Himmel«, sagte sie, und Sadie hatte das Gefühl, dass nur ein letzter Hauch von Anstand sie davon abhielt, sich an der Glasscheibe die Nase platt zu drücken wie eine frustrierte Schaufensterguckerin.

Ihr fiel wieder ein, was Eli über Kate gesagt hatte – dass er überfürsorglich war, was sie betraf, und am liebsten verdrängte, dass seine Schwester überhaupt sexuelle Bedürfnisse hatte. Sadie fragte sich plötzlich, ob Kate je zu mehr Gelegenheit hatte als zum Schaufenstergucken.

»Gar nicht übel«, stimmte sie Kate zu. »Ich fühle mich wie eine Lebedame. Schlürfe kühle Getränke und schiele nach verschwitzten Männern. Und es tut mir überhaupt nicht leid.«

»Meine weibliche Intuition hat mir verraten, dass hier so etwas vorgehen könnte.«

»Die Macht ist stark in dir. Möchtest du auch ein kühles Getränk? Der Status einer Lebedame könnte auch deiner sein.«

Kate grinste. »Klar. Klingt toll.«

Sadie ging summend in die Küche, nahm ein Glas aus dem Schrank und schenkte Kate Limonade aus dem Krug auf dem Tresen ein.

Sekunden später war sie wieder im Wohnzimmer und reichte Kate das Glas. »Genieß es, Lebedame.«

Kate trank einen Schluck und stieß einen zufriedenen Seufzer aus, während sie den Blick keine Sekunde von dem Treiben draußen abwandte. »Schade, dass das keine gewinnbringende Tätigkeit ist.«

»Gaffen, während man sich kalte Getränke zu Gemüte führt? Dafür gibt es leider keinen großen Markt, nein.«

»Ich möchte mein Geld sowieso lieber mit Pferdekörpern verdienen. Nicht mit Männerkörpern.«

»Was hast du denn vor?«

»Westernreiten. Ich will Profi werden, habe aber noch nicht genug Punkte für die Zulassung zusammen. Dieses Jahr bin ich noch nicht oft dazu gekommen, an Wettkämpfen teilzunehmen, weil ich so viel im Laden arbeiten musste. Um Geld anzusparen. Vor einer Weile habe ich ein ganz ordentliches Preisgeld gewonnen, aber seitdem kaum noch was, und wenn ich von Rodeo zu Rodeo durchs Land ziehen will, brauche ich Kapital.«

»Das ist unglaublich. Du machst wirklich Westernreiten? So … Du reitest auf Pferden um Fässer rum und trägst paillettenbesetzte Jacken und so?«

»Bei den Pailletten halte ich mich eher zurück, aber sonst stimmt alles.«

»Und du bist gut genug, um Profi zu werden?«

Kate trank noch einen Schluck Limonade und lächelte breit. »Ich glaube schon. Und meine Serie von Siegen bestärkt mich darin. Aber ich muss da noch einiges organisieren. Und hoffen, dass Eli nicht ausrastet, wenn ich weggehe.«

»Ach ja. Eli.«

»Er ist eine ängstliche Glucke.«

»Das habe ich schon bemerkt«, sagte Sadie und dachte daran, dass er ständig Gutes bewirken wollte.

Ich bin ein guter Mensch, aber kein sehr netter Mensch.

Oh nein, diese Szene musste sie wirklich nicht ständig im Kopf durchspielen.

Das machte sie nur fiebrig. An gewissen Stellen. Was albern war, denn es hätte sie eher abschrecken sollen. Sie mochte nette Männer. Sie mochte keine Schufte. Oder Männer in Uniform mit höllisch schlechter Laune und einer Neigung zum Kontrollfreak.

Sie ließ sich von niemandem beherrschen oder in ihre Schranken weisen. Sie war frei wie der beschissene Wind.

»Und er braucht mich mehr, als er ahnt«, stellte Kate fest.

Sadie hatte das Gefühl, dass das scharfsichtiger war, als Eli es Kate zugetraut hätte. »Klar«, sagte sie vorsichtig. »Aber du kannst nicht dein Leben lang auf andere Rücksicht nehmen, Kate.« Sie wusste, dass sie wieder die Therapeutin spielte. Andererseits hatte sie eine amtliche Zulassung, also konnte von »Spielen« eigentlich keine Rede sein. Sie war zwar nicht um einen beruflichen Rat gebeten worden, aber sie war trotzdem Profi. »Daraus entstehen nur Ressentiments, und am Ende beschädigt es die Beziehung mehr, als Ehrlichkeit es getan hätte. Wenn du gehen willst, solltest du auch gehen dürfen.«

»Bei dir hört sich das so einfach an.«

»Das ist es auch«, beharrte Sadie. »Ich mache das immer so.« Ihr dämmerte, dass sie ins Reich der schlechten Ratschläge abzudriften drohte, indem sie behauptete, alle sollten sich so verhalten wie sie. Deshalb versuchte sie es anders. »Es ist ja nicht so, dass du dauerhaft wegwillst. Du brauchst vermutlich nur ein bisschen mehr Freiraum.«

»Und mehr halb nackte Männer in meinem Leben, die nicht mit mir verwandt sind«, scherzte Kate. »Wir leben zwar auf dem Land, aber so ländlich sind wir nun doch nicht.«

Sadie lachte. »Äh, das habe ich auch nicht vermutet.«

»Es stimmt schon. Ich muss mal hier raus. Kleinstadt. Immer derselbe Ort. Immer derselbe Job. Immer dieselben Typen. Nimm zum Beispiel die da draußen. Entweder ich war mit ihnen auf der Highschool, und sie haben da schon kein Interesse an mir gezeigt. Oder sie waren mit meinen Brüdern auf der Highschool und würden nie riskieren, mich anzurühren.«

Sadie hielt es für besser, nicht zu erwähnen, dass sie dieses Problem mit den Jungs an der Highschool nicht gehabt hatte.

Andererseits hatte sie auch nicht diese Bodenständigkeit ausgestrahlt wie Kate. Und keine zwei kräftigen großen Brüder gehabt.

Außerdem bezweifelte Sadie, dass Kate je so auf Schwierigkeiten aus gewesen war wie sie selbst. Was auch besser so war, denn Sadie war dank vieler kleiner Schwierigkeiten am Ende in ernsthafte, lebensbedrohliche Schwierigkeiten geraten.

Doch in Kates Familie gab es auch niemanden, der ihr je ein Haar krümmen würde. Weder Eli noch Connor, das wusste Sadie. Die beiden würden niemals einer Frau etwas antun, und auch sonst niemandem, der es nicht wirklich verdiente.

Jetzt dachte sie schon wieder über Unerfreuliches nach. Bäh!

Dieser Ort hatte es in sich. Im Guten wie im Schlechten. In beidem war er intensiver, als sie erwartet hatte.

Wobei sie, wenn sie ganz ehrlich war, eigentlich nie auf Intensität vorbereitet war.

»Das ist ein Problem«, sagte sie und ließ die Männer nicht aus den Augen. »Mit welchem von denen bist du denn zur Schule gegangen? Der sollte für mich vielleicht lieber tabu sein.«

»Hast du wirklich vor, mit denen … zu reden?«, fragte Kate ehrfurchtsvoll.

Sie sollte das wirklich tun. Ihnen im Bikini-Oberteil kalte Getränke servieren. Und sich ihre Nummern geben lassen. Aber das würde sie nicht.

Und sie hatte das schreckliche Gefühl, dass der dämliche Eli daran schuld war.

Warum sie bei diesem Thema immer noch an ihn dachte, war ihr ein Rätsel, denn schließlich hatte er keinen Zweifel daran gelassen, dass er sie nicht heiß finden wollte. Obwohl er sie ganz offensichtlich heiß fand. Er hatte sogar ihr ungeschicktes, unbedachtes, nur halb ernst gemeintes Angebot von Gelegenheitssex abgelehnt.

Wenn er zugestimmt hätte, wäre sie in dem Moment wirklich mit ihm hinter den nächsten Busch gesprungen und hätte ihn geritten, bis sie wund war.

Hatte sie je einen Mann so sehr begehrt?

Vermutlich nicht. Deshalb war sie auch erleichtert, dass er der Sache Einhalt geboten hatte. Na ja, erleichtert vielleicht nicht. Eher unruhig und gereizt und so erregt.

Sie zog ein finsteres Gesicht, sah etwas entschlossener aus dem Fenster und versuchte zu entscheiden, welcher Typ den hübschesten Hintern hatte. Um dann zu überlegen, ob es ihr Spaß machen würde, ihm einen Klaps darauf zu geben.

Sie konnte sich nicht entscheiden. Und um ehrlich zu sein, wollte sie keinem dieser jeansbekleideten Ärsche einen Klaps geben.

Sie war völlig am Boden. Und daran war nur Eli Garrett schuld.

Es klopfte an der Haustür, die einen Spalt offen geblieben war, als Sadie Kate hereingelassen hatte. »Herein«, rief Sadie.

Die Tür wurde geöffnet, auf den Holzdielen im Flur waren Schritte zu hören, und dann trat er höchstpersönlich ein. Der Mann, dem neuerdings ihre ganze Libido galt. Der sie praktisch außer Gefecht gesetzt hatte, was das Begaffen von Männern betraf. Das war alles sehr ärgerlich.

»Hallo, Eli«, sagte sie. »Ist das deine Methode, mir aus dem Weg zu gehen?«

»Warum gehst du ihr denn aus dem Weg?«, fragte Kate.

»Tu ich gar nicht«, sagte Eli, eine unverfrorene Lüge für einen Mann mit einem solchen Ehrenkomplex. »Ich habe nach dir gesucht.«

»Woher wusstest du, dass ich hier bin?«, fragte Kate.

»Dein Truck steht in deiner Einfahrt, aber du warst nicht da, und dein Pferd ist auf der Koppel. Bei Connor warst du auch nicht, deshalb dachte ich mir, ich schau mal nach, ob du hier bist, und siehe da …« Er blickte an den beiden vorbei aus dem Fenster. »Wollt ihr mich auf den Arm nehmen?«

»Wir lernen gerade, wie man eine Veranda baut«, erklärte Sadie, hob eine Augenbraue und schwenkte die Limonade in ihrem Glas, dass die Eiswürfel klimperten. »Durch Zugucken.«

Eli sah Kate an.

»Der menschliche Verstand kann Wunder vollbringen«, sagte die, offenbar kurz vor einem Lachanfall.

»Es wird einem ganz heiß dabei«, sagte Sadie. »All das Nageln und Hämmern.« Sie presste ihr Glas an die Wange und warf Eli einen vielsagenden Blick zu.

Der schluckte sichtlich und trat unbehaglich von einem Fuß auf den andern. Tja, *diese* Anspielung hatte er begriffen. Gut. Er verdiente es zu leiden. Er verdiente es, genauso stark zu leiden wie sie. Er sollte beim Beachvolleyball zusehen müssen und nicht die leiseste Freude an hüpfenden Brüsten empfinden. Was engherzig von ihr war, das wusste sie. Aber es kümmerte sie nicht.

»Ich war auf der Suche nach Kate.« Er betonte jedes einzelne Wort. Dann wandte er sich wieder an seine Schwester. »Carl Ames war vorhin da. Er sucht jemanden, bei dem er ein Pferd für seine Tochter unterstellen kann. Ich habe ihm gesagt, dass wir Platz haben, aber an den Tagen, wo sie es nicht selbst schaffen herzukommen, brauchen sie jemanden, der es reitet. Und ich wollte dich nicht ins Spiel bringen, ohne dich vorher zu fragen. Das Pensionsgeld würde natürlich an dich gehen.«

»Die ganze Summe?«

»Ja. Ich meine, wenn du die Verantwortung für das Pferd übernimmst, sehe ich nicht, warum du nicht dafür bezahlt werden sollst.«

»Geld dafür bekommen, dass ich ein Pferd reite? Damit habe ich kein Problem, das weißt du doch.«

»Super. Hier ist die Nummer. Ruf sie einfach an. Sie kriegen das Pferd wahrscheinlich nächste Woche.« Eli reichte ihr eine Karte, und Kate lächelte, stellte ihre Limonade auf das Sideboard, winkte Sadie zu und flitzte aus dem Haus. Bauarbeiter kamen für sie offenbar erst an zweiter Stelle.

Das gefiel Eli bestimmt.

»Das gibt einen Ring.« Er deutete auf das Glas, das Kate eben abgestellt hatte.

Sadie nahm es hoch. »Wie kann sie in Sachen Untersetzer nur so achtlos sein, wo sie doch in deiner Obhut aufgewachsen ist?«

»An dem fehlenden Untersetzer-Gen ist Connor schuld. Jedenfalls, wie ich sehe, übst du einen schlechten Einfluss auf meine Schwester aus.« Doch er sagte es ohne Wut.

»Deine Schwester hat die Baulaster gehört und kam angerannt, um ein paar erstklassige Männermuskeln der Güteklasse A bestaunen zu können. Mach nicht mich dafür verantwortlich.«

»Tu ich eigentlich auch nicht.«

Er hätte gehen sollen. Es gab keinen Grund mehr zu bleiben. Nicht wenn sie sich aus dem Weg gehen wollten.

»Du lässt also eine Veranda anbauen?«, fragte er.

Sie nickte. »Ja. Connor hat es vor meinem Einzug genehmigt. Ich hatte in dem Onlineinserat Fotos von dem Haus gesehen und gleich gemerkt, dass ich eine größere Veranda brauche als die vorn.«

»Onlineinserat. Da muss Liss ihm geholfen haben.«

»Ist das die Frau, die ich am Apparat hatte, als ich angerufen habe?«

Eli hob eine Schulter. »Vermutlich.«

»Seine … feste Freundin?« Sadie wusste, dass sie ziemlich neugierig war, doch es störte sie nicht weiter.

»Eine gute Freundin. Du hast sie bei unserem Pokerabend kennengelernt«, erklärte Eli. »Sie ist einer der wenigen Menschen, auf die er hört. Nebenbei auch der einzige Mensch, der seinen ganzen Mist länger als für sehr kurze Zeit erträgt.«

»Verstehe. Und wer erträgt deinen?«

»Niemand. Ich ertrage den von allen anderen.«

»Ach, stimmt ja.« Sie blickte wieder zu den Bauarbeitern hinaus. »Männer und Werkzeuge, das ist schon ein Wunder.«

»Und wie sieht's bei dir aus? Erträgt Ace jetzt deinen Mist?«

Sie lachte. »Äh … derzeit nicht.«

»Interessant.«

»Warum?«

»Es wundert mich, dass er sich nicht mit dir verabreden wollte.«

Verdammt! »Wollte er ja. Aber Flanellhemden sind nicht so mein Ding. Und Bärte sind … kratzig. Oh, du hast Testosteron, das sieht man gleich. So viel, dass dir Haare im Gesicht wachsen!« Sie wedelte mit den Händen, dass erneut das Eis in ihrem Glas klirrte. »Es ist einfach so … plump.«

»Dir sind nicht plumpe Männer also lieber?«

»Vielleicht ist mir momentan gar kein Mann am liebsten. Jedenfalls kein einzelner. Ich habe da draußen eine ausgezeichnete Auswahl. Warum soll ich mich festlegen und mit dem Barkeeper ausgehen, wenn ich hier stehen und sozusagen die Vielfalt jenseits der Glasscheibe bestaunen kann.«

»Du bringst schrecklich viele Entschuldigungen dafür vor,

dass du dich nicht verabredet hast. Gegenüber einem Mann, den du angeblich nicht magst.«

»Ich mag dich wirklich nicht«, sagte sie. »Und wenn ich das mal sagen darf, du lungerst ziemlich viel im Haus der Frau herum, die du angeblich meidest.« Sie sah ihn vielsagend an.

»Das stimmt wohl.«

»Und deshalb …«

»Schon gut. Ich gehe jetzt.« Er wandte sich ab, und sofort bereute sie ihre Worte. Was sie mehr ärgerte als alles andere. Noch mehr als die Tatsache, dass sie es nicht mehr genießen konnte, andere Männer anzuschauen. Noch mehr als all die verflixten Gefühle, die dieser Ort in ihr auslöste.

»Ich bin vorhin … Alison begegnet.« Sie wusste selbst nicht genau, warum sie das Gespräch unbedingt verlängern musste. Eli drehte sich wieder zu ihr um. »Geborene Brown. Im Diner. Sie backt die Kuchen, die es da gibt. Ich habe mich gefragt, ob du irgendwas über sie weißt. Zum Beispiel … ob es ihr gut geht. Ich kenne sie noch aus der Schule, und sie kam mir … Ich weiß auch nicht. Irgendwas kam mir komisch vor.«

Er nickte langsam, und ein Schatten huschte über sein Gesicht. »Ja. Ich kenne sie. Hauptsächlich aus dem Diner. Ihr Ehemann Jared ist Holzfäller. Ihn kenne ich, weil ich ihn einoder zweimal wegen Feierabendprügeleien mit Kollegen festgenommen habe. Und ja, irgendwas stimmt da nicht. Aber Alison hat nie etwas zu mir gesagt, und ich habe nie etwas beobachtet … Da kann man nicht viel machen.«

Ihr Magen zog sich schmerzlich zusammen. Die Erinnerungen an die Zeit vor zehn Jahren lagen viel zu dicht unter der Oberfläche. Diese vertrauten Worte. Dieses vertraute Bedauern.

Da können wir nicht viel machen. Wenn Sie noch nicht volljährig wären, würden wir das Jugendamt einschalten. Aber Sie sind achtzehn. Ihre Mutter stellt die Sache anders dar. Sie können jederzeit die Polizei rufen …

Sie schüttelte es ab. Zwang die Erinnerungen in die dunklen, staubigen, nie besuchten Winkel ihres Gedächtnisses zurück.

Daran wollte sie nicht denken. An nichts davon.

»Stimmt«, sagte Sadie. »Das ist … scheiße. Das ist scheiße.«

»Sie tut mir schon leid.«

Wut stieg in ihr auf, was ihr inzwischen viel zu vertraut war, und jedes Mal hatte es mit dem verdammten Eli Garrett zu tun.

»Wenn sie dir leidtäte, würdest du hinschauen und etwas unternehmen, statt mir gegenüber nach Entschuldigungen zu suchen.«

»Was?«

»Das ist doch alles, was Leute wie du in solchen Situationen machen. Darüber reden, wie traurig und bedauerlich und mitleiderregend das alles ist. Wenn ihr nicht gleich so tut, als würdet ihr nichts mitkriegen.« Sie ignorierte ihr schlechtes Gewissen darüber, dass auch sie sich zunächst genauso verhalten hatte. Es war ihr erster Impuls gewesen. Sich einzureden, dass sie sich das Ganze nur einbildete und dass es auch andere Ursachen haben konnte.

Natürlich konnte das durchaus sein. Doch sie hatte die Sache einfach abgetan, im Interesse ihrer eigenen Bequemlichkeit, und sie wusste ganz genau, wie viel Schmerz das verursachen konnte. Wie niederschmetternd diese Haltung auf die Betroffenen wirkte. Weil man sie damit in den Schatten abdrängte, um sich selbst das Leben zu erleichtern.

»Sadie, ich habe nie etwas gesehen. Ich weiß nur, dass der Typ ein Arschloch ist. Am Arbeitsplatz und in der Freizeit. Aber ein Arschloch zu sein ist kein Verbrechen. Für die Straftaten, die er begangen hat, haben wir ihn drangekriegt. Aber in der letzten Zeit war da nichts, und ich schwöre dir, ich kann nur raten, wie er Alison behandelt.«

»Aber kannst du denn nicht nachforschen …«

»Nein«, sagte er. »Kann ich nicht. Sosehr ich es mir auch manchmal wünschen würde. Erwachsene haben ein Recht auf ihre Privatsphäre. Solange keine Straftat begangen wurde, kann ich nichts machen. Ich kann nicht einfach jemandem unterstellen, er hätte etwas verbrochen, und gegen ihn vorgehen. Es gibt Grenzen. Die kann ich nicht einfach überschreiten.«

»Ach was. Du musst doch ständig Gutes tun. Du mischst dich unaufhörlich in das Leben deiner Geschwister ein. In meins übrigens auch, schließlich bist du schon wieder in meinem Haus. Und du willst mir was über Grenzen erzählen?«

»Entschuldige mal, aber die Frau, die vor allem wegrennt, will mir was darüber erzählen, wie man sich für andere einsetzt? Wann hast du dich denn zum letzten Mal mit dem Leben eines anderen Menschen beschäftigt statt nur mit deinem eigenen, Sadie? Wann hast du dir das letzte Mal Zeit dafür genommen, jemand anderem bei seinen Problemen zu helfen?«

»Das war mein Beruf, du Blödmann.«

»Und deshalb schläfst du nachts auch richtig gut, hab ich recht? Es gibt dir das Gefühl, dass du mit anderen Menschen sprichst und etwas für sie tust. Aber du hast nie dableiben und tagein, tagaus dieselben Leute sehen müssen. Sie bei denselben Kämpfen beobachten. Und merken, dass all deine Hilfe letzten Endes nichts gebracht hat.«

»Wovon redest du überhaupt?« Sie verschränkte die Arme unter den Brüsten.

Eli wandte sich ab und stapfte zur Haustür. Sie folgte ihm. Ihr Herz raste. »Hey, du hast mich gerade ziemlich heftig angegriffen. Jetzt bleib hier und erklär mir, was du meinst«, verlangte sie.

»Die Menschen ändern sich nicht, Sadie. Wenn ich eins in meinem Leben begriffen habe, dann das. Aber um das zu erkennen, muss man an einem Ort bleiben. Du konntest in deiner Praxis sitzen und den Leuten zuhören, gegen Bezahlung sogar, wobei ich darauf gar nicht rumreiten will, schließlich setze ich mich ja auch gegen Bezahlung für diese Gemeinde ein, und ich bin nicht der Meinung, dass sich echte Sorge und ein Gehaltsscheck gegenseitig ausschließen. Aber ich bin immer hiergeblieben. Jahrein, jahraus. Ich nehme immer und immer wieder dieselben Jugendlichen fest. Dieselben Obdachlosen, dieselben Drogenabhängigen. Dieselben Missbrauchstäter. Und ich bete zu Gott, dass sie es irgendwann mal kapieren. Dass irgendetwas zu ihnen durchdringt. Aber in neun von zehn Fällen passiert das einfach nicht.«

»Ich versuche es aber wenigstens, Eli. Selbst wenn ich nicht zwanzig Jahre an einem Ort bleibe. Das heißt doch nicht, dass ich es nicht versuche.« Die Wut in ihr wurde immer größer.

»Es gibt dir das Gefühl, überlegen zu sein«, sagte er, »und das ist verdammt angenehm. Denn so kannst du mich dafür verurteilen, dass ich deiner Meinung nach nicht oft genug versuche, etwas zu ändern. Während du auf deinem hohen Ross dir einbildest, dass du sehr wohl etwas bewirkt hast. Aber das liegt nur daran, dass du dich in eine flauschige selbst gestrickte Scheinwirklichkeit gewickelt hast wie in eine Decke. Und dann gehst du hin und behauptest, es wäre die Realität, was du gemacht hast, wäre die Realität, und du schaust dich hier an diesem Ort um, der sich eben nicht verändert hat, und behauptest, was ich tue, das wäre eine Lüge. Aber das liegt nur daran, dass du dir nie die Mühe gemacht hast, einen Blick zurückzuwerfen.«

»Das ist …« Ihr fehlten die Worte; sie schienen alle in ihrer Wut zu versinken. »Das ist total ungerecht.«

»Ach ja? Du stellst dich doch hin und erzählst mir, dass mir die Sache nicht wichtig ist, obwohl sie das wirklich und ganz ehrlich sehr wohl ist. Aber etwas wichtig zu nehmen allein ändert nichts. Man muss etwas tun. Ich halte mich dabei an die Gesetze. Ich sorge für Ordnung, indem ich reale Regeln und Gesetze anwende. Ich gehe nicht nach meinem subjektiven Gefühl vor, weil ich es mir nicht erlauben kann, unvernünftige Fehler zu begehen.«

»Verstehe. Gefühle sind also unvernünftig.«

»Teufel, ja. Gefühle sind verdammt unvernünftig.« Er machte einen Schritt auf sie zu, und der schmale Flur fühlte sich noch enger an. »Weißt du, was noch unvernünftig ist?«, fragte er.

»Was denn?« Sie hätte nicht nachfragen sollen. Sie hätte sich nicht dafür interessieren dürfen. Denn die Antwort würde zu einer Dummheit führen. Das war so ziemlich das Einzige, was sie in diesem Moment genau wusste.

»Sich zu jemandem hingezogen zu fühlen.« Seine Stimme war auf einmal tiefer.

Oh nein! Das war eindeutig das falsche Thema.

Alles verlangsamte sich, nur ihr Puls wurde schneller und pochte an ihrem Hals, in ihren Handgelenken und deutlich spürbar zwischen ihren Schenkeln.

»Klar«, bestätigte sie. »Sich zu jemandem hingezogen zu fühlen ist … nicht logisch, weil dieses Gefühl in deinem Höschen entsteht und nicht im Gehirn. Was im Grunde auch nicht ganz stimmt. Das Gehirn spielt eindeutig eine Rolle, wenn es um körperliche Anziehung geht …« Was die Frage aufwarf, warum ihr Gehirn und ihr Körper sich gegen sie verschworen hatten.

»Es nervt«, sagte er.

»Mach, dass du wegkommst, Sex.« Sie schüttelte drohend die Faust und versuchte zu lachen.

Doch Eli unterbrach sie mitten in ihrem gespielten Kichern. Er presste seinen Mund auf ihre Lippen und stieß sie mit wilder Kraft rückwärts, bis sie gegen die Wand prallte. Sadie ließ das Limonadenglas fallen. Sie hörte, wie es auf dem Boden aufschlug, wie die Flüssigkeit in die Höhe spritzte und die Eiswürfel davonhüpften. Der Fußboden würde nachher klebrig und rutschig sein, aber momentan war ihr das egal.

Eli drängte sich mit dem Becken an sie, und sie spürte sein hartes Glied an ihrem weichen Schoß. Sie bewegte die Hüften, und er stöhnte, ein Laut, der tief in ihr widerhallte.

Sie begriff nicht, warum Wut und Lust bei diesem Mann so untrennbar miteinander verknüpft waren. Warum sie in seiner Gegenwart weder ihre Gefühle noch ihren Körper unter Kontrolle hatte. Warum sie ihn begehrte, obwohl er sie wahnsinnig machte.

Obwohl sie ihn nicht mochte. Jedenfalls war sie ziemlich sicher, dass sie ihn nicht mochte.

Momentan fiel es ihr schwer, ihre subtileren Gefühle zu analysieren.

Er knurrte, tief und leise. Ein Laut, der sowohl Befriedigung als auch Hunger ausdrückte. Zugleich umfasste er ihre Taille, hielt sie fest, ließ die Hände zu ihren Hüften gleiten und drückte sie an sich.

Sie schlang ihm die Arme um den Nacken, schmiegte sich an ihn und wurde noch härter gegen die Wand gedrückt, während er sie immer eindringlicher küsste.

Sie biss ihm in die Lippe, und er revanchierte sich. Seine Zähne hinterließen einen Abdruck, dessen Glühen bis weit nach unten ausstrahlte. Sie dachte nicht mehr. Sie war nicht mehr wütend. Sie fragte sich nicht, ob sie je gemeinsam zum Essen ausgehen konnten, ohne sich zu streiten.

Denn was spielte das für eine Rolle, solange sie das hier hatten? Nichts anderes war wichtig. Nicht die Bauarbeiter draußen, nicht ihr Stolz, gar nichts. Nicht im Vergleich zu der Hitze, die zwischen ihnen brannte, weißglühend und überwältigend. Vollkommen.

Dies war sexuelles Verlangen in seiner reinsten Form. Unverdünnt. Purer Alkohol, der einem augenblicklich zu Kopf stieg und alles ringsum verschwimmen ließ. Was daraus folgen würde, spielte keine Rolle. Nur Eli spielte eine Rolle. Der Rest der Welt verblasste, doch er blieb. Klar und gegenwärtig. Vollkommen. Unverzichtbar.

Sie ließ seinen Nacken los und strich ihm über die Brust, über das dünne schwarze T-Shirt, das anscheinend seine Freizeituniform darstellte. Sie spürte die Muskeln unter dem Stoff, die harten und festen Berge und Täler.

Und sie konnte nicht anders, sie ließ die Fingerspitzen bis ganz hinab zum Rand des T-Shirts gleiten und schob die Hände darunter. Sie stieß auf heiße Haut und drahtige Haare, und unwillkürlich entfuhr ihr ein Zischen.

Das konnte sie umbringen. *Er* konnte sie umbringen.

Sie wusste nicht, ob sie dafür stark genug war. Denn es war mit nichts zu vergleichen, was sie je erlebt hatte.

Dies war kein wohliges Ziehen im Bauch und ein bisschen Feuchtigkeit zwischen den Schenkeln. Es war reines Verlangen. Wärme, die tief in ihrem Innern entstand und in all ihre Glieder ausstrahlte, die in ihre Adern eindrang und ihr Blut erhitzte, sodass es sie heißer und schneller durchströmte, die von ihrem Herzen Besitz ergriff und es wie wild hämmern ließ. Sie fühlte sich zittrig und schwach und *verzweifelt,* auf eine Art, die ihr eigentlich Angst einjagen müsste.

Nein, falsch, sie *jagte* ihr Angst ein. Aber die Erregung war stärker. Chaos schlug über ihr zusammen, doch das machte nichts, weil die Lust wie eine riesige Hand war, die ihren Kopf unter Wasser drückte. Wo sie geschützt war und zugleich in schrecklicher Gefahr.

Und das machte es nur besser. Aufregender. Leidenschaftlicher.

Sie fuhr ihm mit den Fingerspitzen über den Bauch, über die Muskelstränge dort, auf denen man Countrymusic hätte spielen können wie auf einem Waschbrett, und weiter nach oben zu dieser breiten, perfekten Brust.

»Ach, zieh doch einfach das Hemd aus«, murmelte sie nah an seinen Lippen und schob das T-Shirt nach oben, während Eli es sich über den Kopf zog.

Ihr Herz machte einen Satz und raste dann gleich wieder los, als sie seinen überwältigend attraktiven Körper anschaute. Sie hatte Eli gleich bei ihrer ersten Begegnung den »heißen Officer« genannt, aber sie hatte ja keine Ahnung gehabt.

Braun gebrannt und durchtrainiert und nur leicht behaart, auf der Brust und in einem Streifen, der abwärts über seinen Bauch verlief. Wie ein Pfad auf einer Landkarte, der zu einem vergrabenen Schatz führte. Und da sie seine Erektion deutlich spürte, wusste sie nur zu gut, dass er einen echten Schatz mit sich herumtrug.

Er schob die Träger ihres Kleids herunter und legte den dünnen pfirsichfarbenen BH frei. Er fluchte hart und atemlos und umfasste ihre Brüste, strich mit den Daumen über die Spitzen. Sie warf den Kopf in den Nacken, schlug dabei gegen die Wand, und es kümmerte sie nicht.

Er senkte den Kopf und küsste sie mit heißen, geöffneten Lippen zwischen die Brüste. Das verzweifelte Verlangen, das daraus sprach, fachte ihre Erregung noch weiter an. Mit jeder Berührung seiner Lippen, seiner Zunge, seiner Zähne trieb er sie näher an einen Orgasmus heran.

Noch nie war sie dem Höhepunkt allein durch Küssen und

Streicheln so nahe gekommen. Eli hatte ihr noch nicht einmal die Hände zwischen die Beine gelegt – wo sie längst feucht vor Begierde war – und dennoch stand sie schon am Abgrund und konnte bei der leisesten Berührung hinabstürzen. Er musste nur noch einmal mit dem Daumen über ihre stoffbedeckte Brustspitze streichen, noch einmal seine Zunge genau richtig an ihrer reiben.

Er tat keins von beidem. Er hob den Kopf und sah sie aus dunklen Augen an. Er hatte die Augenbrauen zusammengezogen und die Lippen zusammengepresst. Er sah aus wie ein Mann, der mit aller Kraft versuchte, sich zu beherrschen. Und der diesen Kampf verlor. Das Zögern irritierte sie und verschaffte ihrem Körper eine Atempause, sodass sie dem Abgrund nicht mehr ganz so nahe war.

Mit zitternden Händen griff sie nach hinten, hakte ihren BH auf und warf ihn auf den Boden.

In seinen Augen loderte eine heiße, dunkle Flamme auf, und Sadie erkannte genau, in welchem Moment seine Selbstbeherrschung nachgab und zusammenbrach. Und so sexy Eli Garrett schon war, wenn er genau wusste, was er tat, unbeherrscht war er noch viel besser.

Er kam wieder näher, senkte den Kopf und ließ seine Zunge um ihren Nippel gleiten. Dann saugte er ihn tief in seinen Mund, legte die Arme um sie, schob die Hände unter ihr Kleid und umfasste ihren Hintern.

Er bewegte eine Hand weiter nach unten und berührte sie mit einem Finger zwischen den Schenkeln. Sie biss die Zähne zusammen, um ein heiseres Stöhnen zu unterdrücken, doch vergeblich. Er ließ die Finger in ihren Slip gleiten, strich über ihr feuchtes Zentrum und schob einen Finger tief in sie hinein.

Sie fuhr ihm mit beiden Händen über den Rücken, krallte sich an ihn und wölbte sich seiner Berührung entgegen. Seine

Berührungen und sein Mund würden sie noch in den Wahnsinn treiben, bevor sie zum Höhepunkt kam.

Du bist längst wahnsinnig. Genieß es doch einfach.

Das stimmte. Und wie sollte sie es bedauern, wenn sie dabei das hier entdeckt hatte.

Eli widmete sich jetzt ihrer anderen Brust, zog zugleich den Finger zurück und ließ zwei Finger über ihre weichen, feuchten Falten gleiten, hin zu ihrer Klitoris.

Sadie grub ihm die Fingernägel in die Haut. Vermutlich kratzte sie ihn gerade blutig, aber das war ihr egal.

Er zog die Finger wieder zurück, spielte ein wenig an ihren Schamlippen herum und drang dann mit beiden Fingern in sie ein. Ein Fluch entfuhr ihr, und der Orgasmus brach über sie herein. Sie hielt sich an Eli fest und ließ sich davontragen.

Als sich die Wellen allmählich legten, löste er sich von ihr, streifte Hose und Slip ab und gab seinen ganzen Körper ihrem Blick preis.

»Verdammt!«, sagte sie, und in dem Wort schwang Ehrfurcht mit.

Er lächelte. Dann blickte er plötzlich völlig konzentriert, bückte sich nach seiner Jeans, durchsuchte die Gesäßtaschen nach seiner Geldbörse und die Geldbörse nach einem Plastikpäckchen. Der Anblick war ihr so willkommen wie Wasser in der Wüste.

»Ich mache nie wieder Witze über dein Verantwortungsbewusstsein.«

Er riss die Packung auf und rollte sich das Kondom über sein wunderschönes, beachtlich langes Glied. Dann kam er wieder näher. »Sadie?«

»Ja?«

»Halt den Mund!« Er küsste sie, schob ihr erneut eine Hand zwischen die Beine und zog ihren Slip beiseite. Mit der anderen Hand packte er ihren Schenkel und zog sie an sich. Die mächtige, runde Spitze seines Schwanzes tastete sich vor.

Dann stieß er ganz in sie hinein, ein lustvoller Laut entfuhr ihm, und die plötzliche, heftige Invasion verschlug ihr den Atem. Fast hätte sie ihn um mehr angefleht. Fast wäre sie schon wieder gekommen, obwohl sie gerade erst einen Orgasmus hatte, der stark genug war, um sie ihre gesamte zweijährige Männer-Auszeit vergessen zu lassen.

Sie klammerte sich an seine Schultern, hob auch das andere Bein über seine Hüfte und verschränkte die Fußknöchel hinter seinem Rücken. Er drückte sie fest an die Wand, umfasste ihr Becken, zog sich kurz zurück und stieß tief in sie hinein.

»Ja«, flüsterte sie nah an seinem Ohr, biss ihm sanft in den Hals und leckte ihn, während er immer wieder zustieß. Und wieder trieb er sie auf den Orgasmus zu, viel schneller, als sie es für möglich gehalten hätte.

Er nahm erneut ihren Mund in Besitz, während er zugleich tief in sie eindrang, und sie spürte das erste Kräuseln eines neuen Höhepunkts.

Er umfasste mit einer Hand ihre Brust, drückte sanft zu und ließ den Daumen über die harte Knospe schnellen, und es überwältigte sie. Pure Leidenschaft schoss durch sie hindurch, und fast gleichzeitig hörte sie Eli wild und animalisch aufstöhnen. Er senkte den Kopf und gab sich seinem eigenen Höhepunkt hin, und sie spürte, wie er dabei in ihr pulsierte.

Dann sank er schwer gegen sie, und ihre Beine glitten von seinen schlanken Hüften. Ihre Füße berührten wieder den Boden, doch ihre Knie zitterten so, dass sie kaum stehen konnte.

Sie lehnte sich mit den Schultern an die Wand, und plötzlich wurde ihr bewusst, dass ihr Sommerkleid über ihre Brüste hinabgerutscht und bis zu ihren Hüften hinaufgeschoben war und ihre Unterwäsche völlig schief saß. Auf dem Fußboden war Limonade verschüttet, und Eiswürfel schmolzen auf den Dielen.

So viele falsche Entscheidungen in so kurzer Zeit. Doch es fiel ihr schwer, sie zu bereuen, denn ihr Körper prickelte noch immer, ihr Atemrhythmus war alles andere als normal, und sie fühlte sich so durch und durch zufrieden, dass sie zum ersten Mal im Leben nicht das Gefühl hatte, gleich weglaufen und nie zurückkehren zu wollen.

Doch all das hielt nur einen Moment vor.

»Scheiße«, sagte Eli, richtete sich auf und stieß sich von der Wand ab. Er ging hin und her und blickte stirnrunzelnd auf das Kondom, das er immer noch trug.

»Nimm das Bad im ersten Stock«, sagte sie. »Da kommst du hin, ohne dass du an offenen Fenstern vorbeimusst.«

Er bückte sich vorsichtig, schnappte sich seine Jeans und stieg die Treppe hinauf, und obwohl sich allmählich Reue in ihr ausbreitete, nahm sie sich kurz Zeit, um seine muskulösen Waden und Schenkel und seinen Hintern zu bewundern.

Sie war high. Vor Lust. Von ihm. Und mit jedem Schritt, den er sich von ihr entfernte, kam sie ein kleines bisschen weiter runter. Bis sie unsanft auf dem Boden der Tatsachen landete.

Sie war nach dem Sex meist auch nicht sonderlich anschmiegsam. Das war nicht ihr Ding. Aber ein bisschen mehr als das hier brauchte sie schon. Ein bisschen mehr als einen Fluch und den Anblick seines nackten Rückens, während er sie stehen ließ.

Der Mistkerl! Er war sogar nach dem Orgasmus noch verkrampft, was einen Grad von Widerborstigkeit verriet, den man eigentlich unmöglich aufrechterhalten konnte.

Aber Eli war in der Beziehung eben unglaublich.

Genau wie in manch anderer Hinsicht.

Der Mann war wirklich gut gebaut. Und eins stand fest, er hatte soeben bewiesen, dass es durchaus von der Größe des Bootes abhing, wie sich die Bewegungen des Meeres anfühlten.

Unter normalen Umständen hätte sie … frohlockt. Er war ohne Zweifel der heißeste Typ, mit dem sie je zusammen war. Nicht, dass es da sehr viele gegeben hätte, aber das hatte sie nie allzu sehr gekümmert. Es war immer alles sehr lässig zugegangen.

Der Nachteil bei Eli war, dass es sich nicht lässig anfühlte. Fantastischer, genialer Sex mit einem Schuss Angst.

Oje! Nein danke!

Angstlosigkeit war ihr deutlich wichtiger als multiple Orgasmen.

Lüge, Lüge, alles Lüge. Das war der beste Sex aller Zeiten. Er wäre es wert, sich beide Augenbrauen mit Wachs entfernen zu lassen. Nur um das noch mal zu erleben.

Bäh! Warum musste ihre innere Stimme sie so gut kennen? Sie hörte Schritte auf der Treppe, und im selben Moment wurde ihr bewusst, dass sie immer noch halb nackt hier herumstand. Hastig zog sie ihr Kleid zurecht und kickte den BH in eine Ecke. Dann griff sie unter ihr Kleid, zupfte an ihrem Slip und richtete sich wieder auf, in der Hoffnung, etwas weniger derangiert zu wirken.

Leider fühlte sie sich nicht weniger derangiert. Sie war überempfindlich und kribbelig, und ihre Lippen brannten, als wäre sie einer Flamme zu nahe gekommen.

Sie drehte sich um, und all diese Empfindungen verstärkten sich. Eli kam die Treppe herab, die Jeans tief, sehr tief auf den Hüften, und es war kein Streifen Slip zu sehen, denn seine Wäsche befand sich noch auf dem Fußboden und nicht an seinem schönen Körper. Seine Brust war nackt, seine Bauchmuskeln bewegten sich bei jedem Schritt.

Sein Mund war hart, lud aber immer noch zum Küssen ein. Wenn er die Lippen fest zusammenpresste, sahen seine Lippen sogar ganz besonders verlockend aus, was nur daran liegen konnte, dass ihre Hormone ihr einen makabren Streich spielten. Etwas in ihr fasste es als Herausforderung auf. Dafür zu sorgen, dass sein Mund weich wurde. Sich entspannte. Ihn so weit zu bringen, dass er stöhnte.

Und zitterte und schwitzte und dann kam.

Ganz schlechte Idee. Ihr Hirn kam nur noch auf schlechte Ideen.

»Also, das hat … Spaß gemacht«, sagte sie und räusperte sich.

Er warf ihr einen Blick zu, den man nur als böse bezeichnen konnte, bückte sich nach seinem T-Shirt, zog es über und verdeckte die Frauenbelustigungs-Bauchmuskelshow.

»Du würdest vermutlich nicht das Wort ›Spaß‹ benutzen.« Sie wusste, dass sie es nur noch schlimmer machte, aber sie konnte sich einfach nicht davon abhalten, das peinliche Schweigen mit noch peinlicheren Worten zu füllen.

Er hob seinen Slip auf und stopfte ihn sich in die Tasche. Wenn das alles nicht so schrecklich gewesen wäre, hätte sie gelacht. Vielleicht hätte sie sogar trotzdem gelacht, weil alles, was so unglaublich grässlich war, unweigerlich auch ein bisschen komisch wirkte.

Aber sie lachte nicht, weil sie nicht wollte, dass Eli sie mit dem zornigen Blick seiner braunen Augen tödlich durchbohrte.

Wobei genau dieser Blick sie langsam wütend machte. Schließlich war sie ja keineswegs über ihn hergefallen. Er war derjenige, der sie geküsst hatte.

Er hatte sie geküsst, und jetzt starrte er sie zornig an.

Und ohne Vorwarnung schlug ihre Kribbeligkeit in unbeherrschbare Wut um.

»Stolzier hier nicht rum, als hätte ich einen Anschlag auf deine jungfräuliche Tugend verübt. Du hast mich geküsst. Du hast mich an die Wand gedrängt. Du hast mich aus freien Stücken gevögelt. Also stell dich nicht so an!«

Seine Nasenflügel bebten, und an seinem Kiefer zuckte ein Muskel. »Ich bin mir sehr wohl bewusst, dass die Schuld bei mir liegt.«

Sofort brauste sie wieder auf. »Schuld? Du redest ja, als hätten wir einen Unfall mit Blechschaden gebaut. Es war Sex, Eli. Dabei muss es keinen Schuldigen geben.«

Seine Wangen färbten sich rot, und da begriff sie, dass er … sich schämte. Ihretwegen. Weil er sie begehrt hatte. Und das gab ihr das Gefühl, nichts wert zu sein. Das Feuer in ihr erlosch. All das Schöne, was sie empfunden hatte. Und auch der Zorn.

Zurück blieb nur eine große Ernüchterung und eine tiefe, schmerzliche Unsicherheit. Auf einmal spürte sie auch wieder die Angst, die offenbar ihr ständiger Begleiter war.

Sie wollte wegrennen.

Nicht nur aus diesem Zimmer und aus dem Haus. Sondern aus der ganzen Stadt. Dem Staat. Einfach alles so weit hinter sich lassen, dass es im Rückspiegel nicht mehr zu erkennen war. Damit sie sich nicht mehr an dieses Gefühl der Reue erinnern musste.

»Warum gehst du nicht einfach«, sagte sie.

Er nickte, ging zur Tür hinaus und schloss sie hinter sich. Erst in dem Moment wurde Sadie klar, dass sie nicht einmal abgeschlossen hatten. Sie hatten gleich hinter der Eingangstür in einem Haus Sex, in dem ständig Leute ein und aus gingen, und hatten nicht einmal abgesperrt.

»Ich wünschte, ich könnte hier weg«, sagte sie laut. Der Druck in ihrer Brust wurde immer stärker. In ihren Augen brannten Tränen.

Sie weinte oft. Natürlich tat sie das. Am Ende von Romanen, bei Werbespots für Lebensversicherungen und bei Filmen voller Heldentaten, die den sicheren Tod bedeuteten, aber trotzdem vollbracht wurden.

Doch über Dinge im wirklichen Leben weinte sie nicht. Weil sie alles Negative von ihrem Leben fernhielt. Und sie empfand auch nie etwas Negatives. Selbst wenn sie einmal direkt mit so etwas konfrontiert wurde, ließ sie es nicht bis unter die Oberfläche.

Aber Eli war in sie eingedrungen, und das nicht nur körperlich. Es war … schrecklich. Sie lehnte sich gegen die Wand, ihr Herzschlag verlangsamte sich zu einem dumpfen Pochen, das in ihren Ohren nachhallte, und ihr war übel.

Okay, sie würde sich jetzt nicht in ihrem Schmerz suhlen. Das würde sie *nicht*. Selbstmitleid war keine Lösung. Und denselben Fehler zweimal zu machen war erst recht keine Lösung.

Etwas Gutes hatte es gehabt, bei diesem gewalttätigen Arschloch von Vater aufzuwachsen: Sie hatte auf brutale und unverfälschte Art eine Menge über die menschliche Natur gelernt. Sie hatte erlebt, was mit Optimisten geschah, die sich einredeten, sie könnten eine unerträgliche Situation durch die Kraft ihrer Liebe verändern. Dadurch dass sie sich selbst belogen.

Diese Erfahrung hatte ihr die Augen geöffnet. Und ihr einen Milzriss eingebracht, aber das war ein anderes Thema.

Sie holte tief Luft und schaffte es, die Tränen zurückzuhalten. Sie würde nicht wegen Eli weinen. Was geschehen war, war geschehen. Die Milch war verschüttet. Oder vielmehr die Limonade. Sie würde jetzt einfach die Sauerei aufwischen und weitermachen.

Sie hörte, wie vier Pfoten dumpf auf den Küchenfliesen aufschlugen, dann kam Toby herbeigeschlendert und rieb sich an ihren nackten Beinen. Sein grauer Schwanz zuckte.

Sie bückte sich und kraulte ihn zwischen den Ohren. »Ich hab Mist gebaut«, flüsterte sie, weil ihre Stimme noch nicht richtig funktionieren wollte. »Aber das war wohl nicht anders zu erwarten, oder?«

Toby miaute, drückte seinen Kopf fester gegen ihre Hand und drehte ihn so, dass ihre Finger an einer ganz bestimmten Stelle knapp hinter seinem linken Ohr landeten.

»Wie hältst du es nur mit mir aus?« Keine Reaktion, nur die Aufforderung, ihm weiter den Kopf zu kraulen. Was in vielerlei Hinsicht okay war. »Mieze vor Macker«, sagte sie, legte ihm die Hand unters Kinn und kraulte ihn dort.

Es war eine einmalige Angelegenheit gewesen. Eine kurze Unzurechnungsfähigkeit. Sie sollte dankbar sein, dass es passiert war. Ja, dankbar. Denn diese Intensität, die zwischen ihnen gebrodelt hatte, war nicht gesund. Eine Entschärfung war dringend nötig gewesen. Und die war heute erfolgt. Sie sollte einen Schlussstrich ziehen und es gut sein lassen.

Wie war Sex mit Eli? Frage geklärt. Wie sah er nackt aus? Frage umfassend geklärt. Es gab keinen Grund mehr für brennende Neugier. Null.

Und das hieß, dass sich die Spannung zwischen ihnen ein wenig legen dürfte. Also.

Sie atmete noch einmal tief durch, und etwas von dem Druck auf ihrer Brust löste sich. Es gab keinen Grund, sich deswegen aufzuregen. Sie waren erwachsene Menschen. Sie würden damit klarkommen. Wenn sie sich das nächste Mal sahen, würde Eli wieder ganz normal sein. Er hatte einfach einen Kater von dem Orgasmus gehabt und sich schlecht benommen.

Aber alles würde wieder gut.

Das musste es ja.

10

Bei den Garretts war Pizzaabend, und das hätte eigentlich nett sein müssen. Normalerweise hatte Eli Freude an dieser Tradition, dass sie an einem Abend pro Woche zum Essen im Haupthaus zusammenkamen.

Auch wenn es in ihrer Familie nicht viele sonnige Zeiten gegeben hatte, an die sie zurückdenken konnten, so hatten sie doch immer noch einander.

Sie drei und manchmal noch Jack gegen den Rest der Welt.

Doch heute Abend genoss Eli es nicht so wie sonst, und das nur wegen Sadie. Wegen Sadie und der Tatsache, dass er sie erst vor vier Stunden an eine Wand gedrängt und gevögelt hatte, etwas, was er im Leben noch nie gemacht hatte.

Denn es zeugte von einer Unbeherrschtheit, die er sich selbst nie zugetraut hätte. Noch nie zuvor war ein Kuss so plötzlich in Sex umgeschlagen.

Wenn er sonst Sex mit einer Frau hatte, wussten sie beide, dass es auf dem Programm stand, und gingen schön schrittweise vor. Von der Wohnzimmercouch ins Schlafzimmer. Und von da zur Tür hinaus, denn er blieb nie über Nacht, aber das war in Ordnung, weil es von ihm nicht erwartet wurde.

Sex passierte nicht einfach so. Fast gegen seinen Willen und ganz sicher wider besseres Wissen. Eben hatten sie sich noch angeschrien, und in der nächsten Sekunde hatten sie sich geküsst und dann … hatte ihn die Intensität seines Orgasmus fast umgehauen.

Ehe er sichs versah, hatte er sich splitternackt oben in ihrem Bad wiedergefunden und sich kaltes Wasser über den Nacken laufen lassen, damit er wieder die Treppe hinunter- und zur Tür hinausgehen konnte, ohne bei Sadies Anblick erneut eine Erektion zu bekommen.

Den Rest des Tages hatte er damit verbracht, auf seinem Pferd über die Weiden zu reiten, und im Grunde nur zu dem einen Zweck, sein bestes Stück durch enge Jeans und einen anstrengenden Tag im Sattel zur Vernunft zu bringen.

Tatsächlich hatte er dadurch leider nur erreicht, dass er die Szene in Sadies Haus immer und immer wieder im Kopf durchgespielt hatte.

»Was guckst du so böse?«, fragte Connor, der am Küchentresen auf einem Barhocker saß und seine Pizza verschlang. »Böse Blicke sind *mein* Ding. Ich habe den Eindruck, dass du in mein Territorium vordringen willst.«

»Böse Blicke sind dein Ding? Ich dachte, dein Ding wäre der Robinson-Crusoe-Look.« Eli deutete auf Connors Bart und die Haare. Beides wurde allmählich ziemlich lang.

»Ich kann mehr als ein Ding haben.«

»Und was ist mein Ding?«, fragte Kate, über den Tresen gebeugt, den Mund voller Pizza.

»Schlechte Tischmanieren und Bauarbeiter zu Sexualobjekten degradieren«, gab Eli leicht gereizt zurück. Schließlich war Kate schuld daran, dass er in Sadies Haus nach ihr gesucht hatte. Seine jetzige Lage verdankte er dem verdammten *Sexualtrieb* seiner Schwester.

Sie wurde rot und schlug die Augen nieder. »Danke fürs Petzen, Mistkerl!«

»Bauarbeiter zu Objekten degradieren?«, fragte Connor mit gespieltem Entsetzen. »Das ist schockierend. Hast du hinter ihnen hergepfiffen und gerufen: ›Hey, Schätzchen! Warum lässt du nicht mal den Hammer fallen, damit ich die Aussicht genießen kann‹?«

»Hab ich nicht.« Sie machte ein Gesicht, als würde sie am liebsten im Boden versinken.

»Gelegenheit vertan«, sagte Connor.

»Ach was.« Kate zupfte ein Stück Salami von ihrer Pizza und steckte es sich in den Mund. »Du würdest mich doch in meinem Zimmer einsperren, wenn ich das jemals täte.« Sie steckte den Daumen in den Mund und lutschte genüsslich das Fett ab.

»Ehrlich gesagt«, sagte Connor, »mache ich mir keine großen Sorgen, was dich und Männer angeht.«

Das schien Kate ernstlich zu beleidigen. »Warum nicht?«

»Ich hab meine Gründe«, sagte Connor vage.

In diesem Gespräch schien es nur noch um Beziehungen und Affären zu gehen, und da das momentan nicht gerade Elis Lieblingsthema war, hielt er lieber den Mund.

»Was war da neulich Abend eigentlich los?«, fragte Connor, jetzt an Eli gewandt. Als hätte ihm sein Großer-Bruder-Instinkt verraten, dass Eli dichtmachte, um über eine bestimmte Sache nicht reden zu müssen.

»Welcher Abend?«

»Du hast Sadie aus der Bar gezerrt und warst erst zehn Minuten später wieder da. Danach sah sie aus, als wäre sie runtergeputzt worden. Und du sahst aus, als hättest du aus Versehen deinen eigenen Arsch gebrandmarkt statt den von einem Kalb. Was war da los?«

»Warum suchst du dir ausgerechnet diesen Moment aus, um meinen Aufpasser zu spielen?«

»Ich passe immer auf dich auf. Nur passiert bei dir sonst nie etwas. Und ich will wissen, was da mit Sadie läuft.«

Eli dachte an vorhin. Weiche Haut unter seinen Händen,

volle Brüste … Wie es sich angefühlt hatte, einen dieser perfekten Nippel in den Mund zu nehmen. Wie feucht sie gewesen war.

Irrer, schwanzsprengender Sex.

»Nichts«, sagte er.

»Das glaub ich dir nicht.«

»Sie gehen sich aus dem Weg«, erklärte Kate und sah Eli fast entschuldigend an. »Na ja«, fuhr sie rasch fort, als er ihr einen bösen Blick zuwarf, »das hat Sadie selbst gesagt, als du vorhin bei ihr warst. Als du uns dabei ertappt hast, wie wir diese Typen begafft haben.«

»Ich gehe ihr aus dem Weg, weil sie eine Nervensäge ist.«

»Aber du hast trotzdem Jack gewarnt, die Finger von ihr zu lassen«, sagte Connor.

Kate fuhr zu ihm herum. »Jack hat Interesse an ihr?«

»Jack«, meinte Connor, »hat Interesse an Titten. Ob die nun an Sadie hängen oder nicht, ist nebensächlich. Es sind die neusten Brüste in der Stadt. Darin liegt der Reiz.«

Kate senkte den Kopf und murmelte etwas, das Eli nicht verstand.

»Was war das, Mäuschen?«, fragte Connor.

»Eklig«, sagte sie, jetzt lauter und forscher.

»So sind Männer nun mal. Deine Lektion für heute«, sagte Connor.

Anscheinend auch für Eli. Da er heute eine glänzende Imitation eines Schweins hingelegt hatte.

»Um fair zu sein, Connor«, sagte Kate, »auch ich weiß einen Männerarsch in einer Wranglers zu würdigen.«

Connor sah aus, als hätte Kate ausgeholt und ihn mit ihren fettigen Fingern geohrfeigt. »Klar.«

»Ich finde nur Jacks Einstellung eklig. Sex ist überhaupt nicht eklig.« Kate wirkte jetzt rebellisch, und Elis Blutdruck stieg, weil er dieses Gequatsche über Sex wirklich nicht brauchen konnte. Und schon gar nicht mit Kate.

»Das reicht jetzt«, sagte Connor streng.

»Ich meine, wenn ein Typ meine Titten sehen will, werde ich bestimmt nicht …«

»Hat dir jemand was in die Cola light getan?«, fragte Eli.

»Ich hab einfach die Nase voll von dieser Gluckennummer, die ihr immer abzieht. ›Jungs sind eklig.‹« Sie versuchte ohne viel Erfolg, Connors Stimme nachzuahmen. »›Wenn du sie anfasst, kriegst du Läuse.‹«

»Das habe ich *nie* gesagt«, verteidigte sich Connor.

»Du hast mir erzählt, dass Penisse Zähne haben«, sagte sie todernst.

Eli fuhr zu Connor herum. »Wirklich?«

»Ich kann mich nicht erinnern«, wehrte Connor ab.

»Und ob!«, sagte Kate. »Danach habe ich mich zwei Jahre lang um die Gesundheit und Unversehrtheit der Oberschenkel von allen Jungs gesorgt, die ich kannte.«

Trotz seiner Saulaune musste Eli lachen. »Tut mir leid, aber das ist echt komisch.«

»Brüder sind grässlich.«

»Ich weiß, aber bessere kriegst du nicht«, sagte Eli. Die arme Kate. Sie waren alles, was sie hatte, und sie erfüllten die Anforderungen so schlecht, dass es ans Tragische grenzte.

»Für ein paar Sachen seid ihr durchaus zu gebrauchen«, räumte Kate ein. »Für andere weniger.«

»Das kann man immer sagen«, belehrte Connor sie. »Nimm zum Beispiel Dachse. Im Wald echte Superhelden. Unter der Dusche ganz mies.«

Kate stöhnte. »Connor …«

»Oder Sekundenkleber. Super, um Sachen zusammenzukleben. Als Gleitmittel ganz schlecht.«

Kate kniff angeekelt die Augen zu und streckte ihm die Zunge heraus.

»Damit ist es bewiesen«, sagte Connor. »Männer sind eklig.«

»*Du* bist eklig«, sagte Kate.

»Deine Mom ist eklig.«

»Den hygienischen Zustand meiner Mom kennt niemand, weil sie nämlich seit neunzehn Jahren keiner mehr gesehen hat.«

»Tut mir leid«, sagte Connor. »Schlechter Witz.«

»Schon gut«, erwiderte Kate scheinbar gleichgültig. »Aber sie ist auch eure Mom.«

»Gerade mal so«, sagte Eli.

Vor allem war sie die Frau, die sie dem Chaos überlassen hatte, indem sie wegging. Elis Vater hatte seinen Schmerz mit Alkohol betäubt, und den Kindern war nichts anderes übrig geblieben, als sich am eigenen Schopf aus dem Sumpf aus leeren Flaschen, ungewaschener Wäsche und Müll herauszuziehen.

Zu behaupten, Eli sei aus dieser Situation als Putzteufel hervorgegangen, war noch untertrieben. Ordnung und Kontrolle waren für ihn seitdem überlebenswichtig, und Bleichmittel betrachtete er als Waffe.

Während Connor zum Mann im Haus geworden war, hatte sich Eli in die Hausfrau verwandelt. Kein dreizehnjähriger Junge riss sich um diesen Job. Aber sie hatten sich um Kate gesorgt. Und verdammt, das Wort »Sorge« traf es nicht mal annähernd.

Eli und Connor waren alt genug gewesen, um zu begreifen, dass sich höchstwahrscheinlich das Jugendamt einschalten würde, falls sich herumsprach, dass ihr Vater trank. Und sie hatten schon so viel verloren, dass sie nicht auch noch voneinander getrennt werden wollten. Sie wollten nicht, dass man ihnen Kate wegnahm. Dass sie alle die Ranch verlassen mussten.

Also hatten sie getan, was sie konnten.

Eine Zeit lang war jeder Schultag für Eli eine Qual gewesen. Er war durch die Hölle gegangen, weil er sich ständig fragte, ob es seiner Schwester auch gut ging, während er im Klassenzimmer festsaß, Kate in ihrem Gitterbettchen lag und sein Vater sich durch den Tag trank.

Zum Glück hatte Connor mit seinen fünfzehn Jahren die Ranch besser bewirtschaftet, als ihr Vater es je geschafft hatte, daher hatten sie genügend Geld verdient, um Kate in die Ganztagsbetreuung geben zu können.

Connor stand also früh auf und erledigte noch vor der Schule alle nötigen Arbeiten auf der Ranch, und Eli stand früh auf, weckte Kate, badete sie, wusch ihr die Haare und flocht ihr Zöpfe. Er hatte zu viel zu tun, um irgendwo Chaos zu dulden; es stand so viel auf dem Spiel. Niemand durfte den Eindruck gewinnen, Kate würde nicht liebevoll umsorgt.

Folglich hatten Connor und Eli den Schein gewahrt, bis der alte Mistkerl vor fünf Jahren sturzbesoffen mit dem Auto von einer der kurvenreichen Straßen in Copper Ridge abgekommen war. Danach hatten alle Bescheid gewusst.

Nach dem Tod ihres Vaters war vieles leichter geworden. Wenigstens hatten sie nicht mehr auch noch auf ihn aufpassen müssen.

Tja, zum Schluss hast du ja nicht gerade vorbildlich auf ihn aufgepasst.

Eli schüttelte den Gedanken ab. Was zum Teufel war heute bloß mit ihm los? Erst Sex im Stehen und jetzt dieses blöde Zeug.

Er dachte nicht gern über die Vergangenheit nach, und er wusste nicht so recht, warum er es jetzt tat. Vielleicht weil der Tag heute sowieso scheiße war.

Aber war er das wirklich? Denn sei mal ehrlich, so guten Sex hattest du noch nie.

Nein, hatte er nicht. Und das machte es nur noch schlimmer.

Denn egal wie schlecht er die Idee fand, er wollte mehr. Die Versuchung, Sadie zu Boden zu werfen, sich ihre Beine über die Schultern zu legen und über sie herzufallen, war viel zu groß gewesen. Deshalb war er ja so schnell wie möglich aus dem Haus gestürmt.

Er traute sich nicht mehr über den Weg. Er erkannte sich selbst kaum noch wieder, was für jemanden wie ihn ein erschreckendes Eingeständnis war.

»Nun, rein genetisch gesehen«, sagte Connor, »können wir uns wohl darauf einigen, dass wir bei der Elternlotterie verloren haben. Bis aufs Aussehen natürlich.«

Eli hätte fast gelacht, denn Connor wirkte momentan so struppig, dass man sehr genau hätte hinschauen müssen, um sein Aussehen zu beurteilen.

»Aber jetzt mal ernsthaft«, sagte Kate. »Brüder sind eigentlich für vieles gut. Deshalb … habe ich das nie als so schlimm empfunden.«

Eli räusperte sich. »Verdammt, Kate, musst du auf einmal so ernst daherreden?«

»Du solltest uns echt vorwarnen, Katie«, fügte Connor hinzu.

»Nenn mich noch einmal Katie, und ich sag in absehbarer Zeit überhaupt nichts Nettes mehr zu dir.« Und schon war wieder alles beim Alten.

Okay, er hatte vorhin Mist gebaut. Das ließ sich nicht leugnen. Und eine Weile würde sich die Situation merkwürdig anfühlen. Es würde ziemlich hart sein, eine Zweideutigkeit, die Sadie sicher gefallen hätte. Aber er hatte immer noch Kate und Connor. Und seine Kandidatur fürs Amt des Sheriffs. Also waren die meisten Bereiche seines Lebens nach wie vor in Ordnung. Er würde einfach ein Absperrseil um das kleine Desaster namens Sadie ziehen und das Gebiet vorerst meiden. Sich auf das Gute konzentrieren und die Trümmer ignorieren.

Die unglaublichen, wahnsinnigen Trümmer.

Er aß ein Stück Pizza, obwohl er keinen Hunger hatte. Morgen musste er wieder arbeiten, und mit etwas Glück würde ihm das helfen, sich von nutzlosen Gedanken abzulenken.

Wahlplakate reichten anscheinend nicht aus. Nicht für den entscheidenden Wahlgang. Dafür waren Werbespots in Radio und Fernsehen nötig. Wenigstens behauptete das Lydia.

Elie hatte schon geahnt, dass er all das wohl brauchen würde, und hatte sich bereits ein wenig schlau gemacht. Aber die Art, wie Lydia über die Wahl sprach, so voller Schwung und Begeisterung, ließ das Ganze beängstigend real erscheinen.

Und es weckte in ihm die Befürchtung, dass er sich zu viel auflud. Das Gefühl, in einem Haufen nie endender Arbeit zu versinken, hatte ihn fast sein ganzes Leben hindurch begleitet, deshalb war ihm das nicht neu. Das hieß aber nicht, dass es ihm gefallen musste.

Vermutlich hätte er Lydia gleich hier im Coffeeshop engagieren und ihr einen Button mit der Aufschrift *Wahlkampfleiter* an die Brust pappen sollen. Doch dann wäre er ständig diesem Level an Energie und neuen Ideen ausgesetzt, und er war sich nicht sicher, ob er damit klarkäme.

Nicht während Wirbelsturm Sadie seine Grenzmauern bedrohte.

Eli fragte sich allmählich, ob er sich seinen Kaffee nicht anderswo besorgen sollte. Aber der nächste Laden außer *The Grind*, in dem es anständiges Koffein gab, war über zwanzig Kilometer entfernt und lag nicht in seinem normalen Einsatzgebiet. Deshalb hatte er eigentlich nie einen Grund, für einen

Caffè Latte dort vorbeizufahren, selbst wenn er auf die Art Lydias scharfem Blick entkommen wäre.

Nach dem Zwischenfall mit Sadie hatte er Lydia gegenüber leichte Schuldgefühle. Was dumm war, denn selbst wenn Lydia an ihm interessiert sein sollte, er hatte ihr nie einen Anlass dafür gegeben. Deshalb musste er nun wirklich nicht das Gefühl haben, als hätte er sie irgendwie hintergangen.

Aber genauso fühlte er sich. Und es wurde nur noch schlimmer dadurch, dass sie bei dem Gemeinde-was-auch-immer am Unabhängigkeitstag half und sich so für seinen Wahlkampf engagierte.

Wenn sie herausfände, dass er mit Sadie geschlafen hatte … Tja, dann würde sie beiden Projekten ihre Unterstützung entziehen. Was er, wenn er es recht bedachte, erstaunlich verlockend fand.

»Ich denke, du solltest gute Farbfotos machen lassen«, sagte Lydia jetzt.

»Wie bitte?«

»Ich meine … Dein Foto sollte auf den Plakaten zu sehen sein. Du hast genau das richtige Aussehen, um Wähler für dich einzunehmen.«

»Spielt das … eine Rolle?«, fragte er.

Sie lächelte. »Das spielt immer eine Rolle. Ich meine, wenn jemand so liebenswürdig und engagiert ist wie du, sollte gutes Aussehen eigentlich nebensächlich sein. Aber es bringt nun mal die positiven Eigenschaften besser zur Geltung. Es ist eine Frage des Charismas.«

Dass er Charisma hatte, wurde ihm nur selten vorgeworfen.

»Na ja, mein Gegner hat bestimmt auch viele gute Eigenschaften und mir dazu Jahre an Erfahrung voraus.«

»Aber er stammt nicht aus Copper Ridge. Und das hat Gewicht, weil dies die größte Stadt im Bezirk ist. Er arbeitet nur hier. Das ist etwas anderes.«

Der Meinung war er auch. Mann, es wäre um so vieles einfacher, wenn er Lydia attraktiv fände. Und sie war doch auch fantastisch, nicht nur weil sie die Energie eines Frettchens besaß. Sie könnten diesen Wahlkampf gemeinsam bestreiten, und verdammt, mit einer Frau wie ihr könnte er sich sogar irgendwann niederlassen, trotz seines grundsätzlichen Widerwillens gegen Ehe und Familie. Sie könnten das inoffizielle Königspaar von Logan County werden.

Jammerschade, dass sogar ein Stich ins Auge verlockender schien.

Er blickte an Lydia vorbei auf die Straße hinaus und entdeckte einen unordentlichen blonden Haarknoten, der hinter den parkenden Autos am Straßenrand auf und ab hüpfte. Und er wusste auf Anhieb, zu wem der Haarknoten gehörte.

Er war ihr drei Tage lang aus dem Weg gegangen. Drei Tage, ohne sie zu sehen und zu küssen. Oder sie an die Wand zu drängen und zu vögeln.

Es waren erfolgreiche, wenn auch nicht gerade amüsante drei Tage gewesen.

Die Identität seiner Sichtung bestätigte sich, als Sadie in einer Lücke zwischen den geparkten Autos auftauchte. Sie blieb vor einem der Läden stehen, mit dem Rücken zur Straße. Sie legte einen Stoß Papiere auf dem Boden ab und hielt einen Tacker in die Höhe. Mit der freien Hand drückte sie ein Blatt Papier an das Anschlagbrett vor dem Laden und schoss gekonnt in jede der vier Ecken eine Klammer. Dann bückte sie sich, nahm den Papierstapel wieder auf und ging zum nächsten Laden weiter.

Die Geschäfte lagen vielleicht fünf Meter auseinander, doch das hielt Sadie nicht davon ab, auch hier ein Poster am Abschlagbrett anzubringen.

»Entschuldige«, sagte er zu Lydia. »Ich muss … Gesetze hüten.«

Er ging bis zu dem Zebrastreifen an der Ecke, überquerte rasch die Straße und steuerte auf Sadie zu.

»Was machst du da?«, fragte er.

Mit grimmiger Miene drehte sie sich um, während sie zugleich auf den Abzug des Tackers drückte und eine Klammer durch Papier und Kork jagte. »Poster aufhängen.«

Sie hob spöttisch eine Augenbraue, den Tacker drohend in der zarten Hand.

»Das sehe ich.«

Er schaute an ihr vorbei und las den Text.

Gemeinde-Barbecue für ganz Logan County
am Unabhängigkeitstag
Speisen, Spaß und Spiele auf der Garrett-Ranch
Hufeisenwerfen, Kuchenwettessen, Livemusik
und Wettgrillen

»Tja, das bekommt ja langsam Substanz.«

Sie blickte demonstrativ unter seine Gürtellinie und hob die Hand mit dem Tacker. »Ach ja?«

Er runzelte die Stirn. »Sadie …«

»Gib dem Mann ein bisschen Sex, und schon versteht er Schwanzwitze.«

»Bist du sauer auf mich?«, fragte er.

»Hast du etwa erwartet, dass ich supererfreut bin?«

»Ich habe erwartet, dass du die gesellschaftliche Form wahrst und so tust, als wäre nichts passiert, auch wenn du still vor dich hin brütest. So war es gedacht.«

»Was für ein Pech für dich, dass ich es noch nie so mit dem Formwahren hatte.«

»Hör zu, lass uns *darüber* reden.« Er deutete auf das Poster. »Und nicht … über das andere. Das hier ist gut. Das andere ist schlecht.«

»Das andere war eigentlich auch *ziemlich* gut, wenn ich das mal sagen darf. Anscheinend bin ich nicht nur gut im Bett, sondern auch im Stehen. Ich werde das in meinem Lebenslauf vermerken.«

»Warum bist du nur so schwierig?«, fragte er.

»Ich weiß nicht. Charakterschwäche? Aktivposten? Entscheide selbst.«

»Ich versuche doch nur, nett zu sein.«

»Das klappt aber nicht besonders gut.«

»Warum versuchst du nicht mal, dich für zwei Sekunden mit mir zu vertragen? Warum blickst du nicht nach vorn, statt ständig auf etwas rumzureiten, was ich für eine sehr ungeschickte Aktion halte?«

»›Ungeschickt‹ wäre jetzt nicht das Wort, das ich benutzt hätte«, entgegnete sie stirnrunzelnd.

»Nicht?«

»Es war eigentlich richtig athletisch. Ich fand uns fantastisch.«

»Ja, das waren wir wohl.« Er trank einen Schluck von seinem Milchkaffee und verzog die Lippen ungewollt zu einem Lächeln.

»Ah, das männliche Ego.« Sie sah ihn aus schmalen Augen an. »So empfänglich für Lob. Auf einmal existiert der Sex also doch.«

»Natürlich existiert er. Ich sehe nur keinen Anlass für Manöverkritik, denn schließlich wissen wir beide, dass es nicht noch einmal passieren darf.«

»Warum nicht?«, fragte sie.

»Darum. Weil es das einfach nicht darf.« Schon während er

die Worte aussprach, konnte er spüren, wie wenig überzeugend sie klangen.

»Weil?«

»Weil wir nicht miteinander auskommen. Und ich voll damit beschäftigt bin, fürs Sheriffsamt zu kandidieren.«

»Ja, beschäftigt bin ich auch.«

»Und mit den Rindern.«

»Muh!«

»Das ist albern.«

»Ja.«

»Und süß«, sagte er, während er gegen die Hitze ankämpfte, die sich plötzlich in ihm ausbreitete.

Sie errötete, und ein Lächeln umspielte ihre Lippen. »Oh, du findest mich süß?«

»Ich finde auch Hundebabys süß. Bilde dir nur nichts drauf ein.«

»Und Katzen?«

Er schüttelte den Kopf. »Du weißt doch, dass ich Katzen nicht süß finde.«

»Was noch ein weiterer Grund ist, warum wir keinen Sex haben sollten, stimmt's? Weil ich Katzen liebe. Nicht nur Toby. Ich liebe alle Katzen.«

»Richtig, nein.«

»Außerdem bist du humorlos.«

»Stimmt nicht.«

Sie verschränkte die Arme und lehnte sich ein wenig nach hinten. »Wirklich? Erzähl mir einen Witz.«

»Ich werde dir doch jetzt keinen Witz erzählen.«

»Dann bist du humorlos.«

Er hielt kurz inne und erwog ernsthaft, ihr einen Witz zu erzählen, nur damit sie Ruhe gab. Und um ihr zu beweisen, dass er verdammt noch mal durchaus Humor besaß. Doch aus irgendeinem Grund fiel ihm nur ein einziger Witz ein. Und der war … nun ja, nicht gerade die Sorte Witz, die er jetzt erzählen sollte.

»Also?« Sie legte den Kopf schief.

»Na schön«, stieß er zwischen zusammengebissenen Zähnen hervor. »Was ist der Unterschied zwischen Schneejungen und Schneemädchen?«

»Was?« Sie lächelte breit.

Er seufzte schwer. »Die Schneebälle.«

»Ha! Du hast was Zweideutiges gesagt. Aber das ist ein grässlicher Witz.«

»Sonst ist mir keiner eingefallen.«

»Ich glaube nicht, dass der als Beweis dafür taugt, dass du recht hast.«

»Klar, dass du das nicht glaubst. Denn dann hätte ich ja gewonnen.«

»Ein schlechter Witz ist für keinen von uns ein Gewinn. Willst du hier den ganzen Tag rumstehen? Ich muss nämlich noch Poster aufhängen.«

Er runzelte die Stirn. »Und ich muss arbeiten.«

»Gehst du nicht gerade Streife?«

»Ich müsste Verkehrskontrollen durchführen.«

»Fühlst du dich dabei nicht wie ein Arschloch?«

»Nein«, sagte er. »Ich habe schon zu viele Menschen bei Verkehrsunfällen sterben sehen. Wenn jemand sauer wird, weil ich ihn anhalte oder ihm einen Strafzettel verpasse, dann ist das nicht mein Problem. Und es interessiert mich auch nicht sonderlich. Mich interessiert, dass dieser Jemand auch morgen noch Auto fahren kann. Und die Menschen, denen er im Straßenverkehr begegnet, ebenfalls.«

Es ärgerte ihn, wie unleidlich er sich dabei anhörte. Ernst und pessimistisch. Besonders verglichen mit Sadie, die stets die

Fröhlichkeit in Person zu sein schien, außer wenn er ihr in die Quere kam. In diesem Szenario war immer er der Böse, und das gefiel ihm nicht besonders.

»Verständlich.« Ihre Stimme wurde sanfter. »Tut mir leid, das war unsensibel von mir.«

»Warum solltest du bei Verkehrskontrollen auch an die Menschen denken, die ich verloren habe? Das ist mein persönliches düsteres Kapitel. Es hat nichts mit dir zu tun.«

»Wir haben alle unsere düsteren Kapitel, oder? Jedenfalls verstehe ich inzwischen, weshalb du auf jedermann aufpassen willst.« Sie biss sich auf die Lippe. »Die Menschen in deinem Leben sind dir wirklich sehr wichtig, das ist nicht zu übersehen. Und die Menschen hier im Ort auch. Weshalb ich mich wohl bei dir entschuldigen sollte, aber mehr dazu später.«

»Wann später?«

»Wenn ich in der Stimmung bin, mich vor dir in den Staub zu werfen. Momentan habe ich keine Lust dazu, weil ich gerade Poster aufhänge und mich außerdem schon schlecht genug fühle, weil ich diese Bemerkung über Verkehrskontrollen gemacht habe.«

»Das musst du nicht.« Er meinte es ernst.

Sie sah ihn erwartungsvoll an.

»Was ist?«

Sie blinzelte. »Wie, was ist? Ich habe gesagt, dass ich mich bei dir entschuldigen sollte, weil ich schlecht über dich geredet habe. Musst du dich etwa nicht entschuldigen?«

»Ich glaube, du hast viel schlimmere Sachen zu mir gesagt als ich zu dir«, sagte er stirnrunzelnd.

»Ach, wirklich?«

»Ja, und außerdem, von dem, was ich gesagt habe, stimmte das meiste.«

Sie blinzelte hektisch. »Wie bitte?« Dabei richtete sie den Tacker auf ihn, vorsätzlich, wie es ihm schien.

»Sadie …«

»Du hast gesagt, dass ich immer nur weglaufe. Dass ich auf dem hohen Ross sitze. Und dass meine Arbeit nichts wert ist. Und du behauptest nach wie vor, dass das alles stimmt?«

»So habe ich das nicht gesagt.«

»Aber ziemlich genau so.«

»Tut mir leid«, sagte er. Ihm tat fast alles leid, was seit Sadies Rückkehr geschehen war. Er hatte rundum Mist gebaut. Weit öfter, als er zählen wollte. Und jetzt stand sie vor ihm und stellte ihn zur Rede. Wegen allem.

Sie schnaubte abfällig. »Das sagst du jetzt nur so.«

»Und?«

»Deshalb bedeutet es mir nichts.«

»Ich geb's auf, Sadie.« Er wandte sich ab und ging in Richtung Zebrastreifen davon.

»Warte mal«, rief sie ihm nach.

Er blieb stehen. »Was ist?«

»Geh nicht weg. Ich bin sauer auf dich. Und ich habe das Gefühl, dass wir die Sache noch nicht geklärt haben.«

»Müssen wir das denn?«

»Ich würde es gern.«

Er drehte sich zu ihr um. »Okay, was willst du klären?«

»Ich habe mich etwas gefragt.«

»Was denn?«

»Willst du weiterhin Sex mit mir haben?«

11

Sadie hätte sich am liebsten die Zunge abgebissen. Wo zum Teufel kam denn das her? Ja, okay, sie wusste, woher.

Schlaflose Nächte, endlose erotische Träume von seinem kraftvollen Körper, seinen Händen, seinen Lippen, seinem … nun ja, allem eben. Sie konnte ihn nicht vergessen. Konnte nicht vergessen, wie fantastisch es war, mit ihm zusammen zu sein. Wie sehr sie ihn begehrte.

Und sie war so genervt von sich selbst.

Normalerweise war sie nicht derart sexbesessen. Wirklich nicht. Und jetzt auf einmal brachte sie ihre Laken ganz allein zum Glühen und wachte dann völlig verschwitzt auf, in die Bettwäsche verheddert wie ein Delfin in einem Thunfischnetz.

Kurz vor dem Orgasmus und ohne die geringste Lust, die Sache allein zu Ende zu bringen. Und jetzt das. Sie hatte es wirklich ausgesprochen. Mitten auf der Straße, an einem herrlichen, sonnigen Tag. Während in einem nahe gelegenen Park Kinder spielten.

Eli hatte sich von ihr entfernt, sie hatte auf seinen Hintern gestarrt, diesen perfekten und männlichen und knackigen Hintern, der geradezu darum bettelte, berührt zu werden, und die Worte waren ihr einfach aus dem Mund gepurzelt.

Er stand einfach da, die Miene versteinert, die Lippen zu einer harten Linie zusammengepresst.

Jetzt bereute sie es natürlich. Sie platzte fast vor Bedauern. Außerdem hielt sie noch immer den Tacker in der Hand.

Es war schon ein eigenartiger Moment. Das ließ sich nicht leugnen.

»Was hast du gesagt?«, fragte er.

»Das weißt du genau. Warum tun die Leute das immer? Warum bitten sie einen, etwas zu wiederholen, das sie genau gehört haben, das aber total verrückt ist. Glaubst du etwa, ich möchte das wiederholen?«

»Ich muss mich vergewissern, dass du es wirklich gesagt hast. Denn mal ganz ehrlich, mein Gehör könnte mir ja auch einen Streich gespielt haben. Das ist durchaus möglich.«

»Ja, ich habe es gesagt.«

»Dann muss ich sicher sein, dass du es auch so gemeint hast.«

Er schien wie erstarrt, jeder Muskel angespannt und in höchster Alarmbereitschaft. War er überhaupt interessiert? All das Gerede darüber, wie verrückt das Ganze war – und das war es ja auch –, und dann die Art, wie er hinterher einfach aus dem Haus gestürmt war … Aber vielleicht hatte das auch nur daran gelegen, dass er sich selbst genauso wahnsinnig vorgekommen war wie sie sich.

Oder daran, dass er es zwar wollte, aber nicht wollen wollte.

Tja, da waren sie schon zwei.

Er starrte sie nur weiter an und wartete auf ihre Antwort. Und verdammt, sie wusste die Antwort nicht. Sie wollte es, ja, aber wäre sie wirklich bereit, eine rein sexuelle Affäre ohne Verpflichtungen mit einem Mann einzugehen, der sie zur Weißglut brachte?

»Ja.« Anscheinend schon. »Ich habe es so gemeint.«

Sie sah, wie heftig er schluckte, wie er mit den Zähnen knirschte. Und sie hoffte – zumindest ein großer Teil von ihr hoffte inbrünstig –, dass er Nein sagte. Und sie dabei wütend machte. Sie stehen ließ und dabei etwas so Beleidigendes sagte, etwas so Abscheuliches, dass es all die Lust, die sie für ihn empfand, zunichtemachte.

»Okay«, sagte er. »Aber ich brauche Regeln.«

»Ich …« Sie konnte nicht fassen, dass er wirklich eingewilligt hatte. Sie hatte darauf gebaut, dass er die Stimme der Vernunft spielen würde. Denn normalerweise tat er das. Außer bei der Nummer an der Wand. Sie hatte sich darauf verlassen, dass er sich klug entscheiden würde, wozu sie selbst ja offenkundig nicht fähig war. »Was für Regeln?«, fragte sie.

Wenn er schon nicht die Stimme der Vernunft spielen konnte, dann blieb ihm ja vielleicht, vielleicht noch genug Zeit, sie derart zu verärgern, dass sie es sich anders überlegte.

Er blickte umher, dann kam er näher, anscheinend überzeugt, dass sie nicht beobachtet wurden. »Nur Sex«, sagte er.

»Ja, genau das habe ich vorgeschlagen.«

»Und keiner erfährt davon.«

Sie verdrehte die Augen. »Na ja, ich werde es bestimmt nicht in die Zeitung setzen. Oder zum Haus deines Bruders marschieren und rufen: ›Hey, hier ist Ihre Pacht, und übrigens, ich hab gerade Eli gevögelt.‹«

»Ich meine es ernst. Ich will keine Komplikationen. Das Ganze ist jetzt schon komplizierter, als mir lieb ist. Deshalb muss alles klar geregelt sein.«

»Ich habe dich eigentlich nicht für einen Aufreißer gehalten.«

»Bin ich auch nicht.«

»Aber das sind Aufreißerregeln.«

»Es sind die Regeln eines Mannes, der normalerweise keine Beziehungen mit Frauen anfängt, die nur ein paar Schritte von ihm entfernt wohnen. Auch wenn es nur dieselbe Stadt ist. Die eines Mannes, der sowieso nicht viele Beziehungen führt. Aber ein Aufreißer bin ich trotzdem nicht. Nur ein Typ, der so schon zu viel zu tun hat. Ich will nicht, dass mir da, wo ich Streife fahre, ständig Frau und Kind oder eben Exfreundinnen über den Weg laufen. Deshalb bemühe ich mich nach Kräften, die Dinge säuberlich zu trennen.«

So hatte sie das noch nie gesehen. Eli war permanent in der Stadt unterwegs, im ganzen Bezirk. Sprach mit allen möglichen Leuten, wurde zu Einsätzen gerufen. Exfreundinnen in der Stadt zu haben konnte da zu unschönen Situationen führen. Sie selbst hatte es sich zur Gewohnheit gemacht, ganze Staaten zwischen sich und ihre Exfreunde zu bringen. Dabei hatte keiner von ihnen ihr je viel bedeutet, sodass es eigentlich keine große Rolle gespielt hätte.

»Okay«, sagte sie. »Im Grunde genommen ist es mir gar nicht wichtig. Ich hab's sowieso gern zwanglos. Und nein, das heißt nicht, dass ich normalerweise nur auf Sex aus bin. Eigentlich nie. Aber meine Beziehungen sind immer sehr … unverbindlich gewesen.«

»Ich will nur nicht, dass du verletzt wirst«, sagte er.

»Tss! Eli, ich habe mich noch in keinen der Männer verliebt, die ich an mich rangelassen habe. Ob sie gut im Bett waren oder nicht. Selbst wenn der Typ mir Blumen schenkt und mich schick ausführt, wahre ich einen gewissen Abstand. Das wird sich bei dir kaum ändern. Schon vergessen? Ich kann dich nicht mal leiden. Ich will nur deinen Körper. Und das bedeutet, dass dies die beste rein körperliche Beziehung wird, die es je gab. Außerdem wohnen wir nahe beieinander. Kurzfristige Verabredungen spät in der Nacht sind ein Klacks. Wir werden gar nicht in Versuchung geraten, tiefere Gefühle zu entwickeln.«

Eli hob den Kaffeebecher und trank einen Schluck. »Okay, ich muss wieder an die Arbeit. Und danach muss ich Connor was zu essen bringen, damit er heute noch etwas anderes als Alkohol zu sich nimmt.«

»Alles klar.« Sie fühlte sich ein bisschen so, als müsste sie gleich loskreischen oder aufgeregt im Kreis herumlaufen. Nicht vor Freude, sondern vor … Panik. Aufregung. Dieser Adrenalinschub schien eher für eine ganze Bergbesteigung ausgelegt als dafür, einem Mann unverbindlichen Sex vorzuschlagen.

»Wir sehen uns später.«

»Bei mir?«, fragte sie mit trockener Kehle.

»Wäre wahrscheinlich das Beste.«

»Bring Kondome mit.« Dann sah sie sich um, plötzlich besorgt, dass sich seit Elis wachsamem Rundblick ein ganzer Pulk um sie geschart haben könnte. »Ich habe momentan keine. Und das wäre doch schade.«

Er nickte. »Ich werde mich rüsten.« Das schwarze Funkgerät an seiner Schulter brummte, und er fasste danach. »Ich muss los. Wir sehen uns heute Abend. Viel Glück mit den Postern!«

Er machte kehrt und ging. Wie ein knallharter Actionfilm-Star mit einem erstaunlich schlechten Spruch zum Abgang.

Himmel, was hatte sie nur getan?

Mit dem Tacker in der Hand bückte sie sich nach dem Stapel Poster und drückte ihn sich an die Brust.

Es bestand kein Grund zur Panik. Überhaupt keiner. Sie hatte Eli Garrett angemacht, und er hatte Ja gesagt. Sie würden eine unverbindliche Affäre anfangen, die für sie beide viele Höhepunkte mit sich bringen würde.

Wenn man es so sah, schien es gar nicht so schlimm.

Nein, es schien fantastisch.

Ein Grinsen breitete sich auf ihrem Gesicht aus. Sie wandte sich um und ging den Gehsteig entlang, unter dem Schutzdach, das vor der Zeile kleiner Geschäfte verlief.

Mit klopfendem Herzen blieb sie am nächsten Anschlagbrett stehen. Ihre Aufregung wuchs.

Das ganze Leben war gerade viel interessanter geworden.

»Verdammt, Eli! Da ist Senf drauf.«

»Was?« Eli sah seinen Bruder volle zehn Sekunden an, bevor er seine Worte verarbeitet hatte.

»Mein Hamburger. Da ist Senf drauf. Du weißt doch, dass ich keinen Senf mag.«

»Entschuldige.« Er nahm eine Fritte aus seinem Pappkarton und aß sie. Dabei warf er seinem Bruder über den Küchentresen hinweg einen Blick zu. Connor wirkte noch griesgrämiger als üblich.

»Wie zum Teufel kannst du so was vergessen?«

Na super! Connor war anscheinend ganz versessen darauf, sich wie ein Arsch aufzuführen. Das konnte ja heiter werden.

»Hab ich eben«, sagte Eli.

Weil er nur noch Sadie im Kopf hatte. Sein Bruder hätte ebenso gut verhungern können, so egal war es ihm gewesen. Aber das konnte er natürlich nicht zulassen.

Deshalb war er jetzt auch hier, tat so, als würde er sich für das Essen interessieren, das er für sie beide besorgt hatte, und hörte sich Connors Lamento über die Zutaten an.

»Ace weiß doch, dass ich keinen Senf mag.« Connor sah Eli wütend an, stand auf und holte Papierservietten und ein Messer.

»Er hat mich nicht gefragt, ob der Hamburger für dich ist.«

»Für wen sollte er denn sonst sein?«

Berechtigte Frage. »Für Kate. Sie mag Senf.«

»Das weißt du also noch.«

»Halt die Klappe, Connor!« Eli sah zu, wie Connor den Großteil des Senfs mit dem Messer von der oberen Brötchenhälfte kratzte, dann das Messer an der Papierserviette abwischte, wirklich abwischte, und das Brötchen noch einmal gründlich mit dem Messer abkratzte.

»Sonst vergisst du das nie.«

»Wenn du die perfekte Hamburgerlieferung willst, beauftrag Liss damit. Die kümmert sich nämlich gern um dich. Oder warum gehst du nicht einfach los und bestellst dir dein Scheißessen selbst.«

Connor biss ein Stück von dem Hamburger ab. »Weil du das für mich machst.«

»Dann sollte ich vielleicht mal damit aufhören.« Eli steckte sich noch eine Fritte in den Mund.

Er hörte Schritte, und einen Moment lang schlug ihm das Herz bis zum Hals, und sein Körper verspannte sich, weil er sich fragte, ob das Sadie war. Wegen irgendeiner Katastrophe oder … Egal aus welchem Grund.

Aber es war Liss – wenn man vom Teufel sprach. Sie hielt eine große weiße Schachtel in den Händen. »Kuchen«, sagte sie lächelnd.

Connor warf Eli einen Blick zu. »Siehst du, ich wette, der ist ohne Senf.«

»Liss, wenn du mir diesen Kuchen vor die Nase stellst, spritze ich ihn über und über mit Senf voll«, warnte Eli sie.

»Connor mag keinen Senf«, erwiderte sie prompt und stellte den Karton auf dem Tresen ab.

»Ja. Das wissen wir.«

Schwer seufzend ließ sie Handtasche und Schlüssel auf den Tresen fallen. »Habt ihr auch was für mich?«, fragte sie, ging zum Kühlschrank und riss die Tür auf.

Liss neigte dazu, sich zu gebärden, als wäre sie hier zu Hause, was Connor überhaupt nicht zu stören schien. Aber Liss hatte schließlich schon während seiner Ehe quasi zum Inventar gehört, da sie sowohl mit ihm als auch mit Jessie eng befreundet gewesen war. »Allmächtiger, Connor, du musst mal einkaufen.«

»Immer noch?«, fragte Eli. »Das habe ich ihm schon vor zwei Wochen gesagt.«

»Hab ich doch«, sagte Connor. »Ich hab den Truck vollgetankt und dann im Supermarkt *Beanie Weenies* und Bier gekauft.«

Liss sah ihn böse an. »Das zählt nicht.«

»Warum nicht?«

»Dann esse ich eben deine Fritten.«

»Die sind natürlich gesund.«

»Erst Fritten, dann Kuchen.« Sie stibitzte eine Handvoll von seiner Portion.

Und jetzt, wo Liss hier war und höchstwahrscheinlich verhindern würde, dass Connor sich noch vorm Schlafengehen ins Koma soff, konnte Eli eigentlich gehen.

»Ich fahr dann mal.« Er stand auf, steckte sich noch eine Fritte in den Mund und schob die Schachtel weg.

»Isst du deinen Hamburger nicht auf?«, fragte Liss.

»Nein.«

Sie zog die Schachtel zu einem anderen Barhocker und setzte sich. »Danke!«

»Gern geschehen.«

»Wo willst du denn hin?«, fragte Connor.

»Ich bin müde.« Er log hier wirklich das Blaue vom Himmel herunter.

Connor sah ihn misstrauisch an. »Okay. Angenommen, ich müsste unsere kleine Schwester in etwa einer Stunde aus irgendeinem Grund zu dir rüberschicken. Da würde sie doch keine Besucherin bei irgendwas überraschen, das bleibenden seelischen Schaden anrichtet, oder?«

Nein, denn da würde er nicht zu Hause sein.

»Nein, aber sie würde mich wecken, und ich wäre gezwungen, wieder herzukommen und deinen Kopf in die Kloschüssel zu tauchen.«

Connor grinste. »Interessant. Na schön, ich werde sie nicht zu dir rüberschicken und dich in Ruhe lassen.«

Eli knurrte etwas und verließ das Haus. Er fühlte sich, als hätte man ihn mit der Hand in der Keksdose ertappt. Aber das war ihm egal. Er würde die verdammten Kekse trotzdem essen.

Sadie war eine geballte Ladung nervöser Energie. Adrenalin floss durch ihre Adern, Hitze sammelte sich in ihrem Bauch, Erregung pulsierte zwischen ihren Beinen.

Sie rechnete schon bald mit ihm. Und sie hatte den ganzen Tag darauf gewartet. Nein, sie hatte die ganze Woche darauf gewartet. Es war das, was sie seit Langem wollte, und seit sie das endlich akzeptiert hatte, konnte sie sogar genießen, wie sehr sie sich nach ihm verzehrte.

Sie wollte mehr als nur im Stehen vögeln. Sie wollte ihn nackt. Splitternackt. Und zwar im Bett. Stundenlang. Sie wollte seinen Körper erforschen und all ihre seltsamen Gelüste mit ihm ausleben. Normalerweise hatte sie zwar nie Gelüste, die sie als seltsam bezeichnet hätte, aber bei Eli war sie auf alles gefasst.

Denn seinetwegen fühlte sie sich jetzt schon wie das geballte Verlangen. Wie eine tickende Bombe Lust, die jeden Augenblick hier im Wohnzimmer hochgehen konnte. Einem Zimmer, das derzeit makellos sauber war, denn nachdem Sadie alles erledigt hatte, was sie ohne Hilfe für das Gemeinde-Barbecue organisieren konnte, und nachdem sie übers Internet Bettwäsche für sämtliche Schlafzimmer im Haus bestellt hatte, war ihr nichts Besseres mehr eingefallen, als sauber zu machen.

Fußboden, Wand, Küchentresen. Nur für den Fall, dass er sie an ausgefallenen Orten vögeln wollte. Sie wollte keine ekligen Brekkies neben ihrem Kopf liegen haben, während Eli sie auf dem Wohnzimmerteppich befriedigte.

»Ach … der Kater«, seufzte sie.

Toby konnte sehr wohl jede sexuelle Spontaneität untergraben.

Momentan lag er in dem blauen Sessel im Wohnzimmer, dahingestreckt wie das tragische Opfer eines Zugunglücks, die Vorderpfoten nach vorn, den Kopf seitlich nach hinten gedreht, die gespreizten Hinterbeine in die Luft gereckt.

»Du bist ja so ein kultiviertes Tier, Toby.«

Er regte sich nicht. Natürlich nur, weil es ihm derzeit nicht passte, sich zu rühren. Sollte Eli anfangen, auf der Couch mit ihr zu knutschen, würde Toby wahrscheinlich schnell aufwachen und beschließen, dass Elis Schoß der einzig richtige Ort auf der Welt für ihn war.

Trotzdem würde sie ihn nicht im Bad oder sonst irgendwo einsperren, nur damit sie sich in jedem Zimmer vergnügen konnte, das ihr gerade in den Sinn kam. Ihr Verhältnis zu Eli war rein körperlich. Toby hingegen war ihr Freund, auch wenn er nicht sprechen konnte. Er hatte immer zu ihr gehalten. Hauptsächlich natürlich deswegen, weil er sich sonst als Mäusejäger auf der Straße hätte durchschlagen müssen, und mit etwas so Primitivem wollte er nichts zu tun haben.

Wie auch immer, sie würde ihre Affäre nicht über den Komfort ihrer Katze stellen.

Außerdem drehten sich ihre Fantasien sowieso eher um ein weiches, komfortables Bett. Das war in vielerlei Hinsicht besser.

Als es heftig an der Haustür klopfte, sprang sie auf und eilte in den Flur. Das Herz hüpfte ihr in der Brust wie ein Flummi, den jemand mit aller Kraft gegen die Wand geworfen hatte.

Sie hielt kurz inne und sah an sich herab. Dann griff sie in den U-förmigen Ausschnitt ihres Kleides, umfasste eine Brust und zog sie im BH in die Höhe. Mit der anderen machte sie das Gleiche.

Anschließend atmete sie einmal tief durch und überprüfte ihr Dekolleté. Das sah schon besser aus. »Okay. Alles in Ordnung. Wir schaffen das.«

Sie schüttelte ihr Haar aus, sodass es ihr locker über die Schultern fiel, ging zur Tür, griff nach der Klinke und öffnete.

»Hallo«, sagte sie möglichst lässig.

»Können wir aufs Reden verzichten?«, fragte er. »Wenn wir reden, wirst du bloß sauer auf mich.« Er verlagerte das Gewicht, und die Tüte in seiner Hand raschelte.

»Ist mir recht.«

Ohne abzuwarten, bis sie ihn hereinbat, betrat er das Haus und füllte sofort den gesamten Flur mit seiner Präsenz. Er hatte etwas ungeheuer Solides an sich. Seit sie mit ihm geschlafen hatte, wusste sie genau, wie solide er war.

Sie wusste auch, wie sich seine Haut unter ihren Händen anfühlte, seine Lippen auf ihren, seine Bartstoppeln an ihrer weichen Haut.

Ihr war ebenfalls nicht nach Reden zumute.

»Ich will dich nackt«, sagte er. »Sofort.«

»Wollen wir nicht erst ins Schlafzimmer …«

»Nein.« Er knallte die Tür zu, streifte die Jacke ab und hängte sie an die Garderobe.

Darüber musste sie grinsen. Bei all seiner finsteren Intensität konnte er sich nicht dazu durchringen, Chaos zu stiften. Selbst jetzt achtete er noch auf Ordnung.

Aber das war okay, denn es gehörte zu ihm, es war Teil seines Wesens.

Und auch wenn sie behauptet hatte, ihn nicht zu mögen, ein

bisschen musste sie ihn schon gern haben, denn sonst hätte es jeder männliche Körper getan. Und an diesem Männerkörper war etwas Besonderes, das über Muskeln und Körperbehaarung hinausging und auch … nun ja, auch über die großzügigen körperlichen Attribute unterhalb der Gürtellinie.

Das war die Seele in diesem Körper.

Bei dem Gedanken spürte sie einen Druck auf der Brust. Das Atmen fiel ihr auf einmal schwer. Aber das konnte auch daran liegen, dass er sie anblickte wie ein Verhungernder ein Stück sehr schokoladiger Schokolade.

Sie atmete tief durch, verscheuchte ihre Nervosität und sah ihm in die Augen, während sie zugleich nach hinten griff und den Reißverschluss ihres Kleides herunterzog.

Sie rundete die Schultern und ließ das Kleid zu Boden gleiten. Jetzt trug sie nur noch einen schwarzen Spitzen-BH und den dazu passenden Slip.

Was ihren Körper betraf, war sie noch nie unsicher gewesen. Von der minimal-invasiven Operation hatte sie eine kleine Narbe zurückbehalten, die jedoch kaum auffiel. Das war gut, weil sie die Narbe so nur selten erklären musste, und auch sie selbst dachte kaum noch daran.

Außerdem hatte sie nie einen Sinn darin gesehen, in dieser Hinsicht gehemmt zu sein. Wenn ein Mann sie in bekleidetem Zustand interessant fand, würde er nicht auf einmal das Interesse verlieren, sobald die Klamotten weg waren. Und falls doch, war das sein Problem, nicht ihres.

Aber jetzt machte es ihr plötzlich doch etwas aus. Sie wollte unbedingt sehen, wie in Elis Augen Interesse aufflackerte. Er sollte vor Verlangen ganz verrückt nach ihr sein, so wie sie nach ihm.

Denn er war nicht irgendein Mann, so gut oder schlecht wie jeder andere. Er war der attraktivste Mann, den sie je gesehen hatte. Ihn nur anzuschauen machte sie wirksamer heiß als zwanzig Minuten Vorspiel mit jedem ihrer früheren Freunde. Deshalb war es ihr sehr wichtig, dass er sie mehr als nur passabel fand.

Sie beobachtete genau, wie sich die Röte an seinen Wangenknochen vertiefte, wie sich seine Brust beim Atmen hob und senkte, wie er die Hände zu Fäusten ballte.

Sie hatte ihr Publikum im Griff, so viel stand fest.

Sie wölbte den Rücken, griff nach dem Verschluss ihres BH, löste behutsam alle Haken aus den Ösen und ließ das Kleidungsstück dann zu Boden fallen, ihre schwarze Flagge der Kapitulation.

Die ganze Zeit über sah er ihr in die Augen. Er senkte den Blick nicht zu ihren Brüsten, jedenfalls nicht sofort, und aus irgendeinem Grund war das unsagbar scharf. Zuzusehen, wie die Anspannung in seinem Körper zunahm, wie es in seinen dunklen Augen brannte und er dennoch entschlossen auf ihr Gesicht schaute.

Sie lächelte. »Versuchst du, dir nichts anmerken zu lassen?« Sie strich sich mit einer Hand aufwärts über den Bauch bis knapp unter die Wölbung der einen Brust und fuhr dann mit den Fingerspitzen über den Nippel. Unwillkürlich keuchte sie auf.

Das durchbrach seine Konzentration.

Er senkte den Blick, und sie strich mit der Hand auch über ihre andere Brust und stimulierte die zusammengezogene Knospe. Sein Kiefer war jetzt fest angespannt, und sein hartes Glied drängte gegen den Reißverschluss seiner Hose.

Oh nein, sie hatte keinen Grund zur Sorge.

»Du bist noch nicht fertig«, stieß er hervor.

»Ach nein?« Sie versuchte, ihm einen unschuldsvollen Blick zuzuwerfen, doch das konnte nur misslingen, da sie sich alles andere als unschuldsvoll fühlte. Sie war eine Frau, die genau wusste, was sie wollte. Und die wusste, wie sie es bekam.

Und die wusste, dass sie es gleich bekommen würde.

»Den Rest auch noch«, sagte er, ein unnachgiebiger Befehl, der einen lustvollen Schauder durch sie jagte.

Sie strich mit den flachen Händen an ihrem Körper hinab bis zum Bund ihres Slips. Dann ließ sie die Finger unter die Spitze gleiten, schob den Stoff nach unten und umfasste sich dabei selbst. Sie merkte, wie Elis Atmung sich beschleunigte. An seinem Hals konnte sie seinen Puls rasen sehen.

Sie zog den Slip nach unten und kickte ihn beiseite. Dabei ließ sie eine Hand, wo sie war, und fuhr mit der Fingerspitze über ihre Klitoris. Weißglühende Lust schoss durch ihren Körper. Sie rang nach Atem. Sie war viel empfindlicher, als sie erwartet hatte. Erst ein Tag voll gespannter Erwartung und nun das wahnsinnige Gefühl, seine ungeteilte Aufmerksamkeit zu genießen – das war viel berauschender, als sie je gedacht hätte.

»Ich bin ganz feucht«, sagte sie. »Falls es dich interessiert.«

»Ins Schlafzimmer«, befahl er. »Sofort!«

Sie wandte sich ab und ging langsam durchs Haus. Im Wohnzimmer warf sie einen Blick auf Toby. Er schlief immer noch; die Menschen und ihre Fisimatenten kümmerten ihn offensichtlich überhaupt nicht.

Sie hörte Elis schwere Schritte hinter sich und musste gegen das Bedürfnis ankämpfen, sich umzuschauen. Aber nicht hinzusehen war viel besser. Seinen heißen Blick auf sich zu spüren, ohne ihn zu sehen. Zu wissen, dass er ihr beim Gehen auf den Hintern starrte. Dass er vor Verlangen ebenso angespannt war wie sie.

Sie führte ihn ins Schlafzimmer. »Vorsicht, Stufe«, sagte sie und stieg die niedrige Stufe hinter der Tür hinab.

Als sie hörte, wie seine Schritte hinter ihr den Teppich erreichten, drehte sie sich um und sah ihn an. Ihr Herz schlug heftig in ihrer Brust.

»Machst du bitte die Tür zu?«, sagte sie.

»Warum?«

»Zur Vermeidung eines Cattus Interruptus.«

»Okay.« Er drehte sich um und schloss die Tür. Die Tüte, die vermutlich Kondome enthielt, legte er auf den Toilettentisch. »Noch ein Argument dafür, Tiere nicht im Haus zu halten.«

»Ja, ja. Deine Anti-Katzen-Sprüche stoßen hier auf taube Ohren, deshalb kannst du sie genauso gut lassen. Und wenn du schon dabei bist, lass auch gleich die Hosen runter, Sheriff.«

»Deputy Sheriff.«

»Warum finde ich das bloß scharf?« Sie setzte sich auf die Bettkante, lehnte sich zurück und stützte sich auf die Ellbogen. »Warum finde ich deine unerträgliche Pedanterie nur so sexy? Ich kapier's einfach nicht.«

»Keine Ahnung.«

»Ich meine, warum der Rest von dir sexy ist, weiß ich ja. *Wow*!«

Er lächelte, während er sich zugleich an den Hemdkragen fasste. »Entschuldige bitte.« Mit einem lässigen Schnappen löste er die gesamte Krawatte in einem Stück vom Kragen.

»Clipkrawatte?«

»Teil der Uniform. Die kann man einfach nicht ausziehen, ohne dass es idiotisch aussieht.«

»Okay, die Krawatte nehme ich hin. Aber nur weil ich schon nackt bin. Und wahnsinnig erregt.«

»Mein Vorteil.« Er legte die Krawatte am Rand ihres Toilettentischs ab. Dann griff er nach dem obersten Hemdknopf und knöpfte das Hemd rasch auf. Darunter kam ein schlichtes T-Shirt zum Vorschein, in derselben Farbe wie das Uniformhemd. »Das wird keine Stripshow, auch wenn du bei Junggesellinnenpartys vielleicht auf den Geschmack gekommen bist. Ich hatte keine Zeit mehr, nach Hause zu fahren und mich umzuziehen.«

»Ist dir das peinlich?«

Mit der Hand am Gürtel hielt er inne. »Nein. Aber du hast dir viel … Du hattest passende Unterwäsche an.«

Sie nickte. »Das stimmt. Aber ich bin viel weniger an deinen Klamotten interessiert als daran, sie dir auszuziehen. Also mach weiter.«

Er öffnete den Gürtel und zog sich das hellbraune T-Shirt über den Kopf. Darunter trug er eine dünne schwarze Weste. Aus Kevlar, nahm sie an. Und etwas versetzte ihr einen schmerzlichen Stich. Sie begriff plötzlich auf ganz neue Art, wer er war und was er tat. Er war nicht nur ein Mann, dem viel am Wohlergehen seiner Stadt lag. Sondern auch ein Mann, der sein Leben riskierte. Der seinen Worten Taten folgen ließ.

Und heute Abend? Gehörte er ganz ihr.

Er zog die Weste aus und legte sie ordentlich zu den anderen Kleidungsstücken.

»Oh ja!« Sie atmete zischend aus. »Genau das will ich sehen.«

Er hob eine dunkle Augenbraue.

»Was ist?«, fragte sie. »Singen die Frauen sonst kein Loblied auf deinen Körper?«

»Meiner Erfahrung nach erwarten sie eher, dass ich ein Loblied auf ihren singe.« Er wandte sich ihr zu, während er sich am Verschluss seiner Hose zu schaffen machte. Die Muskeln an seiner Brust und seinem Bauch bewegten sich.

»Nur zu, du darfst gern auch Loblieder auf mich singen. Aber du bist ein verdammt toller Mann, und das musste mal gesagt werden.«

Er schob die Hose hinunter und bewies überdeutlich, dass sie recht hatte. Sein steifer Schwanz war mächtig und verlockend, und im Moment gehörte er nur ihr. Eli faltete sorgfältig seine Hose und legte sie zu seinen übrigen Kleidern.

»Komm her«, sagte Sadie.

»Du glaubst also, dass du hier die Befehle gibst?«

Sie hob eine Augenbraue. »Wenn du mitspielen willst, solltest du sie vielleicht lieber befolgen.«

»Was willst du denn spielen?«, fragte er mit rauer Stimme.

»Ein Spiel, das uns beiden gefällt. Ich will dich schmecken.«

Seine Augen verdunkelten sich, sein Gesichtsausdruck wurde angespannt. »Komm her, Deputy Sheriff.«

Er trat ans Bett, fasste nach ihrem Kopf, griff ihr in die Haare und beugte sich herab, um sie fest auf den Mund zu küssen. Dann richtete er sich wieder auf und präsentierte ihr seine Schätze genau auf Augenhöhe.

Sie leckte sich die Lippen, sah zu ihm auf und legte ihm beide Hände fest an die schlanken Hüften. Sie wollte das. Sie hatte es sich schon vor dem ersten Sex mit ihm gewünscht. Doch da hatte es zwischen ihnen nur dieses drängende Verlangen gegeben. Kein Innehalten, keine Raffinesse. Kaum Zeit, einander zu erkunden.

Das wollte sie jetzt nachholen.

Sie beugte sich vor, nahm seinen Schaft fest in die Hand und drückte ihn. Eli legte stöhnend den Kopf in den Nacken, griff ihr wieder ins Haar und zog leicht daran. Der Schmerz sandte einen lustvollen Stoß geradewegs zwischen ihre Schenkel. Sie wurde noch heißer. Noch feuchter.

Sie beugte sich vor und zog mit der Zungenspitze eine glühende Spur über seinen harten Schwanz. Ihr Herz hämmerte wie wild. Sie erforschte ihn von der Spitze bis zur Wurzel und wieder zurück, dann nahm sie ihn tief in den Mund.

Er war wunderschön. Er war unglaublich. Und er machte das hier zum reinen Genuss. Es war ein Geschenk, das zu geben sie selbst glücklich machte. Und nach dem Zittern seiner Schenkelmuskeln zu urteilen war er ebenfalls überglücklich, es anzunehmen.

Mit den Händen, den Lippen, der Zunge bereitete sie ihm immer größere Lust. Und sie genoss es, zu beobachten, wie dieser starke und solide Mann zunehmend die Beherrschung verlor, wie er unter ihrer Berührung fluchte und erbebte.

Sie hatte sich noch nie so mächtig gefühlt.

Noch nie so begehrt.

Ein sehr gefährliches Spiel, aber sie wollte es so lange spielen, wie es nur irgend ging. Die Hand so nah über die Flamme halten, bis sie sich daran verbrannte.

Sie änderte die Haltung und nahm ihn noch tiefer in sich auf. Er zog kräftig an ihren Haaren, zog ihren Kopf nach oben. »Nicht so.« Es war kaum mehr als ein Knurren.

Sie sah ihn an, sah das wilde, unbezähmbare Feuer in seinen Augen. Eli Garrett benahm sich immer anständig. Er hatte ihr schon einmal Handschellen angelegt, während sie gekratzt und gespuckt hatte wie eine tollwütige Katze, und war dennoch ganz der Gentleman geblieben.

Wohl deshalb hatte sie schon damals diese merkwürdig widersprüchliche Mischung aus Zorn und Sehnsucht empfunden. Noch während sie wütend auf ihn war, hatte sie gespürt, dass er einem wahren Superhelden sehr nahe kam. Wahrheit, Gerechtigkeit, die Werte Amerikas und so weiter.

Ja, gutes Benehmen war seine zweite Natur, und jetzt hatte er es abgelegt. Übrig blieb ein Mann, der eine Frau begehrte. Der *sie* begehrte. Seine Zurückhaltung lag mit bei seiner Uniform, ordentlich zusammengefaltet.

»Was willst du?« Sie rückte von ihm ab und lehnte sich

auf dem Bett zurück. Ihr war nur zu deutlich bewusst, wie gut ihre Brüste dabei zur Geltung kamen und dass ihre entspannten Schenkel ihm einen freien Blick auf alles ermöglichten.

»Ich will in dich rein.« Er ging zum Toilettentisch, holte die Tüte und zog eine Schachtel Kondome hervor. Er öffnete sie, nahm ein Päckchen heraus und warf die Schachtel neben ihr aufs Bett. »Die kannst du in deinen Nachttisch tun.«

»Wie großzügig!«

»Sie sind nur für mich.«

Und in dem Moment begriff sie, dass sie ihn nur provoziert hatte, um genau das von ihm zu hören. Um zu erleben, wie er besitzergreifend wurde und sich benahm, als wäre sie sein Eigentum. Genau das, was sie sonst verabscheute.

Aber mit Eli schien sie sich an all die Dinge heranzuwagen, die vorher für sie tabu waren. All die Dinge, die sie als schlechte Idee bezeichnet hätte.

Dies war ihre Chance, ein paar Fantasien auszuleben, denen sie nie zuvor Raum gegeben hatte. Ein Mann, der das Kommando übernahm. Ein Mann, der ihr Paroli bieten konnte. Ein Mann, der nicht nur mit den Achseln zucken und »Ja, meinetwegen« sagen würde, wenn sie ihm den Laufpass gab.

Da sie ihn jetzt nicht weiter reizen wollte, tat sie die Schachtel in den Nachttisch. Eines Tages würde sie darauf zurückkommen. Nur zum Spaß. Nur um zu sehen, was passierte. Aber nicht jetzt.

Er öffnete das Päckchen, und sie beobachtete hingerissen, wie er das Kondom über seinen dicken, langen Schaft rollte. Ihr gefiel der Anblick seiner großen, männlichen Hand an seinem Schwanz. Irgendwann würde sie gern einmal dabei zusehen, wie er sich selbst befriedigte. Und das hatte sie sich noch nie gewünscht, denn was hätte sie davon?

Aber bei Eli … Ihn zu beobachten war eine der schönsten Beschäftigungen, die sie sich vorstellen konnte.

Er kam wieder zum Bett, und sie lächelte, küsste ihn auf die Lippen und versetzte ihm dann mit aller Kraft einen Stoß, sodass er mit dem Rücken aufs Bett fiel. Sie setzte sich rittlings auf ihn, ihre feuchte Mitte berührte seinen harten Schwanz.

»Was hast du vor?«, fragte er.

»Reiten.«

»Noch nicht.«

Er hob den Kopf, nahm eine ihrer Brustwarzen tief in den Mund und saugte fest daran. Ein lautes Stöhnen bot sich als Soundtrack ihrer Lust an, und dieses Stöhnen hörte überhaupt nicht mehr auf. Mit der einen Hand rieb er ihre andere Brustspitze, während er die andere Hand über ihren Hintern gleiten ließ und die Fingerspitzen in den eleganten Spalt schob. Eine Schockwelle der Erregung schoss durch ihren Körper.

Dann packte er sie fest am Hintern, brachte sie in Position und drückte sie auf seine Erektion hinab, sodass er sie Zentimeter für mächtigen Zentimeter immer weiter ausfüllte. Es passte perfekt.

»Eigentlich sollte ich hier das Sagen haben«, stieß sie keuchend hervor, als er ganz in ihr vergraben war.

»Tut mir leid«, sagte er mit rauer Stimme. »Das Memo ist wohl an mir vorbeigegangen.«

»Ist es nicht.«

Wieder strich er ihr über den Po und drückte zu. »Und was machst du jetzt?«

»Dich reiten, bis du nicht mehr sprechen kannst. Bis du nicht mehr genug Energie hast, um dich gegen mich zu wehren.«

»Das kann die ganze Nacht dauern.«

»Das will ich doch hoffen.«

Er fasste sie am Kinn, zog ihr Gesicht zu sich herunter und küsste sie heftig. Seine andere Hand lag noch immer auf ihrem Po, und nun drückte er sie an sich und hob zugleich seine Hüften. Es nahm ihr den Atem und ließ sie alle Selbstbeherrschung vergessen.

Er war einfach fantastisch. Perfekt. Alles.

Und so hatte sie noch nie über einen Mann gedacht.

Aber auf ihn passten diese Adjektive. So wie er zu ihr passte.

Sie schob ihm ihre Hüften entgegen, und Lust schoss durch ihren Körper. Eli ließ ihr Kinn los und legte den Kopf in den Nacken. Sein Griff um ihre Hüften lockerte sich, und er überließ ihr die Führung.

Sie stützte sich an seinen Schultern ab und bewegte sich im Takt seiner Atmung. Zuerst langsam und verhalten, dann schneller, heftiger, wilder. Ihr Orgasmus nahm seinen Anfang, ein Bündel intensivster Lust tief in ihrem Bauch, das zu einem immer stärkeren Pulsieren wurde, als sich ihre innersten Muskeln um seinen harten Schwanz zusammenzogen.

Sie umklammerte seine Schultern, dass sich ihre Nägel in seine Haut gruben. Sie hoffte, dass er es spürte. Den Schmerz und die Lust. Sie hoffte, dass sie ihre Spuren an ihm hinterließ, denn er hinterließ auf jeden Fall Spuren an ihr. Dies fühlte sich nicht mehr wie ein Spiel an. Es war nicht mehr der spielerische Machtkampf von eben. Der amüsante Flirt. Dies war etwas Ursprüngliches. Ein lustvolles Balancieren auf Messers Schneide. Ein falscher Schritt, und eine tiefe Schnittwunde wäre die Folge. Es konnte verletzen. Zerstören. Dauerhafte Narben hinterlassen.

Sie schloss die Augen, ihr Herz pochte, das Blut toste ihr in den Ohren. »Oh … Eli …«

»Noch nicht.« Sein Tonfall war barsch, und das ernüchterte sie ein wenig, sodass sie sich vom Höhepunkt entfernte.

Er nahm die Hand von ihrer Hüfte und schob sie zwischen ihre Beine, dorthin, wo ihre Körper miteinander verbunden waren, und strich mit den Fingern über ihre Klitoris. Scharfes, heißes Verlangen durchzuckte sie.

»Ich will es dir besorgen.« Er sah ihr fest in die Augen, während er sie weiter liebkoste. Zusammen mit dem Gefühl, ihn in sich zu haben, war diese Berührung fast unerträglich, doch jetzt kämpfte Sadie gegen ihren Orgasmus an.

Sie wollte hierbleiben. Dicht am Abgrund. In diesem Augenblick herrlicher Qual.

Er zog die Hand zurück, und Sadie rang nach Atem. Dann hob sie seine Hand, bis die Finger ihre Lippen berührten. Sie sah ihn an, beugte sich vor und sog beide Finger tief in ihren Mund.

Er fluchte, ohne den Blick von ihr zu wenden. Sie fuhr mit der Zunge an seinem Zeigefinger entlang, und Eli zog sie zu sich herab, sehr heftig, und stieß zugleich in sie hinein. Das war genug. Es schleuderte sie in den Abgrund.

Sie erbebte, beugte sich vor und stützte sich mit den Händen aufs Bett, während die Wellen über sie hinwegrollten. Sie war außer Atem, sie zitterte, und sie war kurz davor, völlig die Beherrschung zu verlieren. Was sie sich jedoch nie gestattete. Niemals.

Eli atmete keuchend aus, umfasste sie fester, und dann fand auch er zur Erlösung. Sie konnte spüren, wie sich seine Bauchmuskeln zusammenzogen und wieder lösten.

Sie wartete, bis es vorbei war. Bis er ganz entspannt war. Dann rollte sie sich von ihm herunter und blieb auf dem Rücken liegen, einen Arm über dem Gesicht, die Augen fest geschlossen. Sie versuchte, ihr Gleichgewicht wiederzuerlangen. Ihre Mitte zu finden. Etwas in der Art. Aber sie war erschreckend weit von dieser Mitte entfernt, weshalb das nicht gelingen wollte.

Eli hatte ihre Mitte zertrampelt. Er hatte die Abdrücke seiner großen Uniformstiefel darauf hinterlassen.

Sie war am Ende.

Er schlang den Arm um sie und zog sie nahe an sich heran, und sie nahm den Arm vom Gesicht und blinzelte, verwirrt darüber, dass er sie berührte, dass er nicht schon halb zur Tür hinaus war. Aber nein, er beugte sich über sie, presste den Kopf an ihre Brüste, sein Atem strich heiß über ihre Haut.

Sie zog seine Kieferlinie mit der Fingerspitze nach. Seine Bartstoppeln kratzten. Das hatte etwas unbestreitbar Männliches. Es war unbestreitbar sexy.

Was hatte er nur an sich? Warum löste er in ihr so viele Gefühle aus?

Sie schüttelte den Gedanken ab und versuchte wieder zu Atem zu kommen. Sich aus dem seelischen Loch herauszuarbeiten, in das sie gefallen war. So etwas sah ihr gar nicht ähnlich. Sie wurde hinterher nie sentimental und launisch. Und sie schlief nach dem Sex auch nicht mit ihren Männern zusammen. Nach dem Sex zog sie sich an, verabschiedete sich und kehrte in ihre eigene Wohnung zurück. Oder komplimentierte die Männer hinaus.

Tja, neben Eli würde sie auch nicht einschlafen. Sie würde sich nur kurz ausruhen, bis sie wieder zu sich gefunden hatte, und dann würde sie ihn daran erinnern, dass er jetzt nach Hause gehen sollte.

Er fuhr mit den Händen ihren Körper entlang, bis sie das Gefühl hatte, mit dem Laken zu verschmelzen wie eine Kerze, an die man eine Flamme hielt.

Mann, war das jämmerlich!

Aber eigentlich wollte sie jetzt nur schlafen. Oder aber sich zu ihm hindrehen und ihn ablecken. Überall. Oh ja, das wollte sie! Jeden Zentimeter von Eli Garrett ablecken, bis er zitterte. Bis er wieder hart wurde. Bis …

An der Tür ertönte ein furchterregendes Kratzen und dann ein Laut, der eher einem Jaulen als einem Miauen glich.

Sadie fuhr zusammen. Der Lärm riss sie unsanft aus ihren Fantasien.

Wieder war ein Kratzen zu hören, diesmal auf dem Teppich unter der Tür, gefolgt von weiteren wütenden Katzenlauten.

»Ach, du verdammter Kater!« Sie wand sich aus Elis Umarmung und setzte sich auf. Im Grunde war sie fast dankbar dafür, dass Toby ihr zu Hilfe gekommen war. Das hatte sie davor bewahrt, zu zeigen, wie klein und schwach sie sich gerade fühlte.

Sie stand auf und sah auf Eli hinunter. Er starrte an die Zimmerdecke, splitternackt und muskulös und so heiß wie eh und je. Sie ging zur Tür und riss sie auf. »Was ist?«

Toby schlenderte herein, und sein Blick richtete sich sofort auf Eli. »Maß du dir mal kein Urteil an«, sagte sie. »Du hast keine Eier mehr. Du weißt nicht, was so ein Trieb mit einem macht.«

Eli lachte, ein tiefer, männlicher Laut, der viel entspannter klang, als sie es von ihm kannte. »Sprichst du immer mit deiner Katze?« Er setzte sich auf und schwang die Beine vom Bett, ein Schauspiel, das ihr die Sprache verschlug.

Wenn er sich bewegte, war er wunderschön, egal was er gerade tat. Und dann noch nackt? Da war er so schön, dass wohl jede Frau einen trockenen Mund und ein feuchtes Höschen bekäme.

»Ja, ja, Eli. Ich spreche mit meiner Katze. Und eins lass dir gesagt sein.« Sie verschränkte die Arme unter den nackten Brüsten. »In diesem Haus dulde ich keine Anti-Katzen-Sprüche.«

»Und Anti-Katzen-Gedanken?«

»Auch verboten. Die Gedankenpolizei ist schon zur Stelle. Lass dich assimilieren, sonst wirst du vernichtet.«

»Ich verstehe kein Wort.«

»Wie gut, dass du wenigstens hübsch anzusehen bist.«

»Hübsch anzufassen hoffentlich auch.« Er stand auf und kam auf sie zu.

Ihr Herz machte einen Satz. »Musst du das erst fragen?«

»Schadet ja nicht, es mal zu hören.«

»Gut anzufassen. Gut zu schmecken. Es trifft alles zu. Ich genieße es sehr, welch vielfältige Reize dein Körper zu bieten hat.«

»Das ist wohl das merkwürdigste Kompliment, das ich je bekommen habe.«

»Tja, das gibt mir ein neues Ziel im Leben. Etwas noch Merkwürdigeres zu finden.«

»Darauf freue ich mich schon.« Er bückte sich und hob seine Kleider auf, schüttelte sie aus und zog Slip und Hose an.

Ihr wurde schwer ums Herz. Dass er gehen wollte, enttäuschte sie viel mehr, als ihr lieb war. Dabei hatte sie gerade erst daran gedacht, dass sie ihn loswerden sollte. Ihre Privatsphäre zurückerobern und so.

Aber jetzt überließ er ihr diese Privatsphäre ganz freiwillig. Und das war etwas anderes.

Wenigstens fühlte es sich aus irgendeinem Grund anders an.

Er zog sich das hellbraune T-Shirt über den Kopf, sammelte Oberhemd und Krawatte ein und steckte beides in die leere Tüte. Dann zog er die Stiefel an. Und sie stand einfach nackt dabei und sah zu, was ungeheuer bescheuert war, aber sie brachte es nicht über sich, den Blick abzuwenden. Oder sich in Bewegung zu setzen und sich ebenfalls anzuziehen. Sie wollte jetzt sowieso nicht mehr Spitzenunterwäsche und ein Kleid tragen.

Sie wollte ihren Schlafanzug. Und ein bisschen weinen.

Sie fühlte sich, als wäre ein Außerirdischer mit deutlich zu vielen Gefühlen durchs Ohr in sie hineingekrochen und hätte sich von ihrem Stammhirn über ihren Hals bis in ihre Brust durchgefressen, wo er sich jetzt häuslich eingerichtet hatte und ihr seine Gefühle aufzuzwingen versuchte.

Ja, genauso fühlte sie sich. Fremd und völlig überfordert. Und dieses Gefühl war sie nicht gewohnt. Sie mied sorgfältig jede Situation, die ihr dieses Gefühl vermitteln konnte, und zwar aus gutem Grund.

»Wir sehen uns morgen«, sagte er ganz ungezwungen. Als wären sie nicht eben erst von einem Sturm der Lust überrollt worden, bei dem einem der Schädel platzen konnte.

»Äh … okay.«

»Ich kann nicht hierbleiben.« Er sah sie nicht an.

»Nein«, sagte sie. »Nein, ich weiß. Ich meine, ich wollte dich auch gar nicht darum bitten. Ich wollte dich sogar bitten zu gehen. Aber wegen der Katze brauchte ich das nicht, und dann bist du aufgestanden, und jetzt gehst du sowieso, deshalb musste ich gar nichts sagen.«

Sicher, Sadie, schwafel nur weiter. Das ist sehr überzeugend und klingt überhaupt nicht bizarr.

»Okay«, antwortete er zögernd.

»Sag das nicht so. Mir geht's gut. Ich schlafe nie mit Männern in einem Bett. Ich liebe meinen Freiraum, genau wie du. Und wir haben schließlich Regeln vereinbart. An der Straßenecke. Vor Gott und den Menschen.«

»Dann bis morgen, Sadie.«

Zwei Tage hintereinander. Das war intensiv. Es war, wie ihr genau in diesem Moment klar wurde, ein Verstoß gegen ihre eigenen Verhaltensregeln in Sachen Beziehung. Sie war noch nie mit einem Mann zusammen gewesen, bei dem sie das Verlangen verspürt hätte, so oft Sex zu haben. Es war gut und gesund, zwischendurch Nächte für sich zu haben, und Zeit für sich allein, und … und … er hatte vor, morgen wieder mit ihr zu schlafen. Und am Tag darauf wahrscheinlich auch.

Und sie würde Ja sagen.

»Okay. Morgen. Arbeitest du?«

Er nickte. »Ja. Ich werde vor allem auf dem Highway Patrouille fahren, aber ich komme immer auf einen Kaffee und zum Lunch in die Stadt.«

»Ich wollte noch mal bei Alison reinschauen. Deshalb bin ich morgen auch in der Stadt.«

»Vielleicht laufen wir uns ja über den Weg, wenn ich mir meinen Kaffee hole«, sagte er.

»So gegen elf?«

Er nickte.

Sie sollte sich nicht auf einen Kaffee mit ihm verabreden. Sie hätte sich nicht einmal gleich wieder zum Sex mit ihm verabreden sollen. Und jetzt würde es noch dieses zusätzliche Treffen geben. Aber sie würde nicht Nein sagen. Allerdings würde sie sich vielleicht doch nicht zum Kaffee blicken lassen. Vielleicht.

Toby rieb sich an ihren Beinen, und sie blickte nach unten. »Was ist?« Die Antwort war nur ein ausdrucksloser Katzenblick.

»Bis dann«, sagte Eli.

»Ja, tschau!«

Er verließ das Schlafzimmer, ohne ihr auch nur einen Abschiedskuss zu geben. Sie blieb nackt dort stehen, bis sie hörte, wie sich die Haustür hinter ihm schloss. Dann plötzlich wurde ihr bewusst, dass sie nackt im Zimmer stand und auf die Stelle starrte, wo sich eben noch Eli befunden hatte. Während sich eine Katze an ihre Beine schmiegte.

Sie ging müde zum Bett und ließ sich mit dem Bauch nach unten darauf fallen. Dann kreischte sie auf, denn Toby war auch aufs Bett gesprungen und lief ihr nun über den Rücken. Seine Pfoten fühlten sich kalt an.

»Freiräume!«, rief sie. Es galt vor allem Toby, aber auch ihr selbst.

Wenn diese Sache mit Eli funktionieren sollte, musste sie auf klare Grenzen achten. Denn heute hatte er sie sehr aufgewühlt und mit einem Gefühl innerer Leere zurückgelassen. Sie rollte sich auf die Seite und zog die Knie an die Brust. Ihr Herz schlug dumpf.

Es lag nur daran, dass sie zu lange auf Sex verzichtet hatte. Sie war aus der Übung. Der Sex selbst war doch entspannt gewesen. Mehr als das, er war besser gewesen als alles, woran sie sich erinnern konnte. Aber das Drumherum erschien ihr umso schwerer. Tiefer gehend. Merkwürdiger.

Doch sie würde das Kind schon schaukeln. Sie würden das Kind schon schaukeln. Denn der Sex war viel zu gut, um ihn aufzugeben.

Allerdings würde sie sich morgen nicht auf einen Kaffee mit Eli treffen.

Sadie konnte nicht fassen, dass sie sich mit Eli auf einen Kaffee treffen wollte. Sie setzte eine finstere Miene auf, damit sie so wütend auf sich selbst wirkte, wie sie es tatsächlich war, zog ihre Pulloverärmel ganz herunter, verschränkte die Arme unter den Brüsten und stürmte quer über die Straße in den Coffeeshop.

Eli war nirgends zu sehen.

Tja, zur Hölle mit ihm und seiner verdammten Kaffeepause! Kam er jetzt doch nicht? War das ein Spiel? Sie erst in dem Glauben wiegen, er käme auf einen Kaffee her, und dann doch nicht kommen, und das alles einen Tag nachdem sie Sex hatten und er dann einfach gegangen war, sodass sie sich allein im Bett zusammenrollen musste, nur mit ihrer Katze neben sich?

Als wenn sie sich nicht schon jämmerlich genug vorkäme.

Aber nein, sie war nicht jämmerlich. Und Eli konnte ihr auch nicht das Gefühl vermitteln, jämmerlich zu sein, weil sie das nicht gestatten würde. Sie entzog ihm hiermit die Erlaubnis. Sie traf ihre eigenen Entscheidungen. Bla bla bla.

Sie lehnte sich an die Ladentheke, schlug die Fingerspitzen gegeneinander und blickte erst über die Schulter zurück zur geschlossenen Tür, dann durch das leere Café.

Hinter der Theke arbeitete ein Mädchen, das sicher noch zur Highschool ging. Es zapfte Espresso und plauderte mit einem kleinen Jungen. Na gut, er war etwa … sechzehn, aber egal.

Sie flirteten miteinander. Bäh! Eines Tages würde er sie in einem leeren Coffeeshop versetzen. *Also schäkert ruhig, Kinder.*

Bäh!

Sadie begriff nicht, wie die Besitzerin von *The Grind* es aushielt, den ganzen Tag diese berauschenden Teenager-Hormone um sich zu haben. Doch Cassie stand lächelnd an der Kasse, anscheinend überhaupt nicht verärgert über ihre Angestellten.

Wahrscheinlich lag es daran, dass Cassie selbst verliebt war, wie Sadie bei ihren vielen Besuchen in *The Grind* erfahren hatte. Cassie war derart verliebt, dass sie die pure Freude ausstrahlte und die meiste Zeit von ihrem Freund Jake sprach. Dieser Liebesquatsch schien ansonsten rationale Menschen blind dafür zu machen, wenn sich andere ähnlich beschränkt benahmen.

Die Tür hinter ihr öffnete sich, und der Wind brauste herein. Sie drehte sich um, und ihr blieb die Luft weg. Eli. Er war hier. Er hatte sie nicht versetzt.

Und es hätte überhaupt nicht wichtig sein sollen.

Es ist ganz okay, wenn du nach dem Sex eine gewisse Verbindung zu ihm spürst. So eine Beziehung hattest du ja noch nie.

Ah ja. Ihr fortlaufender innerer Monolog hatte nicht ganz unrecht.

Vor Eli war sie mit den Männern, mit denen sie schlief, immer auf die übliche Weise ausgegangen. Das hatte gemeinsame Unternehmungen, Verabredungen zum Kaffee und nette Gespräche mit sich gebracht. Was viel zur Stärkung ihres Egos beigetragen hatte.

Aber das hier war anders, und deshalb war es verständlich, dass sie die Sache noch nicht ganz im Griff hatte.

Da, die aufmunternde Rede war geschafft. Jetzt würde sie einfach ihren Kaffee genießen.

»Da bist du ja«, sagte sie.

»Ich bin pünktlich.«

Ja, verdammt, das war er. Sie war ganz ohne Grund flattrig geworden.

»Natürlich«, sagte sie. »Kaffee?«

»Deshalb sind wir hier.« Er trat an die Theke, und Cassie lächelte ihn an.

»Das Übliche, Deputy Garrett?«

»Ja. Und was immer Sadie gern hätte.«

Sadies Augenbrauen schossen nach oben, aber sie sagte nichts. Eli spendierte ihr in aller Öffentlichkeit einen Kaffee. Das kam ihr … bedeutsam vor. Fast wie eine öffentliche Bekanntmachung. Aber vielleicht war es auch einfach nur ein Kaffee. Sehr wahrscheinlich sogar.

»Ich nehme einen schwarzen Kaffee. Mit Platz für die Sahne. Zwei Würfel Rohrzucker«, sagte sie.

Als Eli die Geldbörse hervorzog und bar zahlte, musste Sadie lächeln. Diese Stadt hinkte wirklich acht Jahre hinter dem

Rest der Welt her. Ihr war schon aufgefallen, dass der Laden nicht auf Kartenzahlung eingerichtet war. Zum Glück hatte Eli sie eingeladen, denn heute hatte sie kein Bargeld dabei.

»Und, wie war dein Tag?«, fragte sie.

»Gut. Ich habe ein paar Strafzettel wegen zu schnellen Fahrens verteilt, die Betroffenen würden deine Frage also anders beantworten.«

»Davon kann ich ein Lied singen«, sagte sie. »Ich habe deswegen auch schon viele Strafzettel bekommen.«

»Ja?«

»Was soll ich sagen? Ich bin eben eine Rebellin.« Zu spät wurde ihr klar, dass sie schon wieder Witze übers unvorsichtige Fahren machte. Bäh! Sie hätte sich Cantuccini kaufen sollen, dann hätte sie was zu knabbern gehabt, und ihr dusseliger Mund wäre beschäftigt gewesen. Mit Eli zu sprechen war gefährlich.

Aber warum? Warum geriet sie in seiner Gegenwart so aus dem Konzept? Normalerweise konnte sie echt gut mit Männern umgehen. Belangloses Zeug quatschen und unbeschwert flirten wie die zwei kleinen Baristas hinter der Theke.

Aber jetzt nicht. Nicht mit Eli.

»Bitte sehr!« Cassie reichte Eli die Becher. »Einen schönen Tag noch, Deputy Garrett! Dir auch, Sadie!« Ihr Gesichtsausdruck war für Sadies Geschmack entschieden zu vielsagend.

»Ihnen auch, Cassie! Grüßen Sie Jake von mir.« Eli drehte sich um und machte Anstalten, mit Sadies Kaffee in der Hand den Laden zu verlassen.

»Halt! Ich brauche noch Sahne.« Er blieb stehen und reichte ihr den einen Becher. Sie trug den Kaffee zu der kleinen Bar, nahm den weißen Deckel ab, griff nach der Thermoskanne und kippte eine gesunde Menge Sahne-Milch-Gemisch in ihren Becher.

Sie schaffte es, den Deckel wieder aufzusetzen, ohne etwas zu verschütten und wie ein totaler Depp dazustehen, was angesichts ihrer zittrigen und verschwitzten Hände durchaus im Bereich des Möglichen gewesen wäre. »Okay, jetzt können wir gehen.«

Mit leichtem Kopfschütteln drückte Eli die Tür auf und ließ ihr den Vortritt. Sie hätte deswegen nicht gleich ein wohlig warmes Gefühl im Magen bekommen sollen, aber das tat sie. Bei diesem Mann wurde ihr definitiv zu oft wohlig warm.

»Also«, sagte sie, als sich die Tür hinter ihnen geschlossen hatte. »Wie hast *du* letzte Nacht geschlafen?«

Er drehte sich ziemlich steif um, die Tasse noch am Mund. »Gut.«

Gut. Na schön. Gut. Sie hatte sich auch gut gefühlt. Total. Ganz und gar nicht fiebrig, einsam oder geil. »Ah, gut. Ich auch.«

»Es klang eher so, als hättest *du* nicht gut geschlafen.«

»Da liest du aber eine Menge Bedeutung in meine simple Frage hinein.«

»Deine simple Frage hatte eine ziemlich spezielle Betonung.«

»Na schön«, sagte sie. »Sie hatte eine Betonung. Eine spezielle. Aber jedenfalls hast du gelogen.«

Er zog eine Augenbraue hoch und blieb stehen. Der Wind zerzauste ihm die kurzen dunklen Haare. »Ach, wirklich?«

Sie hatte nicht vor, hier rumzustehen und still empört zu sein. Stattdessen würde sie es darauf ankommen lassen. Darauf, dass der gestrige Abend für ihn ebenso fantastisch gewesen war wie für sie.

»Oh ja! Du lügst. Du hast nicht gut geschlafen.« Sie beugte sich zu ihm vor. »Du hast sogar ganz schrecklich geschlafen. Nackt. Verschwitzt und in deine Laken verheddert. Du hast dir gewünscht, ich wäre da und könnte dich berühren. Ich würde deinen Schwanz in der Hand halten, nicht du selbst.«

Sie konnte sehen, wie sich die Anspannung in seinem Körper ausbreitete, von den Schultern bis zum Kiefer. Das Risiko hatte sich gelohnt.

»Das reicht jetzt«, sagte er.

»Oh nein, das reicht noch lange nicht.«

»Ich bin auf Streife.«

Sie zwinkerte ihm zu. »Oh ja!«

»Euphemismus?«

Sie zuckte mit den Schultern. »Könnte sein.«

»Wofür?«

»Ich will dich nur ärgern.«

»Hast du nichts zu tun?«

»Tja, irgendwie schon«, sagte sie. »Eigentlich wollte ich im Diner vorbeischauen und mit Alison über ihre Kuchen sprechen.«

Und sich außerdem noch mal ein Bild von Alison machen, denn Sadie fand die ganze Situation beunruhigend. Normalerweise mischte sie sich in solche Dinge nicht ungebeten ein, sondern nur, wenn jemand zu ihr in die Praxis kam und darüber reden wollte. Aber mit Alison war sie befreundet gewesen. Und das war etwas anderes.

Obwohl sie das Gefühl hatte, dass man ihr dieses Engagement sehr leicht hätte ausreden können, da es ihre Bequemlichkeit gefährdete.

Andererseits hatte fast alles, was sie in den letzten Monaten getan hatte, ihre Bequemlichkeit gefährdet: einen langfristigen Pachtvertrag unterschreiben, mit einem Mann schlafen, der merkwürdige Gefühle in ihr auslöste, und in einem lange unbewohnten Haus die Spinnweben beseitigen.

Also warum sollte sie nicht so weitermachen?

»Okay. Das wolltest du eigentlich. Aber?«

»Wie stehst du dazu, jemanden mitfahren zu lassen?« Sie sah zu dem Streifenwagen hinüber, der weiter unten an der Straße parkte.

»Das hängt vom Mitfahrer ab.«

»Ich. Ich wäre der Mitfahrer.«

»Sehr dagegen.«

»Warum?«, fragte sie, obwohl sie wusste, dass das quengelig klang und dass es ihr eigentlich auch nur darum ging, die Begegnung mit Alison zu verschieben.

»Darum. Ich werde einer aktenkundigen Kriminellen nicht erlauben, vorn in meinem Wagen zu sitzen.«

»Ha ha ha. Du bist ein echter Klugscheißer. Na schön! Dann gehe ich jetzt und erledige, was ich ursprünglich vorhatte, statt dich zu zwingen, noch mehr von deiner kostbaren Zeit in meiner anbetungswürdigen Nähe zu verbringen.«

Er stieß einen Seufzer aus. »Na schön! Komm mit.«

»Ich darf mitfahren?«

»Wenn du versprichst, nicht an den Knöpfen rumzuspielen.«

»Das kann ich nicht versprechen, Eli.«

»Warum?« Er blickte gequält drein.

»Wenn ich Knöpfe sehe, kann ich vielleicht dem Drang nicht widerstehen, sie zu drücken.«

»Dann schmeiß ich dich raus, und du kannst in die Stadt trampen.«

»Nein, tust du nicht.« Sie flitzte an ihm vorbei Richtung Auto. »Dafür bist du viel zu nett.«

»Bin ich nicht.«

»Bist du doch.« Sie wartete vor der Beifahrertür auf ihn. »Du bist ja sogar so nett, mich mitfahren zu lassen.«

Er öffnete seine Tür und entsicherte ihre von innen, dann stieg er ein, ohne auf sie zu warten. Sie öffnete die Beifahrertür und setzte sich neben ihn. Am Armaturenbrett war ein Laptop angebracht, und auf der Mittelkonsole befanden sich lauter Knöpfe, Funkgeräte und sonstige Dinge, an denen sie eigentlich gern rumgespielt hätte. Sie tat es jedoch nicht, weil der Wagen sich noch nicht in Bewegung gesetzt hatte und Eli sie in diesem Moment wahrscheinlich wirklich noch rausgeworden hätte.

»Das ist kein Beweis für besondere Nettigkeit.« Eli ließ den Motor an und stellte seinen Kaffeebecher in den Getränkehalter.

»Gefällt es dir denn nicht, dass ich dich nett finde?«

»Ich will nicht, dass du einen falschen Eindruck bekommst.«

»Du bist nur sauer, weil ich den richtigen Eindruck habe.«

Er fuhr los, durch überwiegend leere Straßen. Es war noch nicht ganz Mittagszeit, und auch die Touristensaison hatte noch nicht ihren Höhepunkt erreicht, deshalb war die Hauptstraße von Copper Ridge wenig belebt.

»Also, wie hast du geschlafen?«, fragte er. »Diesmal bitte ehrlich.«

»Wie ein Baby.«

»Du bist alle paar Stunden schreiend aufgewacht?«

»Pah!« Sie nippte an ihrem Kaffee.

»Oder bist du … feucht und erregt aufgewacht und hast dir gewünscht, du würdest meine Hand zwischen den Beinen spüren statt deiner?«

Sie verschluckte sich, Kaffee spritzte aus dem Loch im Deckel und lief ihr übers Kinn. Sie ließ den Becher sinken und wischte sich das Gesicht ab.

»Was ist?«, fragte er unschuldig. »War das keine nette Frage?«

Jetzt war sie wirklich feucht. Und nicht von dem bisschen heißen Kaffee am Kinn.

»Nein, das war nicht nett. Auch nicht höflich. Oder ritterlich.«

»Ich hab dich ja gewarnt. Gut, ja. Nett, nein. Ritterlich auch nicht.«

»Mir scheint, ich lerne gerade einiges über stille Wasser. Sie sind tief. Und ein wenig schmutziger als erwartet, um ehrlich zu sein.«

»Macht dich das traurig?«

Sie dachte an den letzten Abend zurück. An Elis überdurchschnittliche Schlafzimmerqualitäten. »Oh nein! Kann ich nicht behaupten.«

»Ich dachte mir schon, dass es dir gefallen hat.«

»Dürfen wir im Streifenwagen überhaupt darüber reden? Sollten wir nicht lieber über offizielle Polizeibelange sprechen?«

»Können wir gern. Hast du denn Fragen?«

»Was war der lustigste Einsatz, zu dem du jemals gerufen wurdest?«

»Ferkel, die überall in der Grundschule rumliefen.«

»*Wow!* Das … taugt nicht gerade dazu, Kleinstadtklischees zu widerlegen.«

Er lachte. »Einer der Schüler hatte sie mitgebracht. Für den Sachkundeunterricht. Und ich war wegen einer Keine-Macht-den-Drogen-Aktion sowieso vor Ort. Als dann plötzlich der Teufel los war, bin ich über Funk alarmiert worden. Deshalb habe ich den Einsatz gegen das Schweinedebakel persönlich geleitet.«

»Stoff für Legenden«, sagte sie.

»Kann man so sagen.«

»Hast du schon immer gewusst, dass du das beruflich machen wolltest?«

»Mehr oder weniger. Ich meine, zuerst wollte ich zur Staatspolizei. Oder nach Portland gehen und mir dort Arbeit suchen. Irgendwas in der Stadtverwaltung. Aber ich habe schon immer mit dem Polizeidienst geliebäugelt, weil mir die Vorstellung gefiel, dass ich … die Leute in diesem Beruf dazu bringen könnte, die Regeln zu befolgen.« Der letzte Teil des Satzes kam ein bisschen zögerlich heraus.

»Du wolltest also, dass sich alle benehmen?«, fragte sie.

Er räusperte sich. »Als Teenager dachte ich … Ich dachte, als Polizist könnte ich meine Mutter dazu zwingen, zu uns zurückzukommen. Und meinen Dad dazu, mit dem Trinken aufzuhören. Es bedeutete für mich, Macht zu haben. Eine Autorität, die ich damals nicht besaß. Ich meine, dieses Hirngespinst hat sich natürlich bald verflüchtigt, aber der Wunsch, Dinge zu verändern, ist geblieben.«

Sie drückte den Kaffeebecher an ihre Brust und schaute ins Freie, wo die Gebäude immer spärlicher und die Bäume immer zahlreicher wurden und wo in der Ferne das Meer wogte. Etwas an seinen Worten hatte an eine wunde Stelle in ihr gerührt. Vielleicht weil dieses Eingeständnis seiner kindlichen Fantasien von der Kraft, etwas zu verändern, sie an ihre eigenen Wünsche erinnert hatte.

Interessant, dass sie und Eli bei so ähnlichen Sehnsüchten so unterschiedliche Wege eingeschlagen hatten. Sadie hatte kapituliert und alles hinter sich gelassen. Sie war weggegangen und hatte es nie bereut. In dem Moment, als sie begriffen hatte, dass sich in ihrer Familie nie etwas ändern würde, war ihr auch klar geworden, dass sie nicht bleiben konnte. Dass sie es nicht einmal versuchen wollte.

Aber Eli war geblieben. Und er hatte durchaus einige konkrete Veränderungen bewirkt. In vielerlei Hinsicht hatte er genau das getan, wovon er geträumt hatte. Auch wenn er seine Familie nicht hatte retten können. Es gab ihr das Gefühl, tatsächlich eine Versagerin zu sein, wie man es ihr mehr als einmal vorgeworfen hatte.

Besonders im Vergleich zu diesem zuverlässigen Mann, der kein Jota nachgegeben hatte, sondern dageblieben war, auch als es schwerfiel. Auch als es aussah, als hätte es keinen Sinn.

Aber er hatte auch Geschwister. Sie hatte niemanden gehabt, für den sich zu kämpfen gelohnt hätte.

Was ist mit deinen Freunden? Mit Alison?

Aber dann hätten sie es erfahren. Sie hätten herausgefunden, was mit ihr passiert war, und diese Schmach hätte sie einfach nicht ertragen.

Sie hatte damals schon ihre Milz und ihre Familie verloren. Da war es ihr ein bisschen viel vorgekommen, auch noch ihren Stolz zu verlieren, indem alle erfuhren, dass ihr Vater ihr die Scheiße aus dem Leib geprügelt hatte und ihre Mutter sich auf seine Seite gestellt hatte.

Nein, danke! Die inneren Blutungen hatten ihr gereicht.

Mann, war das ein megaschrecklicher Gedankengang. Sie würde ihn jetzt beenden, in drei, zwei …

»Ich finde es fantastisch, dass du dein Ziel erreicht hast«, sagte sie.

»Und was ist mit dir?«, fragte er.

Verdammt! Sie hatte nicht vorgehabt, über sich zu sprechen.

»Was soll mit mir sein?«

»Wolltest du schon immer Therapeutin werden?«

»Nein«, sagte sie. »Ich bin mir nicht mal sicher, ob ich eine sein wollte, als ich schon eine war. Weshalb ich auch nebenher noch andere Sachen gemacht habe. Malen, in Cafés jobben und so.«

»Warum hast du dich dann dafür entschieden?«

»Ich habe finanzielle Unterstützung für die Ausbildung bekommen. Jemand von der Berufsberatung hat mir dazu verholfen.« Diese Beraterin und ihre Therapeutin Jenny waren die einzigen Menschen, mit denen sie je über ihren Vater gesprochen hatte. »Damals hat man mir auch empfohlen, eine Therapie zu machen. Da es zum Studium dazugehörte, bin ich hingegangen. Und Jenny hat mir wirklich zugehört. Das fühlte sich gut an. Damals ist mir klar geworden, wie wichtig es ist, dass einem jemand zuhört.«

Davor hatte sie nie offen mit jemandem gesprochen. Nicht mal mit ihren Freunden an der Highschool. Sie alle hatten immer nur Andeutungen darüber gemacht, was an schlimmen Dingen in ihrem Leben passierte. Manche hatten rätselhafte blaue Flecken. Manche hatten Drogen dabei, die sie aus den Kommodenschubladen ihrer Eltern geklaut hatten. Sie versuchten alle zu entkommen, und dabei unterstützten sie einander, aber keiner von ihnen mochte jemals ausführlich berichten, was sich zu Hause abspielte. Denn wenn sie ihre Freiräume darauf verwendet hätten, welchen Sinn hätte es dann gehabt, sich überhaupt Freiräume zu verschaffen?

Sie räusperte sich. »Jedenfalls, durch Jenny hat sich viel geändert. Sie hat mir das Gefühl vermittelt, dass meine Worte wichtig sind. Von Bedeutung sind. Dass meine Erfahrungen wichtig sind und dass ich etwas bewirke, indem ich darüber spreche. Und das wollte ich unbedingt. Ich musste mich für irgendeinen Studiengang entscheiden, deshalb … habe ich schließlich meinen Master in Sozialarbeit gemacht. Ich dachte, so finde ich vielleicht einen Weg, anderen Menschen zu helfen.«

»Und dann hast du dich für Krisenberatung entschieden.«

»Das liegt zum Teil daran, dass ich so oft umziehe. Da ist es sinnvoller, wenn ich mit Leuten arbeite, die mit plötzlichen Einzelereignissen zurechtkommen müssen, und nicht mit Menschen, die Langzeitbetreuung brauchen. Ich helfe gern.

Aber es ist kein einfacher Job. Ich meine, Menschen in Krisensituationen sind … nun, eben in einer Krise. Sich diese Probleme anzuhören ist nicht immer das reine Vergnügen.« Sie trommelte mit den Fingern auf den Türgriff. »Wobei ich da wahrscheinlich offene Türen einrenne.«

»Ja«, sagte er. »Bei der Polizeiarbeit geht es auch nicht nur darum, die Schurken einzusperren und sich als Held feiern zu lassen. Man wird ziemlich viel mit der traurigen Realität konfrontiert.«

»Die Realität ist echt dürftig. Sie ist das, was ich am wenigsten mag.«

»Nur schade, dass es so viel davon gibt.«

»Mann, ich hab das Gefühl, du *verstehst* mich«, sagte sie lachend und lehnte den Kopf an den Sitz. Es war schön, mit ihm zusammen zu sein. Und dieses Gefühl wollte sie lieber nicht allzu genau unter die Lupe nehmen.

»Hier halten wir«, sagte er.

Sie setzte sich wieder aufrecht hin. Ihr Herz pochte. »Und knutschen?«

»Und warten auf Raser.«

»Ach nö. Mein Vorschlag gefällt mir besser.«

»Das hier« – er deutete zwischen ihnen hin und her – »muss in deinem Schlafzimmer bleiben.«

»Warum haben wir uns dann auf einen Kaffee verabredet?«

»Warum bist du gekommen?« Er fuhr rechts ran und sah sie an.

»Weil ich finde, wir sollten uns ein wenig kennenlernen. Und uns unterhalten können, ohne gleich zu streiten. Wenn wir weiter miteinander schlafen wollen.«

»Genau das dachte ich auch.«

»Na, dann ergibt ja alles einen Sinn.« Sie biss sich auf die Lippe.

»Ja.«

»Und im Streifenwagen wird nicht geknutscht.«

»Nein. Bitte sag mir, dass du keine Polizei-Fetischistin bist.«

»Eine Polizei-Fetischistin?« Sie drehte sich zu ihm um. »Gibt es die wirklich? Sag mir, dass es die gar nicht gibt.«

»Es gibt sie.«

»*Wow!* Du wirkst echt bekümmert. Das sind Groupies, die auf Dienstmarken stehen, stimmt's?«

»Ja, ganz genau.«

»Das hört sich nicht gerade begeistert an.«

Er stieß einen Seufzer aus. »Es ist einfach merkwürdig. Ich bin doch kein Rockstar. Frauen, die so geil auf Uniformen sind ... Das ist ziemlich sonderbar.«

»Die meisten Männer würden es nicht hinterfragen.«

»Jack bestimmt nicht«, sagte Eli. »Es gibt da nämlich auch noch die Schnallen-Fetischistinnen. Die stehen auf Cowboys. Sie sind dann hinter Jack und Connor her.«

»Für Connor ist das wohl eher nichts, oder?«

»Nein. Er war noch nie ein großer Aufreißer. Und jetzt noch weniger. Jack dagegen ...«

»Das ist dein Freund. Den habe ich an dem Abend kurz kennengelernt, als ich den Rohrbruch hatte. Und er war mit dir in der Bar, stimmt's?«

»Ja. Das ist Jack. Er ist eher so was wie ein heruntergekommener Bruder. Aber er hat noch nie irgendetwas auch nur halb so ernst genommen wie Connor und ich. Weshalb er wahrscheinlich auch glücklicher ist.«

»Jedenfalls wenn mehr Sex mehr Glück bedeutet. Obwohl es mit dir dann auch aufwärtsgehen müsste.«

»Wir hatten erst zweimal Sex«, wandte er ein.

»Das hätten wir verdoppeln können, wenn du gestern Nacht noch geblieben wärst.«

»Nicht gerade der beste Zeitpunkt für dieses Gespräch.«

»Tja, verdrück dich einfach heute Nacht nicht gleich wieder hinaus in die Kälte, dann wirst du wahrscheinlich in weitere Kampfhandlungen verwickelt.«

Er räusperte sich. »Ich wollte nicht zu anspruchsvoll sein.«

»Ach, ich halte auch die ganze Nacht durch, Kumpel«, sagte sie. Eine Theorie, die sie allerdings noch nie überprüft hatte. Normalerweise reichte ihr ein Versuch pro Nacht. Sie war schon nach einem Orgasmus außer Gefecht gesetzt. In der Hinsicht war sie ein sexuelles Federgewicht.

»Gut zu wissen.« Es klang ein wenig angespannt.

Sie genoss es, dass sie diese Reaktion bei ihm auslösen konnte. Er war so solide. So stoisch, ernst und *gut*. Sie genoss es, wenn sie ihn mit ein bisschen unanständigem Gerede dazu bringen konnte, dass ihm unterm Uniformkragen heiß wurde. Mitsamt Clipkrawatte.

»Wir warten jetzt also halb getarnt ab« – sie blickte auf die Bäume auf der Beifahrerseite des Wagens –, »bis ein argloser Temposünder vorbeikommt?«

»Im Prinzip ja.«

»Es gibt mir ein berauschendes Gefühl der Macht. Dabei darf ich nicht mal Strafzettel ausstellen. Wie zum Teufel schaffst du es, nicht dem Drang zu erliegen, deine Macht zu missbrauchen?« Sie hob die Augenbrauen.

»Achtung, jetzt kommt eine humorlose Antwort.«

»Ich habe nichts Geringeres erwartet«, sagte sie und verdrehte die Augen.

»Wenn ich meine Macht missbrauchte, würde ich damit den Grund ad absurdum führen, weshalb ich diese Macht will. Ich möchte Dinge in Ordnung bringen, weißt du noch?«

»Das heißt, du willst sie nicht noch mehr kaputt machen.«

»Nicht unbedingt.«

Das Funkgerät brummte, und Eli berührte den schwarzen Knopf. Eine Frauenstimme füllte den Wagen, unterlegt von einer ganz ordentlichen Rückkopplung. »Ruhestörung im *Oak and Scotchbroom*. Verdächtiger scheint unbewaffnet zu sein, aber bedroht die Gäste im Diner.«

»Verstanden. Schon unterwegs.«

Er griff zum Schalthebel, legte den ersten Gang ein und wendete. Dann schaltete er die Polizeilichter an und fuhr zurück in die Stadt. »Du kriegst mehr geboten als erwartet, was?«, fragte er.

»Ja.« Sie hielt sich am Türgriff fest. »Das ist im Diner.«

»Ja.«

»Also hätten wir uns auch wiedergetroffen, wenn ich nicht mitgefahren wäre.« Auf einmal war sie heilfroh, dass sie an diesem Ende des Notrufes saß und nicht am anderen. Denn vor Männern – gewalttätigen Männern – hatte sie höllische Angst. Tief im Innern ihrer Seele wurde etwas ganz kalt, wenn sie einem Mann ansah, dass er gewalttätig werden wollte. Etwas rollte sich in ihr zusammen und weinte wie ein kleines Mädchen, das immer und immer wieder von seinem Vater getreten wurde.

Eine Erinnerung, die sich nie so tief hatte vergraben lassen, wie Sadie es sich gewünscht hätte.

Sie war jetzt angespannt und nervös, und sie konnte es nicht verbergen. Eli würde merken, dass sie Angst hatte. Dass die Fahrt zu diesem Einsatz sich für sie anfühlte, als sollte sie einer Erinnerung entgegentreten, mit der sie sich nie wieder befassen wollte.

Verdammt, reg dich ab, Sadie! Da randaliert nur jemand ein bisschen. Und der Mann neben dir ist bewaffnet.

Sie holte tief Luft und schaffte es, auf ihre eigenen aufmunternden Worte zu hören.

»Das wird doch glattgehen, oder?«, fragte sie und warf Eli einen Blick zu.

»Bisher hatte ich zu hundert Prozent Erfolg dabei, lebendig durch den Tag zu kommen. Ich rechne nicht damit, dass sich das heute ändert.«

Sie wandte nicht ein, dass jeder Mensch auf der Welt dieselbe Erfolgsrate hatte. Bis zu dem Tag, an dem man sie eben nicht mehr hatte. Denn es war schön, ihn das sagen zu hören. Ermutigend. Es wärmte sie. Vertrieb die eiskalte Furcht. Und dieses eine Mal würde sie das einfach zulassen, weil es so viel besser war, als sich zu fürchten.

Doch als sie die Stadt erreichten, stieg ihre Anspannung, und vor Angst hatte sie einen metallischen Geschmack im Mund. Als wäre ihr inneres Thermometer zerbrochen und hätte sie mit Quecksilber vergiftet. Aber vielleicht übertrieb sie ja. Schwer zu sagen, wenn man so in Panik war.

Als Eli auf das Grundstück des Diners einbog, sah sie eine Gruppe Männer auf dem Parkplatz stehen. Am Rand der Gruppe stand Alison und rang die Hände.

»Bleib im Wagen«, sagte Eli.

»Aber Alison …«

»Bleib. Im. Wagen«, wiederholte er scharf und stieg aus, die Hand an der Waffe.

Eli ließ den Blick über das Grüppchen Menschen schweifen und versuchte einzuschätzen, was vor sich ging. Wie er vermutet hatte, war es eine spätvormittägliche Auseinandersetzung zwischen Betrunkenen, was eigentlich nicht passieren sollte, aber trotzdem immer wieder vorkam. Er bezweifelte, dass Lebensgefahr bestand.

Andererseits konnte einem genau dieser Gedanke zum Verhängnis werden, wie er nur zu gut wusste, deshalb ließ er die

Hand an der Waffe. Er wollte nicht zu bedrohlich auftreten, aber auch nicht einfach untätig bleiben.

Er kannte diese Männer. Die meisten waren Holzfäller. Den Mittelpunkt der Gruppe bildete offenbar Alisons Mann Jared, was Eli wenig überraschte. Allem Anschein nach war er der Betrunkene und wohl auch der Unruhestifter.

»Was geht hier vor?«, fragte Eli und näherte sich der Gruppe.

»Jared führt sich wie ein Arschloch auf«, sagte Randy, ein Mann mittleren Alters mit langem Bart und Zähnen, denen man deutlich die Tabaksucht ansah.

»Wie jeden Tag«, ergänzte Mark, ein Fischer.

»Ich verteidige nur, was mir gehört«, knurrte Jared mit rebellischem Gesichtsausdruck und glasigem Blick.

»Jared …«, fing Alison an.

»Halt's Maul! Halt dein verdammtes Maul!«, fuhr Jared sie an. »Ich wär gar nicht hier, wenn du dich nicht wie eine Nutte aufführen würdest. Also halt dein Maul, du Schlampe!«

Eli atmete tief und langsam aus. Sonst wäre er womöglich gewalttätig geworden. Und das war nicht seine Aufgabe. Aber die Versuchung, zuzulangen und Jared mit der Faust das Maul zu stopfen, war unerwartet groß.

»Kein Grund, solche Ausdrücke zu benutzen«, sagte er hart.

»Redefreiheit, Deputy«, gab Jared zurück.

»Wir können ja darüber abstimmen, ob wir dein Gerede hören wollen«, sagte Bud – nicht der von der Tankstelle. »Ich für meinen Teil würde mit der Faust abstimmen.«

»Das reicht jetzt«, sagte Eli streng. »Ist jemand verletzt?«

Er musterte die Männer der Reihe nach. Es waren weder Blut noch Prellungen zu erkennen. Aber dass alles in bester Ordnung war, konnte man auch nicht behaupten. Alison war kreidebleich. Verängstigt. Und das drehte ihm den Magen um.

»Will jemand Anzeige erstatten?«, fragte er.

»Nee«, sagte Mark. »Ist ja niemand zu Schaden gekommen.«

Verdammt!

Er konnte Jared nach Hause eskortieren, aber mehr auch nicht. Es gab praktisch keine Landesgesetze gegen Trunkenheit in der Öffentlichkeit. So etwas galt nicht als Vergehen, sondern als Frage der öffentlichen Gesundheitspflege. Und da sich offenbar niemand geprügelt hatte, blieb ihm wieder mal nichts anderes übrig, als Jared nach Hause zu schicken. Wo sich später auch Alison einfinden würde. Das bereitete ihm erhebliche Sorgen.

»Jared, ich sorge dafür, dass Sie sicher nach Hause kommen.«

»Nein, danke, Deputy«, fauchte Jared.

»Tja, das haben nicht Sie zu entscheiden. Sie können freiwillig einsteigen oder in Handschellen.« Er kehrte zu seinem Wagen zurück und öffnete die Beifahrertür. »Steig aus, Sadie. Ich muss jemanden nach Hause bringen, und es ist mir lieber, wenn du nicht dabei bist.«

Sie sah ihn aus großen Augen besorgt an, und er spürte ein Ziehen in der Brust. Sadie hatte schon auf dem Weg zu diesem Einsatz verängstigt gewirkt, doch er hatte das als die normale Furcht einer Zivilistin abgetan. Jetzt hatte er das Gefühl, dass mehr dahintersteckte.

Zumal sie widerspruchslos ausstieg und sich ein Stück zur Seite hin entfernte, statt sich zu den anderen zu gesellen.

»Bleib einfach hier und iss ein Stück Kuchen. Ich hole dich dann ab«, sagte er.

»Ich … ich kann zu meinem Auto laufen.«

»Warte hier auf mich. Da passiert dir nichts.«

Er warf Jared einen strengen Blick zu, der offenbar soeben beschlossen hatte, ihm zu gehorchen. »Auf den Rücksitz«, befahl Eli. Dann ging er zu Alison hinüber. »Rufen Sie mich an, wenn er Ihnen Scherereien macht«, sagte er. »Rufen Sie irgendjemanden an. Haben Sie mich verstanden?«

Sie schüttelte den Kopf. »Das macht er nie.«

»Sie lügen doch«, sagte Eli mit leiser, sanfter Stimme.

»Das tue ich nicht.« Aus braunen Augen erwiderte sie trotzig seinen Blick.

Wieder hätte er am liebsten auf etwas eingeschlagen. Eine Mauer. Jareds Gesicht. Warum deckte sie ihn? Warum deckten sie sie immer?

»Trotzdem.« Er griff in seine Jacke und holte eine Adresskarte hervor. »Rufen Sie mich an.«

Er kehrte zum Streifenwagen zurück, zu seinem betrunkenen Arschloch von Passagier auf dem Rücksitz. Er würde Jared nach Hause fahren. Dort würde Jared ein wenig nüchterner werden. Und der Teufelskreis würde von vorn beginnen.

Eli wusste, dass es so war. In einer Stadt dieser Größe erlebte er es immer wieder.

Bei solchen Gelegenheiten konnte er verstehen, warum Sadie nicht hiergeblieben war.

12

Sadie hockte in einer der Nischen, vor sich eine Tasse Kaffee und ein Stück Kuchen. Die Fischer saßen wieder in ihrer Ecke, und Alison ging hinter der Theke umher.

Sadie nahm einen Bissen von der Zitronenbaiser-Torte. »Die ist wirklich gut«, sagte sie so laut, dass Alison es hörte.

Alison versuchte, sich ein Lächeln abzuringen. »Danke.«

»Könnte ich noch Kaffee haben?« Eigentlich wollte sie gar keinen mehr, aber Alison sollte zu ihr kommen und aufhören, sich zu verstecken.

Klar, dies war nicht gerade ihre liebste Art von Situation, aber wie man sehen konnte, hatte sie vor, sich Alison und deren häuslichen Problemen zu stellen. Das Schicksal hatte genau in dem Moment eingegriffen, als sie sich nach Kräften bemüht hatte, der Sache aus dem Weg zu gehen.

Sadie fühlte sich ein bisschen wie Jona. Über Bord geworfen, von einem Riesenwal verschluckt und im Diner wieder ausgespuckt. In genau dem Diner, den sie gemieden hatte. Klar, das war eine Analogie biblischen Ausmaßes, aber passend, wie sie fand.

Alison kam quer durch das Lokal zu Sadie herüber und warf einen Blick in deren volle Tasse.

»Kleiner Scherz. Ich hab gelogen. Setz dich.«

»Ich muss arbeiten.«

»Ja, und ich muss Kuchen essen. Setz dich.«

Alison gehorchte, die Hände im Schoß verkrampft, die Kaffeekanne vor sich auf dem Tisch.

»Hallo«, sagte Sadie. »Lange nicht gesehen. Gut, seit letzter Woche nicht, aber du weißt schon, was ich meine.«

»Ja.«

»Ich finde … ich sollte mich entschuldigen.«

Alison schien verblüfft.

»Weil ich nach der Highschool einfach abgetaucht bin. Nie angerufen habe. Nie zurückgekommen bin. Irgendwie waren wir doch ein Team. Wir haben zusammen gelacht, und ich glaube eigentlich nicht, dass wir viel zu lachen hatten, wenn wir nicht zusammen waren. Du hast all die Jahre zu mir gehalten. Ihr alle habt zu mir gehalten. Josh Grayson war der erste Mann, den ich geküsst habe. Verdammt, er war der erste, mit dem ich … überhaupt. Und ich habe euch einfach im Stich gelassen. Ohne je zurückzublicken. Ich musste weg … Ich musste unbedingt weg. Aber ich hätte auch an euch denken müssen.«

»Sadie … Wir haben nie rausgefunden, was damals wirklich passiert ist. Deine Mom hat behauptet, du wärst abgehauen. Und …«

»Und ihr habt es geglaubt, weil ich so oft davon geredet hatte«, beendete Sadie den Satz für sie. »Ich bin ja auch abgehauen. Das stimmt. Ich meine, danach bin ich an der Uni gelandet. In einem Beruf und so. Es war nicht so, als wäre ich Stripperin geworden. Nicht, dass daran etwas falsch wäre. Es ist nur … Kurz und gut, ich bin eben weggelaufen.«

»Wir haben dich vermisst«, sagte Alison.

Sie wirkte so müde und traurig. Ein scharfer Kontrast zu der Alison, an die sich Sadie erinnerte. Ein Mädchen in schwarzen Klamotten mit leidenschaftlicher Entschlossenheit im Blick.

Ein Mädchen, das zu kämpfen bereit war.

Der Kampfgeist war verschwunden. Über die Jahre langsam ausgetrocknet. Jahre, in denen Sadie fort gewesen war.

Doch wenn Sadie geblieben wäre … Vielleicht wäre mit ihr dann dasselbe passiert. Die Ausgangssituation war für sie und Alison gleich gewesen. Zwei Jugendliche, die nie eine unschuldige Kindheit gekannt hatten. Die das Leben von Anfang an von seiner harten und hässlichen Seite kennengelernt hatten. Keine von ihnen hatte sich je Illusionen über die Liebe gemacht.

Und trotzdem war Alison bei diesem Mann gelandet. Sadie war sich sehr deutlich bewusst, dass genauso gut sie jetzt dort sitzen könnte, mit diesem traurigen, hoffnungslosen Blick.

Sie spürte ein schmerzliches Ziehen in der Brust und holte tief Atem. »Ich … ich hätte nicht gedacht, dass mich jemand vermisst.«

»Das hätte wohl keiner von uns«, sagte Alison.

»Da liegt das Problem«, sagte Sadie. »Jedenfalls ist es nicht … gesund, so viel steht fest. Und Josh … ist auch weg?«

»Ja, er macht irgendwo Geschäfte. Zuerst war er in Washington, aber ich habe eine ganze Weile nichts mehr von ihm gehört.«

»Hm.« Sadie gestattete sich eine kurze und angenehme Erinnerung an Josh. Er war sexy gewesen, wenigstens hatte sie das als Teenager so gesehen. Trotzdem ließ sie die Erinnerung an ihn nicht erbeben. Anders als bei Eli.

»Du bist geblieben.« Sie konzentrierte sich wieder auf Alison.

»Ich habe auch dran gedacht wegzuziehen, aber meiner Mom ging es nicht gut. Und gleich nach ihrem Tod habe ich Jared kennengelernt.«

»Ach ja.« Der Schmerz in ihrer Brust vervielfältigte sich und wanderte hinunter zu ihrem Magen. »Ich glaube, der ist mir heute begegnet.«

Alison räusperte sich und fixierte die Kaffeekanne. »Ich weiß, dass das schlimm aussah.«

»Es *ist* schlimm«, sagte Sadie. »Erzähl mir keinen Mist. Ich bin Therapeutin von Beruf, wenn ich nicht gerade *Bed & Breakfasts* renoviere. Ich habe ständig mit Frauen zu tun, die eine gewalttätige Beziehung hinter sich lassen wollen. Und mit Männern, die befürchten, sie könnten gewalttätig werden. Außerdem habe ich meine ganze Kindheit mit einem Mann verbracht, der sämtliche Probleme mit Gewalt gelöst hat. Deshalb sage ich es noch einmal: Erzähl mir keinen Mist. Da bist du bei mir an der falschen Adresse.«

»So schlimm ist er gar nicht.«

»Den Teil können wir uns schenken. Ebenso den, in dem du mir erklärst, dass du es herausforderst. Und dass er ein guter Mensch ist. Und dass er eine schwierige Kindheit hatte. Denn das habe ich alles schon gehört. Vor fünf Monaten etwa habe ich eine Frau behandelt, die im Krankenhaus lag. Nachdem ihr Ehemann sie schwer verletzt hatte. Ich weiß also, wie die Geschichte ausgeht, Alison. Es sei denn, du entscheidest dich zu gehen.«

Alison griff nach der Serviette, die links neben ihr lag, und begann sie mit zitternden Händen zu verdrehen.

»Ich spreche jetzt nicht als Therapeutin zu dir«, sagte Sadie. »Sondern als eine alte Freundin. Als jemand, der dich schon vor ihm kannte. Du bist nicht die Einzige. Und du brauchst dich nicht dafür zu schämen.«

»Ich brauche mich nicht zu schämen?«, fragte Alison. »Das finde ich aber schon. Weil … weil man ziemlich dumm sein muss, um sich in so etwas hineinziehen zu lassen.«

»Das stimmt nicht«, widersprach Sadie. »Wirklich nicht. Wie klug man ist, spielt dabei überhaupt keine Rolle. Weil man solche Entscheidungen nicht mit dem Verstand trifft. Da entscheiden die Gefühle. Und das, was er aus dir gemacht hat. Was er dir eingeredet hat. All die Sachen, die er im Laufe der

Jahre immer mehr verdreht hat, so langsam, dass du es kaum mitbekommen hast.«

Alison schüttelte den Kopf. »Es ist zu spät. Ich habe sonst niemanden. Ich habe gar nichts. Nur diese Arbeit. Und diesen Mann.«

»Dann nimm dir doch mehr«, sagte Sadie frustriert. »Verlang mehr vom Leben.«

Alison stand auf. »Ich habe vergessen, wie man das macht. Kaffee und Kuchen gehen auf mich. Danke«, fügte sie hinzu. »Einfach nur … danke.«

Sie wandte sich ab, die schmalen Schultern hochgezogen, und ging zur Theke zurück. Im gleichen Moment kam Eli zur Tür herein.

Sadie hatte keinen Appetit mehr auf ihren Kuchen, auch wenn er gratis war. Sie stand auf, ging Eli entgegen und lotste ihn wieder ins Freie, bevor er nach dem Grund fragen konnte.

»Hast du ihn nach Hause geschafft?«, fragte sie draußen auf dem Parkplatz. Sie schaffte es kaum, Eli in die Augen zu sehen.

»Ja. Begreifst du jetzt, wie so was abläuft?«

»Er hätte es verdient, dass man ihm eins aufs Maul gibt. Dass man ihn mit dem Kopf aufs Pflaster knallt.«

»Ja, aber das kann ich nicht machen, Sadie. Wenn ich mich dazu hinreißen lasse, bin ich nicht viel besser als er. Denn ich habe Macht über die Leute, und die darf ich niemals missbrauchen. Aber vermutlich hätte ich Mark und die anderen mit einer Verwarnung davonkommen lassen, wenn sie das erledigt hätten. Oder wenn jemand … etwas gesagt hätte.«

»Dir einen Grund gegeben hätte, ihn festzunehmen«, ergänzte sie.

»Das ist ja das Schwierige an solchen Situationen.« Eli stemmte die Hände in seine schlanken Hüften und schaute zum Diner hinüber. »Sie ist erwachsen. Ich kann sie nicht einfach aus diesem Haus zerren. So wenig wie ich ihm für etwas Handschellen anlegen kann, das ich zwar vermute, aber nie mit eigenen Augen gesehen habe.« Er drehte sich um und schlug mit der flachen Hand aufs Dach des Streifenwagens. »Manchmal fühlt man sich umso machtloser, je mehr Macht man hat.«

»Sie wird nichts … Ich habe versucht, mit ihr zu reden. Aber …«

»Ich weiß.« Er atmete tief durch. »Hör zu. Ich bin noch eine Weile im Dienst. Ich fahre dich jetzt zu deinem Auto.«

»Okay. Wir sehen uns ja heute Abend.«

Er nickte zögernd. »Ja. Ich glaube, das brauche ich heute.«

Sadie war keineswegs weniger nervös als am Abend zuvor. Wenn überhaupt, war sie noch nervöser. Denn jetzt wusste sie ganz sicher, dass die Intensität zwischen Eli und ihr keine Einbildung war.

Heute Abend würde sie aufs Ganze gehen, und sie wusste ganz genau, worauf sie sich da einließ. Es war ein gefährliches Spiel, aber es gefiel ihr. Das überraschte sie mehr als alles andere.

Doch der heutige Tag war sehr verstörend gewesen, deshalb freute sie sich auf ein intensives Erlebnis ganz anderer Art. Weil ihr das helfen würde, ihre innere Unruhe abzuschütteln.

Wenigstens für eine Weile.

Du kannst den Leuten nicht helfen, wenn sie es nicht wollen.

Das hatte sie sich über die Jahre hinweg unzählige Male ins Gedächtnis gerufen. Jedes Mal, wenn sie ihre Mutter nicht angerufen hatte. Um herauszufinden, ob ihr Vater immer noch mit eiserner Faust im Haus regierte. Früher einmal hatte sie versucht, ihrer Mutter zu helfen. Aber ihre Mutter hatte sich fürs Bleiben entschieden. Sie hatte sich für den Mann entschieden, der ihre eigene Tochter krankenhausreif geprügelt hatte. Also hatte Sadie sich damit abgefunden, dass sie das Leben ihrer Mutter nicht ändern konnte, und sich stattdessen daran begeben, ihr eigenes Leben zu ändern.

In Alisons Fall würde sie die Sache ebenfalls auf sich beruhen lassen müssen. Auch wenn das scheiße war. Es war viel schwieriger auszuhalten, wenn man das Ganze nicht auch buchstäblich hinter sich lassen konnte, indem man in eine andere Stadt zog und nie zurückblickte.

»Bah!« Sie schlenderte in die Küche, stemmte sich am Tresen in die Höhe, kniete sich auf die Granitplatte und durchstöberte den Wandschrank nach einer Flasche Wein. Wenn erst die Gäste kamen, würde sie sich einen echt noblen Weinständer anschaffen müssen. Zum Glück hatte sie bis dahin noch Zeit.

Außer der Weinflasche nahm sie auch zwei Gläser aus dem Schrank. Eli würde sicher auch einen Drink brauchen können.

Sie fragte sich, ob er sich nach ein oder zwei Gläsern wohl entspannen würde. Ob sie ihn dann zum Lächeln bringen könnte. Ob seine Lippen nach Merlot schmecken würden und nach Sünde und nach diesem Lächeln, das so unglaublich selten war.

Erwartungsvoll leckte sie sich schon einmal die eigenen Lippen. Dann brachte sie die Gegenstände, die sie ab jetzt als fantasieanregende Utensilien betrachten würde, ins Wohnzimmer hinüber.

Sie trug noch dasselbe wie vorhin – heute keine zusammenpassende Unterwäsche, wie traurig für Eli. Nach dem Zwischenfall im Diner hatte sie sich in die Vorbereitungen für ihr B&B vertieft. Sie hatte sich die Entwürfe für ihre Website angeschaut, die echt fantastisch waren, und den Anstrich für die neue Veranda ausgesucht. Die Arbeiter waren fast fertig – für so einen Trupp muskulöser Männer war eine Veranda schließlich ein Klacks.

Summend stellte sie die Gläser auf die altmodische Kapitänstruhe, die sie als Couchtisch benutzte, und setzte sich mit untergeschlagenen Beinen auf die Couch.

Einen Augenblick lang wünschte sie sich von Herzen, Eli würde einfach hereinkommen und sich neben sie setzen. Sich gemeinsam mit ihr entspannen. Die Ruhe genießen.

Sie blinzelte irritiert. Nein. Darum ging es hier doch gar nicht. Jedenfalls sollte es nicht darum gehen, Gefühle miteinander zu teilen. Sondern um nackte Körper und Orgasmen.

Das laute Klopfen an der Haustür riss sie aus ihren Gedanken. »Es ist offen!«, rief sie.

Sie hörte, wie sich die Tür öffnete und schloss, vernahm schwere Schritte auf dem Holzboden, und dann erschien Eli in der Wohnzimmertür.

»Hallo«, sagte sie und betrachtete seine große, schlanke Gestalt. Er hatte sich umgezogen. Eine dunkle Jeans, die eng seine muskulösen Oberschenkel umspannte, und ein enges schwarzes T-Shirt, das deutlich verriet, was für Vergnügungen unter dem Stoff auf sie warteten.

»Hallo!«

»Du kannst ruhig reinkommen.« Sie klopfte einladend auf den leeren Platz neben sich.

»Okay.« Er warf einen misstrauischen Blick auf Toby, der in dem Sessel schlief, den er als sein Eigentum in Beschlag genommen hatte. Dann durchquerte er den Raum und setzte sich in sicherem Abstand neben ihr auf die Couch.

»Wein?«, fragte sie.

»Ich mag Wein nicht besonders.«

Verdammt! So viel zu ihren nach Merlot schmeckenden Fantasien. Dann würde sie halt für zwei trinken. »Tja, ich hoffe, du hast nichts dagegen, wenn ich welchen trinke.« Sie nahm den Korken heraus, den sie vorher schon gezogen hatte, schenkte sich großzügig ein, hob das Glas und stieß damit gegen das leere Glas, das noch auf der Truhe stand. »Dann eben auf mein Wohl.« Sie nahm einen Schluck und lehnte sich zurück. Sie war auf einmal gedrückter Stimmung. Weil sie ein Bild im Kopf gehabt hatte, das dort gar nichts verloren hatte, und nun war sie enttäuscht, dass Eli sich nicht an dieses unvernünftige Bild hielt.

»Bist du jetzt sauer auf mich?«, fragte er.

Sie schaute ihn über das Glas hinweg an, sah ihm in die ernst blickenden braunen Augen und spürte ein Flattern in der Magengegend. »Ein bisschen.«

»Warum?« Seine Mundwinkel bewegten sich nach oben.

Da war das Lächeln. Nur ein kleines, aber sie hatte es geschafft. »Weil du mit mir Wein trinken und es dir mit mir gemütlich machen solltest.«

»Das passt aber nicht so ganz zu dem, was wir vereinbart haben«, sagte er sanft. Warum musste er so nett sein? Schließlich versuchte sie doch, sauer auf ihn zu sein.

»Ich weiß. Aber ich hatte es mir trotzdem erhofft. Ich bin eben ein launisches und schwieriges Geschöpf.«

»Allerdings.«

»So bereitwillig musst du auch wieder nicht zustimmen.«

»Sadie.« In seinen dunklen Augen lag jetzt ein Glühen. Er griff behutsam nach ihrem Glas und zog es von ihrem Mund weg. »Du weißt, was wir hier tun.«

»Ja«, sagte sie. »Mach dir mal um mich keine Sorgen.«

»Warum bist du dann wütend?«

Sie stellte ihr Weinglas auf die Truhe, stand auf und baute sich vor Eli auf. »Weil ich da so einen kleinen Tagtraum hatte.«

»Ach ja?« Sofort wirkte er interessiert.

»Oh ja!« Sie setzte das eine Knie neben seinen Oberschenkel auf die Couch, das andere ebenfalls, und hockte sich rittlings auf seinen Schoß. »Darin habe ich dir geholfen, dich ein bisschen zu entspannen.«

»Auf die Art schaffst du das aber nicht«, sagte er und legte seine Hände an ihre Hüften. »Das ist dir doch klar, oder?«

»Du solltest dich entspannen«, fuhr sie fort. »Und ich wollte dir den Weingeschmack von den Lippen lecken.« Sie beugte sich vor und zog mit der Zungenspitze die Kontur seiner Oberlippe nach. »Aber ich muss sagen, dass du auch pur ziemlich gut schmeckst.«

Er holte tief Luft, umfasste sie fester und ließ den Kopf nach hinten sinken. »Du bist echt gefährlich, weißt du das?«

»Dass ich gefährlich bin, hat mir noch nie jemand vorgeworfen.« Sie legte die Hände auf seine Brust und beugte sich vor, um ihn heftig zu küssen. »Unzuverlässig. Amüsant. Flatterhaft. Aber nie gefährlich.«

»Dann warst du bisher nur mit Blinden zusammen.«

»Oder die Chemie hat einfach nicht so gestimmt wie zwischen uns. Wir zwei sind eindeutig leichter entflammbar als üblich.«

»Stimmt.« Er ließ eine Hand nach oben gleiten, fuhr ihr mit den Fingern durchs Haar und strich ihr mit dem Daumen ganz leicht über die Lippen. »Bist du noch sauer auf mich?«

»Eigentlich nicht.«

»Gut. Denn ich bin nicht hier, um zu streiten.«

»Ich hoffe doch, du bist zum Vögeln hier.«

»Ja«, sagte er, »und ich halte an meiner ursprünglichen Aussage fest. Du, Sadie Miller, bist verdammt gefährlich.«

»Du bist auch nicht gerade harmlos, Deputy Garrett.« Sie schob ihre Hüften vor und schnappte nach Luft, als sie mit seiner Erektion in Berührung kam, steinhart und zu allem bereit.

Wirklich, die Enttäuschung über das Scheitern ihres kleinen heimeligen Tagtraums ließ immer mehr nach.

Er fasste ihr kräftiger in die Haare, zog ihr Gesicht zu sich herunter und küsste sie leidenschaftlich und lange, bis sie nach Atem rang. »Eigentlich nicht«, sagte er.

Und auf einmal war die Intensität wieder da. Verlangen, das einen traf wie ein Fausthieb in den Magen, sodass man kaum noch atmen konnte. Lust, die an Schmerz grenzte. Ihre Mitte war schon wieder derartig feucht und empfindlich, dass es nur noch eine wohlgezielte Begegnung mit seinem Schwanz gebraucht hätte, um sie um den Verstand zu bringen.

Aber so leicht verhalf Eli einem nicht zur Befriedigung. Mit ihm war die Erlösung nicht süß wie das Aufblühen einer Blume, sondern eher wie ein Sturm. Und Sadie stürzte sich bereitwillig hinein, obwohl sie ganz genau wusste, was auf sie zukam. Dass sie dieses Mal vielleicht über Bord gespült wurde und dann hilflos auf den Wellen trieb.

Es war das Risiko wert. Jedes Mal aufs Neue war es das Risiko wert.

Sie erwiderte seinen Kuss, biss ihm in die Unterlippe und schob ihm das T-Shirt nach oben. Sobald er es abgestreift hatte, legte sie ihm die Hände auf die Brust, auf die harten Muskeln, die sie jetzt erforschen durfte. Nur sie allein.

»Du auch«, sagte er.

Und sie gehorchte, zog sich eilig das T-Shirt über den Kopf und öffnete den Vorderverschluss ihres BH. Sie beugte sich vor, und ein kurzer, heftiger Laut entfuhr ihr, als ihre Brustwarzen seine heiße nackte Haut berührten.

Er strich ihr über den Rücken, mit festen, sicheren Bewegungen. Mit einer Selbstverständlichkeit, die sie überhaupt nicht störte.

Er packte sie fester, hob sie hoch und drehte sich mit ihr,

bis sie neben ihm lag, auf dem Rücken, und er halb auf ihr, die Hände am Druckknopf seiner Jeans. Hitze überflutete ihr Gesicht und ihren ganzen Körper. Ihr Herz raste in lustvoller Vorfreude, während sie darauf wartete, dass er sich seiner Jeans entledigte.

Sie knöpfte ihre eigene Jeans auf, schob sie samt Unterwäsche nach unten und aus dem Weg. »Los doch«, sagte sie, »du bringst mich noch um.«

»Du stirbst schon nicht.« Er beugte sich vor und zeichnete die Kontur ihrer Brustwarze mit der Zunge nach.

»Doch«, keuchte sie, »ich glaube schon.«

»Ich hätte nicht gedacht, dass du so zerbrechlich bist.« Er küsste sie leicht auf die Brust, beugte sich dann weiter herab und drückte ihr einen Kuss auf den Bauch.

»Ich bin nicht zerbrechlich.«

»Ganz sicher, Süße?«

»Du wirst echt ein schlechter Mensch, wenn dein Schwanz hart ist«, sagte sie mit zittriger Stimme.

»Und das gefällt dir.«

»Teufel, ja, das gefällt mir!«

»Dann haben wir ja kein Problem.« Er umfasste ihr Bein und fuhr mit den Fingerspitzen an der Innenseite ihres Schenkels entlang. Ihre Muskeln erzitterten.

»Bis auf das kleine Problem, dass ich gleich sterbe, weil du mir nicht gibst, was ich will.«

»Was willst du denn?« Mit den Lippen folgte er der Spur, die er mit den Fingern gezogen hatte.

»Ach … Ich … Du weißt schon.«

»Du willst das hier.« Er beugte sich vor, und sein heißer Atem strich über ihre Klitoris.

»Oh … ja! Bitte!«

»Nur wenn du meinen Namen sagst.«

»Bitte, Eli.« Es machte ihr nichts aus, sich etwas befehlen zu lassen. Im Augenblick sehnte sie sich so verzweifelt nach Erlösung, dass sie auch Betteln nicht unter ihrer Würde fand. »Oh, bitte!«

»Bitte was?«

»Bitte mach … Du weißt schon.«

»Ich soll dich lecken, bis du schreist?«

Ihr wurde heiß, und ihr Gesicht glühte. Sie war nicht prüde, aber sie war auch noch nie mit einem Mann zusammen gewesen, der so mit ihr sprach. Und dass es ausgerechnet Eli war, der anständige Eli, der keine Zweideutigkeit bemerkte und ihr schon einmal unter sehr unerfreulichen Umständen Handschellen angelegt hatte, ließ das alles nur noch verbotener und schockierender wirken.

»Eli …«

»Soll ich?«

»Ja.«

Er packte sie an beiden Schenkeln und zog sie zu sich heran. Seine Lippen trafen auf ihr empfindliches Fleisch, seine Zunge liebkoste ihre Klitoris. Sie warf einen Arm über die Rücklehne der Couch und legte ihm die andere Hand auf die Schulter, während er sie stimulierte, sie erbarmungslos geradewegs in den Abgrund stieß, in einen Orgasmus, auf den sie überhaupt noch nicht vorbereitet war.

Lust durchströmte sie. Sie hatte Angst, darin zu ertrinken, und sie konnte nichts dagegen tun, außer sich an Eli zu klammern. Sich an ihn zu klammern und zu hoffen, dass sie den Sturm überlebte.

»Dreh dich um«, sagte er mit rauer Stimme.

»Was?«

»Knie dich hin, Süße!«, befahl er.

Sie richtete sich auf und gehorchte. Mit dem Oberkörper

stützte sie sich an der Armlehne der Couch ab, ihre Knie gruben sich in die Polster.

Sie hörte, wie Eli seine Geldbörse hervorholte und die Verpackung eines Kondoms aufriss. Ihre Kehle war trocken, ihr Körper pulsierte. Sie konnte sich doch nicht schon wieder so verzweifelt nach Erlösung sehnen, keine Minute nach dem letzten Orgasmus. Das war gar nicht möglich.

Und doch geschah es.

Sie zitterte vor Verlangen. Und vor Angst, denn dieses starke Verlangen war furchterregend. Aber sie hätte ihn gar nicht aufhalten können. Was es noch erschreckender machte. Weil sie ihn überhaupt nicht aufhalten wollte. Sie hätte längst weglaufen müssen. Sie müsste jetzt schon in ihrem Toyota sitzen und auf halbem Weg zur Staatsgrenze sein. Stattdessen war sie hier und hockte angespannt und bereit auf der Couch. Und wartete auf Eli. Weil sie Eli brauchte.

Sie musste nicht lange warten.

Er schob sich in sie hinein, und sie senkte den Kopf, sodass sie mit der Stirn gegen die Armlehne der Couch stieß und sich das Brokatmuster in ihre Haut drückte.

Er packte sie an den Hüften und gab einen steten Rhythmus vor, während er seine Hand zugleich zwischen ihre Schenkel wandern ließ und ihre Klitoris streichelte. Sie erschauderte unter der Berührung. In dieser Stellung war sie völlig machtlos, ihm aufgeliefert. Und sie genoss es.

Dies war vollkommen anders als das letzte Mal. Da hatte sie ihn geritten, bis sie beide den Verstand verloren. Jetzt hatte er das Sagen. Er bestimmte das Tempo, und er hatte die totale Kontrolle. Sie hatte es nie gemocht, sich einem Mann derart auszuliefern. Aber bei ihm gefiel es ihr.

Mehr als das.

Er zog sie fester an sich und erhöhte dadurch die Intensität.

Ihr ganzer Körper spannte sich, die Lust in ihr wuchs immer mehr und näherte sich dem Punkt, an dem sie es nicht mehr ertragen würde.

Er drückte ihr hart zwischen die Schenkel, und dieser zusätzliche Druck gab ihr den Rest. Die Anspannung brach, hohe Wellen der Lust durchfluteten sie.

Eli umfasste ihre Hüften, dass sich seine Finger in ihre Haut gruben, und ritt sie immer heftiger, seinem eigenen Höhepunkt entgegen. Endlich stöhnte er laut auf, versteifte sich und entspannte sich dann, den Kopf auf ihrem gebeugten Rücken.

Er löste sich von ihr, und sobald er ihr seine Wärme entzog, begann ihre Haut an der kühlen Luft zu kribbeln. »Ich bin gleich wieder da«, sagte er.

Sie streckte sich flach auf dem Bauch aus und versuchte wieder zu Atem zu kommen. Einen klaren Gedanken zu fassen, bevor Eli zurückkam. Damit sie nichts Dummes und Schwaches tat. Ihm auf den Schoß kroch zum Beispiel, den Kopf an seiner Brust verbarg.

Leider fühlte sie sich dumm und schwach. Was wirklich ärgerlich war.

Sie setzte sich auf, damit sie etwas weniger kläglich wirkte, wenn er zurückkam.

Er betrat das Zimmer, wunderschön in seiner Nacktheit, den Blick auf ihre Brüste gerichtet. »Hallo«, sagte er.

»Ich habe gerade ein Déjà-vu. Nur dass du angezogen warst, als du das letzte Mal reingekommen bist und ›Hallo‹ gesagt hast.«

»Du auch.«

»Ja, stimmt. Aber jetzt nicht mehr.«

»Offensichtlich.«

»Geh nicht«, bat sie und hätte sich im selben Moment die Zunge abbeißen können.

»Will ich gar nicht«, sagte er. »Noch nicht.«

»Ja, das meinte ich ja. Nicht … jetzt sofort. Wir könnten … Wir könnten ins Schlafzimmer gehen und …«

Diesen Moment suchte Toby sich aus, um zwischen ihren Füßen auf den Boden zu springen und sie aus goldenen Katzenaugen strafend anzuschauen.

»Ach, du wieder«, sagte sie, »geh und mach dich nützlich. Fang Mäuse!«

»Du hast behauptet, er fängt keine Mäuse«, sagte Eli lächelnd.

»Er braucht ein Hobby. Ein anderes, als uns nach dem Sex anzustarren. Schluss jetzt, Kater. Verzieh dich!«

Toby miaute und schlenderte zu Eli hinüber. Er rieb sich an seinen nackten Beinen und wand ihm seinen Schwanz um die Wade. Eli sah Sadie mit hochgezogenen Augenbrauen an.

»Er kann deine Geringschätzung riechen. Für ihn ist das … nun ja, wie Katzenminze. Bei Hass lebt er richtig auf.«

»Warum magst du ihn noch mal?«

»Versteh das bitte nicht falsch, aber ich glaube, aus ähnlichen Gründen, aus denen ich dich mag.«

Er blickte auf den Kater hinab, der sich noch immer um seine Beine schlängelte, und sah dann wieder sie an. »Wie bitte?«

»Natürlich verstehen wir uns nicht immer. Du kannst ziemlich unleidlich sein. Reserviert. Hart in deinem Urteil. Aber du hast was.«

»Du hast für meinen Charakter ja wirklich nur Lob übrig.«

»Hey, ich weiß eben, was mir gefällt. Unleidliche, hart urteilende Katzen und … unleidliche, hart urteilende Männer in Uniform.«

»Ich urteile nicht über andere«, sagte er.

»Natürlich nicht.«

»Tu ich wirklich nicht.«

»Du scheinst verärgert zu sein. Wirst du mich mit der vollen Macht des Gesetzes bestrafen?« Sie hob anzüglich die Augenbrauen und stand auf. Ihre Beine zitterten.

»Sollte ich vielleicht.« Seine Stimme war jetzt tiefer und rauer.

Oh ja, das war besser als die Alternative. Verlangen war besser als diese anderen Gefühle. Die starken Nachbeben des Sex mit Eli. Diese gewaltige Sehnsucht, die er in ihr weckte, ohne sie je zu erfüllen.

»Wir sollten ins Bett gehen.«

Und ausnahmsweise widersprach er nicht.

13

Es war früh. Es war kalt. Und es war Zeit, die Zäune auszubessern.

Lauter Dinge, die Eli in vielerlei Hinsicht genoss. Na schön, Zäune zu reparieren war nicht die amüsanteste Beschäftigung, die er sich an einem Samstag vorstellen konnte, aber es war eine geruhsame Arbeit. Connor und er hatten Thermoskannen voll Kaffee dabei, die auf den Zaunpfosten standen, ihr Atem hinterließ Wölkchen in der kalten Luft, und das Ganze hatte etwas sehr Vertrautes. Etwas Zuverlässiges.

Natürlich war er in Gedanken mit Sadie im Bett. In dieser Woche war er jeden Abend zu ihr gegangen. Er hatte zwar nie dort geschlafen, aber letzte Nacht war er geblieben, bis der Himmel schon wieder hell wurde, hatte danach eine Stunde geschlafen, und jetzt arbeitete er hier auf der Weide.

Es passte nicht zusammen. Hierher zu kommen nach diesen traumartigen Erfahrungen mit Sadie, in ihren Armen, in ihrem Bett. Mit ihr hatte er die Sorte Sex, von der er bisher kaum zu fantasieren gewagt hatte. Weil er nicht daran geglaubt hatte, dass es so etwas tatsächlich gab. Dass es auch nur möglich war.

Was zwischen ihnen vorging, war so heiß, wie er es noch nie erlebt hatte. Er war es nicht gewohnt, dass Sex ihn derart vollständig in Anspruch nahm. Allerdings hatte er auch nichts dagegen einzuwenden.

Aber von dort erst zum Schlafen und dann hierher zu wechseln, das hatte ihn aus dem Gleichgewicht gebracht.

»Reich mir mal den Drahtschneider«, bat Connor. Seine Stimme war noch rau vom Schlaf.

»Klar.« Eli hob den Schneider vom Boden auf und legte ihn in Connors ausgestreckte Hand.

»Du bist heute Morgen so still«, sagte Connor.

»Und du scheinst mit einem Östrogenschub aufgewacht zu sein.«

»Was?«

»Mal ehrlich, was sollte das denn? ›Du bist heute Morgen so still.‹« Eli wusste, dass er sich wie ein Blödmann aufführte. Denn er *war* hundemüde. Weil er die ganze Nacht hindurch Sex hatte. Was ihm zwar irgendwie ein sehr zufriedenes Gefühl gab, wovon sein Bruder aber nichts erfahren sollte. »Solchen Mist sagen doch nur Frauen.«

»Und du scheinst heute Morgen auf der Arschlochseite des Bettes aufgewacht zu sein, und auf dem Weg zum Stall bist du dann in einen Haufen Frauenfeindlichkeit gelatscht.«

»Den Weg legst du doch jeden Morgen zurück. Warum stört es dich, wenn ich versuche, so zu reden wie du?«

»Weil du das sonst auch nicht tust. Du bist immer so wahnsinnig ausgeglichen, was mich ehrlich gesagt ziemlich anpisst, schließlich bist du mein kleiner Bruder und hast trotzdem deinen Mist besser auf der Reihe als ich. Egal was passiert, du kriegst immer alles auf die Reihe. Weshalb es mich argwöhnisch macht, dass du dich heute so aufführst.« Connor richtete sich auf und zog den Handschuh aus. Er lehnte sich an den hölzernen Zaunpfahl, griff nach seiner Thermoskanne und schraubte den Deckel ab. »Ja, sogar sehr argwöhnisch.« Er goss sich eine Tasse Kaffee ein, schwarz, ohne Zucker. »Entweder bist du immer noch sauer, weil du Sadie vögeln willst, oder … Oh nein!« Er verzog den Mund zu einem Lächeln. Eli stöhnte innerlich auf. »Nein, daran liegt es nicht. Du hast gesagt, du willst gar nicht mit ihr schlafen. Also wärst du deswegen nicht so mürrisch, selbst wenn du im vollen Mönchsgelübde-Zölibat-Modus wärst. Du *hast* mit ihr geschlafen! Und jetzt bist du sauer, weil du dein kleines Gelübde gebrochen hast.«

Falsch. Er war nicht sauer, weil er mit Sadie geschlafen hatte. Er genoss jede Sekunde. Er war vielmehr stinksauer, weil sein Bruder so nahe an die Wahrheit herankam.

»Halt die Klappe, Connor«, brummte er, griff nach seiner eigenen Thermoskanne und schenkte sich Kaffee mit Sahne und Zucker ein.

»Das ist es. Du hast mit ihr geschlafen.«

»Ich *schlafe* mit ihr«, verbesserte er mit harter Stimme. Er hatte es nicht zugeben wollen, weil es Connor nichts anging. Das war eine Sache zwischen ihm und Sadie. Und es kam ihm falsch vor, darüber zu sprechen. Als würde es das herabsetzen, was zwischen ihnen war. Als würde es *sie* herabsetzen.

»Aha!« Connor schob seinen Hut weiter nach hinten. »Damit habe ich nun nicht gerechnet.«

»Womit?«

»Dass ich recht habe, dass du es zugibst und dass es mehr als einmal passiert ist.«

»Ich kann nicht mal zählen, wie oft es passiert ist.« Jetzt stellte er auch noch sein männliches Ego über den Anstand, was er nur selten tat, aber er war eben auch nur ein Mensch.

Connor schüttelte den Kopf und trank noch einen Schluck Kaffee. »Eine Sekunde lang war ich neidisch auf dich«, sagte er.

»Nur eine Sekunde?«

»Ja, und dann fiel mir wieder ein, wie wenig ich mit all dem Kram noch zu tun haben will.«

Eli stieß einen langen Atemzug aus. Er hatte nicht darüber reden wollen, aber jetzt redeten sie ja schon darüber. »Du willst nie mehr mit einer Frau schlafen?«, fragte er.

»Hab ich nicht vor.« Connor nippte an seinem Kaffee.

»Das ist nicht … Du bist vierunddreißig. Das ist nicht gesund.«

»Du glaubst doch nicht immer noch an blaue Eier, oder?«, fragte Connor.

»Nein. Hör zu, ich finde nur …« Er schluckte. »Ich will dir nicht vorschreiben, wie du mit der Sache umgehen sollst. Mit Jessies Verlust. Wer bin ich denn schon? Ich habe noch nie eine Frau geliebt, Connor. Ich habe auch nicht vor, jemals eine zu heiraten. Das ist bei mir einfach nicht drin. Aber *du* musst nach vorn schauen.«

Connor schüttelte den Kopf. Seine Miene war angespannt. »Nein, Eli, muss ich nicht. Ich muss nicht nach vorn schauen. Ich muss gar nichts, was ich nicht will.«

»Dann soll das immer so bleiben?«

»Möglich. Ich führe die Ranch. Ich erledige meine Arbeit. Was zur Hölle kann man denn noch von mir verlangen?«

»Dass du glücklich bist?«

Connor lachte. »Ich bin aber nicht glücklich. Warum soll ich so tun als ob?«

Eli senkte den Blick. »Es ist jetzt drei Jahre her«, sagte er leise.

»Und es sollte ein ganzes Leben dauern.« Connor schraubte den Deckel wieder auf seine Thermoskanne. »Wie lange darf man brauchen, um über den Verlust des ganzen Lebens wegzukommen? Beantworten Sie mir mal diese Frage, Deputy.«

»Kann ich nicht«, sagte Eli.

»Dachte ich mir. Du willst ja auch nicht heiraten.«

»Nenn mir einen Grund, warum ich es sollte.« Eli stellte einen Fuß auf die unterste Zaunlatte. »›Die Liebe kommt herbei und stirbt‹, wie es in einem Song heißt.« Es war seltsam, so etwas zu sagen, während in der Ferne die Kiefern golden im Sonnenlicht schimmerten und ein leichter Wind vom Meer hereinwehte, dessen salziges Aroma sich mit dem Geruch der Erde, der Bäume und der Rinder vermischte. Da konnte einem die Ranch wie ein Paradies erscheinen, und es war schwer, sie so zu sehen, wie sie wirklich war.

Aber es war schlicht eine Tatsache, dass es niemandem in seiner Familie je gelungen war, die Liebe festzuhalten. Das Kataloghaus, das er in Gedanken immer öfter als Sadies Haus bezeichnete, war dafür das älteste Symbol. Ein Geschenk für eine Frau, die nicht geblieben war.

Und so war es immer weitergegangen, bis hin zu Connor.

Nein, Eli hatte nicht vor zu heiraten. Er hatte nie einen guten Grund dafür gesehen, sich Liebe zu wünschen, und umso mehr Gründe, sie zu meiden.

»Ja«, sagte Connor. »Manchmal kommt es einem so vor. Aber was ich sagen wollte: Du willst sogar jetzt schon nicht heiraten. Nach allem, was Dad durchgemacht hat, nachdem Mom weggegangen ist … Aber ich wollte trotzdem heiraten, und sieh dir doch an, wohin es mich gebracht hat. Findest du nicht, dass ich allen Grund habe, nicht noch einmal heiraten zu wollen?«

»Doch. Aber nie wieder Sex haben?«

»Lass das mal meine Sorge sein.«

»Schön, ich verspreche, mir deswegen nie mehr Gedanken zu machen. Und dich nie wieder danach zu fragen.«

»Guter Plan. Also. Wir haben uns ausgesprochen. Du hast gesagt, was dich beschäftigt. Und ich hab meinen Senf dazugegeben. Du kannst deine brüderliche Pflicht als erledigt betrachten.«

»Okay«, sagte Eli, obwohl es sich nicht okay anfühlte.

»Ist der Sex gut?«, fragte Connor.

»Was?«

»Mit Sadie. Ist der Sex gut? Verrat mir wenigstens das.«

»Saugut.«

Connor stöhnte. »Okay, dann haben wir das auch geklärt. Das peinlichste Gespräch der Welt?«

»Absolut.«

»Wolltest du als Nächstes über Religion oder Politik reden?«

»Ich passe«, sagte Eli.

»Dann reparieren wir einfach den Zaun und kümmern uns um unseren eigenen Mist.«

»Ist mir nur recht.«

Eli machte sich wieder an die Arbeit. Zwischendurch blickte er in den blassblauen Himmel über den sattgrünen Bergen. Er bemühte sich, nicht mehr an das Gespräch mit Connor zu denken. An die Trostlosigkeit im Blick seines Bruders. Eli hatte immer befürchtet, dass es in Connors Innerem so aussah, und nun war es ausgesprochen. Connor ging es gar nicht gut.

Und Eli konnte es nicht in Ordnung bringen. Verdammt, er hasste es, wenn er etwas nicht in Ordnung bringen konnte.

Es war wie damals bei seinem Dad. Zusehen, wie jemand in seinem Schmerz ertrank. Versuchen, die Sucht in Schach zu halten, bis man dann doch ein Mal, nur ein einziges Mal, nicht zur Stelle war. Den anderen nicht aufhalten konnte. Nicht auf ihn achtgeben konnte.

Wenigstens trank Connor nicht so viel wie ihr Vater. Aber Eli sorgte sich trotzdem. Denn sein Bruder trank eindeutig mehr als noch vor Jessies Tod.

Der Gedanke bedrückte ihn. Und nicht nur das, er löste in ihm auch den Wunsch aus, wieder in Sadies Bett zu schlüpfen. Wenigstens dort war alles gut.

Umwerfend gut.

Dort dachte er nicht so viel über die Dinge nach, die er in Ordnung bringen sollte, die sich aber nicht in Ordnung bringen ließen. Dort durfte er nur an sich selbst denken. Jetzt musste er nur noch eine gewaltige Strecke Zaun reparieren, ein paar Kälber impfen, und dann würde er wieder bei ihr sein.

Das war sein Glücksgedanke für diesen Tag. Es kam selten vor, dass er einen Glücksgedanken hatte, und niemand war überraschter als er, dass sich der für heute ausgerechnet um Sadie Miller drehte.

»Danke, dass du hergekommen bist, Kate«, sagte Sadie, streckte die Hand aus und hielt Kate eine Schürze hin.

Kate sah sich um. »Ich sehe gar keine halb nackten Bauarbeiter.«

»Du bist nicht zum Gaffen hier, Süße, sondern um zu backen.«

Kate verschränkte die Arme unter den Brüsten und hob die dunklen Augenbrauen. »Ach ja?«

»Ja. Wir backen Hefebrötchen. Die kleinen, die es als Beilage zum Abendessen gibt. Natürlich nur, wenn du willst. Ich dachte, wir unternehmen mal was zusammen. Und da ich gerade herauszufinden versuche, wie sich ein paar Rezepte verbessern lassen, habe ich mir überlegt, ob uns das nicht beiden Spaß macht.« Sadie hoffte aufrichtig, dass Kate an solchen Dingen Freude hatte. Ansonsten war zu befürchten, dass gemeinsame Unternehmungen mit ihr auf intensives Reiten und ähnliche Aktivitäten für Frischluftfanatiker hinausliefen. Nicht, dass Sadie grundsätzlich etwas dagegen hatte. Nur hätte sie sich dafür erst mal fit machen müssen.

Zu ihrer großen Erleichterung erhellte sich Kates Miene, und sie nahm die Schürze entgegen. »Klingt toll.« Sie band sich die Schürze um. »Obwohl ich meine Klamotten nicht zu schonen brauche.« Sie deutete auf ihr schlichtes weißes T-Shirt und die Jeans mit hoher Taille.

»Besser, als für den Rest des Tages mehlbestäubt rumzulaufen.«

Sadie nahm Rührschüsseln und Zutaten aus dem Schrank, während Kate unschlüssig dastand und sich offenbar leicht deplatziert fühlte.

»Lass mich raten«, sagte Sadie. »Du hast nicht viel Erfahrung im Kochen.«

»Eigentlich nicht. Das hat Eli immer erledigt. Fleisch auf den Grill werfen, Pizza mit nach Hause bringen oder was auch immer. Warum backst du Beilagebrötchen für ein *Bed & Breakfast*?«

»Tja, ich muss ja selbst auch was essen, deshalb dachte ich mir, ich könnte an ein paar Tagen pro Woche zusätzliche Mahlzeiten gegen Aufpreis anbieten«, erklärte Sadie. »Außerdem koche ich gern.«

»Ach so.« Kate kam näher und stellte sich an den Küchentresen.

»Du scheinst überrascht.«

»Eli hat nie so ausgesehen, als würde er es gern machen. Aber er hat's gemacht. Und sein Essen ist genießbar. Anders als Connors …«

»Dann hat Eli immer für euch alle gekocht?«, fragte Sadie. Sie war fürchterlich neugierig, hatte aber auch ein schlechtes Gewissen.

Eigentlich sollte sie Kate nicht über ihren Bruder ausfragen. Vor allem weil Kates Bruder ihr heimlicher Liebhaber war. Wenn Kate herausfände, dass Sadie und Eli miteinander schliefen, würde sie wahrscheinlich vor Entsetzen das Gesicht verziehen, schreiend aus dem Haus laufen und nie wieder mit Sadie reden.

Und Sadie würde eine der wenigen Freundinnen verlieren, die sie hier hatte.

»Ja. Das hat er. Connor hat dafür gesorgt, dass die Kohle reinkam, und Gott allein weiß, wie wichtig das war, aber … Eli war derjenige, der dafür gesorgt hat, dass ich pünktlich in die Schule komme. Er hat sogar gelernt, mir die Haare zu flechten.« Sie fasste sich an den Zopf, den sie immer noch trug.

Sadies Magen krampfte sich zusammen, und ihre Augen brannten plötzlich. Elis körperliche Stärke war sexy, gar keine Frage, aber das hier? Das war es tausendmal mehr. Und eigentlich war es Teil seiner Stärke. Ein Teil, den die meisten Menschen nie zu sehen bekamen.

Wie er einem kleinen Mädchen einen Zopf flocht.

Aber Sadie sah es jetzt deutlich vor sich. Ein großer Bruder, schon Teenager, der seine kleine Schwester für die Schule fertig machte. Der für seine Geschwister kochte. Lauter Dinge, von denen Außenstehende niemals erfahren würden, die aber Kate zu der Frau gemacht hatten, die sie heute war.

Eli allein hatte dafür gesorgt, dass Kate sicher und behütet aufgewachsen war … und nicht wie Sadie. Nicht mit dem Gefühl, dass sie niemandem wichtig war. Dass sie besser dran war, wenn sie ihr Elternhaus verließ und jede Verbindung zu ihren Eltern abbrach. Weil die sie sowieso nicht wollten.

Es war Eli, der es Kate ermöglicht hatte, ein vertrauensvoller Mensch zu sein. Ein offener Mensch. Eli verdankte sie ihre Stärke.

Sadie konnte nicht umhin, sie zu beneiden. Und ihr wurde klar, dass sie als Teenager nicht nur deshalb so fasziniert von Eli gewesen war, weil böse Mädchen manchmal Polizisten scharf fanden. Sondern weil sie sich danach gesehnt hatte, von einem so starken Mann beschützt zu werden. Geliebt zu werden.

Tja, das ist aber nicht passiert. Dich hat niemand beschützt. Find dich damit ab!

»Das ist … echt süß«, murmelte sie, schnappte sich einen Messbecher und rammte ihn in die Mehltüte, dass eine weiße Wolke aufwirbelte.

Kate lächelte. »Tja, lass ihn das lieber nicht hören. Aber wenn er dir immer noch aus dem Weg geht, sollte das ja kein Problem sein.«

Sadie verspürte einen Anflug von Gewissensbissen, was zusammen mit dem Neid eine beschissene Kombination ergab. »Ja«, sagte sie. »Keine Ahnung, wann ich ihn wiedersehe. Komm, wir backen.«

»Sackhüpfen.«

»Langweilig«, sagte Eli. Er lag auf dem Bett, den Blick auf Sadie gerichtet, die splitternackt und mit offenen schulterlangen Haaren neben ihm saß.

»Das ist nicht langweilig. Nicht für Kinder.«

»Dreibeinlauf ist besser.«

»Außer man muss mit einem Jungen laufen, der doof ist, dir nicht zuhört und stinkt.«

»Aber wenn du nun mit dem süßen Mädchen laufen darfst, in das du verknallt bist?« Er beugte sich vor und küsste sie auf die Schulter.

»Warst du je verknallt?«, fragte sie und legte den Kopf schief.

»Klar, war das nicht jeder mal?«

»Keine Ahnung. Manchmal stelle ich mir vor, du wärst samt Uniform und finsterer Miene einfach so aus dem Boden gesprossen.«

»Deine Schmeicheleien sind fast beschämend.«

»Tut mir leid, wenn das nicht schmeichelhaft klang. Aber ich wäre nicht hier, wenn ich dich nicht mögen würde. Falsch, ich wäre schon hier, aber du nicht. Und ich wäre allein.«

»Tja, ich bin nicht in Uniform auf die Welt gekommen.«

»Und ich nicht als Ausreißerin«, sagte sie mit einem schwachen Lächeln.

»Das Leben spielt einem so manchen Streich.«

»Allerdings.«

Sie ließ sich nach hinten fallen und streckte die Arme hinter dem Kopf aus. Elis Blick fiel auf die kleine silberne Narbe an ihrer Seite. Eine Operationsnarbe. Manchmal hätte er sie gern danach gefragt, aber letztendlich gingen ihn ihre Krankheiten nichts an. Also fragte er nicht.

»Wie weit sind deine hochfliegenden Barbecue-Pläne denn gediehen, was die Buden angeht? Den Dreibeinlauf können wir ja erst mal zurückstellen.« Er drehte sich auf die Seite.

»Es gibt Ponyreiten, Plätzchenverzieren und Kinderschminken. John vom *Farm & Garden* bringt eins von diesen Gartenhäuschen mit, die wie Spielhäuser für Kinder aussehen. Und Kuchenwettessen. Es gibt auf alle Fälle ein Kuchenwettessen.«

Sie fuhr sich mit den Fingern durch die Haare, und die Versuchung, dasselbe zu tun, war überwältigend. Er wollte Sadie an sich ziehen. Mit den seidig glänzenden blonden Strähnen spielen. Sie flechten. Was er noch bei keiner seiner Geliebten getan hatte, aber irgendetwas an der Vorstellung reizte ihn.

Er wollte für Sadie sorgen.

Er griff in ihr Haar und wollte es schon in drei Partien teilen, da drehte sie den Kopf, und er ließ die Hände sinken. Die merkwürdige Enge in seiner Brust verflüchtigte sich ein wenig.

Er war einfach einen kurzen Moment lang unzurechnungsfähig gewesen. So wirkte Sadie öfter auf ihn.

»Was willst du wegen Alison unternehmen?«, fragte er.

»Nichts.« Sie nagte nachdenklich an ihrer Lippe. »Was kann ich denn schon tun? Ich kann ihr Kuchen abkaufen. Und hoffen, dass sie stolz auf ihre Fertigkeiten ist. Hoffen, dass sie sich ein besseres Leben wünscht. Sonst kann ich wirklich nichts machen.«

Er strich ihr über die Brust und hinab zu ihrem Bauch. Sein Gewissen plagte ihn. »Ich hab es Connor gesagt.«

»Das mit Alison?«, fragte sie stirnrunzelnd.

»Das mit dir und mir.«

Sie setzte sich blinzelnd auf. »Warum?«

Eine verdammt gute Frage. Es war eine seltsame Anwandlung gewesen, genau wie eben, als er Sadie die Haare flechten wollte.

»Ich hab nur … Er hat gefragt. Na ja, er hat rumgeraten. Er hatte die Vermutung, dass ich ein Mal mit dir geschlafen hätte, und ich … habe ihn korrigiert. Ich bin kein sehr guter Lügner.«

Sie erstickte ein Kichern hinter der vorgehaltenen Hand. »Du meine Güte! Nein, das bist du sicher nicht.« Sie blickte zu ihm herab. Ihre Haare glitten über ihre Schultern, über ihre Brüste, verdeckten die blassrosa Brustspitzen. Sie gab so ein verführerisches Bild ab. Dass sie kicherte und halb bedeckt war, machte es noch verlockender. Er begehrte sie schon wieder. So schnell. Und es schockierte ihn nicht einmal mehr. »Du bist viel zu sittenstreng«, sagte sie.

»Ich bin sittenstreng?«

»Ja, irgendwie schon.«

Er schubste sie auf den Rücken, und sie kreischte. Dann küsste er sie auf den Hals und spürte, wie ihr Puls unter seinen Lippen schneller pochte. »Wie viele sittenstrenge Männer kennst du, bei denen du so heftig kommst?«

So sprach er nie mit seinen Geliebten. Niemals. Verdammt, er sprach im Bett eigentlich überhaupt nicht. Aber sie kitzelte es aus ihm hervor. Und es störte ihn nicht. Er dachte generell nicht zu viel über das Ganze nach. Er sagte Sadie, was er wollte, und sie genoss es. Und das löste so einiges in ihm aus. Sachen, von denen er nicht gedacht hätte, dass er sie gern erleben würde.

Wenn er ehrlich war, hatte ihn Sex bisher nie derart in Anspruch genommen. Er war mit den Gedanken immer halb woanders gewesen. All die Dinge, die es zu regeln galt, hatten weiter im Vordergrund gestanden. Aber hier war für nichts mehr Platz als für Sadie und ihn.

»Keinen. Andererseits ist mein Eindruck vielleicht verzerrt, weil ich nicht bei jedem sittenstrengen Mann, den ich kenne, die sexuelle Leistungsfähigkeit getestet habe.«

»Gutes Argument.«

»Mir gefällt es, dass du nicht lügst«, sagte sie und sah ihn aus ihren blauen Augen unverwandt an. »Mir gefällt es, dass ich das Gefühl habe, wirklich *dich* zu sehen, wenn ich dich anschaue. Nicht nur den Mann, den die Welt in dir sehen soll.«

Das weckte leise Schuldgefühle in ihm. Weil er sehr oft das Gefühl hatte, nur eine Fassade aufrechtzuerhalten. Der Mann, der stets gelassen blieb. Während sich dahinter ein ganzes Reservoir schwelender Sorgen verbarg. Auf einmal spürte er wieder das quälende Entsetzen darüber, wie viel Verantwortung er sich aufgeladen hatte.

»Sadie …«

»Nein. Wenn du mir jetzt erzählen willst, dass du Geheimnisse hast, lass es bitte. Ich möchte gern glauben, dass ich dich kenne. Was ist falsch daran, wenn ich mir das heute mal einrede? Das mit uns soll ja nicht ewig halten.«

»Nein«, pflichtete er ihr bei. »Das soll es nicht.«

Aus irgendeinem Grund bewirkten ihre Worte und seine Zustimmung, dass er einen bleiernen Druck auf der Brust spürte.

»Also bleiben wir doch bei diesem Fantasiebild. Du bist der sittenstrenge harte Kerl, der meine Welt auf den Kopf stellt.

Und ich fühle mich in deiner Nähe wohl und vertraue dir. Alles super ausgeglichen und so weiter.« Lächelnd küsste sie ihn aufs Kinn und schlang ihm die Beine um die Waden.

»Willst du damit sagen, dass du eigentlich gar nicht ausgeglichen bist?«

»Pst! In der Fantasiewelt bin ich es.«

»Bist du betrunken?«

»Ein bisschen«, sagte sie. »Du willst ja keinen Wein mittrinken, da ist es doch nicht meine Schuld, wenn ich mehr trinken muss als sonst.«

»Connor wird es nicht weitererzählen«, sagte er. Dessen war er sich sicher. Denn im Gegenzug hatte Connor ihm etwas verraten, was ihm viel zu kostbar war. Er würde nicht wollen, dass irgendjemand erfuhr, wie sehr er litt. Wie hoffnungslos er sich fühlte.

Eigentlich hatte Eli das gar nicht wissen wollen, aber jetzt wusste er es. Und jetzt musste er etwas dagegen unternehmen. Die Sache irgendwie in Ordnung bringen.

Dieses Gefühl würde er wohl niemals loswerden.

Jetzt schob er es jedoch beiseite, weil Sadie inzwischen fast unter ihm lag, und sich ihr ganz zu widmen war ihm momentan wichtiger.

»Das ist auch besser so«, sagte sie. »Dass alle über uns Bescheid wissen, können wir nicht brauchen. Und außerdem ist Lydia eine gute Verbündete. Sie sorgt dafür, dass die Handelskammer auf meiner Seite ist. Und ich habe das Gefühl, sie würde nichts mehr mit mir zu tun haben wollen, wenn sie wüsste, dass ich mit dir schlafe.«

»Wirklich?«

»Sie lächelt so viel. Ich finde das besorgniserregend.«

»Vielleicht ist sie einfach nett.«

»Vielleicht«, sagte Sadie. »Du bist schon einmalig.«

»Ach ja?«

»Wie kommt es, dass du in deinem Leben so viel Scheiße erlebt hast und trotzdem … Wie kannst du da so ein guter Mensch sein, Eli Garrett?«

»Das muss ich doch.« Die Worte rutschten ihm einfach heraus.

»Warum?« Sie strich ihm die Haare aus der Stirn.

»Wenn ich es nicht bin, wer ist es dann?«

»Zu wenige Menschen«, sagte sie.

»Du zum Beispiel.«

»Ich? Du meinst wirklich mich? Die vor allem und jedem davonläuft?«

»Das hätte ich nie sagen dürfen. Es tut mir leid.« Er bedauerte es so sehr, dass es schmerzte.

Sie schüttelte den Kopf. »Du hattest damit gar nicht so unrecht. Und je länger ich dich kenne, desto mehr wird mir klar, wie viel schwerer es ist, mit den Leuten klarzukommen, wenn man ständig erlebt, dass sie nie dazulernen. Und nie auf einen hören.«

»Aber das heißt nicht, dass du nie jemandem geholfen hast. Du hörst den Menschen zu.«

»Für Geld.«

»Na und? Manche Leute würden zahlen, um sich *nicht* die Probleme anderer Leute anhören zu müssen.«

Sie lachte. »Okay, dann sind wir vielleicht beide ganz okay?«

»Klar. Wir sind beide okay.«

»Momentan jedenfalls.« Sie wölbte sich ihm entgegen, und sofort lief eine Welle der Lust durch seinen Körper.

»Momentan bin ich mehr als nur okay.«

Sadie klappte den Laptop zu und blickte durchs Fenster auf die Häuserreihe auf der anderen Straßenseite. Der Himmel war strahlend blau und klar, und die amerikanische Flagge an dem zweistöckigen Restaurant dicht am Hafen wellte sich im leichten Wind. Sadie stellte sich vor, dass sich auch das Meer hinter den Gebäuden entsprechend bewegte.

Sie hatte kurz mit Alison gesprochen, ein wenig befangen, und mit ihr vereinbart, dass Alison sowohl Kuchen für das Wettessen liefern als auch einen Kuchenstand betreiben würde. Viel besser fühlte Sadie sich deswegen nicht.

Den Großteil des Tages hatte sie im Coffeeshop verbracht und den endgültigen Entwurf für die Website ihres B&B abgesegnet. Zwischendurch war sie kurz im *Wagon Wheel* gewesen, dem hiesigen Innenausstatter, und hatte Sonderanfertigungen von Vorhängen und Steppdecken in Auftrag gegeben. Anschließend hatte sie in dem Glasatelier vorbeigeschaut, das ihrer alten Schulfreundin Brooke gehörte.

Brookes Leben schien besser zu laufen als Alisons. Das war wenigstens ein kleiner Trost. Brooke war von dem Barbecue-Plan begeistert gewesen und hatte Sadie nach Prospekten gefragt, sowohl für das Fest als auch für das B&B, die sie in ihrem Laden auslegen wollte. Beim Abschied hatten sie vereinbart, demnächst zusammen Mittag zu essen, und anders als meist bei solchen vagen Verabredungen hatte Sadie das Gefühl, dass sie sich wirklich treffen würden.

Sie trommelte mit den Fingern auf ihren Laptop. Eli hatte heute frei. Na ja, er arbeitete auf der Ranch. Leistete seine Stunden als Teilzeitcowboy ab. Das war seine Definition eines freien Tages. Sadie hatte daraufhin beschlossen, die Ranch zu verlassen und in die Stadt zu fahren, weil das besser und weniger peinlich war, als im Haus herumzuhängen und darauf zu hoffen, ihn draußen werkeln zu sehen, verschwitzt und sexy und *genau* so, wie ein Mann sein sollte.

Ja, sie brauchte eine Eli-Auszeit. Weshalb sie Kate gebeten

hatte, sie heute Vormittag beim Coffeeshop abzusetzen, damit sie ihre Onlinearbeiten für das B&B in sicherer Entfernung erledigen konnte.

Nachts würde sie sich natürlich keine Auszeit nehmen, denn der Himmel wusste, wie viele Nächte sie noch gemeinsam verbringen würden. Da wollte sie keine einzige Nacht orgiastischer Glückseligkeit auslassen. Allem Anschein nach war Lust der Preis, den sie für ihre geistige Gesundheit bezahlte, und zwar nur allzu bereitwillig. Und sie schaffte es nicht einmal, sich deswegen schlecht zu fühlen.

Nein. Sie verspürte nur eine angenehme Erregung. Danke der Nachfrage.

Wenn sie trotzdem nicht den ganzen Tag in Elis Nähe verbringen wollte, dann deshalb weil er mehr als nur ihre Geschlechtsteile flattrig machte. Er brachte auch ihr Herz zum Flattern. Und das wollte sie auf keinen Fall unterstützen.

Eher im Gegenteil.

Nach Nächten wie der letzten war es besonders schwer. Nächten, in denen sie nackt und ineinander verschlungen dalagen und redeten und lachten.

Und er hatte Connor von ihnen erzählt.

Das hatte ihr den Atem verschlagen. Es hatte all die Fragen an die Oberfläche gelockt, die darum kreisten, was das alles wohl bedeutete. Der logisch denkende Teil von ihr wusste, es bedeutete schlicht, dass Eli zu ehrlich war, um Connor anzulügen. Aber da war auch dieser seltsame romantische Teil von ihr, der bislang immer geschlafen hatte und der nun alles genau analysieren und jede kleinste Bemerkung von Eli auf ihre tiefere Bedeutung abklopfen wollte.

Dies war gar kein guter Zeitpunkt, um sich mit solchem Kram verrückt zu machen. Na schön, einen richtigen Zeitpunkt dafür gab es vermutlich nicht. Seufzend stand sie auf, steckte den Laptop in ihre Umhängetasche, warf den Pappbecher in den Mülleimer, winkte der kleinen Barista zu und trat ins Freie.

Kopfschüttelnd hielt sie ihr Gesicht der Sonne entgegen und atmete tief durch, dann überquerte sie die Straße und ging zwischen zwei Gebäuden hindurch in Richtung Kai.

Das Wasser war von tiefem Blaugrau und schwappte gegen die Felsbrocken der Mole. Als Sadie sich umdrehte und zur Bar blickte, bemerkte sie auf der gegenüberliegenden Straßenseite einen Streifenwagen in der Selbstbedienungs-Waschanlage.

»Er ist auf der Ranch«, sagte sie sich. »Und nicht im Dienst, deshalb kann er das nicht sein.« Doch sie ging bereits auf den Wagen zu, ohne sich durch ihre innere Stimme davon abhalten zu lassen.

Als sie näher kam, entdeckte sie ihn. In Bluejeans und T-Shirt, damit beschäftigt, den Streifenwagen zu waschen. Wie ein erotisches Fantasiebild, das zu einem sehr unerwarteten Zeitpunkt Wirklichkeit wurde.

Er müsste sich nur noch die Brust mit Wasser vollspritzen, sodass das nasse Shirt an seinen Muskeln klebte …

»Hallo, Fremder.« Kaum hatte sie es ausgesprochen, kam sie sich wie eine Vollidiotin vor. »Ich meine, hallo, Eli.« Die Berichtigung würde sicher nicht ausreichen, um den dämlichen Spruch vergessen zu machen, aber immerhin.

Er hob die Augenbrauen. »Was machst du denn hier?«

»Ich bin eine Halluzination«, sagte sie. »Dein Unbewusstes hat mich heraufbeschworen.«

»Ach, wirklich?«

»Ja. Willst du nicht wissen, was ich damit meine?«

»Du wirst es mir sicher gleich sagen.«

»Ich meine damit, dass du extrem« – sie blinzelte vielsagend – »erregt bist. Und sexuell frustriert. Und du lässt es an deinem Auto aus. Wachs drauf, Wachs wieder runter. Sehr verräterisch.«

»Ist das alles, Halluzination Sadie?«

»Nein. Ich bin auch hier, um dich zu warnen. Du bist in ernster Gefahr.«

»Ist das alles?«

»Und ich hätte gern ein Sandwich.«

»Verflüchtigst du dich bald wieder?«, fragte er.

»Nee.« Sie näherte sich dem Wagen und damit auch Eli, und ihr Herz schlug ein wenig schneller. »Weil ich nämlich echt bin. Überraschung!«

Da lächelte er, und ihr Herz vollführte einen Salto. »In dem Fall, was tust du hier?«

»Ich habe in der Stadt gearbeitet. Deine Schwester hat mich abgesetzt.«

»Willst du mit zurückfahren?«

»Klar. Gibt's auch Sandwiches?«

»Es könnte welche geben«, sagte er.

»Was für welche?«

»Steig ein!«

Sein befehlender Tonfall hatte etwas an sich, das sie bis in die Zehenspitzen erschaudern ließ. In der Hinsicht vollbrachte er Wunder.

»Aber nur, weil du mich so nett darum bittest.« Sie öffnete die Tür und stieg ein, und er tat es ihr nach. »Du wäschst also an deinen freien Tagen das Auto?«

»Ja«, sagte er. »Sonst müsste ich es vor der Schicht oder danach machen. Da ich den Wagen am Haus parke, kriegt er viel Dreck von den Bäumen ab.«

»Du bist so süß«, sagte sie.

»Ich weiß nicht so recht, wie ich das finden soll.«

»Was? Mir gefällt es eben, dass du nicht lügst und dass du deine Sachen pflegst. Meine Güte, bis auf deine Hemmungslosigkeit im Bett könntest du geradewegs aus einem alten Schwarz-Weiß-Film stammen.«

»Und was sagst du zu meiner Hemmungslosigkeit?«

»Die könnte aus den Spam-Mails in meinem Posteingang stammen. Aber irgendwie auf positive Art.«

Er lächelte, ließ den Motor an und fuhr aus der Autowaschanlage hinaus auf die Straße. »Ich war seit meiner Rückkehr noch gar nicht richtig am Strand«, sagte sie und sah hinaus aufs Meer.

»Willst du hin?«

»Äh. Da gibt es Sand. Und Sand setzt sich in alle Ritzen.«

Er schnaubte verächtlich. »Was zum Teufel treibst du denn am Strand?«

»*Das* nicht. *Das* haben wir uns für den Wald aufgespart. Da ist man ungestörter. Ich habe mir den meisten Unfug meiner Teenagerzeit für den Wald aufgespart. Am Strand haben wir ziemlich wenig angestellt.«

»Deshalb seid ihr auch nicht erwischt worden. Vor allem damals, wenn ich Nachtdienst hatte. Ich bin oft am Strand vorbeigefahren und habe ihn mit dem Scheinwerfer abgeleuchtet.«

»Oh Mann, wäre das peinlich geworden!«

Sie sollten besser das Thema wechseln, denn in dem engen Innenraum mit ihm über Sex zu sprechen erregte sie langsam.

Irgendwas an diesem Wagen machte sie scharf. Zugegeben, seit Eli sie das erste Mal geküsst hatte, befand sie sich permanent im Erregungszustand, aber das hier war noch mal anders. Es hatte einen Beigeschmack von Härte. Vielleicht weil Eli sie vor zehn Jahren in Handschellen auf den Rücksitz eines ganz ähnlichen Wagens verfrachtet hatte.

Und vielleicht hatte es damit zu tun, dass sich die Erinnerung daran in eine erotische Fantasie verwandelt hatte, seit sie mit ihm schlief.

Was merkwürdig war, da es ursprünglich eine richtig schreckliche Erinnerung war. Nicht wegen Eli, sondern wegen der Dinge, die danach geschehen waren.

Man konnte fast behaupten, dass sie durch ihre Streifenwagen-Fantasien jene Nacht für sich zurückeroberte. Was vielleicht ein bisschen viel der Ehre für ihre erotischen Fantasien war, aber ihr gefiel die Deutung trotzdem.

»Hattest du in diesem Auto noch nie Sex?« So viel zu ihrem Plan, das Thema zu wechseln.

Er fuhr zu ihr herum. »Was? Wie kommst du denn jetzt darauf?«

»Wir haben über mein Sexualleben gesprochen … Das im Wald, nicht am Strand. Da habe ich mir so meine Gedanken über deins gemacht.«

»Nein. Das grenzt ja an … Wie gesagt, ich war mal mit einer Frau zusammen, die Polizei-Fetischistin war. Was in vielerlei Hinsicht okay war, aber in anderer Hinsicht wirklich krank. Deshalb … Nein, hatte ich noch nie.«

»Du findest das also nur *krank*?«, fragte sie enttäuscht und biss sich auf die Lippe. »Nicht mal ein bisschen scharf?«

»Du willst doch auf etwas hinaus.«

»Ich will, dass du es mit mir auf dem Rücksitz treibst.«

Er trat so heftig auf die Bremse, dass sie ruckartig nach vorn geschleudert wurde und der Gurt sie abfing. »Autsch! Gut zu wissen, dass es mir gelungen ist, dich zu schockieren.«

»Damit hatte ich echt nicht gerechnet.«

»Das merkt man.« Sie warf ihm einen Blick zu. Er hatte die Zähne zusammengebissen und umklammerte das Lenkrad so fest, dass die Fingerknöchel weiß wurden. »Was machst du denn jetzt?«

»Ich überlege, wo ich mit dir anhalten könnte, ohne dass uns jemand erwischt. Wo ich andere Leute schon mal beim Sex erwischt habe, weiß ich ja. Ich würde mir gern was Originelles einfallen lassen.«

»Meinst du das ernst?« Sie sah ihn groß an.

Er ließ das Lenkrad los, nahm ihre Hand und legte sie auf seinen Schoß. Auf seine Erektion, die hart und groß unter der Jeans zu spüren war.

Sie streichelte ihn. »Das ist wirklich ernst.«

Dass er es für sie tun wollte, dass er sich auf etwas einließ, was er vorher eher abschreckend fand, erregte sie mehr, als sie je gedacht hätte.

»So wirkst du nun mal auf mich.«

Er lenkte den Wagen von der Stadt fort und bog in einen Wirtschaftsweg ein, der in den Wald führte. Es war zwar nicht der Ort, an dem sie und ihre Freunde sich am liebsten getroffen hatten, aber Sadie fand ihn ganz ähnlich. Ein Platz tief im Wald, wo nur selten jemand vorbeikam, schon gar nicht außerhalb der Jagdsaison.

Ihr Magen zog sich zusammen, und sie drückte durch den Jeansstoff hindurch Elis Schwanz.

»Wenn du damit nicht aufhörst, ist es vorbei, bevor wir angefangen haben«, stieß er zwischen zusammengebissenen Zähnen hervor.

»Tja, das können wir nicht zulassen. Ich will schließlich meine Entschädigung.«

»Deine Entschädigung?«

»Du hast mich damals festgenommen und hinten in den Wagen verfrachtet. Das war die am wenigsten amüsante Rücksitz-Erfahrung, die ich jemals hatte.« Als der Wald dichter wurde, endete der Asphalt, und sie fuhren über Erde und Kiefernnadeln. »Falsch, es war die schlimmste Rücksitz-Erfahrung überhaupt. Findest du nicht, dass du mir da eine bessere schuldest?«

»Unbedingt.« Er bog vom Weg ab und hielt in einer Lücke zwischen den Bäumen. »Setz dich nach hinten.«

Sie schnallte sich langsam los, ohne ihn aus den Augen zu lassen, öffnete die Tür und stieg aus dem Wagen. Im Wald war es so ruhig, dass die Stille sie zu umfangen schien. Es war ein seltsamer Ort, weit offen und zugleich intim. Irgendwie öffentlicher als in einem Schlafzimmer und zugleich viel lauschiger.

Sie schloss die Tür. Dann öffnete sie die hintere Tür und stieg ein.

Eli stieg aus, und sie beobachtete durch die Fensterscheiben, wie er nach hinten kam und die Tür öffnete. Er zog seinen Gürtel aus den Schlaufen, dann gesellte er sich zu ihr und schloss die Tür.

»Das ist schon viel besser.« Sie lehnte sich zurück und legte den Kopf ans Fenster.

»Ja?« Er schob sich über sie, beugte sich vor und küsste sie leidenschaftlich.

»Hm. Ja. Viel besser, als hier hinten ganz allein zu sein.«

»Es überrascht mich ja, dass du dich noch daran erinnerst.« Diesmal hatte sein Tonfall nichts Urteilendes. Nichts Geringschätziges.

»Ich war ziemlich betrunken, stimmt's?«

»Ja. So wie ihr alle. Die anderen haben sich schnell aus dem Staub gemacht und dich deinem Schicksal überlassen.« Er strich ihr mit den Fingerknöcheln über die Wange. »Das fand ich nicht besonders fair.«

»Ich hab's überlebt«, sagte sie. »Es ist sowieso nie Anklage erhoben worden. Mein Vorstrafenregister ist und bleibt ein Mythos.«

»Na ja, du hattest die Stadt sowieso verlassen. Am Ende wärst du nur wegen Nichterscheinen vor Gericht angeklagt worden.«

»Ich musste weg«, sagte sie und spürte einen Druck in der Brustgegend.

Sein Blick wurde ernst. »Das musstest du wohl.«

Sie schaute zur Seite und sah an der Mittelkonsole etwas silbern blitzen. Sie wusste, was das war. Sie erinnerte sich genau, wie es sich angefühlt hatte, mit den Dingern um die Handgelenke auf dem Rücksitz des Streifenwagens zu hocken. Als säße sie in der Falle. Ihm ausgeliefert. Wie anders dieser Gedanke jetzt klang. Wie anders es war, weil jetzt dieser Eli bei ihr war, den sie inzwischen so gut kannte.

»Sind das Handschellen?« Sie streckte die Hand aus und schnappte sie sich. »Ah, Tatsache. Die lässt du einfach so rumliegen?«

Er nahm sie ihr aus der Hand. »Normalerweise nicht.«

»Die hast du mir damals angelegt.«

Er verzog das Gesicht. Es drückte Bedauern aus, vermischt mit Entsetzen. »Das musste ich.«

Sie lächelte. »Ich weiß. Und nur um die Situation noch mal nachzuempfinden …«

Eli blickte auf Sadie hinab. Das Herz schlug ihm dumpf bis zum Hals, sodass er das Gefühl hatte, gleich zu ersticken. Er war so scharf, dass er nicht mehr klar denken konnte. Und während er versuchte, nicht das Atmen zu vergessen, bemühte er sich zugleich zu verstehen, warum ihn diese Idee bei seiner Exfreundin so abgeschreckt hatte. Und warum er sie jetzt mit Sadie nicht nur scharf, sondern geradezu unwiderstehlich fand. Und dazu merkwürdig mit Bedeutung aufgeladen, auf eine Art, die er nicht ganz durchschaute.

Das wiederum hatte damit zu tun, dass in seinem Körper alles drunter und drüber ging. Das Herz im Hals, das Blut im Schwanz. Und dann die Handschellen.

»Ich soll dir wirklich Handschellen anlegen?«, fragte er.

Sie biss sich auf die Lippe, offensichtlich ohne zu ahnen, wie sexy das war. Eine Schockwelle jagte durch seinen Körper bis in die Schwanzspitze. »Ja.«

»Warum?«

»Muss ich erklären können, warum mich etwas scharf macht?«, fragte sie. »Wenn ja: Mir gefällt die Vorstellung, mich aus freien Stücken in eine solche Situation zu begeben. Mich von dir fesseln zu lassen, weil ich es so will. Beim ersten Mal hatte ich ja keine Wahl … Tja, jedenfalls da nicht mehr, weil ich vorher schon diverse schlechte Entscheidungen getroffen hatte, die dann zu meiner Verhaftung geführt haben.«

»Es ist schon ein bisschen pervers«, sagte er, während sich sein Bauch vor Lust zusammenzog.

»Und? Ist es nicht sowieso ein bisschen pervers, dass ich dir gleich nach meiner Rückkehr in die Arme gesunken bin?« Sie lächelte schelmisch und zog mit dem Zeigefinger seine Kinnlinie nach. »Um die Wahrheit zu sagen, ich glaube, du stehst auf ein bisschen pervers.«

Er legte ihr einen Arm um die Taille, zog sie herunter, bis sie flach auf dem Sitz lag, und legte ihr geschickt die Handschellen an. Letztlich fühlte er sich beim Anlegen von Handschellen deutlich sicherer als beim Verführen von Frauen. Es war ihm nur nie in den Sinn gekommen, beides zu kombinieren.

»Schon möglich«, sagte er mit rauer Stimme.

Sadie kannte ihn. Sie sah auch die dunkle Seite an ihm. Die geheime Seite. Und er konnte nicht leugnen, dass ihm das gefiel. Denn so musste er sich nicht verstecken. Er musste sich nicht so bemühen, rechtschaffen zu sein.

Was er gerade tat, würden die wenigsten Menschen als rechtschaffen bezeichnen, das wusste er. Aber das war nicht wichtig. Wichtig war nur Sadie.

»Und jetzt?«, fragte er.

»Jetzt hast du das Sagen«, antwortete sie, die blauen Augen weit geöffnet.

»Stimmt.« Er strich ihr mit dem Daumen über die Unterlippe, den Blick fest auf ihr Gesicht gerichtet, um sich zu vergewissern, dass sie keine Angst hatte. »Ist das wirklich okay für dich?«

Ihr Mund verzog sich unter seinem Daumen zu einem Lächeln. »Ich habe es mir schließlich gewünscht.«

»Ich sorge dafür, dass es sich lohnt.«

Er legte ihr eine Hand auf den Bauch, schob ihr T-Shirt nach oben und sah, wie sich ihre Muskeln anspannten, als sie nach Luft schnappte. Er schob das Shirt noch höher, streifte mit den Fingern die untere Wölbung ihrer Brust und ließ seine Hand dann weiter hinaufwandern, wobei der Stoff sich über seinen Fingern auffaltete. Mit dem Daumen fuhr er über ihre harte Brustspitze, die sich unter dem hauchdünnen BH deutlich abzeichnete.

Sie warf den Kopf zurück, die von den Handschellen gefesselten Hände nach hinten gestreckt.

»Gut?«, fragte er.

»Hm.«

»Ich betrachte das mal als ein Ja.«

Er fasste an den Bund ihrer Jeans, knöpfte sie auf, schob die Hose ihre Schenkel hinunter, wobei er im Stillen über den steifen Denimstoff fluchte, und zog sie ihr mitsamt Socken und Schuhen aus.

»Das war bloß ein Vorwand, um mir die ganze Arbeit aufzuhalsen, stimmt's?«

»Oh verdammt! Du hast mich durchschaut.«

Er sah sie an, in dem hochgeschobenen Top, das ihre Brüste kaum noch bedeckte, und dem tief sitzenden leuchtend blauen Slip, der sich scharf gegen ihre helle Haut abhob. »Es fällt mir schwer, mich darüber zu ärgern.«

Er schob einen Finger unter den Bund ihres Slips, spürte die weichen Haare unter dem seidigen Stoff und atmete zischend aus. Dann ließ er den Finger tiefer hinabgleiten und fühlte, wie feucht sie war. Wie sehr ihr dieses Spiel gefiel.

Genau wie ihm. Es war genau die Art Spiel, von der er immer geglaubt hatte, dass er es sich nie wünschen würde, und nun war er mit Leib und Seele dabei und zitterte vor Verlangen. Er konnte nicht mehr zurück.

Aber er wollte auch gar nicht zurück.

Er küsste sie auf den Bauch und spürte ihre weiche Haut unter den Lippen. Zugleich atmete er tief ein und nahm den Geruch ihrer Erregung in sich auf, *ihren* Geruch.

Er hob den Kopf und sah sie an, die geröteten Wangen, das blonde Haar, das ihr unordentlich um die Schultern fiel. Das hier war doch nicht sein Leben. So etwas passierte ihm doch nicht. Dass er sich einer solchen Schönheit hingeben durfte.

Er bekam fast keine Luft mehr. Dieser Augenblick nahm ihn völlig gefangen.

Er griff in seine Hosentasche und holte ein Kondom hervor, dann schüttelte er Hose und Slip ab, das Plastikpäckchen fest in der Hand.

»Falsche Reihenfolge.« Er zog sich das T-Shirt über den Kopf, behindert von der Enge des Raums.

Sie kicherte. »Plötzlich weiß ich wieder, warum ich die Rücksitz-Zeiten hinter mir gelassen habe, seit ich erwachsen bin und mein eigenes Bett habe.«

»Ich habe nie einen Rücksitz benutzt.«

»Oh, bin ich die Erste?«, fragte sie.

»Ja. Im Augenblick in vielerlei Hinsicht. Und jetzt auch noch die erste Frau in Handschellen.«

Er riss das Päckchen auf, rollte sich das Kondom über den Schwanz und spürte ein schmerzhaftes Ziehen in der Brust, als er dabei sein Glied umfasste.

Sadie hob ihm ihre Hüften entgegen, und er brachte sich in Position und drückte seine Erektion gegen ihren mit Stoff bedeckten Schoß. Bei der Berührung schoss ihm die Hitze bis ins Gesicht. Er rieb sich an ihr, und sie schnappte nach Luft, wölbte sich ihm entgegen und drückte ihre Brüste an seine Brust. Die Handschellen stießen klirrend gegen das Fenster.

»Oh … bitte«, sagte sie.

Mehr Ermunterung brauchte er nicht, nicht wenn er sowieso das Gefühl hatte, dass er schon seit fünf Minuten in ihr drin sein müsste. Aber er genoss es, sie betteln zu hören. Zu wissen, dass sie ihm ausgeliefert war.

Wer zum Teufel war er eigentlich?

Momentan wusste er es nicht. Und es war ihm auch egal.

Er wusste nur, dass er sie warten lassen wollte, dass er sehen wollte, wie sehr sie ihn begehrte, und dass sich noch nie etwas derart gut angefühlt hatte. Das hier geschah nur für ihn. Es würde niemandem helfen, würde nichts in Ordnung bringen. Aber es würde sich gut anfühlen. Und er wollte es.

Er wollte sie.

»Zieh mir den Slip aus«, sagte sie atemlos und heiser.

»Noch nicht.« Er wiegte sich an ihr hin und her und sah zu, wie sich die Röte auf ihren Wangen vertiefte.

»Du Mistkerl!« Sie schlang ihm die Beine um die Hüften und zog ihn fester zu sich herab.

»So hast du mich beim letzten Mal auch genannt, als ich dir Handschellen angelegt habe.«

»Es hat damals schon gestimmt, und es stimmt heute immer

noch.« Sie verlagerte das Gewicht. »Und beide Male durfte ich nicht kommen.«

»Noch haben wir Zeit.« Er schob eine Hand unter sie, umfasste ihren Hintern und drückte sie an sich.

Sie wimmerte, ihr Atem strich heiß über seine Wange. »Bitte … ich brauche dich.«

Eli zog ihren Slip beiseite, brachte sich an ihrer Pforte in Stellung und schob sich langsam in sie hinein. Er fluchte kurz und heftig. Sie war so feucht und eng, dass er Angst hatte, zum Höhepunkt zu kommen, sobald er ganz in sie eingedrungen war.

»Eli.« Ihre Stimme brach, während sie seinen Namen flüsterte, und dieses Flüstern drang bis ins Innerste seiner Seele und hinterließ dort eine unauslöschliche Spur.

»Ich halte dich, Süße.« Ihre Blicke trafen sich. Ihre Augen waren groß, der Ausdruck darin … erschrocken? Fast ängstlich? Sein Magen krampfte sich zusammen. »Hey, hey, ich halte dich fest.«

Sie nickte wortlos und wandte den Blick nicht von ihm ab. Eli beugte sich vor und küsste sie auf die Lippen, langsam und lange. Zugleich zog er sich ein wenig aus ihr zurück und drang erneut tief in sie ein.

Dann war er verloren, konnte nur noch der flüssigen Hitze nachjagen, die ihn durchtoste, die immer stärker wurde, ihn immer näher zum Höhepunkt trug. Das Blut rauschte ihm in den Ohren und übertönte alles. Ihm wurde schwarz vor Augen. Es gab nur noch diese heiße, heftige, brennende Lust, die in seinem Bauch wütete, bereit, ihn zu überrollen und alles in ihm zu Staub zu verbrennen. Der Druck stieg und stieg und drohte, ihn zu vernichten, wenn er nicht bald Erlösung fand.

»Komm für mich, Sadie.« Er brachte die Worte nur mühsam hervor, seine Kehle war wie zugeschnürt. »Süße, ich bin kurz davor. Komm für mich.«

Sie wölbte sich ihm entgegen und bewegte das Becken, und die Anspannung in ihm wurde noch größer. Er packte ihren Hintern fester, legte die andere Hand flach gegen das Fenster hinter ihrem Kopf und ließ langsam die Hüften kreisen, sodass er sich an ihrer Klitoris rieb.

Endlich spürte er, wie sie nachgab, hörte ihren heiseren Aufschrei, merkte, wie ihre inneren Muskeln ihn fest umschlossen. Und ließ los.

Die Befreiung war wie ein Steppenbrand, alle Anspannung ging darin in Flammen auf, bis er sich völlig leer fühlte. Es ließ ihn tief erschüttert zurück.

Er versuchte, wieder zu Atem zu kommen. Seine Muskeln zitterten, Schweiß rann zwischen seinen Schulterblättern hinab. Er fühlte sich, als wäre er kilometerweit durch die Wüste gerannt. Und wäre am Ende zu einer Oase gelangt.

Sadie.

Er atmete laut aus und rückte von ihr ab. »Tja«, sagte er und lehnte sich an den Sitz, in dem vagen Bewusstsein, dass es vermutlich nicht eben professionell war, mit nacktem Arsch im Streifenwagen zu sitzen. »Die Sache mit dem Kondom habe ich nicht durchdacht.« Er schaute an sich hinunter, leicht verlegen, weil er das Ding nicht wie sonst rasch entsorgt hatte, bevor Sadie hinsah.

»Oje!« Sie wand sich ein wenig und warf ihm dann einen strengen Blick zu. »Du musst mich losmachen.«

»Ach, entschuldige.« Er beugte sich vor, zog den Schlüssel aus dem Getränkehalter und öffnete möglichst rasch die Handschellen.

Sie lächelte. Es wirkte fast schüchtern, was für Sadie ungewöhnlich, wenn nicht sogar ohne Beispiel war. Sie rieb sich die Handgelenke und blickte sich suchend um. »Ja, du wirst es wohl vergraben müssen.«

Er seufzte. »Das ist alles viel komplizierter, als ich dachte.«

»Na ja, einfach in die Gegend werfen darfst du es nicht. Das ist strafbar, und du … bist Kandidat für das Amt des Sheriffs. Kannst du dir vorstellen, was das für einen Skandal gäbe?«

»Du hast recht. Das geht auf keinen Fall.« Er öffnete die Autotür und trat mit nackten Füßen auf die Schicht Kiefernnadeln am Waldboden. »Das ist das Peinlichste, was ich je erlebt habe.«

Er hörte hinter sich ein Kichern, drehte sich um und warf ihr einen strafenden Blick zu.

»Die Aussicht ist jedenfalls gut«, frotzelte sie.

Er verdrehte die Augen und schloss die Tür, eilte bei hellem Tageslicht nackt zwischen den Bäume hindurch, grub ein kleines Loch in die weiche Erde und entsorgte das Kondom. Dann ging er so leichtfüßig wie möglich zurück, um nicht auf spitze Steine und trockene Äste zu treten.

Als er beim Wagen ankam, saß Sadie in der offenen Tür, die Beine ins Freie gestreckt. Sie trug wieder ihre Jeans und hatte das T-Shirt nach unten gezogen. Und sie lächelte. Viel zu strahlend.

»Du siehst schon wieder ganz normal aus«, sagte er.

Sie stand auf, offenbar unsicher auf den Beinen. »Der Schein trügt manchmal. Können wir jetzt zurückfahren?«

»Tja, ich würde mich gern erst anziehen.«

Sie schluckte sichtlich und nickte zögernd. Dann machte sie Platz, sodass er an ihr vorbei nach seiner Kleidung greifen konnte. Er stieg in den Slip, wobei er darauf achtete, dass keine der Kiefernnadeln, die an seinen Füßen klebten, darin hängen blieb. Dann schnappte er sich seine Jeans und zog sie so schnell wie möglich über.

Jetzt kam er sich nicht mehr ganz so lächerlich vor. Er wandte sich wieder Sadie zu. Sie lächelte nicht mehr. Sie hatte die

Arme unter den Brüsten verschränkt und blickte leer vor sich hin. Ihre Unterlippe zitterte.

Er musste an den Moment denken, als sie ihn angesehen hatte. In der Ruhe vor dem Sturm. Sie hatte fast verängstigt gewirkt.

»Sadie? Habe ich …? Habe ich dir wehgetan?« Die Gewissensbisse überfielen ihn mit voller Wucht, sein Gesicht fühlte sich taub an, ihm wurde übel.

»Nein.« Sie schüttelte den Kopf. »Mir geht's gut.« Eine Träne lief ihr über die Wange und hinterließ einen glänzenden Streifen auf der Haut.

»Dir geht's nicht gut«, widersprach er. »Was habe ich getan?«

»Nichts«, stieß sie hervor. »Es ist nur … Ich weiß auch nicht. Es war einfach intensiver als erwartet.«

»Ich hätte nie zustimmen dürfen. Das mit den Handschellen und …«

»Nein, das ist es nicht. Na ja, schon. Es ist nur … Ich muss ständig an diese Nacht denken.«

»Verhaftet zu werden ist vermutlich immer beängstigend.« Er hatte das Gefühl, sich auf ganz dünnem Eis zu bewegen, und wusste nicht recht, was er sagen sollte. »Ich bin sicher …«

»Um die Verhaftung geht es nicht«, sagte sie. »Sondern darum, was … Eli, als ich in der Nacht das Polizeirevier verlassen habe … hat mich mein Vater abgeholt.« Sie lehnte sich an den Streifenwagen und hob einen dünnen Zweig auf, der auf den Kofferraum gefallen war. Sie umklammerte ihn und drückte mit dem Daumen dagegen, bis er durchbrach. In der Stille ringsum hallte das Knacken lange nach. »Und als wir zu Hause waren … hat er mich so schlimm verprügelt, dass ich ins Krankenhaus musste.«

14

Ach verdammt, jetzt weinte sie auch noch! Und nicht nur ein paar Tränchen. Es war der Beginn einer wahren Sturzflut. Sadie spürte deutlich, wie die Dämme nachgaben, wie all die aufgestauten Emotionen gegen Bauwerke drückten, die sowieso bereits geschwächt waren, und sie wusste, sobald die Dämme brachen, würde sie weinen, bis sie innerlich ausgetrocknet war.

Denn es hatte sich über Jahre angesammelt. Und nun fiel alles in sich zusammen, ausgerechnet in Gegenwart des Mannes, den sie … Des Mannes, dem sie lange Zeit die Schuld an allem gegeben hatte. Der sie eben in seinem Wagen ins Paradies entführt hatte. Während sie Handschellen trug, die gut noch dieselben sein konnten wie damals.

Es war nur passend, dass ausgerechnet er jetzt Zeuge wurde. Nachdem er damals nicht hingeschaut hatte.

Warum hast du mich nicht beschützt, Eli? Du beschützt doch sonst alle. Warum hast du nicht erkannt, dass ich Schutz brauchte?

Doch sie sprach es nicht aus. Stattdessen erzählte sie weiter und ignorierte die Tränen, die ihr über die Wangen liefen.

»Er war wütend auf mich. Wegen der Festnahme. Und … ach, er hat behauptet, ich hätte ihn schon lange herausgefordert. Womit er nicht ganz unrecht hatte.« Sie schluckte heftig, weil sie ihren Vater jetzt vor sich sah. Wie er in jener Nacht ausgesehen hatte. Hochrot im Gesicht, die Ader an der Stirn geschwollen. Wie er sie anschrie. Wie er ihr den ersten Hieb versetzte und sie zu Boden schlug. Danach hatte sie ihn nicht mehr angesehen, sondern sich zusammengerollt, während er immer weiter auf sie einprügelte. Sie hatte sich nicht wehren können. Sich nicht rühren können. Sie hatte nichts mehr gehört als das dumpfe Klatschen, wenn seine Knie, seine Stiefel, seine Fäuste auf ihren Körper trafen.

Wenn sie sich das früher manchmal vorgestellt hatte, dann hatte sie stets ihre Mutter schreien gehört, er solle aufhören.

Doch sie hatte nicht geschrien. Im wahren Leben hatte ihre Mutter geschwiegen.

»Na, jedenfalls«, sagte sie leise, »die Festnahme hat das Fass zum Überlaufen gebracht. Damit habe ich seinen Zorn auf mich gelenkt. Jahrelang hatte ich zugesehen, wie er auf meine Mutter losging, und jetzt war ich dran. Sie hat nicht die Polizei gerufen. Deshalb hast du nie davon erfahren. Sie hat mich in das Krankenhaus in Tolowa gefahren. Wir wohnten so weit draußen, dass es dahin genauso weit war wie zu dem Krankenhaus am anderen Ende von Copper Ridge.«

»Sadie«, sagte er mit rauer Stimme. »Ich hatte ja keine Ahnung …«

»Ich weiß. Aber lass mich bitte ausreden. Ich musste operiert werden. Du hast die kleine Narbe doch bestimmt bemerkt.« Komisch, dass diese Narbe so klein war, wo doch die seelischen Narben so gewaltig waren. »Ich hatte einen Milzriss.«

»Scheiße!« Der harte Fluch hallte durch den stillen Wald. Er klang viel emotionaler als ihr ausdrucksloser Bericht.

»Den Leuten im Krankenhaus hat meine Mutter erzählt, ich wäre in eine Schlägerei geraten. Dass es mein Vater war, hat sie verschwiegen. Als ich mit der Krankenschwester allein war, hat sie zu mir gesagt, ich könnte natürlich Anzeige erstatten. Aber es würde schwierig werden, weil meine Mutter steif und fest behauptete, ich hätte mich mit ein paar Jungs geprügelt.« Sie schnaubte verächtlich. »Die Schwester meinte, wenn ich minderjährig wäre, könnte mich das Jugendamt aus meinem Elternhaus herausholen, während die Angelegenheit untersucht würde, aber da ich achtzehn war, wären ihnen die Hände gebunden. Dann hat sie mich gefragt, was ich tun wollte. Mein Vater hatte meine Mutter vom Krankenhaus abgeholt. Mein Auto stand auf dem Parkplatz. Meine Mutter hatte mir die Schlüssel dagelassen. Und in dem Moment wurde mir klar, dass die Menschen sich nicht ändern. Deshalb dachte ich mir … dass ich besser die Umgebung ändere, in der ich lebe.«

Er schlug sich die Hand vor den Mund und wich einen Schritt zurück. Sein Gesicht war kreidebleich. »Sadie, ich hab nie …« Er ließ die Hand sinken. »Das ist alles passiert, weil ich dich verhaftet habe?«

»Nicht«, bat sie ihn. »Tu das nicht. Ich habe es früher oft getan. Ich … ich tue es manchmal immer noch. Aber es waren meine Entscheidungen, die zu meiner Festnahme geführt haben. Es war seine Entscheidung, mich zu schlagen. Es war …«

Auf einmal zog Eli sie heftig an sich, und diese feste Umarmung ließ ihren Widerstand zusammenbrechen und setzte alle Gefühle in ihr frei. Die Tränen strömten ihr übers Gesicht.

Er streichelte ihr den Rücken. Seine Hand fühlte sich so warm und tröstlich an. Es war zu viel.

Sie verbarg das Gesicht an seiner Brust. Ihre Tränen wurden zu heißen Tränen der Wut. »Warum hast du mich nicht beschützt?« Die Worte kamen ihr über die Lippen, bevor sie sie hinterfragen konnte. Bevor sie sich bewusst machen konnte, wie ungerecht sie waren. Eli hatte es doch gar nicht gewusst. Er hatte es nicht wissen können. Trotzdem hatte diese Frage zehn Jahre lang in ihr nach einer Antwort geschrien, selbst als sie den Schmerz längst unter Jahren von Stein, Schotter und Erde begraben hatte, in dem Versuch, die Erinnerung auszulöschen. Die Stimme zum Schweigen zu bringen.

Er umarmte sie fester, und sie ballte die Fäuste, eng an seine nackte Brust gedrückt, ließ sich festhalten und schluchzte, dass ihre Schultern bebten.

»Du hast gesagt, es ist deine Aufgabe, alle zu beschützen«, sagte sie halb erstickt, die Lippen an seiner Brust. »Alle in dieser Stadt. Aber mich hast du nicht beschützt.«

Er fasste sie an den Schultern und sah ihr ins Gesicht. Sein Blick war aufrichtig und intensiv. Sie wollte ihm ausweichen, ihre Schwäche, ihre Gefühle vor ihm verbergen. All die Unsicherheit, all die dummen Gedanken.

»Schon gut, es ist nicht deine Schuld …«, fing sie an.

»Sadie, hör mir zu. Ich hätte dich ihm niemals ausgeliefert. Niemals. Ich hätte dich niemals nach Hause gehen lassen. Wenn ich auch nur eine Ahnung gehabt hätte …« Er schüttelte fassungslos den Kopf. »Ich hätte es merken müssen.«

»Warum?«, fragte sie und löste sich von ihm. Das Ganze war ihr so peinlich, dass sie sich am liebsten unter dem Streifenwagen verkrochen hätte.

»Das ist meine Aufgabe. Und … manchmal denke ich, dass ich nicht lange genug oder genau genug hinschaue. Weil … Na ja, nimm zum Beispiel Alison. Mir sind die Hände gebunden, weil sie nichts sagt. Sie bittet nicht um Hilfe. Sie will ihn nicht verlassen. Ich hasse das. Zu wissen, dass ich ihr nicht helfen kann. Aber dir hätte ich helfen können. Wenn ich nachgefragt hätte … Du hättest es mir doch gesagt, oder?«

Sie betrachtete sein attraktives Gesicht, die tiefen Furchen um seinen Mund, die von permanenter Sorge zeugten. Die Falten zwischen seinen Augenbrauen, die verrieten, wie oft er nachts grübelnd wach lag. »Ich war wütend, betrunken und aggressiv. Du hattest keinen Grund, mir Hilfe anzubieten. Ich hatte es verdient, dass du mich festnimmst, und ich …«

»Als du wieder hergekommen bist, hast du etwas zu mir gesagt«, unterbrach er sie.

»Was denn?« Sie fühlte sich jetzt streitlustig und weinerlich zugleich, und beides gefiel ihr nicht.

»Du hast gesagt, dass … dass es Leute wie mich gibt, die die Menschen einfach wegsperren, und Leute wie dich, die ihnen zuhören. Und versuchen, etwas zu ändern. Du hattest recht. Ich hätte dir nicht zugehört. Damals nicht. Ich habe den Leuten nicht zugehört. Ich dachte, ich täte das Richtige. Dass das Gesetz als Schutz ausreicht. Aber das stimmt nicht.«

»Eli, nicht. Lad dir das nicht auf. Vielleicht hättest du wirklich nicht zugehört, aber ich hätte es dir auch nicht erzählt. Ich wollte, dass er es tut. Jahrelang … Jahr um Jahr hatte ich zugesehen, wie er sie schlug. Und irgendwann habe ich beschlossen, dass ich mich nicht mehr wie auf rohen Eiern bewegen wollte. Dass ich ihn dazu herausfordern würde, mir dasselbe anzutun. Ich habe mir eingebildet, ich könnte es ertragen. Ich habe gedacht, sie würde ihn davon abhalten. Nun, wie sich herausstellte, war ich nicht so zäh, wie ich dachte. Und ihr war ich nicht so wichtig, wie ich dachte.«

»Sadie, du hast selbst gesagt …«

»Das hätte ich nicht sagen dürfen. Aber ich musste es sagen. Ich … Früher habe ich so gedacht. Ich … Hör zu, ich spreche nur sehr ungern darüber, aber ich musste es dir erzählen, weil … Hallo, die Frau hat ja einen seelischen Zusammenbruch nach dem Sex. Da musstest du den Grund erfahren. Ich … ich war an dem Abend hackevoll, okay? Aber als du mich gepackt und in den Wagen verfrachtet hast, da ging mir nur durch den Kopf, wie stark du bist. Der Typ Mann, der auch so ein Arschloch wie meinen Vater in seine Schranken weisen könnte. Und der das auch täte. Du warst immer ein guter Mensch, Eli, und das habe ich schon damals erkannt. Genau wie jetzt.«

»Es tut mir leid, dass ich es nicht verhindert habe.«

»Mir tut es leid, dass ich dir jemals die Schuld daran gegeben habe.«

»Bitte entschuldige dich nicht bei mir. Nicht dafür.« Er blickte grimmig drein, und sie begriff, dass sie ihn an seiner verwundbarsten Stelle getroffen hatte.

Andere Männer hätten sie vielleicht angebrüllt und ihr gesagt, dass sie gar nichts hätten tun können, und das wäre ihr gutes Recht gewesen. Aber bei Eli hatte sie der langen Liste von Verfehlungen, für die er sich zuständig fühlte, obwohl er sie nicht verschuldet hatte, eine weitere Sünde hinzugefügt.

Er ließ sie los und drehte sich zum Wagen um, und Sadie starrte auf seinen breiten Rücken, auf seine starken Schultern.

Damit er die Last der ganzen Welt besser tragen kann.

Sie ging zu ihm und schlang die Arme um ihn, legte den Kopf an seinen nackten Rücken. »Lad dir das nicht auf«, bat sie und küsste die tiefe Furche unter seinem Schulterblatt. »Bitte nicht.«

Er hob eine Hand und drückte ihre Hände fest an seine Brust. »Niemand wird dir je wieder wehtun. Ich verspreche es dir.«

Wieder lief ihr eine Träne über die Wange. Denn genau das hatte sie schon immer von jemandem hören wollen. Es erschreckte sie, wie viel es ihr bedeutete, es jetzt von ihm zu hören.

Noch erschreckender war, wie viel ihr die Worte selbst bedeuteten. Und ihr wurde kalt, als sie erkannte, dass nur ein einziger Mensch wirklich die Macht hatte, ihr wehzutun. Nämlich er.

Obwohl sie sich so bemüht hatte, ihm gegenüber eine neutrale Haltung zu bewahren, war er irgendwie durch ihren Panzer gedrungen. Irgendwann war aus »nur Sex« verdammt viel mehr geworden. Und sie hatte keine Ahnung, wie das passiert war.

Sie hatte doch oft genug Beziehungen mit Männern gehabt – auch längere Beziehungen –, die auf mehr als nur auf Sex basierten. Jedenfalls hatte sie das immer so gesehen. Sie waren zusammen ausgegangen und hatten sich unterhalten, und an manchen Abenden hatten sie nicht einmal miteinander geschlafen, was ja bewies, dass ihre Verbindung über das rein Körperliche hinausging. Zumindest hatte sie es als Beweis betrachtet.

Dies dagegen sollte doch nur Sex sein. Wilder, verschwitzter, unvernünftiger Cop-Cowboy-Sex. Harter Mann und heiße Frau. Mit Handschellen. Und Pferden.

Warum also war es nicht dabei geblieben? Warum hatte sie das Gefühl, dass sich soeben alles verändert hatte? Wie zum Teufel hatte eine heiße Nummer auf dem Rücksitz eines Streifenwagens dazu führen können, dass sie mehr von ihrem Innersten preisgegeben hatte als je zuvor in ihrem Leben?

»Wir sollten zurückfahren«, sagte sie leise und ließ ihn los. Sie wünschte nur, ihre Gefühle für ihn ließen sich ebenso leicht abschütteln wie dieser körperliche Kontakt.

»Ja.« Er bückte sich, nahm sein T-Shirt vom Rücksitz und zog es an.

Zwischen ihnen hatte sich etwas geändert. Sie spürte es deutlich, und es war gleichzeitig gut und schlecht. Eli wirkte sehr angespannt, was sie ihm nicht verübeln konnte. Doch zugleich hatte sie das Gefühl, dass sich das Band zwischen ihnen gefestigt hatte.

Weil er jetzt der einzige Mensch war, der Bescheid wusste. Der Einzige, der die ganze Geschichte kannte. Der wusste, wie sehr sie sich danach sehnte, jemanden zu haben, der sie beschützte.

Das hatte sie nicht einmal sich selbst eingestanden, bevor sie es ihm gesagt hatte.

»Das hat Spaß gemacht.« Sie wischte sich die Tränen ab.

»Ja.« Er knallte die hintere Tür zu und riss die Fahrertür auf. »Und wie!«

Eli knallte den Holzhammer auf den Spaltkeil, und zwei Holzscheite flogen in den Dreck. Doch die körperliche Anstrengung half sehr wenig gegen die rasenden … Was immer das für Gefühle waren, die da in ihm tobten.

Er hatte keine Ahnung, was er fühlte. Deshalb hackte er auch lieber Holz, statt hinzufühlen. Wenigstens war das der Plan. Und selbst wenn es nicht half, würde er irgendwann so erschöpft sein, dass er einfach vergaß, dass man noch etwas anderes fühlen konnte als den Schmerz in den Muskeln.

Sonst würde er die Gefühle eben in Alkohol ertränken. Aber da das die Methode war, mit der die meisten Männer in seiner Familie die ganz besonders unangenehmen Dinge handhabten, stand er der Sache eher ablehnend gegenüber. Wenn auch nicht völlig. Verzweifelte Situationen erforderten verzweifelte Maßnahmen.

»Du hast schon genug Holz, um ganz Copper Ridge durch die nasse Jahreszeit zu helfen. Warum hackst du noch mehr?«

Als Eli sich umdrehte, sah er Kate vor sich stehen, die Hände in die Hüften gestemmt, das Gewicht auf ein Bein verlagert.

»Weil ich damit rechne, dass es ein kaltes Jahr wird.« Er bückte sich und hob die eine Hälfte des gespaltenen Holzstücks auf.«

»Okay. Hey, hast du in letzter Zeit mit Sadie gesprochen?«

Oh, super, das hatte ihm noch gefehlt! Mit seiner Schwester über Sadie reden, während er versuchte, die Frau durch körperliche Arbeit aus seinen Gedanken zu vertreiben. Jedenfalls so lange, bis er wieder mit sich im Reinen war.

Bis er den Ausdruck auf ihrem Gesicht vergessen konnte. Die Art, wie sie in seinen Armen gezittert hatte.

Warum hast du mich nicht beschützt?

Mit finsterer Miene bückte er sich und hob auch das zweite Scheit auf. »Heute Vormittag. Warum?«

»Ich wollte ihr sagen, dass ich Brötchen gebacken habe.«

»Was?«

»Ich habe ganz allein Brötchen gebacken. Und sie sind sogar genießbar. Sie hat es mir gestern beigebracht, deshalb habe ich … Hey, was ist los?«

»Alles bestens.« Er biss die Zähne zusammen, ging zum Holzstoß und legte die Scheite darauf ab.

»Das sieht mir aber nicht so aus«, sagte sie stirnrunzelnd. »Ist es wegen der vielen Menschen, die nächste Woche zum Barbecue kommen?«

Seltsamerweise machte ihm das deutlich weniger aus als am Anfang. Auf sehr merkwürdige Art freute er sich sogar darauf. Dass Sadies Traum Wirklichkeit wurde. Dass ihre harte Arbeit ein reales, greifbares Ergebnis haben würde.

Es hätte ihn gar nicht interessieren sollen. Aber das tat es.

Lad dir das nicht auf.

Zu spät, Sadie.

»Nee«, sagte er. »Alles bestens.«

»Du bist knurrig.«

»Na und?«

»Dafür ist Connor zuständig. Was ist los?«

»Ich denke nur nach«, sagte er und legte ein neues Stück Holz auf den Baumstumpf. »Über Dad.«

»Oh!« Sie senkte den Blick.

Er setzte den Spaltkeil ein, hob den Hammer und schlug kräftig zu. »Das liegt an der Jahreszeit.«

»Ja, tut es wohl.« Sie biss sich auf die Lippe und sah weiter zu Boden. Als sie wieder aufblickte, lag ein bitterer Ausdruck in ihren dunklen Augen. »Ich denke nicht sehr oft an ihn.«

»Nein?«

»Nein.«

In diesem Moment wurde ihm bewusst – vielleicht zum ersten Mal – dass sie nie die guten Seiten ihrer Eltern kennengelernt hatte. Denn die hatte es durchaus gegeben. Ihre Mutter war nicht immer niedergeschlagen und überfordert gewesen. Ihr Vater hatte das Leben nicht immer durch einen Alkoholschleier betrachtet.

Er kannte sie noch als die Menschen, die sie ursprünglich waren. Connor ebenfalls.

»Er war früher mal ein guter Mensch, Katie«, sagte er.

»Das ist schön. Für ihn. Und für dich und Connor. Aber ich habe diesen guten Menschen nie gekannt. Ich habe ihn nie anders erlebt als sturzbetrunken. Du und Connor, ihr habt mich geliebt. Und Jessie dann auch, als sie Connor geheiratet hat. Es gab Jack und Liss, unsere Freunde. Durch sie kam einem unser Haus weniger leer vor. Aber den Menschen, der es zu einem traurigen Haus gemacht hat, den vermisse ich nicht.«

Sie konnte es nicht verstehen, weil ihr nicht klar war, warum er wirklich an seinen Vater dachte. Sie wusste nicht, dass er versuchte, mit den Gefühlen fertig zu werden, die Sadies Worte in ihm ausgelöst hatten.

Diese Worte hatten ihn an die anderen Menschen erinnert, die er nicht beschützt hatte.

Und genau das war der Knackpunkt. Er wollte die Menschen beschützen, die er liebte. Die Menschen in Copper Ridge. Und seine Erfolgsbilanz war bestenfalls durchwachsen.

»Hallo!« Als er sich umdrehte, sah er Sadie verlegen in der Einfahrt stehen, die Hände in den Gesäßtaschen, sodass sich ihr T-Shirt über ihren Brüsten spannte. »Ich hoffe, ich störe nicht.«

»Jedenfalls bei nichts Wichtigem«, wehrte Kate ab und lächelte gezwungen.

Sie sah ihm verdammt ähnlich, wenn sie so zu tun versuchte, als wäre alles okay. Eli wusste nicht recht, wie er das finden sollte.

»Wie läuft's denn so, Kate?«, fragte Sadie lächelnd. Ihr Lächeln wirkte immer echt, egal was sie empfand. Und das war noch besorgniserregender. Eli wurde allmählich klar, dass alles an Sadie, ihre ganze Leichtigkeit, nicht ganz so war, wie es schien.

Milzriss. Krankenhaus. Eine Mutter, die sich nicht schützend vor sie gestellt hatte …

Er konnte es sich nicht vorstellen. Konnte nicht fassen, dass diese intelligente, fantastische Frau Schrecken durchlebt hatte, die die *Greatest Hits* der Garrett-Ranch um Längen übertrafen. Er hatte nichts von ihrem Schmerz geahnt, bis sie sich heute an seiner Brust ausgeweint hatte.

Und jetzt spürte er sie, die große Last. Die Last dessen, was er unterlassen hatte. All der Dinge, die er nicht erledigt hatte.

»Gut«, sagte Kate. »Ich habe gerade nach dir gefragt.«

»Tja, hier bin ich! Die Barbecue-Vorbereitungen gehen zügig voran. Aber ich wollte dich fragen, und ich weiß, das ist sehr kurzfristig, aber wärst du an einer Rodeo-Vorführung interessiert?«

Kates Miene erhellte sich sichtlich. »Ja. Wahnsinnig gern. Ich könnte in der Arena Westernreiten vorführen oder mit dem Lasso Kälber einfangen.«

»Beides, wenn du willst.«

»Vielleicht hat Jack ja Lust, mir zu helfen.«

»Das wäre super.«

»Ich rufe ihn gleich an«, sagte Kate. »Tschau!« Sie winkte und hüpfte in Richtung ihrer kleinen Blockhütte davon.

»Sie ist schon was Besonderes«, sagte Sadie und kam näher.

»Allerdings. Manchmal habe ich Angst, es könnte ihr geschadet haben, dass sie von Connor und mir großgezogen wurde. Wir sind nicht gerade von der sanften Truppe.«

»Nein«, sagte Sadie, »aber von einer verdammt angenehmen Truppe, wenn ich das mal sagen darf.«

»Oh, danke!«

»Eigentlich wollte ich genau darüber mit dir sprechen.«

»Ach ja?« Er spürte, wie erneut Missmut in ihm aufstieg. Er hatte vorgehabt, Holz zu hacken und dabei Sadie zu entkommen. Und prompt war sie wieder da.

Und wollte über Gefühle reden. Wo er sich gerade einzureden versuchte, dass er gar keine hatte.

»Was ich gesagt habe, tut mir leid. Ich wollte mich nur vergewissern, dass zwischen uns alles okay ist.«

Sie sah ihm dabei nicht in die Augen. Offensichtlich tat es ihr wirklich leid, und sie befürchtete, eine Grenze überschritten zu haben. Doch Eli wusste, dass sie es ernst gemeint hatte. Und sie hatte damit ins Schwarze getroffen.

»Es ist alles gut«, versicherte er ihr, weil er nichts anderes sagen konnte, wenn er weiter mit ihr schlafen wollte. Und wenn er eins wusste, dann dass er das immer noch wollte.

»Gut. Normalerweise schütte ich nicht einfach so mein Herz aus. Ich höre eher zu, wie andere das tun. Deshalb mache ich das ja. Habe ich es gemacht.«

»Als Therapeutin gearbeitet?«

»Ja. Weil ich so auf andere Leute eingehen muss und mich mit deren Problemen befassen und nicht an meine eigenen denken kann. Ich meine … es tut halt weh. Die Erinnerung tut weh. Das wird auch immer so bleiben. Und ich projiziere da auch viel. Das weiß ich. Ich … habe mir oft gewünscht, jemand hätte es mitbekommen, Eli, und da du in meiner Erinnerung so eng mit dieser Nacht verknüpft bist, hat etwas in meiner Psyche dich zu diesem Jemand gemacht. Meine Patienten tun das ständig, und ich weiß es eigentlich besser. Aber du weißt ja, Ärzte sind die schlimmsten Patienten.«

Er hörte, was sie sagte, und bis zu einem gewissen Grad glaubte er ihr sogar. Doch das änderte nichts an der kiloschweren Last der Gefühle in seiner Brust. Es machte das Atmen nicht leichter und seine Kehle nicht weniger eng.

»Vergessen wir einfach, dass es passiert ist«, schlug sie vor. »Du weißt schon. Du bist der Einzige, der davon weiß. Und … ich finde, wir sollten einfach … ins Bett gehen.«

»Es ist sechs Uhr.«

»Na und?«

Sie standen vor seinem Haus. Sie hatten es noch nie in seinem Haus getan. Aber in seinem Streifenwagen. Und das war in mancherlei Hinsicht sogar intimer.

»Mir fällt nichts ein, was dagegen spricht.« Hauptsächlich, weil sich sein Blut gerade unterhalb der Gürtellinie sammelte. Ein chronisches Problem, das irgendwie mit Sadie zu tun hatte.

»Oh, gut.« Sie wirkte erleichtert. »Ich will nicht, dass sich etwas ändert.«

Er genauso wenig, aber er fürchtete, dass es schon geschehen war.

»Dann sind wir uns ja einig.«

»Bei dir im Haus oder im Wagen?«

»Im Haus«, sagte er.

»Ist wohl auch besser so. Im Nachhinein betrachtet war das eine ziemlich schlechte Verwendung von Staatseigentum. Es in einem Fahrzeug zu treiben, das der Bezirksverwaltung gehört.«

»Entschuldige mal«, sagte er, während die Anspannung in seiner Brust etwas nachließ, anders als die in seinem Schwanz. »Es war deine Idee.«

»Stimmt.« Sie legte ihm lächelnd eine Hand auf die Brust. »Andererseits bin ich ja auch kriminell. Ein sehr böses Mädchen. Und du bist von Grund auf gut.«

Er packte sie am Handgelenk und hob ihre Finger an seine Lippen, saugte einen davon in seinen Mund und ließ die Zunge um die Spitze kreisen. Dann biss er leicht zu und gab sie frei. »Bin ich das?«

Er fühlte sich nicht wie ein guter Mensch. Sondern wie ein Versager. Wie ein Mann, der zugelassen hatte, dass ein anderer Mann diese Frau fast totprügelte. Wie ein Mann, der die Schwächeren in seiner Umgebung nicht beschützen konnte, obwohl er sich mit aller Kraft bemühte.

Es gab Scharen von Menschen, die ihre Väter nicht im Vollrausch Auto fahren und verunglücken ließen. Und diese Leuten bemühten sich wahrscheinlich nicht einmal halb so sehr wie er.

Manchmal fragte er sich, ob es ihm vorherbestimmt war, alle Menschen in seiner Nähe zu enttäuschen, egal wie sehr er versuchte, zu etwas nützlich zu sein. Gut genug zu sein.

Aber wenn es sein Schicksal war, ein böser Mensch zu sein, dann sollte er sich vielleicht einfach damit abfinden.

»Ich glaube, du unterschätzt mich«, sagte er. »Immer noch. Dabei habe ich dir beim Sex Handschellen angelegt.«

»Ich weiß nicht, Eli.«

»Sadie.« Er fasste sie am Kinn und küsste sie fest auf die Lippen. »Schwing deinen Arsch in mein Bett!«

15

Sadie wusste nicht so recht, was hier vorging und warum sich alles so anders anfühlte. Es lag nicht am Sex. So viel war klar. Na gut, irgendwie lag es schon daran, aber es steckte mehr dahinter. Es ging tiefer. Und sie wollte dem lieber nicht auf den Grund gehen.

Bisher hatte Eli sie nur an dem einen Abend in sein Haus gelassen, als sie nach dem Rohrbruch hier geduscht hatte. Seitdem nicht mehr.

Wenn sie Sex hatten, dann bei ihr. Danach kehrte er in sein Haus zurück. In sein gepflegtes, ordentliches Zuhause.

Mit hämmerndem Herzen trat sie durch die Haustür. Alles war so, wie sie es von diesem einen Besuch in Erinnerung hatte.

Sauber, ordentlich. Nahezu blitzblank.

Für einen Mann, der beruflich mit Nutztieren und Kriminellen zu tun hatte, hielt er sein Haus wirklich makellos.

Vielleicht gerade deshalb.

»Du weißt ja, wo mein Schlafzimmer ist«, sagte er.

»Ja.«

»Geh nach oben.« In seinen dunklen Augen lag ein harter, unnachgiebiger Ausdruck. Als hätte jemand einen Schalter umgelegt, flammte die Spannung zwischen ihnen auf. Die Hitze. Und eine Intensität voll bedeutsamer Untertöne.

Etwas hatte sich verändert. *Sie* hatte es verändert, indem sie Eli ihre Geschichte erzählt hatte. Indem sie ihm vorgeworfen hatte, er hätte sie beschützen müssen.

Sadie wusste noch nicht so recht, ob das ihrer Beziehung gutgetan hatte oder ob sie alles ruiniert hatte, aber dass sie etwas verändert hatte, stand fest. Sie hatte es schon gespürt, als sie mit ihm im Wald allein war, und jetzt spürte sie es wieder.

»Okay«, sagte sie, denn egal was hier vorging, sie würde ihm keinen Wunsch abschlagen.

Sie drehte sich um und stieg die Holztreppe hinauf. Ihr Herzschlag hämmerte ihr in den Ohren und übertönte ihre Schritte.

»Ich sehe dir gern beim Gehen zu«, sagte er. »Obwohl es mir noch besser gefällt, wenn du nichts anhast.« Seine Stimme war rau. Sie konnte hören, dass er ihr folgte.

»Tja, ich werde wohl kaum nackt durch deine Küche laufen.«

»Ich bin für dich nackt durch den Wald gelaufen. Das tue ich normalerweise auch nicht.«

»Nein.« Sie warf einen Blick über die Schulter. Ihr wurde ganz flau, als sie den hungrigen Ausdruck auf seinem Gesicht bemerkte. »Vermutlich nicht.«

»Aber mit dir tue ich ständig Dinge, die ich sonst nie tue.«

Sie stieß die Tür zu seinem Schlafzimmer auf und zog sich das T-Shirt über den Kopf. Ihren BH streifte sie genauso schnell ab. Dann hielt sie sich einen Arm vor die Brust und drehte sich mit ihrem aufreizendsten Lächeln zu ihm um. »Ach, wirklich?«

»Ja.« Seine Stimme war tiefer geworden.

»Tja.« Sie spreizte die Finger, sodass er einen Blick auf ihre Brustwarze erhaschen konnte, denn sie wusste genau, dass ihn das verrückt machen würde. »Schauen wir doch mal, wozu ich dich sonst noch verleiten kann.«

Mit finsterer Miene kam er auf sie zu. Er umfasste ihr Gesicht, neigte ihren Kopf nach hinten und strich ihr mit den Fingern durchs Haar. »Mach keinen Witz daraus, Sadie.«

»Tu ich doch gar nicht.« Ihr Herz zog sich schmerzlich zusammen.

»Du versuchst, Witze zu machen, damit es dir nicht so nahegeht. Aber ich kann das nicht. Wie du schon sagtest, ich bin ein humorloser Mistkerl.« Mit dem Daumen zeichnete er den Umriss ihrer Unterlippe nach. »Deshalb wird jetzt gar nicht mehr geredet. Versuch nicht, es ins Lächerliche zu ziehen. Ich muss es sowieso spüren. Also sollst du das verdammt noch mal auch.«

Das Herz schlug ihr bis zum Hals, was eine Antwort unmöglich machte. Aber das spielte auch keine Rolle, weil er sie jetzt küsste, hart und fordernd. Seine Bartstoppeln kratzten ihr über Kinn und Wangen. Ihre Leidenschaft wuchs.

Die kleine Sexszene im Auto war auch intensiv gewesen, getragen von ihrem Wunsch, einen Teil ihrer Vergangenheit aus sich herauszuschwemmen. Damit sich etwas änderte. Aber das hier war noch einmal anders. *Er* war anders.

Und er hatte recht. Sie hatte genau das vorgehabt, was er ihr vorgeworfen hatte. Sie hatte einen Striptease hinlegen und darüber lachen und das Ganze in etwas Lustiges verwandeln wollen. Sie hatte es zu der Art von Sex machen wollen, die sie kannte, die sie im Griff hatte.

Doch jetzt hatte Eli das Sagen. Und aus irgendeinem Grund fühlte sie sich noch hilfloser als in Handschellen.

Denn das mit den Handschellen war ihre Idee gewesen, ihr Plan. Aber jetzt ging es nicht um ihre Dämonen, sondern um seine.

Er schob sie rückwärts aufs Bett und zog ihr Jeans, Unterwäsche und Schuhe aus. Dann streifte er sich die Jeans von den Hüften und stand nackt vor ihr.

»Bin gleich wieder da.« Er drehte sich um und ging ins Bad. Einen Moment später kam er zurück und rollte sich das Kondom über den harten Schwanz, während er wieder ans Bett trat.

Er positionierte sich zwischen ihren Schenkeln und küsste sie leidenschaftlich. Es gab kein Vorspiel, überhaupt keine Ouvertüre, aber das war ihr egal. Sie war bereit. Das war sie schon, seit er das letzte Mal in ihr war.

So wirkte er eben auf sie.

Er drang in sie ein, tief und kräftig, und füllte sie völlig aus. Dann schob er das Becken nach vorn, und sie keuchte heftig auf, weil er sich noch tiefer in ihr vergrub, als möglich schien. Sie schlang ihm die Beine um die Schenkel und öffnete sich ihm, gestattete ihm freien Zugang.

Sie strich ihm über die Haare, über die Schultern und den Rücken und sah ihm unverwandt in die Augen. Sein Blick schien bis in ihr Innerstes vorzudringen, bis zu den Schutzschilden, die sie um ihre Brust errichtet hatte. Und diese Schilde begannen zu glühen, als wären sie einem Angriff ausgesetzt, der die Mauern unwiderruflich zum Einsturz bringen konnte.

Er rieb sich an ihr, und Lust überrollte sie. Der Orgasmus kam überraschend und überwältigte sie völlig. Er rauschte durch sie hindurch und löschte all die Gefühle aus, die sich in ihrer Brust angestaut hatten, sodass sich alles sauber und neu anfühlte.

Befreit.

Eli senkte den Kopf, und sein Körper erbebte, als er ebenfalls zum Höhepunkt kam. Er atmete keuchend aus, löste sich von ihr und rollte sich auf den Rücken. Sadie blieb, wo sie war, und schaute zur Decke hinauf, zu den Holzbrettern voller Astlöcher und Unebenheiten, die trotzdem irgendwie ordentlich wirkten. Genau wie der Mann neben ihr.

Es war nichts zu hören als seine schweren Atemzüge. Und

ihre wahrscheinlich, aber aus irgendeinem Grund nahm sie seine deutlicher wahr. Vielleicht weil sie sich selbst lieber nicht zu genau wahrnehmen wollte.

Weil es ihr so vorkam, als könnte in ihr gleich eine Lawine von Gefühlen losbrechen. Ein regelrechter Bergsturz von Gefühlen.

Nein danke, lieber nicht.

Sie schloss die Augen und versuchte, sich auf die wohltuende Wärme zu konzentrieren, die sie nach einem Orgasmus normalerweise empfand. Aber das innere Glühen war deutlich schwächer als sonst.

Sie nahm alles viel zu deutlich wahr. Das Brennen auf ihren Wangen, das seine Bartstoppeln hinterlassen hatten. Das heftige Pulsieren ihres Bluts. Ihr unregelmäßiger Herzschlag. Wie kalt sich ihre Brüste anfühlten, seitdem er sich von ihr gelöst hatte.

Das Heben der Matratze, als er aufstand, und das Tappen seiner Füße auf dem Holzboden, als er ins Bad ging. Sie fröstelte, sah sich im Zimmer um und setzte sich auf.

Er hatte keine Bilder an den holzverkleideten Wänden. Durch die großen Fenster blickte man in die dicht stehenden Bäume hinter dem Haus. Die Sonne ging gerade unter, ihre goldenen Strahlen drangen hier und da durch das Grün und tauchten alles in ein diffuses, indirektes Licht.

Plötzlich war sie völlig erschöpft. Ihre Augenlider wollten herabsinken wie die Sonne. Sie kroch ans Kopfende und schlüpfte unter die Decke, drehte sich auf die Seite und beobachtete, wie sich die Zweige draußen im leichten Wind bewegten. Sie hörte, wie Eli das Zimmer durchquerte, spürte, wie sich die Matratze senkte.

Die Bettdecke rutschte weiter nach unten, und sie spürte Elis Wärme. Wortlos schlang er die Arme um sie und zog sie an sich. Sie entspannte sich und lehnte den Kopf an seine starke Brust.

Sie würde jetzt eine Sekunde lang die Augen schließen.

Danach würde sie gehen.

Als Sadie die Augen aufschlug, herrschte im Schlafzimmer graues Zwielicht, und Elis Arme waren noch fest um sie geschlungen.

Sie rieb sich die Augen und drehte sich auf den Rücken, wobei seine Hände ihre Brüste streiften. Dann reckte sie den Hals, um über ihn hinweg auf die Nachttischuhr zu sehen.

Es war halb sechs, und da sie todsicher wusste, dass sich die Zeit nicht rückwärts drehte, musste sie die ganze Nacht hier geschlafen haben.

Sie setzte sich auf und zog sich die Bettdecke über die Brüste. Eli drehte sich brummend auf die andere Seite.

Ihr Herz hämmerte, ihre Hände waren leicht verschwitzt. Das hatte sie noch nie gemacht. Sie hatte noch nie so neben einem anderen Menschen geschlafen. Es hatte etwas schrecklich Intimes. Etwas Furchteinflößendes.

Sie wartete darauf, dass sich ihre Muskeln in Bewegung setzten, dass ihre Beine sie aus dem Bett steigen ließen und ihre Füße sie rennend zur Tür hinaustrugen.

Nichts davon geschah.

Sie atmete tief ein, und die Panik ließ langsam nach. Ihre Atmung normalisierte sich. Sie wollte gar nicht weg. Das war die überraschendste Erkenntnis, die nach dem Abflauen der Panik zurückblieb. Weitere überraschende Erkenntnisse waren, dass sie sich sogar darüber freute, dass Eli sie über Nacht hatte bleiben lassen. Dass er sie überhaupt in sein Haus und sein Bett eingeladen hatte.

Er hatte letzte Nacht etwas Wichtiges mit ihr geteilt. Ähnlich wie sie es getan hatte, nachdem sie sich im Streifenwagen geliebt hatten. Allerdings war es bei ihm wortlos geschehen, sodass sie keine Ahnung hatte, was genau sie daraus schließen sollte. Aber sie spürte es trotzdem.

Sie schlüpfte aus dem Bett, sammelte ihre Kleidung ein und zog sich an. Dann ging sie nach unten und begann mit Elis Bechern und seiner Kaffeemaschine zu hantieren, wobei sie gedankenverloren vor sich hin summte.

Ihr fiel ein, dass er gern Milchkaffee trank, deshalb nahm sie Milch aus dem Kühlschrank, erhitzte sie in der Mikrowelle und schäumte sie mit dem Schneebesen auf, während der Kaffee durchlief. Dann goss sie eine ordentliche Portion davon in seinen Kaffee und tat Zucker dazu. Ihr eigener Kaffee blieb mit einem Schuss warmer Milch und etwas Zucker relativ spartanisch.

Als sie wieder nach oben ging, war Eli wach und stand nackt und etwas verloren mitten im Raum.

»Du bist ja noch da«, sagte er, als sie hereinkam.

»Ja. Und ich bringe Koffein mit.«

»Na, da bin ich aber froh, dass du geblieben bist.«

»Ist das der einzige Grund?«

»Nein.«

»Das ist gut. Frauen werden ungern nur aufgrund ihrer Kaffeekochtalente begehrt. Auch wenn meine legendär sind. Und noch nie ein Mann von ihnen profitiert hat. Aber im B&B werden sie das natürlich.«

Eli runzelte die Stirn und stellte seinen Becher auf den Nachttisch. Er klaubte seine schwarzen Boxershorts und sein T-Shirt vom Boden, zog beides über und griff wieder nach dem Becher.

»Was meinst du damit, dass noch kein Mann von deinen Fähigkeiten profitiert hat?«

»Ich mag keine Pyjamapartys«, sagte sie lächelnd, in dem Bemühen, der Atmosphäre etwas von ihrer Ernsthaftigkeit zu nehmen. Sie wandte sich ab, doch Eli packte sie am Arm und zog sie wieder zu sich herum.

»Was heißt das?«

Ach verdammt! Warum wollte Eli eigentlich immer wissen, was etwas bedeutete?

»Es heißt, dass ich gern allein schlafe, was ich dir auch schon einmal gesagt habe. Und es heißt, dass ich immer allein geschlafen habe. Ratzfatz, danke Schatz, um es mal so auszudrücken.«

»Warum, Sadie?«

»Weil ich keine Nähe ertrage, okay?« Erst als ihr diese Worte herausrutschten, unleidlich, schroff und insgesamt sehr morgenmuffelig, wurde ihr selbst bewusst, dass es tatsächlich so war.

Es war leicht, so zu tun, als ginge es ihr gut. Als hätte sie ganz normale Beziehungen zu Männern, die sie auslaufen ließ, wenn sie nicht mehr funktionierten, weil sie keinen Wert auf Konflikte legte. Weil sie nicht vorhatte, ein Leben voller Elend und Gewalt hinzunehmen, unter dem Deckmantel einer kranken und perversen Liebe, wie ihre Mutter es getan hatte.

Doch die schlichte Wahrheit war, dass sie deswegen keine ernsten Beziehungen einging, weil sie niemanden nah an sich heranlassen wollte. Deshalb blieb sie immer nur ein paar Jahre am selben Ort. Und deshalb ließ sie ihre Liebhaber nicht bei sich übernachten.

Sie wollte sich an nichts und niemanden binden. Sie wollte niemanden brauchen.

Und nun stand sie wie erstarrt mitten in Elis Schlafzimmer und blinzelte, weil sie eben eine Erleuchtung hatte. »Ich mag es nicht, wenn mir jemand nahekommt«, wiederholte sie, und bei den Worten kribbelte es in ihrem Nacken.

»Warum?«, fragte er.

»Weil Menschen einem wehtun.« Auch das entsprach der Wahrheit. Sie steckte offenbar voller Wahrheiten. Besser sie tat ein bisschen Kaffee dazu, damit die Wahrheiten auch in ihr drinblieben. Unausgesprochen und gut vergraben wie früher auch.

Eli nickte langsam und ging zu einer der Glastüren, die auf den umlaufenden Balkon im ersten Stock des Hauses hinausführten. Er löste die Verriegelung, stieß die Tür auf und trat ins Freie.

»Hast du Lust, deinen noch nie da gewesenen Morgen-danach-Kaffee draußen zu trinken?«

»Ja, warum nicht?« Sie hob eine Schulter und folgte ihm. Er stellte seinen Becher auf die Brüstung, und sie tat es ihm nach, stützte die Ellbogen auf das raue Holz und betrachtete die Aussicht.

Sie versuchte, durch die Bäume hindurch ins Weite zu schauen, doch hinter den vorderen Ästen kam nur immer noch mehr Grün, es lief ineinander wie Tinte, bis jede Lücke ausgefüllt war.

»Ich bin irgendwie sauer auf dich«, sagte sie und schaute auf ihren Kaffee. Sie hörte den Wind in den Bäumen rauschen, und die Vögel begannen aufzuwachen.

»Warum?«

»Bevor ich dich kennengelernt habe, fand ich mich wirklich ausgeglichen.«

»Habe ich dich … unausgeglichen gemacht?«

»Nein, du hattest nur den Mumm, mir zu sagen, dass ich total gestört bin. Das hat sich bisher noch kein Mann getraut.«

»Die Männer vor mir hast du einfach zu schnell wieder rausgeschmissen.«

Sie wedelte mit der Hand. »Ja, ich geb's zu. Warum ist dein Haus so sauber?«

»Weil sonst alles im Chaos versinkt. Und ich die Dinge nicht mehr im Griff habe. So habe ich früher mal gelebt, und das will ich nicht noch einmal.«

»Mit deinem Dad?«

»Ja. Er war völlig kaputt, Sadie. Um Kate habe ich mich einigermaßen gekümmert, aber mein Dad war irgendwann wie ein zweites Kind. Er hat dumme Dinge getan, und ich musste dann den Schaden beheben. Es vertuschen. Bevor meine Mom weggegangen ist, war er okay.«

»Dann hat er nie verwunden, dass sie weggegangen ist?«

Eli hob eine Schulter. »Irgendwann war er wahrscheinlich einfach Alkoholiker. Vermutlich hatte er da längst vergessen, warum er mit dem Trinken angefangen hatte. Aber das ist nur eine Theorie. Jedenfalls gab es immer sehr viel, worum ich mich kümmern musste.«

»Das erklärt, wie du so geworden bist.«

Er sah sie ausdruckslos an. »Aber ich habe ihn im Stich gelassen. Ganz am Schluss.«

»Was?«

»In der Nacht, als er gestorben ist. Wenn Dad sich betrank, habe ich ihm immer die Autoschlüssel abgenommen und sie versteckt. Dad war jeden Abend betrunken, muss man dazusagen, deshalb war mir klar, dass ich die Schlüssel jeden Abend verstecken musste.«

»Eli, du hättest dafür überhaupt nicht zuständig sein dürfen.«

»War ich aber nun mal. Wir können uns unser Schicksal nicht aussuchen. Nur, wie wir damit umgehen. Und … an dem Abend, als mein Vater gestorben ist, habe ich beschlossen, nach Dienstschluss nicht gleich nach Hause zu fahren. Deshalb war ich nicht bei ihm. Connor und Jessie wohnten damals in der Hütte, die Kate jetzt bewohnt. Mein Dad und ich wohnten im Haupthaus. Ich war nicht ausgezogen, weil er jemanden brauchte. Ich wusste, dass er jemanden brauchte. Aber an dem Abend dachte ich mir, er ist wahrscheinlich sowieso schon besinnungslos, also muss ich nicht gleich nach Hause. Stattdessen bin ich mit ein paar Kollegen losgezogen. Dann kam die Nachricht über Funk.«

»Ach, Eli.«

»Ja, nun ja … Das ist lange her. Und mein Dad ist mir eigentlich nie ein richtiger Vater gewesen. Aber das ändert nichts daran, dass ich ihn im Stich gelassen habe. Er war nie klar im Kopf, nie. Er brauchte jemanden, der aufpasste, was er tat. Aber ich war nicht da. Und er ist gestorben.«

»Du kannst dir unmöglich vorwerfen …«

»Du wirfst mir doch auch vor, dass ich dich nicht beschützt habe, obwohl ich von den Misshandlungen gar nichts wusste. Natürlich werfe ich mir das vor.«

»Eli, ich werfe dir das nicht ernsthaft …«

»Und ob du das tust! Und ich kann es verstehen. Es liegt daran, dass ich versprochen habe, andere zu beschützen. Wenn ich einfach ›Scheiß drauf‹ sagen würde wie … wie Connor, dann würde ich nichts weiter von mir erwarten. Und auch sonst niemand. Aber wenn ich schon sage, ich kümmere mich darum, dann sollte ich es auch tun. Und das habe ich eben nicht immer. Ich habe viele Menschen enttäuscht.«

»Bestimmt hast du noch viel mehr Menschen geholfen.« Sie spürte einen schweren Druck in der Magengegend.

»Aber wo es wirklich zählt, habe ich versagt.«

»Es war seine eigene Schuld!«

»Ändert das was?« Er wandte der Aussicht den Rücken zu und lehnte sich an die Brüstung. »Ändert es was, wenn man eigentlich weiß, dass man anders empfinden sollte?«

Sie dachte daran, wie sie sich gestern im Wald gefühlt hatte, als die Vorwürfe aus ihr herausgesprudelt waren. Gefühle, die sie jahrelang mit sich herumgetragen hatte, tief in sich vergraben.

»Wahrscheinlich nicht«, räumte sie ein. »Aber ... du solltest trotzdem anders empfinden.«

Er hob eine Schulter. »Sicher.«

»Bekommen wir eigentlich irgendeine ... Auszeichnung dafür, dass wir uns gegenseitig verraten, wie verkorkst wir sind?«, fragte sie. »Ich dachte immer, bei diesen rein körperlichen Beziehungen redet man kaum.«

»Warum reden wir dann?«

»Darum. Ich habe jahrelang meine Brötchen damit verdient, anderen Menschen zuzuhören, aber dabei ist mir nie jemand begegnet, mit dem ich wirklich reden wollte. Und ... mit dir will ich reden. Mir gefällt nur nicht immer, was wir dann sagen.«

»Mir auch nicht.«

»Dann sollten wir vielleicht mit dem Reden aufhören.« Sie ging zu ihm, legte ihm eine Hand in den Nacken und küsste ihn.

»Ich muss in einer Stunde bei der Arbeit sein.«

»Ich kann schon in zwanzig Minuten eine Menge schaffen. Wart's nur ab.«

Sadie war tatsächlich nervös. So nervös, dass ihr kotzübel war. Heute fand das Barbecue statt. Stände wurden aufgebaut. Die freiwilligen Helfer waren da, die bezahlten Hilfskräfte waren da, die Händler waren da.

Im Laufe der letzten Woche hatte Sadie alles für das Barbecue unter Dach und Fach gebracht, Wäsche für das B&B gekauft und den Speiseplan vervollständigt. Außerdem hatte sie während der letzten Woche mit Eli geschlafen, entweder bei ihm oder bei ihr.

Ihr gefiel die Vorstellung, dass deswegen alles so gut lief. Einfach nur weil es ihr selbst gut ging, wenn sie mit ihm zusammen war.

Sie marschierte auf dem Gelände umher, auf dem gerade alles vorbereitet wurde. Dass sie die hiesigen Geschäftsleute dazu überredet hatte, sich zu beteiligen, hatte den großen Vorteil, dass sich im Prinzip alle um ihre eigenen Stände kümmerten, sobald man ihnen einen Platz zugewiesen hatte.

Für den Kochwettbewerb wurden schon die Grills angeworfen, Riesentöpfe mit Bohnensuppe und Kartoffelsalat wurden erhitzt beziehungsweise gekühlt. Bier vom Fass stand parat. Kate und Jack bereiteten sich in der großen offenen Arena auf die Rodeovorführung und das Demonstrieren einfacher Lassotechniken vor.

Jack wollte sogar eine Runde Schafreiten veranstalten, um Preise, die das *Farm & Garden* gestiftet hatte. Sadie fragte sich, ob Connor das mit seiner Versicherung abgeklärt hatte. Vermutlich nicht.

Jack und Kate hatten sich als engagierte Helfer erwiesen, und ihre Begeisterung war ansteckend. Außerdem lockten sie noch einmal einen ganz anderen Teil der Einwohnerschaft zum Barbecue.

Der einzige Stand, der noch leer stand, war Alisons. Das machte Sadie so große Sorgen, dass sie vor Verzweiflung fast die Hände rang. Natürlich konnte sie den Kuchen für das Wettessen notfalls auch im Lebensmittelladen besorgen. Doch sie bezweifelte, dass sich damit auch ein so hübscher Kuchenstand gestalten ließ, wie sie es sich vorgestellt hatte. Ohne selbst gemachte Backwaren lohnte sich die Mühe kaum.

Andererseits war sie auch nicht allzu überrascht, wenn sie bedachte, unter welchen Umständen sie Alison das letzte Mal gesehen hatte.

»Sadie!«

Sadie drehte sich um und erblickte Lydia, ihre furchtlose Vertrauensperson in der Handelskammer, Mit-Bewunderin von Elis Hintern. »Hallo, Lydia. Sie sind aber früh hier.«

Lydia lächelte. »Ja. Ich dachte, ich sehe mal nach, wie sich alles so entwickelt.«

»Gut.« Sadie blickte auf dem Gelände umher. »Es darf einfach kein Misserfolg werden.«

»Eli würde das nie zulassen. Sie natürlich auch nicht«, ergänzte Lydia hastig. »Es ist nur so, dass ich Eli schon seit sechs Jahren kenne, und er ist immer so zuverlässig und so gut organisiert. Einer der vielen Gründe, warum ich seine Bewerbung um das Sheriffsamt voll und ganz unterstütze.«

Sadie suchte das Gelände nach Eli ab. Sie konnte ihn nirgends entdecken. »Ja, er ist bestimmt der Richtige für den Posten.«

Sie dachte an das Gespräch letzte Woche auf seiner Veranda zurück. Er hatte behauptet, er habe die Menschen im Stich gelassen, für die er sorgen sollte.

Sie konnte es nicht fassen.

Und du hast dich verdammt mies verhalten und ihn auch noch mit deinen eigenen Problemen überschüttet.

Aber so empfinde ich nun mal, hielt sie in Gedanken dagegen. *Vielleicht weil … Wenn ich je von einem edlen Ritter geträumt hätte, dann wäre er wie Eli gewesen.*

Sie machte sich nicht einmal mehr die Mühe, den Gedanken von sich zu schieben.

Sie versuchte nicht mehr so zu tun, als würde in ihr nur die reine Lust brodeln.

Irgendwie hatte sich ihre Abneigung gegen Eli im Laufe von anderthalb Monaten zu etwas entwickelt, das … Nun, was immer das für ein Gefühl war, wenn es einem so vorkam, als würde die Sonne aufgehen, wenn man ihn sah.

Wie auch immer man das nannte.

»Sadie.« Lydia unterbrach ihren Gedankengang. »Ich habe mich gefragt, ob Sie Prospekte für das B&B in der Handelskammer auslegen möchten. Und ob wir im Gegenzug in Ihrem B&B Prospekte für andere Unternehmen auslegen dürften. Touristische Einrichtungen, Bootstouren zur Walbeobachtung, so was in der Art.«

»Das wäre super!« Sadie verspürte auf einmal eine merkwürdige Zuneigung für Lydia. Nicht, dass sie vorher Abneigung empfunden hätte, aber es war schon ein bisschen peinlich, mit einer Frau zu sprechen, von der man wusste, dass sie auf den Mann stand, mit dem man mehr oder weniger heimlich schlief.

»Und vorteilhaft für alle«, sagte Lydia. »Ach, da ist er ja!« Ihr Lächeln wurde breiter, als sie Eli bemerkte, und Sadie überkamen leichte Gewissensbisse. Lydia war viel eher Elis Typ. Die beiden würden gut zusammenpassen. Lydia führte ein geordnetes Leben und engagierte sich leidenschaftlich für die Gemeinde. Ein fürsorglicher Mensch.

Sie hatte keine Angst vor zwischenmenschlichen Beziehungen und würde nicht am liebsten davonpreschen und sich unter den Möbeln verstecken wie eine panische Hauskatze, statt eine tief gehende Beziehung zu einem anderen Menschen aufzubauen.

Außer … dass zwischen ihr und Eli längst eine tief gehende Beziehung bestand. Sie konnte es fühlen. Sie trug es in der Brust mit sich herum, und es war tonnenschwer. Und verdammt lästig.

»Eli!«, rief Lydia und winkte ihm fröhlich zu.

Oh Mann! Als könnte es nicht noch peinlicher werden. Denn sie und Eli waren kein Paar, und wenn Sadie in der Öffentlichkeit neben ihm stand, wusste sie nie, wohin mit den Händen.

Denn es kribbelte ihr in den Fingern, ihn zu berühren, und sie wusste, dass sie das nicht durfte.

Er kam zu ihnen herüber und blickte angemessen verlegen drein.

»Hallo«, sagte Sadie und schob die Hände in ihre Gesäßtaschen, damit sie ihn nicht anfassen konnte.

»Sadie«, sagte er. »Lydia. Wie läuft's denn so?«

»Super«, sagte Sadie. »Und bei dir?«

»Der Parkplatz ist startklar. Connor ist nüchtern. Das sehe ich als Erfolg an.«

Sadie zuckte zusammen. »Kommt Connor auch her?«

Eli hob eine Schulter. »Keine Ahnung. Ich bezweifle es. Glückliche Familien und so … Damit kommt er nicht gut klar.«

»Mann«, sagte Sadie. »Von der Seite habe ich es noch nie betrachtet. Jetzt fühle ich mich richtig scheiße.«

»Nicht«, wehrte er ab. »Objektiv gesehen ist Connor sich darüber im Klaren, welchen Wert diese Veranstaltung hat. Okay, das hat er nicht gesagt, aber ich weiß es trotzdem. Er wird sich einfach im Haus einigeln. So ist er eben. Aber vielleicht kann Liss ihn für kurze Zeit aus seinem Schneckenhaus locken, wenn Jack und Kate reiten.«

»Ich kann es kaum abwarten, den beiden zuzusehen«, sagte Lydia begeistert. »Wirklich aufregend. Das wird ein Riesenspaß. Wir hatten deshalb jede Menge Anrufe bei der Handelskammer.«

»Das ist toll«, sagte Sadie. »Und es hilft sehr gut gegen meine nagende Furcht, dass ich nachher allein hier herumsitze und die ganzen leckeren Sachen selbst aufessen muss. Was zwar in vielerlei Hinsicht gar keine schlechte Vorstellung ist, aber … Ihr wisst schon. Die Leute investieren eine Menge Zeit und Geld in diese Veranstaltung, und sie muss gut besucht sein, damit es sich lohnt.«

Eli überraschte sie, indem er ihr eine Hand auf die Schulter legte. »Es kommen bestimmt viele Leute. Du hast fantastische Arbeit geleistet. Ich weiß, dass ich deshalb eine Weile unleidlich war, aber es ist echt toll. Du hast das großartig gemacht. Und die ersten Leute strömen ja schon herbei.« Er strich ihr über den Arm, eine Geste, die sich von beiläufiger Ermutigung schnell in etwas verwandelte, das die Vertrautheit zwischen ihnen verriet.

Und Lydia bemerkte es. Ihr Lächeln geriet ins Wanken, und Sadie zuckte innerlich zusammen.

»Danke«, sagte Sadie. »Ich danke euch beiden für eure Hilfe, und … Eli, dir vielen Dank dafür, dass du das sagst. Ich habe mich auch wirklich … bemüht.« Und dabei war ihr dieser Ort gegen ihren Willen ans Herz gewachsen.

Sie sah sich auf dem Picknickplatz um und betrachtete die Leute. Bud von der Tankstelle, der lächelnd mit seiner Frau zusammensaß. Cassie von *The Grind* war mit einem sehr nett aussehenden Mann erschienen, vermutlich dem berühmten Jake, von dem sie stets mit diesem verträumten Lächeln sprach.

Die Fischer aus *Rona's Diner* waren mit ihren Familien da und tranken Bier. Ihre alte Schulfreundin Brooke hatte einen Pulk Frauen in abgeschnittenen Shorts und T-Shirts mit der US-Flagge mitgebracht.

Nicht nur der Ort war ihr ans Herz gewachsen. Auch die Menschen.

Und dieser Mann.

Und wenn sie schon vorhatte, hier zu leben, wollte sie es auch richtig machen. Sie wollte alles gut machen.

Sie hasste den Druck, den das mit sich brachte. Die niederschmetternde Abhängigkeit. So ganz anders, als wenn man an nichts gebunden war. Ohne einen Anker, der einen festhielt. In gewisser Weise fehlte ihr dieses freie Gefühl. Aber sie konnte nicht mehr dorthin zurück.

Denn … da gab es diesen gewaltigen Anker in Form eines Cowboys in Uniform. Und egal was ihr gut oder einfach erschien, es würde nie mehr richtig einfach werden. Wenn sie die Verbindung zu Eli abbräche, würde sie das immer bereuen. Aber mit ihm zusammen zu sein war ebenfalls verdammt schwer. Weil er ihr keinen Quatsch durchgehen ließ, sondern sie zur Ernsthaftigkeit zwang. Weil er sie dazu brachte, ihm in die Augen zu sehen, wenn sie zum Höhepunkt kam. Sie dazu brachte, nicht nur immerzu Witze über die Dinge zu reißen, die wehtaten, sondern ehrlich darüber zu reden.

Er brachte eine unangenehme Tiefe in ihr Leben. Was sie verunsicherte, wo sie doch so lange versucht hatte, im Seichten zu bleiben. Mistkerl!

»Du hast mehr getan, als dich nur zu bemühen«, sagte er. »Du hast es geschafft. Jetzt müssen wir nur noch abwarten, wie sich der Platz füllt.«

Und er füllte sich. Es war unglaublich. Am frühen Nachmittag waren überall Menschen, die aßen, lachten und sich unterhielten. Eine Band spielte. Ace, der sexy Barkeeper, servierte an einer mobilen Zapfanlage Bier. Die Grills liefen auf Hochtouren, die Erwachsenen amüsierten sich, und die Kinder tobten barfuß auf der Wiese umher.

Elis Dreibeinlauf war ein Riesenerfolg, und alle warteten gespannt auf die offizielle Grillwertung und auf Jacks und Kates Vorführung.

Sadie fiel auf, dass Eli etwas abseits stand. Sie schlenderte zu ihm hinüber und stieß ihn mit dem Ellbogen an, da sie ihn in der Öffentlichkeit nicht gut küssen konnte.

»Hast du schon Hunger?«, fragte sie.

»Echten Kohldampf.«

»Dann holen wir uns doch was zu essen. Es ist genug da. Und wir haben es uns verdient.«

»Allerdings«, bekräftigte er. »Du auf jeden Fall.«

»Jetzt hör aber auf.« Sie neigte sich erneut zu ihm hinüber und stupste ihn mit der Schulter an. »Das hier ist dein Anwesen. Und du warst mir eine große Hilfe. Hör auf, so nett zu mir zu sein. Das macht mich ganz kirre.«

»Bin ich sonst etwa nicht nett zu dir?«

»Doch«, sagte sie. »Ich glaube, du gehörst jetzt offiziell zur Partei der Leute, die vorwiegend nett zu mir sind. Was ein Riesenfortschritt ist, wenn man bedenkt, wie es angefangen hat.«

»Na ja, inzwischen kenne ich dich halt. Statt nur zu glauben, dich zu kennen.«

»So geht's mir auch. Holen wir uns was vom Grill?«

Sie schlenderten durch die Menschenmenge. Eli lächelte und winkte immer wieder Menschen zu, die ihn grüßten, und Sadie konnte nur darüber staunen, was er diesen Menschen offensichtlich bedeutete. Er war ein Grundpfeiler der Gemeinde. Ein Mann, der ständig Gutes tat. Ein Mann, der im Leben vieler Menschen hier schon eine wichtige Rolle gespielt hatte.

Es war beängstigend. Umso mehr, weil dieser Mann, der objektiv so viel bewirkt hatte, trotzdem das Gefühl hatte, er hätte nicht genug getan.

Während sie selbst überhaupt nicht sicher war, ob sie je auch nur halb so viel bewirkt hatte, sogar wenn man alle Orte zusammenzählte, an denen sie bisher gelebt hatte.

»Huhn oder Rind?«, fragte sie, als sie sich der Warteschlange näherten.

»Beides«, sagte er. »Alles.«

»Okay, laden wir uns die Teller mit Fleisch aller Art voll.«

Er lächelte, und auf einmal war ihr egal, ob sie je etwas bewirkt hatte und was es da noch an tiefsinnigen Fragen gab. Eli lächelte sie an, und das bedeutete verdammt viel.

»Und was willst du?«, fragte er.

»Ich will ein Steak, denn die sollen fantastisch sein, weil sie von Garrett-Rindern stammen. Und reichlich Kartoffelsalat, denn wem würde ein solches Fest aus Mayonnaise und Stärke nicht gefallen?«

»Na, dir offenbar schon«, sagte er.

Sie lächelte ihn an, und dann musste sie den Blick abwenden, um ihn nicht zu küssen. Dabei registrierte sie, dass Alison sich an ihrem Kuchenstand eingefunden hatte und mit angestrengter Miene im Eiltempo Kuchenstücke auf Teller tat. Dann bemerkte Sadie, dass Jared direkt daneben stand, die kräftigen Arme vor der Brust verschränkt, und haargenau wie ein einschüchternder Neandertaler-Mistkerl aussah. Was er ja auch war.

»Oh oh«, sagte sie. »Könnte sein, dass wir da ein Problem haben.«

Eli runzelte die Stirn und folgte ihrem Blick zum Kuchenstand. »Ach! Dieses Arschloch.«

»Ja.«

An Elis Kiefer zuckte ein Muskel. »Meine Geduld ist langsam zu Ende.«

»Ich weiß. Aber ich verstehe auch, dass du …« Plötzlich trat Eli aus der Schlange und steuerte auf den Stand zu. »Oh«, sagte sie und eilte ihm nach.

Jared beugte sich gerade zu Alison vor und sagte etwas, und Alison wirkte zusehends verzweifelter. Eli ging immer schneller.

»Gibt es hier ein Problem?«, fragte er.

Jared war ein Riesenkerl und für eine Frau sicherlich furchteinflößend. Aber Eli war zehn Zentimeter größer und brachte mindestens zehn Kilo reine Muskeln mehr auf die Waage. Selbst ohne Dienstmarke und Waffe wirkte er ausgesprochen einschüchternd.

In mancher Hinsicht war er ohne die Uniform sogar noch einschüchternder. Denn in Uniform sah man ihm an, wie weit er gehen würde. Deutlich. Deputy Garrett war ein Mann des Gesetzes. Er war ein Mann, der sich an die juristischen Regeln hielt, wenn er für Gerechtigkeit sorgte.

Doch jetzt, in Cowboyhut, engem schwarzem T-Shirt und Jeans, traute man ihm eher zu, auf ganz andere Art für Gerechtigkeit zu sorgen.

Und Sadie hatte keine Ahnung, was ihm noch alles zuzutrauen war.

Was seltsam war. Denn eigentlich war er ein guter und berechenbarer Mensch. Außer … außer dass er vielleicht doch nicht so berechenbar war. Mit ihr im Bett war er anders. Gefährlich.

Wenn sie zusammen waren, wirkte er deutlich authentischer.

Und während er jetzt dort stand und jeden Moment Gott weiß was tun konnte, wurde Sadie klar, dass er sich im Bett nicht irgendwie absonderlich verhielt. Sondern das war der wahre Eli.

»Überhaupt nicht, Deputy Garrett«, sagte Jared. Heute war er offenbar nicht betrunken, sondern nur ungeheuer mies drauf. »Ich spreche mit meiner Frau.« Bei diesem Wort sackte Alison ein wenig in sich zusammen. »Das ist ja wohl kein Problem, oder?«

»Kommt drauf an, welche Worte dabei fallen.«

»Eli …«, sagte Alison. »Ist schon gut …«

»Du redest ihn mit Vornamen an?«, fragte Jared mit harter Stimme. »Ist er deshalb immer so besorgt um dich? Schläfst du mit ihm, du dumme Hure?«

Da setzte Eli sich in Bewegung.

Er beugte sich vor, packte Jared im Nacken und schlug ihm zugleich mit der Faust auf die Nase. Dann drückte er ihn nach unten, sodass er in der Taille einknickte, und rammte ihm das Knie in den Bauch.

Er trat zurück und ließ Jared vor seinen Füßen zu Boden sacken.

Die Leute schauten herüber und reckten staunend die Hälse. Sadie stand stocksteif da. Sie konnte kaum glauben, was Eli getan hatte. Und dennoch war sie nicht schockiert. Nein, sie war überhaupt nicht schockiert.

Sondern stolz.

»Ich habe was gegen Worte wie ›Schlampe‹ und ›Hure‹«, sagte Eli so leise, dass die umstehenden Familien es nicht hörten. »Ganz besonders, wenn du mit deiner Frau sprichst. Jetzt steh endlich auf.« Er packte Jared am Nacken und zog ihn auf die Füße. »Wenn du jemanden verprügeln willst, dann versuch's doch bei mir. Oder macht es plötzlich keinen Spaß mehr, wenn du jemanden vor dir hast, der schwerer ist als du? Ich wette, Frauen schlägst du gern. Aber das ist heute nicht drin. Also los, hau doch mir eine rein.«

Jared spuckte auf den Boden, über sein Kinn tröpfelte Blut. Er wischte es sich mit dem Handrücken weg. »Du Arschloch!« In seinem Blick loderte Wut.

»Ja«, sagte Eli, »und weißt du was? Dieses Arschloch ist heute nicht im Dienst. Heute bin ich nur der Besitzer dieser Ranch, und du bist der Widerling, der darauf nicht erwünscht ist. In meiner Stadt bist du auch nicht gerade willkommen, aber da kann ich nichts machen. Aber eins sage ich dir. Ich warte nur darauf, dass du einen Fehler machst. Dann loche ich dich ein. Beim geringsten Fehltritt.« Er deutete auf Alison. »Wenn du sie noch ein Mal anrührst, sorge ich dafür, dass du in den Knast kommst, und zwar für sehr, sehr lange Zeit. Also sei auf der Hut. Und jetzt: Verschwinde von meinem Land!«

Jared taumelte vorwärts und entfernte sich vom Stand. Dann drehte er sich zu Eli um und schrie Obszönitäten, in einem kaum verständlichen Schwall. Schließlich blieb er ganz stehen, und es sah aus, als wollte er umkehren. Da kam Connor vom Haupthaus her auf ihn zu.

Er packte Jared am Genick und hielt ihn fest. Eli selbst war schon ziemlich groß. Und einschüchternd. Aber der bärtige Connor, breit und schwer und muskelbepackt und im Augenblick stinkig vor Wut, war schlicht grauenerregend. »Ich glaube, mein Bruder hat dich gebeten zu gehen«, knurrte er. Falls Eli noch nicht abschreckend genug gewirkt hatte, Connor half gern.

Jared sah noch einmal zu Eli herüber, drehte sich um und machte sich leise fluchend davon.

Connor ging weiter und gesellte sich zu der Gruppe. »Was für ein Arschloch! Verzeihung.« Die Entschuldigung war an Alison gerichtet, die mit weit aufgerissenen Augen zitternd dastand. »Aber ehrlich.«

»Alles in Ordnung?«, fragte Sadie Alison.

Alison nickte, schüttelte dann aber den Kopf und schloss die Augen. »Ich weiß nicht so recht.«

»Verständlich«, sagte Sadie.

»Es ist mir so peinlich … So peinlich, dass ich immer noch mit ihm verheiratet bin.« Ihre Stimme brach. »Aber es ist …«

»Ich weiß«, sagte Sadie. »Und glaub mir, ich hatte beruflich schon viel mit Frauen zu tun, die das durchgemacht haben. Und privat … Meine Mutter ist nie weggegangen, Alison. Sie ist immer bei ihm geblieben. Mehr als dreißig Jahre lang. Ich habe gesehen, was das mit einem macht. Ich habe erlebt, was sie einem alles einreden können. Aber eins musst du begreifen: Was immer er sagt, es ist gelogen.«

Alison nickte. »Ich weiß.«

»Bitte geh nicht zu ihm zurück. Geh heute Abend nicht nach Hause.«

Connor pflichtete ihr bei. »Vor allem geh heute Abend nicht nach Hause. Uns gegenüber war er feige, und das wird er an dir auslassen.«

»Kannst du irgendwohin?«, fragte Eli.

Sie nickte. »Meine … meine Eltern leben in Tolowa. Da kann ich hin. Ich weiß zwar nicht, was sie sagen werden, wenn ich plötzlich bei ihnen aufkreuze, denn eigentlich habe ich keinem … Es war mir so peinlich.«

»Ruf sie doch an«, schlug Sadie vor.

Alison schüttelte den Kopf. »Jetzt nicht. Jetzt will ich meinen Kuchen verkaufen. Deshalb bin ich schließlich hier. Und jetzt, wo … Vermutlich werde ich es brauchen. Diese Einnahmen. Das Backen.«

»Ich kaufe dir jede Woche ein paar Kuchen für mein B&B ab«, sagte Sadie entschlossen. Egal wie gut ihre Kochkünste waren, so fantastischen Kuchen wie Alisons würde sie nie hinbekommen. »Und ich bin für dich da. Egal was du brauchst.«

»Und wenn er je wieder in deine Nähe kommt«, sagte Eli. »wenn er dich schlägt oder dich bedroht …«

»Dann zeige ich ihn an«, sagte Alison. »Versprochen.« Sie atmete tief ein und drückte die Schultern durch, und zum ersten Mal entdeckte Sadie an ihr etwas von dem Mädchen wieder, das sie einmal kannte. Eine etwas rauflustige und sehr zornige Person. Kampfbereit. »Also, ich muss jetzt Kuchen verkaufen.«

Sie drehte sich um und machte sich wieder daran, ihre Kuchen aufzuschneiden. Eli, Connor und Sadie entfernten sich.

»Was machst du eigentlich hier draußen?«, fragte Eli Connor.

Connor zuckte mit den Schultern. »Ich treffe mich mit Liss. Wir wollen Kate beim Reiten zusehen. Ich sehe ihr gern zu.«

»Ja«, sagte Eli. »Sie ist toll.«

Sadie schaute an Connor vorbei und sah etwas Rotes durch die Luft wehen. Gleich darauf tauchte Liss im Laufschritt hinter Connor auf. »Ich hab's geschafft. Mit leichter Verspätung, aber ich hab's geschafft.«

»Du bist chronisch unpünktlich«, sagte Connor und drehte sich zu ihr um. »Das ist eine Krankheit.«

»Ich hab viel zu tun, Connor«, sagte sie und stieß ihn in die Seite. »Davon machst du dir eben keine Vorstellung.«

»Nein«, sagte Connor. »Ich führe bloß eine Ranch, Liss. Deine Arbeitsbelastung ist mir fremd. Ich wette, der ganze Papierkram ist eine echte Strapaze. Wollen wir tauschen?«

»Himmel, nein! Ich fange doch keine Kühe.«

Der Anflug eines Lächelns umspielte Connors Lippen. »Die Kühe mögen dich auch nicht besonders, Süße.«

»Gut zu wissen, dass das auf Gegenseitigkeit beruht. So können die Kühe und ich uns weiter böse Blicke zuwerfen. Und dann esse ich einen Hamburger, weil ich ein Mensch bin, und damit habe ich gewonnen.«

»Kommt, wir gehen.« Connor steckte die Hände in die Hosentaschen und deutete mit dem Kopf zur Arena.

»Wir haben noch nichts gegessen«, wandte Eli ein, und dieses »wir« gab Sadie ein wohlig warmes Gefühl.

»Dann holt euch was zu essen, und wir treffen uns drüben.« Connor beäugte sie beide, und Sadie spürte, wie ihre Wangen heiß wurden.

»Das war also Connor, wenn er gut gelaunt ist?«, fragte sie, als er und Liss außer Hörweite waren.

»So ziemlich. Er durfte jemandem körperliche Gewalt androhen, und ich wüsste nicht, wie der Tag für ihn noch besser laufen könnte.«

Sie setzte sich in Richtung Warteschlange in Bewegung und nagte dabei nachdenklich an ihrer Lippe. »Machst du dir jetzt

Sorgen?«, fragte sie. »Dass es dir im Wahlkampf schaden könnte?«

Er runzelte die Stirn. »Daran habe ich gar nicht gedacht. Was eigentlich … seltsam ist. Sonst denke ich immer an alles.«

»Ich will dir auch nicht noch mehr Sorgen einreden.«

»Nein. Ich finde das interessant. Es ist mir egal.« Er sah ihr in die Augen. »Es ist mir schlicht und einfach egal. Weil ich immer noch Sheriff werden will. Ich glaube immer noch, dass ich das Amt verdammt gut ausfüllen würde, aber ich fülle auch meinen jetzigen Job gut aus. Und … ob das da eben nun anständig war oder bei den Leuten gut ankommt … diesem Arschloch ins Gesicht zu schlagen war auf jeden Fall richtig.«

Sie schlang ihm die Arme um den Nacken und drückte ihn. Dann löste sie sich schnell wieder von ihm, beschämt, dass sie so öffentlich ihre Zuneigung demonstriert hatte. »Das war es.«

»Und da ich das weiß, ist es mir nicht so wichtig, wie die Konsequenzen aussehen werden.«

»Ich finde dich fantastisch.« Sie sah ihn lächelnd an. »Ich meine, falls das eine Rolle spielt.«

»Das tut es.«

»Und … danke. Weil sie meine Freundin ist. Weil sie mich so sehr an meine Mom erinnert hat. Und … weil ich immer Angst habe, dass Leute wie sie sich niemals befreien.«

»Oft gehen sie zurück«, sagte er mit rauer Stimme.

»Ich weiß. Aber wir werden ihr helfen.«

»Ja. Das werden wir.«

Und wieder wusste sie nicht, wie sie mit ihm umgehen sollte. Sie fühlte sich ihm so nahe, aber küssen konnte sie ihn hier nicht. Sie hätte ihn gern gebeten, sie in die Arme zu nehmen. Sie hätte ihm gern von sich erzählt. Sie wollte, dass er sie ebenfalls okay fand, so wie es okay gewesen war, jemanden vor der ganzen Stadt zu schlagen.

Und in dem Moment fiel ihr der eine Ort ein, an dem sie noch nicht wieder gewesen war. Zu dem Haus, in dem sie aufgewachsen war, war sie gefahren, aber ihre Waldlichtung hatte sie noch nicht besucht. Obwohl man sie vom B&B aus zu Fuß erreichen konnte. Seit dem Tag ihrer Rückkehr hatte sie jeden ernsthaften Gedanken daran gemieden.

Wieder kribbelte es ihr im Nacken.

Da gibt es keine Geister. Und selbst wenn … vielleicht führt es ja dazu, dass einige davon zur Ruhe kommen.

Sie atmete langsam aus und nahm allen Mut zusammen. »Darf ich dir etwas zeigen?«

»Vor Frauen wie dir hat meine Mutter mich gewarnt.« Ein Lächeln umspielte seine Mundwinkel.

»Ach ja?«

»Nein, meine Mutter war nicht da.«

»Das ist eine furchtbare Pointe.«

Er hob eine Schulter. »Manchmal ist das Leben so furchtbar, dass man Witze reißen muss, stimmt's?«

»Ich glaube, du hast ein bisschen zu viel von mir gelernt.«

»Oder nicht genug«, sagte er.

»Hey, ich organisiere uns was zu essen. Kannst du eine Picknickdecke besorgen?«

»Klar.«

Sie wartete, bis sie an der Reihe war, und ließ sich kleine Portionen von allem geben, was im Angebot war. Während sie Beilagen auf die Teller schaufelte, plauderte sie mit den Männern und Frauen, die die Grills bedienten. Aber es fiel ihr schwer, weil ihr Vorhaben sie nervös und flattrig machte.

Dabei gab es dafür keinen rationalen Grund. Nur dass es ihr so wichtig vorkam. In mancher Hinsicht noch wichtiger als das, was sie Eli über ihren Vater anvertraut hatte.

Denn dies war etwas, was sie bisher gemieden hatte. Das

letzte Eckchen von Copper Ridge, das sie noch nicht wieder besucht hatte. Und sie würde auch nicht allein hingehen und sich zunächst einmal vergewissern, dass sie damit zurechtkam. Dass sie bei einem Besuch nicht zu viel von ihren Gefühlen preisgab.

Sie wollte es Eli zeigen. Alles.

Sie schlenderte zu ihm hinüber. Er stand am Rand der Picknickfläche, wo die Leute an Tischen und auf Decken saßen, ein Patchwork in allen Regenbogenfarben auf dem grünen Gras.

»Okay«, sagte er. »Was willst du mir zeigen?«

»Ich hoffe, du bist bereit für einen Fußmarsch.«

Es war nur ein fünfminütiger Spaziergang durch den Wald hinter dem B&B, gleich jenseits der Grundstücksgrenze der Garretts. Aber der Weg führte durch Gebüsch und eng stehende Bäume, und in den Jahren, seit Sadie und ihre Freunde ihn benutzt hatten, war er dicht zugewachsen.

Eli und sie schlängelten sich zwischen den Kiefern hindurch, ihre T-Shirts blieben an Zweigen hängen. Dann traten die Bäume auseinander, und die Lichtung kam in Sicht.

Sie war völlig überwuchert. Moos überzog den Boden, überall wuchs Farn. Man konnte immer noch die Feuerstelle erkennen. Die Holzklötze, einige umgefallen, andere noch aufrecht wie Schemel.

Der Platz war in den letzten zehn Jahren offenbar auch von anderen benutzt worden, aber anscheinend nicht in jüngster Zeit.

»Das hier«, sagte sie, »war mein zweites Zuhause.«

Ihr ging das Herz auf, wenn sie die Lichtung nur sah, wenn sie nur dort stand. Sie wusste gar nicht so recht, warum. Sie begriff nicht, warum es ihr so wichtig vorkam. Warum sie sich so nackt fühlte.

Es war wie bei all diesen großen Gefühlen, die Eli in ihr auslöste. Sie wollte immer, dass er jede Seite von ihr kennenlernte, egal wie sehr es schmerzte.

Sie wollte, dass er *sie* kannte. Außer ihm gab es auf der ganzen Welt niemanden – außer Toby –, der sie kannte.

»Hier haben wir nachmittags abgehangen. Alison, Matt, Josh, Brooke, ich und noch ein paar andere. Manchmal auch während des Unterrichts. An den Wochenenden fast immer.«

»Und was habt ihr gemacht?«, fragte Eli.

»Getrunken. Geraucht ... Nicht alles war ganz legal. Was man eben so macht. Na ja, ›man‹ vielleicht nicht, aber was viele jugendliche Taugenichtse machen.«

Er blickte zu dem Dach aus Baumkronen hinauf und dann wieder zu ihr. »Ich wette, dafür war es fantastisch geeignet.«

»Perfekt«, bestätigte sie. »Hier hast du mich nie festgenommen.«

»Nein.«

»Aber fairerweise muss man sagen, dass ich auch den Wald nie in Brand gesteckt habe.«

»Das stimmt allerdings.«

Er breitete die Decke mitten auf der Lichtung aus, und sie setzten sich und bauten das Essen vor sich auf. Sadie schlug die Beine unter und begann in ihrem Kartoffelsalat herumzustochern.

»Hier habe ich meine Unschuld verloren.« Eli gab einen erstickten Laut von sich, und sie lachte. »Entschuldige«, sagte sie, »nur eine lustige Sadie-Anekdote.« Obwohl es das eigentlich nicht war. Sie spielte nur wieder mal etwas herunter. Den Grund, weshalb sie ihm von der Lichtung erzählt hatte. Das tat sie immer. Damit sie vorgeben konnte, es täte nicht weh, wenn das Angebot abgelehnt wurde.

Sie schob ihren Teller beiseite und atmete tief durch. »Entschuldige.« Sie begann noch mal von vorn. »Ich habe dir davon erzählt, weil ich fand … Hier habe ich das Weglaufen gelernt. Hier habe ich gelernt, wie man entwischt. Keiner von uns kam mit dem klar, was sich bei ihm zu Hause abspielte. Deshalb sind wir hergekommen. Wir haben alles Mögliche gemacht, damit wir uns besser fühlten. Sex war damals auch einfach was, das einem guttut. Aber das ändert sich bei mir gerade. Bis ich dir begegnet bin, war Sex nur etwas, das irgendwann zu einer Beziehung dazugehört. Eine Methode vorzutäuschen, dass ich mit jemandem intim war, ohne es je wirklich zu sein. Und jetzt? Dir von dieser Lichtung zu erzählen, sie dir zu zeigen, das ist intimer als alles, was ich je zuvor getan habe. Aber das passt, denn wenn wir zusammen sind … wenn wir … Es war nie etwas, das nur so dazugehört. Es war etwas, das wir einfach tun mussten. Und das ist auch anders als früher.«

»Für mich … bist du auch anders«, sagte er.

Sie wollte mehr hören. Sie wusste nicht genau, was, aber sie wollte es hören. Sie wollte auch mehr sagen, wusste aber ebenfalls nicht so genau, was. Und sie war überhaupt nicht sicher, was sie zu ihm sagen konnte, ohne es mit der Angst zu tun zu bekommen.

Tatsächlich hatte sie sich in eine Situation begeben, die sie zu Tode ängstigte. Daher bestand gerade höchste Fluchtgefahr.

»Eli … ich …« Sie wollte etwas Bedeutsames sagen. Sie wollte irgendwie ausdrücken, was sie empfand, bekam es aber nicht einmal selbst richtig zu fassen.

Sie wollte etwas sagen, was sie unmöglich sagen konnte. Es war viel zu wichtig, um es auszusprechen. Und viel wichtiger, als es jemals hatte werden sollen.

Nur eins wusste sie mit Sicherheit, und das erschreckte sie zutiefst: Sie wollte hier mit ihm schlafen. An diesem Ort. Bedeutungsschweres Schweigen, durchbrochen von schweren

Seufzern und langen Zügen an Zigaretten. Tage, an denen sie hier im Regen gesessen und geredet hatten und geflucht, so laut sie konnten, weil sie auf die ganze Welt schissen. Sie hatten sich ihre eigene Welt erschaffen. Tage, an denen sie mit Josh allein hergekommen war und sie sich geküsst hatten und irgendwann dann weitergegangen waren, weil sie beide jemanden brauchten, der zärtlich zu ihnen war.

Hier, wo sie mit ihrem ersten Liebhaber gewesen war, wollte sie mit Eli zusammen sein. Ihrem letzten.

Der Schreck durchfuhr sie wie ein elektrischer Schlag. Angesichts der Tragweite dieses Gedankens, der Bedeutung. Und weil es die Wahrheit war.

Also sagte sie nur das, was sich aussprechen ließ.

»Ich will dich.«

»Ich dachte, du willst Kartoffelsalat.«

Sie versuchte zu lachen, obwohl sie innerlich zitterte. »Nein. Nur dich.«

Er schien zu spüren, dass sich ihr Tonfall verändert hatte. Ein weiterer Luxus im Zusammensein mit ihm. Er kannte sie so gut. Er schien zu wissen, was in ihr vorging, ohne dass sie es auszusprechen brauchte.

Jetzt stellte er ebenfalls seinen Teller auf die Decke, legte ihr eine Hand an die Wange und beugte sich vor, um sie zu küssen. Sie erwiderte den Kuss, und ihr ging das Herz auf, ihre Brust weitete sich, bis sie kaum noch atmen konnte. Aber Atmen schien ihr sowieso zweitrangig. Wichtig war Eli.

Sie schlang ihm die Arme um den Nacken, und er strich ihr über den Rücken, fasste sie um die Taille und legte sich mit ihr auf die Decke. Sie spürte seinen Körper auf sich, fest und warm. Er strich ihr über das Gesicht, über das Haar.

Sein Kuss wurde leidenschaftlicher, und sie fuhr ihm mit den Fingern durchs Haar. Sie spürte deutlich jede seiner Berührungen. Das Kratzen seiner Bartstoppeln an ihrem Hals, als er sie dort küsste. Die Wärme seiner Hände, als er ihr über das T-Shirt strich.

Doch was sie wirklich erschütterte, war das Echo, das diese Berührungen unter der Oberfläche auslösten. Es band sie an ihn, an diese Welt. Es war wie ein tiefer Basston, der überall in ihr widerhallte und bis in ihr Innerstes vordrang.

Sie beendeten den Kuss und sahen einander an, und als ihre Blicke sich trafen, stiegen Gefühle in ihr auf, die größer und stärker waren als jeder sexuelle Höhepunkt.

Es war schmerzlich und zugleich wunderschön. Sie glaubte, es keine Sekunde länger auszuhalten, wollte aber auch nicht, dass es aufhörte. In dem Moment spürte sie, wie alles eins wurde, das Gute, das Schlechte, das Beängstigende, es verschmolz miteinander, unentrinnbar.

Sie ertrank darin, ertrank in *ihm*. In den Gefühlen, die er in ihr auslöste. Und sie konnte nicht davor wegrennen, konnte es nicht herunterspielen. Konnte es nicht beiseiteschieben.

Sie konnte es nur annehmen.

Sie hielt sich an ihm fest und hoffte darauf, dass seine Stärke ihr durch diesen Augenblick hindurchhelfen würde, denn auf ihre eigene Stärke schien kein Verlass. Und das erschreckte sie sehr. Aber Eli war bei ihr, deshalb konnte ihr nichts geschehen.

»Wenn ich bei dir bin, will ich nirgendwo anders sein«, sagte er und strich ihr über die Haare, fuhr mit den Fingern durch die Strähnen.

»Ich auch nicht«, sagte sie.

Das war die Wahrheit. Und für eine Frau, die es ständig zum nächsten Ort weitergezogen hatte, zum nächsten Job, war das ein ziemlich bedeutendes und beängstigendes Eingeständnis.

Eli rückte herum, bis sie zwischen seinen Schenkeln saß, mit dem Rücken an seiner Brust. Ganz sanft fuhr er ihr immer wieder durchs Haar. Sie schloss die Augen und spürte einen Druck in der Brust, der dann in ihre Kehle hinaufstieg, sodass ihr das Atmen schwerfiel. Sodass es wehtat.

»Hast du das damals auch gemacht?«, fragte er.

Sie lachte, ein zittriger Laut, der den Knoten heftiger Gefühle nicht auflösen konnte. »Eigentlich nicht. So was wie das hier habe ich noch nie gemacht.«

»Ich auch nicht.«

Er zog leicht an ihren Haaren, einmal, dann noch einmal. Sie drehte sich zu ihm um, doch er ließ nicht los. »Was machst du denn da?«, fragte sie.

Er legte den Kopf schief und lächelte ein wenig beschämt. »Ich flechte dir einen Zopf.« Er flocht einen weiteren Strang hinein, ohne den Blick von ihr abzuwenden. »Ist das okay?«

Sie sah ihm ins Gesicht und entdeckte nichts als Aufrichtigkeit in seinem Blick. Aufrichtigkeit und eine Zuwendung, die sie noch nie von jemandem erfahren hatte und von der sie nie zu hoffen gewagt hätte, dass sie sie je verdienen würde. Die Schutzwälle in ihr bekamen Risse, und sie musste gegen die Tränen ankämpfen.

Denn was sie gehört hatte, als er das sagte, war: *Ich sorge für dich.*

»Ja«, flüsterte sie. »Das ist okay.«

Sie schloss die Augen, während er den Zopf flocht, und konzentrierte sich aufs Atmen. Darauf, nicht völlig zusammenzubrechen. Nicht all das preiszugeben, was sie empfand.

Er strich ihr mit dem Daumen sanft über den Hals. »Fertig.«

Sie drehte sich zu ihm um. Sie wollte so vieles sagen. Und nichts. Und alles.

Er beugte sich langsam vor. Sein Atem strich ihr über die Wange. Dann küsste er sie, und sie ließ es zu, dass sie sich ganz darin verlor. In einem Kuss, der nicht der Anfang von etwas anderem war. Der nicht erregen sollte. Ein Kuss, der eine Verbindung herstellen sollte. Der all die Gefühle ausdrückte, die durch ihr Zusammensein hervorgelockt wurden.

Panik erfasste sie, als ihr klar wurde, dass dieser Kuss irgendwann enden musste. Dass dieser Moment enden musste.

Dieser Kuss sollte nicht enden. Denn wenn es so weit war, würden sie sich damit befassen müssen, wie es weitergehen sollte. Und schon bei der Vorstellung geriet ein Teil von ihr in Panik. Und spürte den dringenden Wunsch wegzulaufen.

Das hier ging tief. Und es war echt. Und schon drängte sich das furchterregendste Wort, das sie kannte, in ihr Bewusstsein. Es lag ihr auf den Lippen, es grub sich in ihr Herz.

Genau das hatte sie nie gewollt. Hiervor hatte sie sich immer stärker gefürchtet als vor allem anderen.

Aber irgendwann musste der Kuss enden. Und nun tat er es. Als sich ihre Lippen voneinander lösten, strich Eli ihr mit dem Daumen leicht über den Mund. »Sadie …«

»Wir sollten jetzt gehen«, sagte sie brüsk, innerlich bebend vor Angst. Angst, dass er genau das sagen wollte, was sie nicht einmal denken mochte. Oder dass er es nicht sagen wollte. Dass er es niemals sagen würde. Oder dass er es genau jetzt sagte, wo sie überhaupt nicht sicher war, ob sie damit umgehen konnte.

Sie fasste nach hinten und strich mit den Fingern über den unvollkommen geflochtenen Zopf. »Wir sollten jetzt wirklich gehen.«

»Äh … Ja klar.« Er atmete schwer aus. »Du hast recht. Das Barbecue. Es ist schließlich dein Baby. Du … du solltest dabei sein.«

»Ja.« Sie schlang die Arme um ihre Taille. »Das sollte ich wohl. Entschuldige, dass … Keine tolle Verführungsszene, fürchte ich.«

Er sah ihr fest in die Augen. »Das würde ich so nicht unbedingt sagen.«

Sadie atmete tief ein und nahm plötzlich starken Rauchgeruch wahr. Sie runzelte die Stirn. »Man sollte meinen, dass sie mit dem Grillen allmählich aufhören. Es wird bald dunkel.«

»Vielleicht sind einfach immer mehr Leute gekommen«, sagte er. Es klang ernst, fast grimmig, was vermutlich ihre Schuld war. Weil sie ihm das Wort abgeschnitten hatte. Weil sie ihn hierher geführt und ihm ihr Herz ausgeschüttet hatte und ihm am Ende doch nichts über ihre Gefühle verraten hatte, weil sie viel zu viel Angst davor hatte.

»Das wollen wir mal hoffen.« Sie legte die Picknickdecke zusammen und drückte sie sich an die Brust. Als wollte sie einer Wunde einen Druckverband anlegen, und genau so kam es ihr auch vor.

Eli nahm die Teller mit dem fast unangetasteten Essen, und Sadie schaute mit leichtem Bedauern zu, aber jetzt hatte sie überhaupt keinen Hunger mehr. Sie war zu sehr von all den Gefühlen erfüllt, die sie lieber nicht so genau untersuchte. Von Empfindungen, von denen sie nichts wissen wollte.

Sie schlugen den Weg zwischen den Bäumen hindurch ein, zurück zur Ranch. Sadie übernahm die Führung, statt Hand in Hand mit Eli zu gehen, wie sie es sich insgeheim eigentlich wünschte.

Wenn er dich festhält, kannst du nicht flüchten.

Als sie sich der Ranch näherten, wurde der Rauch dichter, und der Wind trieb ihn in Schwaden auf sie zu. »Was ist da los?«, fragte Eli.

»Keine Ahnung. Das ist kein … Das ist nicht normal.«

Eli ging schneller, überholte sie und begann zu rennen. Sadie rannte hinterher und drückte die Decke an ihr hämmerndes Herz.

Im Laufen sprach sie vor sich hin. Besorgte Halbsätze, Flüche. Ohne zu verstehen, was sie da sagte. Die Worte sprudelten einfach hervor, ohne Ordnung, ohne klaren Grund. Noch wusste sie nicht, was sie befürchtete, doch diese Furcht trieb sie immer weiter.

Sie wusste, dass etwas schiefgegangen war. Sie wusste es so sicher, als hätte sie es mit eigenen Augen gesehen.

Und sie wusste, dass es schlimm war.

Als sie die unbefestigte Straße überquerten und das Land der Garretts erreichten, sahen sie über den Bäumen Flammen in den Himmel lodern.

»Oh nein! Oh nein!« Sadie rannte hinter Eli her, immer schneller. Die Decke glitt ihr aus den Händen und fiel zu Boden.

Sie liefen zum Festplatz. Dort standen sämtliche Besucher und schauten zur Scheune. Zu der wundervollen Scheune, in die Connor sein ganzes Geld gesteckt hatte. Jetzt stand sie in Flammen. Ein verheerendes Feuer fraß sich durch das wunderschön gebeizte Holz und das neue Schindeldach.

»Die Pferde«, sagte Sadie und rang entsetzt nach Atem. »Die Tiere?« Sie konnte nicht klar denken. Sie konnte sich nicht daran erinnern, wie die Wirtschaftsgebäude aufgeteilt waren. Jetzt nicht. Ihr war schwindelig.

»Da drin sind keine Tiere«, sagte Eli stirnrunzelnd, die Mundwinkel nach unten gezogen. »Nur die Ausrüstung. Das Futter. Connors gesamte Ausrüstung«, wiederholte er. »Hat jemand die Feuerwehr alarmiert?«

»Ja.« Sadie drehte sich um und sah Liss dort stehen, mit Tränen auf den Wangen. »Ich.«

»Ist jemand da drin?«

»Soweit wir wissen, nicht.« Liss schaute nicht Eli an, sondern Connor. Er stand näher an der Feuersbrunst als alle anderen, völlig steif, und starrte unverwandt in die Flammen. Sah hilflos zu, wie ein Großteil seiner Lebensgrundlage verbrannte.

»Wir sind versichert«, sagte Eli.

»Natürlich«, sagte Liss. »Das kommt wieder in Ordnung.« Überzeugt klang sie nicht. Ganz und gar nicht.

Ein paar Jungs, etwa zwölf Jahre alt, kamen kreidebleich und mit vor Entsetzen geweiteten Augen auf Eli zu. »Das wollten wir nicht, Deputy Garrett«, sagte der Kleinste. »Aber heute ist doch Nationalfeiertag, und da haben wir mit Feuerwerk rumgespielt ...«

»In der Scheune?«, fragte Eli mit harter Stimme.

»Ja, weil unsere Mütter es nicht sehen sollten. Aber wir haben nicht ...«

»An das Heu gedacht«, ergänzte Eli.

»Wir haben gedacht, wir hätten alle Funken gelöscht«, fuhr ein anderer Junge fort, »deshalb sind wir gegangen ...«

Aber sie hatten einen schwelenden Feuerwerkskörper im Heu liegen lassen, und das Heu hatte sich daran entzündet. Bis jemand etwas bemerkt hatte, war bereits alles Brennbare im Innern der Scheune verzehrt gewesen, und das Feuer hatte auf das Gebäude selbst übergegriffen.

Sadie begann zu zittern. Es erinnerte sie zu sehr an ihre letzte Nacht in Copper Ridge. An die schlimmen Dinge, die sie angerichtet hatte. Eli hatte nie gewollt, dass auf seinem Grund und Boden ein Barbecue stattfand. Connor hatte es auch nicht gewollt. Und sie hatte die beiden dazu gedrängt. Sie hatte sich auf ihrem Anwesen eingenistet, sich in ihr Leben eingemischt und überall Unordnung gestiftet.

Und das hier war das Ergebnis.

Das kommt dabei raus, wenn du dich bemühst. Und es lässt sich nicht wiedergutmachen. Das ging noch nie.

Die Welt der Garretts verbrannte vor ihren Augen, und es

war ihr Werk. Nein, sie würde jetzt nicht auf die Knie sinken und alle Schuld auf sich nehmen. So dumm war sie nicht. Dieses Feuer hatten ein paar kleine Jungs mit ihren Feuerwerkskörpern verursacht. Nicht sie, indem sie ein Streichholz anzündete. Oder bei einer Party eine Laterne umwarf.

Aber das änderte nichts daran, wie schrecklich sie sich fühlte. Änderte nichts an dem, was sich hier abspielte. Oder daran, dass die Jungs nur ihretwegen hier waren.

»Eli …«

»Jetzt nicht, Sadie«, sagte er mit rauer Stimme.

»Es tut mir so leid … Ich …«

»Ich sagte, jetzt nicht, Sadie«, stieß er hervor und fuhr sich durch die Haare, den Blick auf die brennende Scheune gerichtet. Sadies Herz begann zu schrumpfen und sich zu wellen, als wäre es zu dicht an die Flammen geraten.

Sie wich einen Schritt zurück. Ihr war schwindelig. Sie fragte sich, ob sie und die Zuschauer nicht etwas tun konnten. Irgendwie eingreifen. Aber alle standen wie erstarrt da und blickten entsetzt auf das Feuer. Sie fühlte sich nutzlos. Hilflos. Wie früher zu Hause, als Kind. Wenn sie zuschauen musste, wie sich vor ihren Augen ohne Ende kranke, schreckliche Dinge abspielten, und sie nichts tun konnte, als sich zu ducken.

Die Feuerwehr kam, die Sirenen übertönten das Brüllen der Flammen. Es war ein Großeinsatz, und als er vorbei war, erkannte man deutlich, was noch übrig war: nichts.

Nichts als eine verkohlte Hülle. Unbrauchbar, unrettbar. Die Menschenmenge hatte sich inzwischen verlaufen, Eltern hatten ihre kleinen Kinder vom Schauplatz dieses verstörenden Geschehens fortgebracht. Sie waren jetzt sicher bei dem großen Feuerwerk am Strand. Wobei die meisten wohl hauptsächlich vor dem Rauch und dem Dreck geflüchtet waren. Sadie wünschte, sie hätte auch jemanden, der sie von hier wegbrachte, doch sie musste weiter zusehen, die Augen mit Asche verklebt. Es war ihre Pflicht, in vielerlei Hinsicht.

Schließlich waren außer ihr nur noch Liss, Jack, Kate, Eli, Lydia, Ace, Bud und die Fischer da.

Und Connor. Er stand abseits, schweigend und reglos. Eine Silhouette vor den schwarzen Ruinen.

Liss war schließlich diejenige, die sich aus dem Grüppchen löste und zu ihm ging. Sie wollte ihm die Hand auf die Schulter legen, doch er zuckte vor ihr zurück und ging zum Haupthaus. Und ließ Liss dort stehen, die Arme unter den Brüsten verschränkt.

Einen Augenblick später atmete sie tief durch und marschierte hinter ihm her, die Schultern entschlossen durchgedrückt, und Sadie konnte sie nur für ihre Stärke bewundern. Liss war eine Frau, die blieb. Auch wenn es schwierig wurde.

Verglichen mit ihr fühlte Sadie sich schrecklich unzulänglich, wie sie dort in der Dämmerung stand, während direkt vor ihr die Asche allmählich erkaltete.

»Egal was ihr braucht, Eli«, sagte Ace. »Wir sind für euch da. Wir helfen euch.«

»Ich weiß«, sagte Eli.

»Jederzeit«, stimmte Lydia zu. Und Sadie wusste, dass Lydia ihm gern auch Trost spenden würde, und sie konnte es ihr nicht einmal verübeln, weil sie selbst sich der Aufgabe überhaupt nicht gewachsen fühlte.

»Vielleicht sollten wir alle erst mal drüber schlafen«, sagte Eli und lächelte gezwungen.

Kate stand schweigend daneben. Tränen liefen ihr übers Gesicht, ihre Schultern bebten. Sadie trat zu ihr und legte den Arm um sie. Sie fühlte sich schrecklich hilflos, weil sie nichts gegen den Schmerz dieser Menschen tun konnte.

»Natürlich«, sagte Ace. »Wir lassen euch dann mal in Ruhe.

Soll ich morgen herkommen und euch helfen, den Schaden einzuschätzen?«

»Danke. Ich denke, wir melden das einfach der Versicherung. Die schicken dann sicher jemanden her. Am besten rühren wir erst mal nichts an.«

»Gute Idee. Aber kommt unbedingt bald auf einen Drink vorbei.« Ace tippte zum Abschied an die Krempe seiner Baseballmütze und ging.

»Ich mache mich wohl auch besser auf den Weg, damit ihr zur Ruhe kommt«, sagte Lydia und legte Eli eine Hand auf die Schulter, auf ausgesprochen unschwesterliche Art. »Ich komme morgen vorbei und sehe nach dir.«

Eli protestierte nicht.

Lydia drückte auch Sadie die Schulter, als sie an ihr vorbeikam. »Nach Ihnen sehe ich auch gern.«

Das gab ihr den Rest. Weil sie diese Freundlichkeit nicht verdiente. Ganz und gar nicht. »Danke«, sagte sie mit rauer Kehle.

»Ich spreche mal mit den Feuerwehrleuten«, erbot sich Jack, »und finde heraus, ob es noch was gibt, was wir wissen müssten. Ich sage euch dann Bescheid.«

»Ich gehe Connor suchen«, sagte Kate mit erstickter Stimme. Sie entzog sich Sadies Arm und ging zum Haupthaus.

Damit blieben nur noch Sadie und Eli und ein Haufen glühendes, verkohltes Holz in der Dunkelheit zurück.

Sadie schluckte und nahm erneut Anlauf. »Eli, ich …«

»Wir müssen Schluss machen«, unterbrach er sie.

»Was?«

»Das mit uns. Es muss … Ich kann das nicht«, sagte er.

Es zerriss Eli fast das Herz, aber es musste gesagt werden. Und getan werden. Denn wieder einmal war die ganze Welt in die

Binsen gegangen, während er sich amüsiert hatte. Die schöne Zeit mit Sadie war eine einzige Illusion gewesen.

Wenn er nicht alles im Griff behielt, ging die Welt in Flammen auf. In diesem Fall buchstäblich.

Es erinnerte ihn zu sehr an seine früheren Versäumnisse. Viel zu sehr.

»Wenn ich mit dir zusammen bin, achte ich nicht mehr darauf, was ich tue. Ich achte nicht mehr auf meine Mitmenschen. Ich achte nicht mehr auf mich selbst. Nein, auf mich selbst achte ich durchaus, weil ich nämlich nur noch an mich denke. An mich und meinen Schwanz, und das darf nicht sein. Es hat durchaus seine Gründe, dass ich vorher anders gelebt habe. Und diese Gründe kann ich nicht einfach für ein bisschen guten Sex ignorieren.«

Sadie blinzelte schnell. Ihre Augen glänzten in dem trüben Licht. Ihm drehte sich der Magen um, vor Übelkeit und vor Bedauern. Aber er konnte nicht anders handeln. Er musste den Überblick behalten, und in letzter Zeit war ihm das nicht mehr gelungen.

Seine Schwester hatte tränenüberströmt neben ihm gestanden. Sein Bruder hatte zusehen müssen, wie das Einzige, was ihm nach dem Verlust seiner Frau Halt gegeben hatte, zu Asche verbrannte.

Es erinnerte Eli zu sehr an den Abend, als er die Autoschlüssel nicht an sich genommen hatte. Da hatte er sich auch ablenken lassen.

Und es spielte keine Rolle, was Sadie dazu sagte, denn letzten Endes war dies das Resultat.

Es spielte keine Rolle, ob er sich dafür verantwortlich fühlen musste. Er tat es eben. Und Tatsache war doch, dass alles ringsum zusammenbrach, sobald er einmal nicht auf die ganze Welt aufpasste.

Heute hatte er einen kurzen Augenblick lang geglaubt, er könnte jemand anders werden, er könnte ein anderes Leben führen. Doch dann war das hier über ihn hereingebrochen und hatte ihn daran erinnert, warum das unmöglich war.

Warum er diesen Moment im Wald vergessen musste und all die gemeinsamen Momente zuvor. Warum er aufhören musste, sich mehr zu wünschen. Obwohl für ihn nun einmal nicht mehr denkbar war. Das wusste er. Er hatte es schon gewusst, bevor Sadie Miller durch sein Leben gefegt war wie ein Wirbelwind und alles umgekrempelt hatte. Und in ihm Zweifel geweckt hatte, ob seine Vorstellungen von sich und seinem Leben nicht vielleicht auf einer Lüge beruhten.

Was um einiges grausamer war, als wenn er sich niemals Hoffnungen gemacht hätte.

Einen Moment lang hatte er es geglaubt. Dass er einen Typen verprügeln konnte, der das verdiente. Dass er sich mit der einzigen Frau, die ihn je derart verrückt gemacht hatte, für eine Weile in den Wald davonstehlen konnte.

Dass er jeden Abend mit ihr schlafen gehen und jeden Morgen mit ihr aufwachen konnte.

»Ein bisschen guter Sex, Eli?«, fragte sie. »Im Ernst? Nur ein bisschen guter Sex? Ich bin verdammt sicher, dass da viel mehr zwischen uns ist. Guten Sex hatten wir beide auch schon, bevor wir uns kennengelernt haben. Das hier … das ist etwas ganz anderes. Uns verbindet etwas ganz anderes.«

»Das spielt keine Rolle«, sagte er. »Es darf nicht sein.« Er hatte das Bedürfnis, um sich zu schlagen. Jemand anderem die Schuld zu geben statt sich selbst. Er hatte es so satt, immer alle Last auf sich zu nehmen. Und dies war ja nur ein Fehlschlag von vielen. »Wenn du in der Nähe bist, gehen anscheinend ständig Scheunen in Flammen auf. Du bringst Unglück.«

»Eli, bitte tu das nicht. Nicht jetzt, nicht … Bitte!«

»Sadie, ich kann mir nicht noch mehr Ablenkungen leisten.« Seine Kehle fühlte sich rau und wund an. »Und mehr war es nicht. Für mich warst du nur eine Ablenkung.«

Sie wich taumelnd zurück, und sein Herz schien ihm aus der Brust springen zu wollen, um ihr zu folgen, sodass nichts zurückblieb als ein blutiges Loch. So musste es sich anfühlen, wenn man starb. Aber er konnte die Worte nicht mehr zurücknehmen.

Er wollte es auch nicht.

Er tat das Richtige. Andere Männer konnten vielleicht Frau und Kinder haben. Andere Männer konnten ein anderes Leben führen.

Aber er nicht. Niemals.

»Na schön«, sagte sie mit belegter Stimme, während sie weiter vor ihm zurückwich. »Dann will ich dich mal nicht länger ablenken.«

Sie machte auf dem Absatz kehrt und ging zum B&B hinüber, das er in Gedanken nur noch als ihr Haus bezeichnete. Wie viel sich in so wenigen Wochen ändern konnte.

Aber eine solche Veränderung konnte er sich nicht leisten. Und die Menschen, die sich auf ihn verließen, auch nicht.

16

Sadie machte kein Auge zu. Sie saß die ganze Nacht draußen auf ihrer frisch gebeizten Veranda, mit einem Becher Kaffee in der Hand, und während ihr die Tränen übers Gesicht liefen, fand sie sich allmählich damit ab, was geschehen war. Auch damit, was ihr selbst geschehen war.

Sie liebte Eli Garrett.

Er war der erste Mensch, den sie liebte, seit sie vor zehn Jahren die Hoffnung auf Liebe in ihrer Familie aufgegeben hatte und aus der Stadt abgehauen war. Er war der erste Mensch, dem sie nahegekommen war. Auch seit zehn Jahren. Wenn nicht noch länger. Wenn nicht überhaupt jemals.

Sie blieb auf der Veranda, in ihre Decke und ihren Kummer gehüllt und mit Toby auf dem Schoß, bis sich am Himmel über den Bäumen das erste zarte Rosa zeigte.

Verdammt! So viel zu ihrer Theorie, dass die ganze Welt stillstand, wenn sie am Boden zerstört war.

Sie setzte Toby behutsam auf die Veranda und ging ins Haus, gefolgt von Toby. Sie stieg die Treppe hinauf, zog sich aus und duschte, um mit heißem Wasser das steife Gefühl in ihrem Körper und auch den Kummer wegzuschwemmen.

Die Steifheit ließ ein wenig nach, der Kummer blieb.

Sie putzte sich die Zähne, die sich nach der durchwachten Nacht pelzig anfühlten, und brühte sich dann eine frische Tasse Kaffee. Mit der Portions-Kaffeemaschine, die sie extra angeschafft hatte, damit ihre Gäste jederzeit frischen Kaffee bekommen konnten.

Sie seufzte schwer. Ihre Gäste. Seit vorgestern Abend hatten sich mehrere Interessenten über ihre Website nach freien Zimmern erkundigt. Also würde sie sich bald um Gäste kümmern müssen. Sie hatte einen Fünfjahresvertrag.

Sie ließ den Kopf hängen. Es fühlte sich an, als würde sie im Morast versinken. Einem Morast, aus dem sie nicht mehr herauskommen würde. Sodass sie nicht mehr weglaufen konnte.

Auf einmal bekam sie Platzangst. Am liebsten hätte sie sich die Kleider vom Leib gerissen, sich die Haut vom Körper gekratzt, wäre aus ihrem Körper gestiegen und vor alldem weggerannt.

Entkommen und irgendwo neu anfangen. Weit weg von diesem Mann und den Gefühlen, die er in ihr auslöste.

Sie schaute im B&B umher. Diesem Versuch, sich etwas Dauerhaftes aufzubauen. Etwas Beständiges. Sie hätte wissen müssen, dass es nie an ihrer Umgebung gelegen hatte. Sondern an ihr. Schon immer.

Sie konnte nicht einfach einen Pachtvertrag über fünf Jahre unterschreiben und erwarten, dass sie sich dadurch änderte.

Die schlichte Wahrheit war, dass sie niemandem je so wichtig gewesen war, dass er sich um ihretwillen geändert hätte. Das war der schmerzhafte Kern des ganzen Problems. Ihre Mutter verbrachte ihr Leben lieber mit einem Mann, der sie schlug und der auch ihr Kind geschlagen hatte, als ihn zu ihrer beider Wohl zu verlassen.

Ihre Liebe zu dem Ehemann, der ihr nur Leid und Schmerz brachte, war stärker als ihre Liebe zu Sadie. Also war es doch undenkbar, dass sonst irgendjemand um Sadies Liebe willen sein Leben radikal ändern würde.

Was Eli gerade unter Beweis stellte.

Deshalb ging sie immer wieder fort. Wenn sie rechtzeitig ging, wenn sie nie jemanden nahe an sich heranließ, wenn sie niemals von jemandem erwartete, dass er sie noch mochte, nachdem er sie gut kennengelernt hatte, dann konnte sie auch nicht verletzt werden.

Aber dann war sie nach Copper Ridge zurückgekehrt. Sie hatte sich auf einen Menschen eingelassen. Sie hatte sich verliebt und zu hoffen gewagt, dass ihre Liebe erwidert wurde.

Und jetzt war alles zerstört. Und sie hatte keine Ahnung, wie lange sie brauchen würde, um sich davon zu erholen.

Aber eins stand fest. Hier konnte sie es nicht.

»Toby«, sagte sie und sah ihren kleinen grauen Freund an, ihren einzigen richtigen Freund. »Ich glaube, es wird Zeit, dass wir gehen.«

Eli marschierte mit großen Schritten im Wohnzimmer umher, den Blick auf seinen Bruder gerichtet, der auf dem Sofa seinen Rausch ausschlief. Verdammt, wie würde er das Leben hassen, wenn Eli ihn weckte.

Was jetzt sofort passieren würde, denn Eli hasste das Leben auch, da konnte Connor ihm ruhig Gesellschaft leisten.

In der Hölle.

»Wach auf, Connor!« Er klatschte in die Hände und sah zu, wie sein Bruder innerhalb eines Augenblicks aus seinem seligen Koma in eine Welt voller Schmerz geschleudert wurde.

»Verdammt!«, brüllte er, dann zuckte er zusammen und fasste sich an die Stirn. »Aua!«

»Ja, aua. Du hast dermaßen viel Alkohol getrunken, dass man sämtliche Wunden nach einer Schlacht damit reinigen könnte.«

»Ach, halt den Mund, Eli. Echt.«

»Es gibt viel zu tun.«

»Zum Beispiel?«, fragte Connor. »Arbeiten? Meine Geräte sind futsch.«

»Die Tiere brauchen Futter.«

»Ich hab kein Heu«, murmelte Connor.

»Dann krieg den Arsch hoch und besorg welches.« Eli war wütend. Vor allem auf sich selbst, aber Connor anzuschreien passte ihm besser in den Kram.

»Was zum Teufel ist denn mit dir los?« Connor setzte sich benommen auf und strich sich über den Bart.

»Vielleicht bin ich es ja leid, mich ständig um dich zu kümmern, während du dich in deinem Schmerz suhlst.« In Eli wallte Erbitterung hoch, und in seiner Brust brannte Wut.

Gestern Abend hatte er sich noch damit abgefunden. Sich um andere zu kümmern und sein eigenes Leben auf Eis zu legen.

Aber heute Morgen? Heute Morgen war er allein aufgewacht. Und das tat stärker weh, als er sich hatte vorstellen können. Er lebte seit zweiunddreißig Jahren so. Er sollte eigentlich daran gewöhnt sein. Aber heute Morgen war ihm sein Bett so leer vorgekommen wie sein ganzes Leben.

Und er wusste jetzt schon nicht mehr genau, warum eine ausgebrannte Scheune eigentlich wichtiger sein sollte, als Sadie neben sich zu haben.

»Was?«, fragte Connor.

»Du bist mein großer Bruder. Du bist ein erwachsener Mann.«

»Ich habe dich nie darum gebeten, dich um mich zu kümmern.«

»Aber du hast es von mir erwartet«, fauchte Eli.

Connor schüttelte den Kopf. »Hör zu, Mann, ich weiß zwar nicht, was dein Problem ist, aber um so was habe ich dich nie gebeten. Ich will nicht lügen, ich bin durchaus froh, dass du da bist, aber wenn du es nicht wärst? Dann würde ich eben sturzbetrunken bleiben und im Dreck leben. Du bist doch derjenige, der …«

»Und genau deshalb kann ich dich nicht dir selbst überlassen. Glaubst du, ich wüsste nicht, dass du dann im Elend versinken würdest? Ich weiß es genau. Und ich lasse es nicht zu.«

»Ach, und weiter, Eli? Soll ich mich jetzt zusammenreißen, nach deinen Vorstellungen, damit du dich nicht mehr um mich kümmern musst?«

»Ja«, sagte Eli. »Genau. Könntest du … bitte genau das machen? Denn ich kann nicht arbeiten gehen und auf der Ranch aushelfen und als Sheriff kandidieren und deinen Versicherungsanspruch geltend machen, ohne den Verstand zu verlieren. Ich kann nicht … Ich kann nicht alles machen.«

Es war das erste Mal, dass er es zugab. Sich selbst gegenüber. Und einem anderen gegenüber. Dass er nicht alles schultern konnte. Und dass er es auch gar nicht wollte.

»Das wusste ich nicht, Eli.« Connor sah stur geradeaus. »Ich fand's lange schwer, mich überhaupt für was anderes zu interessieren außer für mich. Und nur fürs Protokoll, ich interessiere mich immer noch nicht besonders für andere Dinge, aber … Es tut mir verdammt leid, dass es dir deswegen mies gegangen ist.«

»Es lag nie nur an dir. Aber du hast schon dazu beigetragen.«

»Tja«, sagte Connor gedehnt. »Man tut, was man kann.«

»Ich komme mir vor wie das letzte Arschloch, weil ich mich beschwere. Wo du durch die Hölle gegangen bist.«

»Ja. An den meisten Tagen tue ich das immer noch«, murmelte Connor. »Aber ich muss dich da nicht mit reinziehen.«

»Manchmal denke ich, ich habe mich absichtlich mit reinziehen lassen.«

»Dann hör auf damit«, sagte Connor.

»Was?«

»Hör auf. Unglücklich zu sein ist dumm. Gibt es eine Methode, die Sache zu reparieren? Dann reparier sie. Meine

Frau kann ich nicht zurückholen. Was da passiert ist, lässt sich nicht … reparieren. Mein Leben lässt sich nicht dadurch verbessern, dass ich mich einfach mal anders entscheide.«

»Ich weiß nicht, ob das bei mir geht«, murmelte Eli.

»Hat es was mit Sadie zu tun?«

Eli holte tief Luft. »Ja.«

»Sie ist nicht tot, oder?«

»Nein«, sagte Eli mit rauer Stimme.

»Dann besteht noch Hoffnung.«

17

Sadie hatte all ihre Sachen ins Auto geladen. Sie wusste, dass sie ihren Pachtvertrag brach. Es war zum Kotzen, aber sie konnte einfach nicht … Sie konnte nicht bleiben. Sie wusste zwar nicht, wie es weitergehen sollte, aber *das* wusste sie.

Seufzend stellte sie Tobys Katzenbox nach hinten in den Fußraum und schloss die Wagentür.

Sie hörte ein Auto die Zufahrt heraufkommen und fluchte leise vor sich hin. Sie wollte sich nicht mit einer niedergeschlagenen Kate auseinandersetzen, auch nicht mit einem stinksauren Connor oder – am allerschlimmsten – mit Eli, egal in welchem Zustand.

Doch statt eines Garrett-Fahrzeugs kam ein glänzender schwarzer Wagen die Zufahrt herauf.

»Lydia«, murrte sie, lehnte sich an ihren Wagen und senkte den Blick. Na schön, die Frau konnte ihr den gebührenden Abschied bereiten. Wahrscheinlich würde sie begeistert sein.

Lydia hielt und stieg aus, in der Hand einen Stoß Prospekte. Ein fragender Ausdruck huschte über ihre zarten Gesichtszüge. »Was ist denn hier los?«

»Ich ziehe weg«, sagte Sadie. »Das ist hier los. Kein Grund zur Beunruhigung.«

»Zu spät«, sagte Lydia. »Ich bin schon beunruhigt. Eli hat Ihnen doch nicht …«

»Nein, nein, dafür ist er viel zu sehr Kavalier.« Er schaffte es zwar, ihr das Herz zu brechen und ihr zu sagen, wie unwichtig sie war, aber er würde niemals von ihr verlangen, dass sie ihren Pachtvertrag brach. Der war schließlich rechtlich bindend.

»Weiß er, dass Sie weggehen?«, fragte Lydia.

»Ich habe es ihm nicht gesagt. Wobei es sowieso eher Connor betrifft, weil er das mit der Pacht angeleiert hat …«

»Was für ein Unsinn«, sagte Lydia. »Es betrifft doch Connor nicht mehr als Eli, wenn Sie weggehen. Und ich glaube, das wissen Sie auch.«

Sadie wich ihrem Blick aus. »Wissen *Sie* es denn?«

Lydia seufzte. »Ich bin ja nicht blöd. Vielleicht ein kleines bisschen … hm … zu optimistisch? Aber nicht blöd. Ich habe gesehen, wie Sie beide sich anschauen.«

Sadie räusperte sich. »Aber haben Sie auch gehört, wie wir miteinander reden? Denn das könnte ein besserer Gradmesser dafür sein, wie wir zueinander stehen.«

»Lieben Sie ihn?«

Sadies Herz zog sich zusammen. »Das spielt keine Rolle.«

»Doch. Eli Garrett ist der beste Mensch, den ich kenne. Der beste Mensch, den ich je kennengelernt habe. Und mir war durchaus schon aufgefallen, dass er nicht sonderlich auf mich steht. Es war mehr eine unheilbare Schwärmerei, was ich auch wusste, und in der Sekunde, als Sie hier aufgetaucht sind, war mir klar, dass ich abgemeldet war.« In ihrem Lächeln lag ein Anflug von Traurigkeit. »Aber letztlich wäre ich wohl kaum mit einem Mann glücklich geworden, den ich zu einer Beziehung zwingen müsste. Und ich habe den leisen Verdacht, dass er ohne *Sie* nicht glücklich wird.«

Sadie lachte. »Sagen Sie das Eli. Er hat zu mir gesagt, dass er mich nicht will.«

»Er lügt. Das ist Ihnen doch klar, oder?«

»Ich glaube nicht, dass Eli lügen kann.«

»Vielleicht nicht bewusst. Aber er lügt, ohne es zu merken. Einen Vorteil hat es, wenn man jemanden schärfer beobachtet, als man sollte: Man lernt ihn kennen. Wie er Sie ansieht, das ist etwas Besonderes. Ich würde das auf keinen Fall aufgeben. Ich würde darum kämpfen. Und ganz ehrlich, Sadie, ich habe Sie immer für einen harten Brocken gehalten. Wenn Sie jetzt wegrennen, muss ich diesen Eindruck revidieren.«

»Ich bin kein harter Brocken. Im Grunde bin ich genau das Gegenteil. Und ich habe auch nie so getan, als wäre es anders. Ich laufe immer weg. Und das gestern war mein Startsignal.«

»Schade. Ich glaube nämlich, wenn Sie bleiben würden und wenn wir nicht mehr um denselben Mann konkurrieren müssten, könnten wir uns anfreunden. Und wenn Sie bleiben und ihn heiraten würden, wären wir irgendwann auf jeden Fall Freundinnen. Nachdem ich über meine glühende Eifersucht hinweggekommen wäre.«

»So sehr scheinen Sie mir gar nicht zu glühen«, sagte Sadie.

»Es ist ein dezentes Glühen. Wie gesagt, eigentlich weiß ich, dass er nicht mir gehört.« Jetzt lächelte Lydia etwas offener. »Zu blöd nur, dass ich nie dazu gekommen bin …«

Sadie hüstelte. »Ja … das ist echt … Beim Sex ist er echt gut.«

Lydia errötete und räusperte sich. »Ihn zu küssen, wollte ich eigentlich sagen. Aber klar.«

Sadie zuckte zusammen. »Na ja, das kann er auch gut.«

»Und nun kann ich mich nicht entscheiden, ob ich es scheiße finden soll, dass ich das jetzt so genau weiß. Oder ob ich mich freuen soll, weil ich mit meinen Fantasien nicht völlig danebenlag.«

»Es ist scheiße. Denn ich weiß es erst recht, und das ist erst recht scheiße. Weil es vorbei ist. Und ich wünschte, es wäre anders.«

»Dann kämpfen Sie darum, Sie harter Brocken«, sagte Lydia. »Kämpfen Sie um ihn.«

»Ich glaube, da gibt's nichts mehr zu kämpfen.«

»Tja, dann sollten Sie vielleicht doch gehen. Weil ich finde, er hat jemanden verdient, der um ihn kämpft. Ich dachte, das könnten Sie sein.«

»Vielleicht sollten Sie um ihn kämpfen.« Sie kam sich klein und mies vor, weil sie auf keinen Fall dabei zusehen wollte, wie eine andere Frau um den Mann kämpfte, den sie liebte. Und trotzdem nicht mutig genug war, um ihn sich selbst zu nehmen.

Lydia sah sie traurig an. »Es war schön, Sie kennenzulernen, Sadie. Ich hoffe, Sie finden das, wonach Sie suchen. Und ich hoffe aufrichtig, Ihnen wird nicht erst zu spät klar, dass Sie es hier hätten haben können.«

Sadie sah zu, wie Lydia die Prospekte auf ihren Beifahrersitz warf und davonbrauste, und spürte heiße Wut in sich aufsteigen. Was fiel dieser Frau ein, ihr vorschreiben zu wollen, was sie tun sollte? Also wirklich! Schließlich war Lydia nicht dabei gewesen. Sie hatte nicht gehört, wie Eli mit ihr geredet hatte. Was er zu ihr gesagt hatte.

Lydia hatte keine Ahnung, wie es sich anfühlte, wenn man genau wusste, dass einem die Nähe zu einem anderen Menschen immer nur Zurückweisung eintrug.

Und verdammt, er *hatte* sie zurückgewiesen. Warum sollte sie sich dem erneut aussetzen?

Weil du dich zum ersten Mal ganz wie du selbst gefühlt hast. Weil du zum ersten Mal bleiben willst. Unbedingt.

Tja, darauf kam es aber nicht an. Er hatte sie weggestoßen.

Du willst nur nicht um ihn kämpfen, du Jammerlappen. Weil du Angst hast.

Na gut, also angenommen, sie irrte sich? Vielleicht hatte Eli ja genauso viel Angst wie sie. Vielleicht hatte er sie auch deswegen weggestoßen. Vielleicht.

Sie riss die Autotür auf und hob die Transportbox heraus, stellte sie auf die Veranda und überprüfte, ob Toby ausreichend mit Wasser, Fressen und Katzenstreu versorgt war.

Dann schaute sie zum Wald.

Dem Ort, am dem sie immer Zuflucht gesucht hatte, bevor sie endgültig geflohen war.

Sie atmete tief ein und nahm den Geruch der Kiefern und des Salzwassers wahr. Und dann rannte sie los.

Eli fand, dass er genau zwei Optionen hatte. Die Connor-Option – eigentlich die Garrett-Option –, die darauf hinauslief, dass man trank, bis man den Grund für seine Traurigkeit vergessen hatte.

Oder die Setz-dich-mit-dem-Scheiß-auseinander-Option, die viel schwerer war.

Er legte beide Hände flach auf die Marmorplatte des Küchentresens und fixierte die Flasche *Jack Daniel's*. Als könnte die ihm verraten, was er tun sollte.

»Trink, vielleicht verrät sie es dir dann«, sagte er.

Doch dann stieß er sich vom Tresen ab und ging im Raum umher. Was war nur los mit ihm? Er fühlte sich sterbenselend. Oder noch elender, falls das möglich war.

Aber er hatte doch seine Ordnung zurück. Es gab keinen blonden Wirbelwind mit einer eigenartigen emotionalen Bindung zu einer Katze mehr. Ihn lenkte nichts mehr ab. Er hatte genau das, was er sein Leben lang kultiviert hatte.

»Einsamkeit«, sagte er in den leeren Raum hinein. »Du hast deine Einsamkeit zurück. Dafür gibt's eine Medaille.«

Das war alles, worauf er ab jetzt hoffen konnte. Ein geordnetes Leben und ein leeres Bett. Und das alles nur, weil er zu viel Angst hatte, jemanden hereinzulassen.

Alles nur, weil es so viel einfacher war, jeden Menschen aus seinem Leben auszusperren, sodass er nichts und niemanden mehr verlieren konnte. Weil es leichter war, sich immer selbst die Schuld zu geben, weil man sich dann einreden konnte, man hätte eine gewisse Kontrolle über das Universum. Während die schlichte Wahrheit lautete, dass man nichts unter Kontrolle hatte.

Mütter gingen fort. Menschen starben. Scheunen brannten ab. Und keine noch so große Gewissenhaftigkeit würde das je verhindern.

Er schlug mit der Faust auf den Tresen und fluchte, als Schmerz seinen Arm hinaufschoss. Geradewegs in sein Herz.

Was für eine schreckliche Erkenntnis! Und zu spät. Verdammt, wenn er schon mit der Tatsache klarkommen musste, dass er sein Leben nie unter Kontrolle haben würde und auch sonst nichts, dann hätte er das wenigstens einsehen können, bevor er Sadie verloren hatte.

Sadie …

Er betrachtete den pieksauberen Tresen, auf dem sie einmal ihre verdammten Tennisschuhe abgelegt hatte. Wer machte denn so einen Mist? Und obwohl die Schuhe längst weg waren und kein Stäubchen von den Sohlen mehr zu sehen war, erinnerte er sich so deutlich daran, als würde dort ein schlammiger Fußabdruck prangen.

Der wäre leichter zu tilgen gewesen als diese Erinnerung.

Eli wandte sich ab und sah aus dem Fenster, und es brach ihm fast das Herz. Die Azalee. Ihre Entschuldigungs-Azalee mit den rosa Blüten. Noch so ein Sadie-Übergriff, den er anfangs unerträglich gefunden hatte, ohne den er sich sein Leben jetzt aber nicht mehr vorstellen konnte.

Sie war überall in seinem Haus. Am Küchentresen, ein Bier in der Hand. In seinem Bett. Unter seiner Dusche. In seinem Garten. In seinem Herzen.

Verdammt, ja, sie war in seinem Herzen!

Er liebte sie.

Die Erkenntnis durchstrahlte ihn mit Wärme. Überflutete seine Brust, dass er sich ganz schwach fühlte.

Er *liebte* sie.

Außer Kate und Connor hatte er niemanden mehr geliebt seit … Noch nie. Er hatte es sich auch gar nicht gewünscht, denn er war zu sehr damit beschäftigt gewesen, die Welt im Griff behalten zu wollen. Dinge verstehen zu wollen, die einfach keinen Sinn ergaben.

Mit dem Versuch, seine Familie am Auseinanderbrechen zu hindern, damit nicht noch jemand fortging. Damit er für jemanden wichtig war.

Sadie hatte sich immer so benommen, als wäre er wichtig. Selbst wenn er Mist baute. Sadie hatte ihn festgehalten, und sie hatte ihn in einer Weise von seinen Hemmungen befreit, wie es noch nie jemand geschafft hatte. Sie hatte ihn auch dann noch akzeptiert, als er ihr seine Schwächen eingestanden hatte. Und sie hatte sich ihm anvertraut, obwohl sie sich sonst nie jemandem anvertraute.

Es war ein Geschenk gewesen, aber auch ein Beweis dafür, wie sehr sie ihm vertraute.

Und er hatte sie abgewiesen. Damit er weiter allein durchs Leben ziehen konnte, mit eiserner Hand alles im Griff behalten und verzweifelt versuchen, das Vertrauen von Fremden zu gewinnen. In der Hoffnung, dass man ihn für gut genug befand.

Obwohl sie ihn längst für gut befunden hatte.

»Jetzt wahrscheinlich nicht mehr, Arschloch«, sagte er in den leeren Raum hinein.

Nein, jetzt wahrscheinlich nicht mehr.

Und er konnte es ihr nicht verübeln.

Aber er musste sie fragen. Er musste es versuchen. Er musste sie um Verzeihung bitten.

Er musste ihr sagen, dass er sie liebte.

Egal was für Konsequenzen das hatte.

Ohne sie war Ordnung nichts wert, die Dinge im Griff zu haben war nichts wert. Nur ob sie ihn akzeptierte, war wichtig.

Er stellte die Flasche *Jack Daniel's* wieder in den Schrank und verließ das Haus. Mit großen Schritten marschierte er zum B&B. Das Herz schlug ihm bis zum Hals, seine Hände zitterten. Alles an ihm zitterte.

Er hatte noch nie jemanden geliebt. Und er hatte noch nie jemanden gebeten, seine Liebe zu erwidern.

Er hatte versucht, sich Liebe zu verdienen, jeden Tag. Aber darum gebeten hatte er noch nie.

Heute musste er darum bitten.

Als er die Zufahrt überquerte und die freie Fläche vor ihrem Haus betrat, entdeckte er ihr Auto. Es war mit Koffern vollgepackt, und die hintere Tür stand offen.

»Was zum Teufel …?«

In dem Moment kam Sadie die Treppe herunter, Kiefernnadeln im Haar, Tränenspuren auf den Wangen, mit blassem Gesicht. Ihre Augen wurden groß, und sie erstarrte, schaute ihn an wie einen Geist. Er ging auf sie zu.

Sie hatte gepackt. Sie wollte fort.

Sie verließ ihn.

Teufel, nein!

Er schlang ihr einen Arm um die Taille, zog sie an sich und küsste sie leidenschaftlich. Sie sollte spüren, was er empfand. Sie sollte begreifen, was er gerade erst selbst begriffen hatte. Dass er sie liebte. Dass sie ihn verändert hatte.

Sie klammerte sich an ihn, griff nach seinem T-Shirt und hielt sich daran fest, hielt ihn fest.

Als sie sich voneinander lösten, atmeten sie beide schwer, und Sadies Wangen waren nass von Tränen.

»Verlass mich nicht!« Es klang wie ein Befehl. »Geh nicht weg!«

»Eli …«

»Ich bin ein Idiot. Du lenkst mich wirklich ab. Und du hast alles verändert. Aber verdammt, Sadie, ich will auch von dir abgelenkt werden. Ich will von dir verändert werden. Verdammt, Baby, ich brauche das. Eben gerade wollte ich eine ganze Flasche Whiskey austrinken, um zu vergessen, was für ein Blödmann ich bin. Aber dann habe ich meinen Küchentresen angeschaut.«

»Deinen Küchentresen?«

»Er ist sauber. Deine Schuhe stehen nicht drauf. Alles ist ordentlich. Alles. Du bist nicht da. Du machst keine … sexuellen Anspielungen mehr, die ich nicht gleich verstehe. Und weißt du was? Es ist mir zuwider. Die ganze Ordnung ist mir zuwider, wenn sie bedeutet, dass ich dich nicht haben kann. Ich liebe dich, Sadie.«

»Ich gehe nicht weg«, sagte sie mit zitternder Stimme.

»Warum hast du dann gepackt?«

»Darum. Weil ich eigentlich weggehen wollte, aber dann habe ich nachgedacht. Und jetzt will ich nicht mehr weg.«

»Warum?«

»Na ja … Schwer zu sagen. Weil ich immer weglaufe. Und obwohl ich genau wusste, dass ich dich wahnsinnig vermissen würde, kam es mir trotzdem einfacher vor als das hier. Einfacher, als vor dir zu stehen und dir zu sagen, dass ich mehr will. Aber ich werde es trotzdem tun. Ich war noch mal auf meiner Lichtung. Da bin ich früher immer hin, wenn mir alles zu viel wurde. Wenn ich flüchten musste. Aber diesmal habe ich dort nicht alles abschütteln können. Diesmal habe ich dich dort gefunden. Und egal wie verlockend mir das Weglaufen früher immer erschien, egal wie gut es mir gefallen hat … damit ist es vorbei. Ich will nicht mehr weglaufen. Ich will bleiben und kämpfen. Ich will hierbleiben. Ich will mehr. Weil ich dich will. Ich will alles. Das Gute und das Schlechte. Ich liebe dich, und ich will für diese Liebe kämpfen, wie ich noch nie für etwas gekämpft habe.«

Er fühlte sich, als hätte ihm jemand gegen die Brust geboxt. Ihr seine Liebe zu gestehen war eine Sache, aber er hatte keine Minute angenommen, dass er es verdiente, von ihr zurückgeliebt zu werden. Nicht nach allem, was er zu ihr gesagt hatte.

»Wie kannst du mich lieben?«, fragte er. »Ich habe dich im Stich gelassen.«

»Aber das ist es ja, Eli, das hast du nicht. Klar, ich hätte mir damals gewünscht, dass jemand eingreift und mich rettet. Das ist nur normal. Und ich glaube … es bot sich einfach an, mir zu wünschen, du wärst das gewesen. Aber letztlich ging es darum, dass ich mich selbst retten musste.«

»Das hast du getan, Sadie«, sagte er. »Du bist weggegangen.«

Sie schüttelte den Kopf. »Nein. Damals habe ich mich nicht gerettet. Damals habe ich gelernt wegzulaufen. Was manchmal der erste Schritt ist. Aber als ich heute kurz davor war, diesen Ort zu verlassen, dich zu verlassen, da ist mir etwas klar geworden. Es reicht nicht, irgendwie zu leben. Man muss voll und ganz leben. Und das habe ich mir nicht zugestanden.«

»Sadie …« Es schnürte ihm die Kehle zu. »Ich mir auch nicht. Ich wollte daran glauben, dass ich alles im Griff behalten kann. Dass ich alles Schlimme verhindern kann. Aber das Problem dabei ist … ich kann es nicht. Ich dachte, wenn ich das hinbekäme, wenn ich für Ordnung sorgen könnte … Aber es liegt nicht in meiner Macht. Und mir das einzustehen ist so ziemlich das Beängstigendste, was ich mir vorstellen kann, denn die Dinge im Griff zu haben bedeutet mir alles. Derjenige zu sein, der alles geregelt kriegt. Damit …« Schon wenn er es dachte, kam er sich wie ein Idiot vor, und es auch noch auszusprechen … Aber es war an der Zeit. Er sollte es endlich aussprechen und hinter sich lassen. »Die Leute verlassen mich, Sadie. Ich dachte, eines Tages könnte ich mich so unentbehrlich machen, dass es nie wieder passiert.«

»Tja …« Sadie wischte sich die Tränen von den Wangen und lächelte. »Eli Garrett, zukünftiger Sheriff von Copper Ridge, für mich hast du dich schon so unentbehrlich gemacht, dass Sadie Miller, die immer ihre Laufschuhe parat hat, dich nicht verlassen kann.«

Sadie schaute Eli in die Augen und sah nur tiefe Sorge in seinem Blick. Aufrichtige Zuneigung. Und Unsicherheit. Und was von den Mauern um ihr Herz noch geblieben war, stürzte endgültig in sich zusammen.

Sie schlang ihm die Arme um den Nacken und hielt ihn fest, fuhr ihm mit den Fingern durch das Haar. »Du bist der beste Grund auf der Welt, nicht mehr wegzulaufen. Du musst dich nicht anstrengen, um mich zum Bleiben zu bewegen. Ich tue es freiwillig. Weil du der beste Mensch bist, den es gibt. Und alle, die dir das Gefühl gegeben haben, weniger wert zu sein, sollten von einem Pferd durch die Stadt geschleift werden.«

»Ich liebe dich, Sadie. Mehr als mein sauberes Haus, mehr als ein geordnetes Leben. Wenn du jetzt weglaufen würdest, würde ich dir nachrennen. Selbst wenn ich all das hier aufgeben müsste. Weil es mir ohne dich nichts bedeutet. Und es tut mir leid. Der ganze Mist, den ich zu dir gesagt habe. Alles, was wir meinetwegen durchgemacht haben. Ich selbst konnte ja nicht weglaufen, deshalb habe ich versucht, dich zum Weglaufen zu bewegen. Denn du ängstigst mich zu Tode, Weib. Aber ein Leben ohne dich ängstigt mich noch mehr.«

Eine Träne lief ihr über die Wange, und sie hatte Sorge, gleich in ihren Gefühlen zu ertrinken. »Dann ist es ja nur gut, wenn ich bleibe.«

»Oh verdammt, heißt das etwa, ich gehöre zur Belegschaft des *Bed & Breakfast*?«

»Nur wenn du über Nacht bleibst.«

»Ach ja«, sagte er. »Was das betrifft … Glaubst du, du kannst das B&B auch führen, wenn du vorwiegend bei mir schläfst?«

»Vorwiegend?«

»Immer.«

»Ich habe einen Kater«, erinnerte sie ihn. »Und der schläft im Haus. Eigentlich ist er immer im Haus.«

»Dann kriegt er halt sein eigenes Schlafzimmer.«

»Ach du Scheiße, du liebst mich wirklich!«, rief sie lachend, und eine weitere Träne lief ihr über die Wange.

»Das tue ich auch.« Er beugte sich vor, um sie zu küssen. »Wirklich, wirklich.«

Sadie erwiderte den Kuss, und als ihre Lippen sich berührten, fühlte sie sich so zufrieden und erfüllt wie nie zuvor in ihrem Leben.

Wer auch immer einmal gesagt hatte, man könne nie nach Hause zurückkehren, war noch nie in Copper Ridge. Der Ort hatte sich überhaupt nicht verändert.

Aber Sadie hatte sich verändert. Sie war zum ersten Mal zu Hause, und sie war bereit zu bleiben.

Anmerkung der Autorin

Liebe Leserin,
ich habe mich entschieden, das kleine Städtchen Copper Ridge in der nordwestlichen Ecke Oregons anzusiedeln, weil diese Gegend über eine der schönsten Landschaften der Welt verfügt. Berge, immergrüne Wälder, Weideland und das Meer. Von allem Schönen etwas.

Nach der Wahl des Handlungsorts für eine Romanserie muss als Nächstes die Stadt mit Leben erfüllt werden. Mit Geschäften und Wohnhäusern; mit Menschen, die dort leben und arbeiten.

Ich liebe Geschichten, die sich um Familien drehen, insbesondere um Geschwister, und die erste Familie, die mir in den Sinn kam, waren die Garretts: Geschwister, die einander immer beigestanden haben, in guten wie in schlechten Zeiten, und die sich nach wie vor einmal in der Woche zum gemeinsamen Abendessen treffen, um miteinander zu reden und Zuspruch oder auch Beleidigungen auszutauschen.

Der erste Garrett, den Sie kennenlernen werden, ist Eli, der rechtschaffene Bruder, der sich um alles und jeden kümmert, nicht nur in seiner Familie, sondern in der gesamten Gemeinde. Ich hoffe, Sie finden ihn so toll wie ich und haben Freude an der Geschichte der Garretts und an dem Städtchen Copper Ridge.

Viel Spaß beim Lesen!

Maisey

Danksagung

Man sagt, es braucht ein ganzes Dorf, um ein Kind großzuziehen. Manchmal habe ich das Gefühl, dass es ein ganzes Dorf braucht, um ein Buch zu schreiben. Ein riesiges Dankeschön an Margo Lipschultz, die mich ermutigt hat, diese Romanreihe an *HQN* zu schicken, und die unermüdlich so viele Stunden investiert hat, damit die Romane so gut werden wie nur irgend möglich. An Kate Dresser, meine fantastische Lektorin für diesen Roman. Ich wünschte nur, wir hätten noch intensiver zusammenarbeiten können. Sie sind fantastisch. Wie immer schulde ich meiner wunderbaren Agentin Helen Breitwieser Dank, die von Anfang an an mich geglaubt hat. Dank auch an Jackie Ashenden, die jedes Wort liest, das ich schreibe, und mir oft schmerzhafte Wahrheiten präsentiert, verpackt in viel Ermutigung. Vielen Dank an Nicole Helm für ihr Insiderwissen über Polizeiuniformen und wie man sie ablegt, samt Clipkrawatten, Gürteln mit Klettverschluss und allem Drum und Dran. Und das größte Dankeschön von allen schulde ich Victoria Austin für den Schneeball-Witz, den Eli im Roman erzählt. Du bist die Göttin des Kalauers, und dafür bin ich dir dankbar

Laura Drewry

Was das Herz dir sagt

Roman

Zurück ins Glück

Als Jayne Morgan zum ersten Mal nach zwölf Jahren wieder die Buchhandlung ihrer verstorbenen Großmutter betritt, traut sie ihren Augen kaum: Die Verkaufsräume und die darüber liegende Wohnung sind völlig heruntergekommen und müssen erst einmal renoviert werden. Zu allem Überfluss steht auch noch Nick vor der Tür und bietet seine Hilfe an. Zu ihrem ehemals besten Freund hatte Jayne seit einem großen Streit keinerlei Kontakt mehr. Doch sie merkt sofort, dass all die Jahre nichts daran geändert haben, dass Nick ihr Herz bei jeder Begegnung höher schlagen lässt …

»Wunderbar anders und ein großartiges Leseerlebnis!« *Romantic Times*

Band 1 der Serie
400 Seiten, kartoniert mit Klappe
€ 9,99 [D]
ISBN 978-3-8025-9781-7

www.egmont-lyx.de

LYX
EGMONT

Roxanne St. Claire

Barfuß ins Glück

Roman

Es ist nie zu spät für die Liebe

Als ein Hurrikan Lacey Armstrongs Haus an der beschaulichen Barefoot Bay zerstört, beschließt sie, einen Neuanfang zu wagen und ein Hotel zu errichten. Architekt Clay Walker scheint der Richtige für den Job zu sein, doch er weckt zugleich auch verwirrende Gefühle in Lacey. Dabei ist in Laceys Leben zurzeit überhaupt kein Platz für einen Mann ...

»Mit jeder Menge Humor und Herz!« *USA Today*

Band 1 der Serie
448 Seiten, kartoniert mit Klappe
€ 9,99 [D]
ISBN 978-3-8025-9425-0

Ruthie Knox

Bis ans Ende der Welt und zurück

Roman

Die romantischste Radtour aller Zeiten!

Tom ist vollkommen überrumpelt, als seine Schwester ihm verkündet, dass sie ihm für seine geplante Radtour durch die USA einen Reisegefährten organisiert hat. Fest entschlossen, die ganze Sache abzublasen, fährt er zu dem vereinbarten Treffpunkt. Doch dort muss er feststellen, dass seine Begleitung nicht, wie erwartet, ein Mann ist, sondern weiblich – und noch dazu äußerst attraktiv! Tom kann die junge Frau auf keinen Fall sich selbst überlassen, und so machen sich die beiden doch gemeinsam auf den Weg …

»Dieser Roman hat alles, was eine Liebesgeschichte braucht!« *Carly Phillips*

320 Seiten, kartoniert mit Klappe
€ 9,99 [D]
ISBN 978-3-8025-9304-8

www.egmont-lyx.de

LYX
EGMONT